BESTSELLER

Beth Kery es una apasionada de la literatura romántica y defiende, ante todo y sobre todo, las historias pasionales que satisfacen al lector tanto en el aspecto sensual y emocional como en el intelectual. Tiene un doctorado en psicología de la conducta y utiliza sus conocimientos sobre el comportamiento humano para crear historias y personajes ricos y complejos. Es autora de numerosas novelas, entre las que cabe destacar la exitosa serie Porque eres mía. Vive en Chicago, donde compagina su trabajo y su amor por la ciudad y el arte con la vida familiar.

Para más información sobre la autora visita su página web: www.bethkery.com

Biblioteca

BETH KERY

Porque nos amamos

Traducción de

Ana Isabel Domínguez Palomo
y María del Mar Rodríguez Barrena

DEBOLS!LLO

Título original: *Because We Belong*
Primera edición con esta cubierta:
(Primera reimpresión: abril, 2015)

Printed in Spain – Impreso en España

ISBN: 978-84-9062-713-6 (vol. 1075/3)
Depósito legal: B-7022-2015

Compuesto en Revertext, S. L.
Impreso en Novoprint
Sant Andreu de la Barca (Barcelona)

P 627136

Penguin
Random House
Grupo Editorial

*Mi más sincero agradecimiento a Leis Pederson por su paciencia,
guía y apoyo mientras nos internábamos juntas
en este nuevo territorio. Mahlet, como siempre,
te doy las gracias por tus críticas sinceras y constructivas.
En especial, quiero dejar constancia de mi admiración y
agradecimiento al departamento artístico de Berkley por
las portadas, elegantes y sensuales, de la saga «Porque eres mía».
Y, como siempre, gracias de corazón a mi marido.
Eres mi ancla.*

Prólogo

Francesca salió del vestidor llevando en las manos una camisa, unos vaqueros y ropa interior, y se detuvo al ver que Ian entraba en el dormitorio. Su prometido afrontó su mirada, tan serio como si fuera un juez, y cerró la puerta con el pestillo. Francesca sonrió.

—Estaba a punto de ducharme —dijo.

Ian enarcó las cejas y su expresión demostró la incredulidad que sentía. «Ni de coña», imaginó Francesca que pensaba, y rió entre dientes. Cuando Ian cerraba la puerta con el pestillo, sabía por qué lo hacía. El gesto siempre le arrancaba una sonrisa y le aceleraba el corazón, pero ese día en concreto también le provocó una inmensa felicidad. Ian llevaba un tiempo muy preocupado por la salud de su madre, angustiado por la posibilidad de haber cometido un error en lo referente a su medicación y cuidados, ya que estaba convencido de que debería estar haciendo algo más. El cuidado y la protección de su madre era algo que le habían inculcado desde su más tierna infancia. Y ahora que era adulto, le resultaba imposible desentenderse de dicha responsabilidad. Por desgracia, Helen Noble apenas mejoraba, si acaso mejoraba algo. Ian viajaba con frecuencia a Londres, pese a su apretadísima agenda laboral.

—Lucien y Elise vendrán a cenar. No tenemos tiempo —le recordó Francesca.

Ian se acercó a ella, quien se preguntó cuánto tiempo duraría ese ramalazo de emoción que la recorría cada vez que veía el brillo del deseo en sus ojos azules mientras la acechaba como un depredador. Llevaban juntos algo más de medio año y de momento no tenía visos de desaparecer. Verlo tan preocupado había servido para aumentar las ganas de estar a su lado, que habían alcanzado cotas apremiantes.

—He llamado a Lucien y le he dicho que vengan una hora más tarde —le informó con tranquilidad al tiempo que le quitaba la ropa de las manos y la dejaba sobre una silla tapizada.

—¿Y la señora Hanson qué? Está muy atareada preparando el rosbif y el pudin de Yorkshire.

—Ya ha bajado la temperatura del horno. Le he dicho que necesito descansar un rato.

Francesca lo observó con detenimiento. La excusa que le había dado al ama de llaves, la señora Hanson, era una verdad como un templo. Aunque se lo veía tan guapo como siempre, con su camisa de rayas sin corbata y los pantalones azul marino, un atuendo informal para él, los meses de preocupación por Helen Noble le estaban pasando factura. Sus músculos faciales estaban tensos y tenía ojeras. Aunque juraba que no había perdido peso y la ropa le sentaba tan bien como de costumbre, ya que era alto y estaba muy en forma, tanto la señora Hanson como Francesca coincidían en que parecía más delgado. Ian trataba de controlar el nerviosismo aumentando sus exhaustivas rutinas de ejercicio, eso lo convertía en un hombre más fuerte, atlético e... intenso. Francesca levantó los brazos y le acarició el mentón al tiempo que él la abrazaba por la cintura.

—Tal vez deberías descansar. Te vendría muy bien —comentó ella mientras la pegaba a su cuerpo. Sintió una punzada de deseo al comprobar que sus cuerpos encajaban a la perfección.

—Me vendrá muchísimo mejor ver tu preciosa cara mientras estás atada y desvalida —replicó él en voz baja, tras lo cual inclinó la cabeza y la besó.

Francesca abrió los ojos con dificultad, aturdida por el beso y por la sensación que le provocaba su duro cuerpo.

—¿Desvalida? —murmuró sobre sus labios.

—Incapaz de resistirte a mí.

—Pero… es que no quiero… resistirme. Ya… lo sabes —logró decir entre beso y beso, derritiéndose a medida que él la obligaba a arquearse y le exigía toda su atención.

En cuanto se apartó, Ian deslizó una mano por su brazo, le aferró la mano y la guió hacia la cama.

—Las cuerdas serán un recordatorio —adujo.

—¿Cuerdas? —preguntó ella, sorprendida.

Ian había usado esposas durante los preliminares y el acto en sí, así como grilletes acolchados y cualquier otra cosa que pudiera improvisar en el momento, incluyendo sus manos. Pero ¿cuerdas?

—No te preocupes —la tranquilizó mientras la llevaba hasta la cama y la invitaba a sentarse. Acto seguido, se inclinó para mordisquearle los labios con suavidad… pero con firmeza—. Las cuerdas son de seda. ¿Crees que usaría algo que pudiera marcar tu preciosa piel? —le susurró al oído al cabo de unos segundos. Su voz ronca le erizó el vello de la nuca.

Francesca lo miró, hipnotizada por esa sonrisa tan… de Ian.

Menos de diez minutos después, se encontraba desnuda sobre el colchón de la enorme cama con dosel. Había contemplado asombrada y cada vez más excitada cómo Ian le ataba las muñecas a las piernas usando unas cuerdas de seda negra que fue asegurando con una meticulosa serie de nudos y lazadas. En ese instante ella estaba de espaldas, con las rodillas dobladas hacia el pecho y los muslos bien separados. Al principio, Ian le había ordenado que se sujetara las piernas con las manos a fin de pegárselas al torso. Después, comenzó a atarle los antebrazos a las piernas y las piernas, a los muslos.

Estaba atada como si fueran a hornearla, aunque la verdad era que la postura no resultaba incómoda. A menos que se entendiera por incomodidad los erráticos latidos de su corazón y la imperiosa necesidad de que le acariciara el sexo, desnudo y bien a la vista.

Ansiosa, siguió a Ian con la mirada mientras este regresaba de la estancia situada a la derecha de su dormitorio. El santuario privado que siempre se mantenía cerrado con llave y que albergaba todo tipo de instrumentos de placer, castigo y sumisión.

—¿Qué juguetito de esos que guardas en tu habitación has elegido para torturarme? —bromeó Francesca con la cabeza ladeada a fin de ver lo que llevaba en las manos.

Sin embargo, logró ver poco, ya que Ian se había colocado delante del objeto que acababa de dejar sobre la cómoda. Se volvió para mirarla. Seguía totalmente vestido. Bajo su ardiente mirada, Francesca sintió que se le endurecían los pezones. Su escrutinio se le antojó frío, calculador y posesivo a la vez.

—¿En mi habitación? —repitió él mientras se acercaba.

Su clítoris sufrió un repentino espasmo al ver el tarro de crema que Ian llevaba en la mano. Se trataba del gel estimulante que siempre le untaba cuando hacían algo nuevo… algo que podría resultarle difícil. Francesa la llamaba «la crema enloquecedora», porque la volvía loca de deseo. Hasta tal punto que incluso suplicaba.

—Sí. ¿De quién si no va a ser la habitación? —replicó ella de forma distraída.

—Tuya, por supuesto —respondió Ian, afrontando su mirada al tiempo que abría el tarro de crema.

Francesca observó con atención cada uno de sus movimientos mientras él introducía un dedo en el tarro. El deseo comenzaba a apoderarse de ella.

—Eres el único que tiene llave —le recordó ella mientras lo veía sacar el dedo con un poco de crema blanca. Acto seguido, apoyó una rodilla en el baúl situado a los pies de la cama y se inclinó hacia ella—. Por tanto, es tuya.

—Yo controlo la habitación, sí —reconoció Ian, extendiendo la mano.

Francesca levantó la cabeza del colchón y contuvo el aliento mientras lo observaba acercarse a su sexo. Se le hizo la boca agua y los pezones se le endurecieron hasta dolerle. Ian había instruido su cuerpo de una forma exquisita.

—Pero la habitación existe solo para tu placer —siguió él.

Francesa jadeó y dejó caer la cabeza de nuevo sobre el colchón mientras él le aplicaba la crema sobre la vulva y el clítoris.

—Por tanto, es justo afirmar que es nuestra, ¿no te parece? —le preguntó con voz ronca al tiempo que la acariciaba.

—Sííi… —gimió ella.

La crema se había templado durante el masaje y en muy poco tiempo le causaría el conocido hormigueo y la placentera sensación de calor. Le provocaría tal deseo que sería capaz de hacer cualquier cosa con tal de correrse. Pese al aturdimiento en el que estaba sumiéndose, el propósito de Ian le resultó muy claro.

Antes de conocerse, dicha habitación había sido solo de Ian. El éxtasis que provocaba a otras mujeres solo era el resultado adicional de su propia búsqueda de placer. Aún era el dueño de dicha habitación, pero escucharlo afirmar que dicha estancia era de ambos le había llegado al alma.

Ian se enderezó y cerró el tarro mientras la contemplaba con los párpados entornados. Aunque estaba excitado, parecía un tanto frustrado.

—¿Por qué me miras así? —le preguntó ella.

Él aspiró el aire por la nariz al tiempo que se volvía y le contestaba:

—Estaba pensando que no hay nada tan bonito como tú sobre la faz de la tierra. —Se encontraba de espaldas a ella—. Y eso…

—¿Qué? —Lo instó a seguir al ver que dejaba la frase en el aire mientras cogía algo situado en la cómoda.

Ian se volvió y se dirigió de nuevo hacia la cama. Francesca comenzó a preocuparse por su actitud y por lo que le estaba diciendo, de modo que no se fijó en lo que llevaba en la mano ni se inquietó por lo que pensaba hacerle, que habría sido su reacción normal.

—¿Ian?

—Ojalá pudiera... —Guardó silencio de nuevo mientras sus ojos la recorrían por entero, desde la cara hasta las piernas y los brazos atados—. Mantenerte siempre a mi lado —dijo tras un instante. Se acercó a ella.

—Siempre estoy contigo —le recordó Francesca. Al percatarse de su humor sombrío, intentó aligerar el ambiente—. Como intentes librarte de mí, descubrirás que no te va a resultar fácil escaparte.

Ian le sonrió de inmediato.

—Sería imposible escapar de ti.

Francesca abrió la boca para continuar con la conversación, tenía la impresión de que era importante, pero él la distrajo al colocar en la cama los objetos que llevaba en las manos, tras lo cual comenzó a tocarla. Sus dedos le masajearon el clítoris de forma magistral, arrancándole un jadeo. Siempre se preguntaba por qué las caricias de Ian eran más efectivas que las suyas, como si fuera capaz de leerle el pensamiento y saber exactamente lo que le gustaba.

—¿La crema está haciendo efecto? —musitó él.

—Sabes que sí —contestó ella entre dientes.

Ian la miró a los ojos y la sonrisa que esbozó la conmovió. Dios, ¡lo adoraba! A veces le preocupaba la idea de que él no supiera hasta qué punto lo quería.

—Voy a meterte algo en el ano —anunció Ian en voz baja, sin dejar de acariciarle el clítoris.

—Vale —replicó ella, que se percató de la firmeza de su voz aunque no tanto del motivo.

Aunque no siempre usaban estimuladores anales, estaba familiarizada con ellos. Ian debió de advertir su confusión porque apartó la mano, logrando que ella diera un gemido de protesta por su ausencia, y cogió algo de la cama.

—Esto —dijo él al tiempo que levantaba el estimulador anal, un objeto de unos diez centímetros con una base. No era muy distinto de los otros que habían usado con anterioridad, salvo por un detalle: tanto la base como la zona que se insertaba eran transparentes.

—¿Te parece bien? —le preguntó Ian.

—Sí —respondió ella sin titubear, aunque se puso colorada.

De repente, captó algo en sus ojos azules... algo que ella adoraba. Ian comenzó a lubricar el estimulador transparente, tras lo cual se lo metió con cuidado sin dejar de mirarla a los ojos. Ella gimió y se mordió el labio inferior. La estimulación anal parecía aumentar el efecto de la crema. La quemazón y el hormigueo fueron inmediatos. Ian le insertó el vibrador hasta que tuvo la base pegada a la piel. Francesca sintió que el sudor le perlaba el labio superior.

En ese momento, Ian apartó de un empujón el baúl que descansaba a los pies de la cama, sobresaltándola, y se inclinó sobre ella. Tras acariciarle el labio superior con la punta de la lengua para quitarle el sudor, la besó con una pasión apenas contenida.

—Nunca he querido a nadie como te quiero a ti —masculló después de besarla.

—Yo también te quiero —susurró ella, emocionada.

Sintió un escalofrío de placer cuando sus dedos buscaron un pezón que comenzó a torturar. Acto seguido, presionó sobre una pantorrilla a fin de unirle un poco las piernas y de esa forma liberar el pecho. Bajó la cabeza y Francesca clavó la vista en la araña de cristal colocada sobre la cama mientras él le besaba el pezón con delicadeza, tras lo cual se lo metió en la boca y empezó a chupárselo suavemente... y por momentos con brutalidad. Los músculos anales se contrajeron alrededor del estimulador. El hormigueo del clítoris rayaba en el dolor. Cuando Ian por fin levantó la cabeza, tenía los dos pezones enrojecidos y duros. Tras darle un último pellizco al izquierdo, Ian se apartó de ella mientras Francesca gemía de placer.

—¿Te he dicho alguna vez que tienes los pechos más bonitos del mundo?

—Unas diez mil veces o así —contestó ella.

—Se merecen muchos más halagos.

En ese momento Francesca creyó percibir una corriente de aire entre los muslos, aunque tal vez fuera un efecto de lo mojada que estaba. Observó con la respiración entrecortada cómo Ian se enderezaba. Al ver que se desabrochaba el cinturón, le dio un vuelco el corazón. Una vez que se bajó la cremallera, introdujo una mano en los bóxer blancos y se sacó la polla por encima del elástico. Antes de detenerse en un ángulo extraño, su pene se balanceó. La imagen le hizo la boca agua y sintió que se mojaba todavía más. En otro tiempo, verle la polla la intimidaba y la excitaba a partes iguales. Después de haber pasado meses haciendo el amor con Ian, solo quedaba la excitación.

Como si supiera exactamente la reacción que le había provocado, él se acercó a su cara y apoyó los muslos en el colchón. Ella volvió la cara hacia el borde y abrió la boca. Ian se inclinó y le enterró las manos en el pelo. Sin embargo, a esas alturas no necesitaba que la guiara. No en ese terreno.

Levantó la cabeza y comenzó a lamérsela de la punta a la base. Ian la aferró con más fuerza del cabello al tiempo que ella se metía la suave y carnosa punta en la boca, y empezaba a chupársela. Las caricias de su lengua sobre la abertura hicieron que Ian le tirara del pelo. Acto seguido, se la introdujo del todo en la boca y se la chupó.

—Joder, así —lo oyó decir con voz ronca mientras se la metía y se la sacaba de la boca—. Te encanta comérmela, ¿verdad? Estás tan loca por mí como yo lo estoy por ti.

El fervor de sus movimientos fue respuesta más que suficiente y confirmó esas palabras. Al cabo de un instante, Francesca cerró los ojos y dejó que él tomara el control, confiando en Ian por completo. Toda su atención se concentró en un punto concreto. En él. En su maravilloso y conocido sabor, en su olor, en la textura de su polla, que se endurecía más y más a medida que se la chupaba. Le encantaba que le hundiera la mano en el pelo, que le exigiera de esa forma tan física lo que debía hacer, sin hacerle daño, pero con firmeza. Ian adoraba ese placer y ella había aprendido a disfrutar entregándoselo sin reservas.

La crema estaba haciéndole efecto en el clítoris, estimulándole las terminaciones nerviosas al máximo. La presión del estimulador anal añadía un matiz más erótico si cabía al deseo. Estaba atada, y no podía hacer nada para aliviarse, de modo que la necesidad de complacer a Ian se tornó desesperada y salvaje. Durante los últimos meses se había convertido en parte de sí misma. El placer de Ian era su placer.

El deseo se acrecentó a medida que Ian se movía con más rapidez en su boca, con la polla completamente erecta. Francesca trató de metérsela hasta el fondo y lo logró. La recompensa fue un ronco gemido de placer.

—No —protestó con un hilo de voz cuando él apartó las caderas y de forma inesperada se la sacó de la boca.

Su polla era como una droga. Complacerlo era una adicción para ella. Ian aflojó los dedos que le tiraban del pelo y le masajeó el cuero cabelludo antes de apartarse.

—Sí —replicó él sin más.

Francesca no protestó. No la había sorprendido. A veces todo sucedía con rapidez, ya que Ian se dejaba llevar por la pasión hasta el punto de perder el control, una característica que era legendaria en él. Pero, normalmente dilataba el momento, ahogándola de placer y excitándola al máximo, haciendo que el deseo aumentara hasta límites insoportables, de modo que cuando se corrían, el orgasmo era explosivo. Esa noche, Francesca presentía la necesidad de Ian de aferrarse a ella todo lo posible, de unir sus esencias y prolongar esa manifestación de su intimidad.

Tragó saliva con fuerza al ver que Ian cogía de la cama un vibrador de goma de color rojo. Era nuevo y no lo había usado antes con ella. La goma formaba un anillo en la parte superior, que era del tamaño de un penique. Lo vio mover el pulgar y el juguete comenzó a vibrar casi en silencio. Ian la miró a los ojos mientras le acercaba el vibrador a los labios, aliviando y excitando esa zona tan sensible, que ya estaba hinchada y enrojecida por las embestidas anteriores. Abrió la boca de forma obediente a medida que Ian movía el vibrador. El gesto le pareció más íntimo y excitante de lo que esperaba. Gimió al sentir que le introducía el juguete en la boca y lo colocaba en la húmeda carne de la parte interna del labio. La vagina se le contrajo mientras lo miraba, excitada y otorgándole todos los derechos a usar su cuerpo.

—Eres preciosa —murmuró él, y Francesca comprendió que Ian había captado su sumisión como si la llevara pintada en la cara—. Podría pasarme la vida mirándote cuando te entregas de esta forma.

Tras apartar el vibrador de sus labios húmedos, le acarició una mejilla con ternura. Ella volvió el rostro hacia su palma y se la besó. Ian se apartó con un gemido ronco. De nuevo, le acercó una rodilla a la otra para dejar a la vista un pecho y usó el mango del vibrador para estimulárselo. Ella se mordió el labio inferior y soltó un grito ahogado cuando le introdujo el endurecido pezón en el anillo y percibió la vibración.

—¿Te gusta? —musitó él, que la miró de nuevo a la cara.

—Sí —susurró.

Y le gustaba. El pezón estaba rodeado por el anillo vibrador. La misteriosa red de terminaciones nerviosas que conectaba los pezones con el clítoris cobró vida. Sacudió la cabeza sobre el colchón y gimió, movida por el deseo, que a esas alturas era insoportable.

—No pasa nada —le dijo Ian para tranquilizarla.

Francesca gritó cuando él le separó los labios mayores y le

rodeó el clítoris con el anillo. El grito se convirtió en un gruñido de placer casi agónico cuando él aumentó la potencia de la vibración. Cerró los ojos y se estremeció. La estimulación era tan directa que sus caderas empezaron a sacudirse. Ian cogió la cuerda que le inmovilizaba las piernas, a fin de mantenerla en su sitio. No le quedó más remedio que aceptar el placer sin paliativos.

—Córrete —le dijo Ian al cabo de un instante.

Ella lo obedeció sin demora y su cuerpo se convulsionó pese a las ataduras. Tras la primera fase del orgasmo, la más intensa, Ian apartó el vibrador y Francesca levantó la cabeza. Contuvo un grito cuando lo vio acercar la polla a su coño, tras lo cual la agarró por los muslos y se la metió hasta el fondo.

—¡Dios... Ian! —exclamó mientras seguía corriéndose.

La repentina intromisión de su pene le resultó abrumadora. Aunque era placentero, también le dolía un poco, ya que además de la enorme polla de Ian tenía el estimulador anal.

—Así, sigue —le dijo él mientras empezaba a moverse con la cara tensa por el esfuerzo que hacía para controlar el placer—. Quiero sentirte así. Caliente. Empapada —masculló mientras la follaba, prolongando los estremecimientos del orgasmo.

—No —murmuró Francesca poco después, cuando sintió que salía de ella.

Levantó la cabeza y clavó la vista en la erótica imagen de su polla, tan grande y reluciente. Todavía no se había quitado los pantalones ni los bóxer. Muchas veces no se quitaba los pantalones mientras jugaba con ella cuando la ataba. Eso la volvía loca de deseo. En ese momento en que estaba atada y sin poder moverse, le resultó enloquecedor ver cómo se acariciaba el pene, erecto y húmedo. Sintió que se le contraían los músculos anales y los vaginales. Ian gimió.

Francesca se percató de que estaba mirándole el coño y el estimulador anal. Se puso colorada y experimentó el intenso deseo de cubrirse. Jamás se había sentido tan expuesta como en ese momento. ¿Era tonta por abrirse por completo a otro ser humano, por ponerse de forma voluntaria en una posición tan vulnerable?

Ian la contemplaba con un rictus tenso, y su expresión dejaba bien claro el deseo tan desgarrador que lo embargaba, un deseo rayano en el dolor. Todas sus dudas sobre la vulnerabilidad se evaporaron al instante. En muchos sentidos, Ian también se desnudaba ante ella cuando hacían el amor, de la misma forma que lo hacía ella.

—Ian... —susurró.

Él la miró a los ojos y supo que en ellos veía su corazón.

—No deberías mirarme así. Sabes lo que eso me provoca.

—Lo siento —se disculpó Francesca.

—No, no lo sientes —replicó él con brusquedad mientras se acercaba a su cabeza y se desabrochaba la camisa.

Una vez que se quitó la camisa, bajándosela por los hombros, Francesca recorrió con una mirada excitada sus poderosos músculos. A lo largo de los últimos meses había aprendido que cuando estaba atada, sus ojos debían actuar como si fueran sus dedos, y se había convertido en una ávida observadora. Puesto que a veces Ian también le vendaba los ojos, sus terminaciones nerviosas eran mucho más sensibles ya que necesitaban captar cada uno de sus movimientos y de sus caricias.

—Y yo tampoco, la verdad, si te soy sincero —siguió Ian—. Si pudiera embotellar esa mirada, lo haría.

Francesca se encontraba en un estado extraño y poderoso, una mezcla de satisfacción y deseo insatisfecho, de modo que tardó un instante en percatarse de la expresión tensa y dubitativa con que la miraba mientras le acariciaba el cuello y los costados, provocándole un estremecimiento placentero.

—¿Qué te pasa? —le preguntó en voz baja, extrañada por su actitud tan sombría.

Ian no le contestó de inmediato, y siguió acariciándola con aquella mano tan grande y cálida.

—Me gustaría grabarte en vídeo mientras seguimos. Solo la cara —se apresuró a añadir al ver que ella no accedía de inmediato.

—¿Por qué? —quiso saber Francesca, aunque supuso que conocía la respuesta.

A pesar de que la expresión de Ian era ilegible, percibía la vorágine que se agitaba en su interior.

—Ya te he dicho que embotellaría tu mirada si pudiera —admitió—. Te llevaría conmigo a todos lados.

Francesca tuvo la impresión de que la felicidad le henchía el corazón hasta hacer que doblara el tamaño. Ian había conocido muchísimo dolor en su existencia... se había pasado la vida temiendo el rechazo y las reacciones, temerosas y a veces violentas, de una madre esquizofrénica.

—Ian, todo lo que tengo es tuyo en cualquier momento —susurró—. Pero si crees que puede ayudar... de alguna manera, por supuesto que puedes grabarme.

Ian la miró de nuevo a la cara.

—¿Estás segura? Por descontado, la grabación es solo para mí. La guardaré en un lugar seguro.

Ella sonrió.

—Lo sé. ¿Crees que si no fuera así te lo permitiría?

Ian aspiró el aire por la nariz mientras la observaba.

—Te parece una petición extraña, ¿verdad?

—No. Aunque no comparto tu necesidad, entiendo que tú sí lo necesites. De verdad que sí —añadió para darle más énfasis.

Ian se inclinó y besó el anillo de diamantes que llevaba en la mano. El anillo de compromiso que le había regalado unas semanas atrás.

—Gracias —le dijo.

Verlo tan serio hizo que se le llenaran los ojos de lágrimas, de modo que se alegró cuando lo vio alejarse. Al regresar, llevaba en la mano una pequeña cámara de vídeo. Tras dejarla en la cómoda, ajustó el enfoque y encuadró la imagen.

—Solo grabará tu cara —le aseguró él al tiempo que se acercaba de nuevo a ella.

Francesca se percató de que, pese a la breve separación, su erección seguía tan flagrante y firme como poco antes. Movida por el amor y la confianza que había depositado en él, se enorgulleció por la clara evidencia de que le excitaba grabarla mientras echaban un polvo. Simplemente era otro nivel más de intimidad para explorar. Su petición no la asqueó ni mucho menos.

—Sabes que me encanta mirarte cuando te entregas a mí —le recordó él mientras le acariciaba las caderas y la parte inferior del abdomen, con los dedos extendidos hacia el pubis—. Así tendré siempre disponible esa imagen.

—¿No prefieres tenerme en persona? —le preguntó ella con las mejillas sonrojadas, ya que aquellos dedos tan largos y habilidosos la estaban acariciando apenas a unos centímetros del lugar que más lo deseaba.

Al sentir que le acariciaba la húmeda cara interna de los muslos, gimió.

—Prefiero tenerte en persona un millón de veces —respondió Ian al tiempo que esbozaba una sonrisita—. ¿Qué hombre en su sano juicio no querría esto...? —Guardó silencio mientras le metía un dedo, arrancándole una exclamación—. ¿Esta carne tan exquisita? —terminó.

Oírlo meterle el dedo una y otra vez con lo mojada que estaba, la excitó todavía más. Ian retiró el dedo lubricado de su vagina y comenzó a acariciarle el clítoris, frotándolo con tal precisión que hizo que pusiera los ojos en blanco y después los cerrara. Su habilidad para acariciarla, sumada a la crema estimulante, le provocaba un placer casi insoportable.

—No, preciosa. Abre los ojos. Mírame.

Francesca intentó hacer lo que le ordenaba y lo miró a la cara, a ese rostro que tanto quería. Él siguió estimulándole el clítoris con una precisión milimétrica. Comenzaron a temblarle los labios. Estaba a punto de llevarla al orgasmo otra vez.

—¿Qué te gusta más? —le preguntó Ian sin sonreír—. ¿Un vibrador o mi mano?

—Tu mano —contestó sin titubear, arqueando las caderas para aumentar la maravillosa presión de sus dedos—. Tu mano, siempre. Tus caricias —añadió con voz trémula.

—El vídeo es lo mismo para mí. Yo te permito usar un vibrador en mi ausencia, ¿verdad?

—Sí —susurró ella, tan abrumada con el creciente placer que apenas podía articular palabra.

—Pero preferirías que fuera yo, ¿no? —siguió Ian, y a pesar de haber usado su habitual tono de voz, Francesca captó un deje de inseguridad... un anhelo descarnado.

—Un millón de veces. —Repitió sus palabras con voz temblorosa y la vista clavada en aquellos abrasadores ojos azules. Las emociones la abrumaron. Cerró los ojos y sintió que una lágrima resbalaba por su sien, humedeciendo la mano de Ian.

Abandonó el oasis de placer al percatarse de que él le quitaba el estimulador anal. La penetró casi al instante. Ejercía una presión mayor que el juguete, llenándola al máximo. Sostuvo su mirada mientras se la metía despacio. Le brillaban los ojos por la emoción, algo que contrastaba con la tensión del resto de sus facciones. La descarnada intensidad del momento la abrumó. Jamás le negaría un solo lugar de su cuerpo o de su alma.

—No apartes la mirada —le dijo con severidad mientras presionaba los testículos contra sus nalgas y ella jadeaba en busca de aire, si bien le parecía imposible llenar del todo los pulmones. Ian debió de percibir la importancia del momento, porque extendió los dedos sobre sus caderas y comenzó a moverse con un ritmo frenético, chocando de forma audible contra su culo—. Jamás apartes la mirada, Francesca.

Parecía casi enfadado, pero ella sabía que no lo estaba. La tensión de su voz era el fruto de la intensidad del instante. Los movimientos de su polla, entrando y saliendo de un lugar tan íntimo, le provocaban una emoción tan febril y estaba tan saturada de amor y deseo que no pudo más que rendirse y solo atinó a sacudir la cabeza sobre el colchón. La crema estimulante, sumada a la forma tan primitiva en la que Ian la estaba follando, la hizo arder otra vez. Sentía la quemazón del deseo incluso en las plantas de los pies. Ian le colocó una mano extendida sobre el bajo vientre y siguió metiéndosela y sacándosela. Francesa gritó sin poder evitarlo y arqueó la espalda, separándola del colchón, en cuanto sintió que le introducía el pulgar entre los labios mayores y comenzaba a frotarle el clítoris.

—No —jadeó, apenas consciente de lo que decía.

—Sí —la contradijo él entre dientes—. Abre los ojos.

Francesca obedeció, ajena al hecho de que los había cerrado por el intenso placer. Los movimientos de sus cuerpos al chocar eran tan rápidos que se acompasaban al ritmo de su corazón. El pulgar de Ian se movía sobre ella, creando una fricción deliciosa. Estaba a punto de estallar como un cohete. Se concentró en él haciendo un gran esfuerzo y contuvo un gemido. Ian tenía la cara, el torso y el abdomen perlados de sudor.

—Dime que me quieres —jadeó él.

—Te quiero muchísimo.

—Siempre.

—Sí, siempre —repitió Francesca, y comenzaron a temblarle los labios al llegar al orgasmo. Sintió que la erección de Ian aumentaba considerablemente y la ligera incomodidad avivó el deseo, que era justo lo que necesitaba para correrse. Su grito de placer quedó silenciado por el rugido de Ian, que también se corrió.

Al cabo de un momento se desplomó entre sus piernas atadas y apoyó el peso en los brazos para no hacerle daño. Ambos se estremecían y jadeaban tras el intenso y desgarrador clímax. Francesca sintió que le caía una gota de sudor en un ojo. Aunque le escoció, ni siquiera parpadeó. Prefería contemplar la preciosa imagen de Ian.

—Llamaré a Lucien y a Elise para anular la cena —dijo Ian, recorriendo su cara con los ojos.

—Es demasiado tarde. Ya estarán de camino. Además, te vendría bien pasar la noche con amigos. Siempre pareces relajarte y divertirte con Lucien. Tiene un efecto positivo en ti.

Ian hizo una mueca.

—Me divierto mucho más contigo. Y no te creerías lo relajado que estoy ahora mismo.

—Ya sabes a lo que me refiero. Últimamente estás muy estresado con la enfermedad de tu madre y todo eso. —La sonrisa de Francesca desapareció. Tras observarlo un instante, reconsideró sus palabras—. ¿De verdad quieres anular la cena?

Ian se enderezó y salió de ella haciendo una mueca.

—Sí —contestó con sinceridad mientras empezaba a desatarle los brazos y las piernas—. Prefiero pasar la noche aquí contigo —añadió al cabo de un momento. La miró con una expresión socarrona y un tanto maliciosa mientras tiraba de la cuerda para liberar sus extremidades, demostrando la misma precisión que cuando la había atado—. Pero supongo que no debo ser egoísta. Un par de horas con unos amigos no cambiarán nada en el gran esquema de las cosas. Dentro de muy poco estaremos de nuevo en la cama, ¿verdad?

—Desde luego.

Francesca sintió un inexplicable escalofrío en su acalorada piel, que pasó sobre ella como una sombra y se desvaneció al instante. Suspiró aliviada cuando por fin extendió las piernas y se desperezó como una gata satisfecha.

Apenas reflexionó sobre su respuesta segura y automática, no hasta mucho después. Lo natural era que Ian y ella se acostaran juntos.

Dormirían el uno en los brazos del otro, el lugar al que pertenecían.

1

Seis meses después

—No hay nada seguro, ¿verdad? Nada —dijo Francesca con resignación al tiempo que soltaba las páginas de economía del periódico matinal, con sus titulares que proclamaban la deprimida economía nipona.

Posó la mirada en uno de los titulares: «Gran corporación nipona contrata a empresa de inversión para su venta». Se mordió el labio con gesto nervioso y dio un respingo cuando su compañero de piso, Davie Feinstein, le tocó el hombro.

—Algunas cosas son seguras —repuso este con una mirada muy elocuente que ella prefirió pasar por alto.

Francesca aceptó la humeante taza de café que él le ofrecía y le regaló una sonrisa al tiempo que su compañero se sentaba. Davie comenzó a repartir las tortitas calientes en los platos.

—Como los impuestos y tus desayunos de fin de semana. ¿Como tu amistad? —preguntó Francesca, que se obligó a adoptar un tono altivo porque estaban bordeando un tema espinoso, uno que se negaba a discutir en esa luminosa mañana de diciembre.

El tema espinoso era que Ian la había abandonado hacía seis meses, justo después de la muerte de su madre. Aunque no solo fue la repentina muerte de su madre, sino también descubrir la ponzoñosa verdad acerca de su padre biológico... una verdad que le reveló Lucien Lenault después de que Francesca e Ian hicieran el amor de forma tan íntima una noche de aquel verano. En aquel momento tenían un brillante futuro asegurado. Pero en cuestión de segundos, todo cambió por los crueles tajos de la verdad.

Y por las dudas.

Sabía que Ian siempre había temido que su padre desconocido se hubiera aprovechado de su madre, que era mentalmente inestable, en el mejor de los casos; o que la hubiera violado en el peor. Sin embargo, la identidad de su padre fue un misterio para él hasta aquella noche acaecida seis meses atrás. La aciaga noche en la que Lucien y Elise fueron a cenar, Lucien sabía que descolocaría por completo a Ian al decirle que eran hermanastros, pero eso no fue lo peor. Lo peor fue la revelación de que su progenitor, Trevor Gaines, era un violador en serie y un «procreacionista», también en serie, un hombre con la malsana obsesión de dejar embarazadas a todas las mujeres que pudiera. El efecto de dicha confesión, así como la débil salud de su madre y su posterior muerte, habían tenido un efecto devastador en Ian.

Francesca no quería pensar en el otro asunto que creía que había supuesto otro golpe al bienestar de Ian: la extraña coincidencia de que Ian le pidiera grabarla mientras mantenían relaciones sexuales la mismísima noche que descubrió que el delincuente de su padre se excitaba al grabar a sus conquistas y a sus víctimas. Sospechaba que Ian se había recriminado con dureza después de enterarse, pero nunca le había dado la oportunidad de asegurarle que él distaba mucho de parecerse a Trevor Gaines.

Solo quería aliviar su dolor y su sufrimiento, pero él se marchó... desapareció sin decirle una palabra y sin dejarle una nota personal. Se fue. El hombre con quien quería casarse, a quien amaba más que a la vida.

Tal como era su costumbre, Davie y ella evitaban hablar del hecho de que el hombre en quien más había confiado en el mundo había desaparecido de la faz de la tierra y de que estaba decidido a que nadie lo encontrara.

—Desde luego que los impuestos y mi amistad son algo seguro. En cuanto a mis desayunos de fin de semana, los prepararé mientras alguien venga a comérselos —le dijo Davie al tiempo que le pasaba el caramelo.

—Echo mucho de menos a Caden y a Justin, sobre todo durante los desayunos de fin de semana —comentó ella.

—Pues Justin me dijo que intentaría pasarse esta mañana, después de salir del gimnasio.

—¿De verdad? —preguntó Francesca con voz esperanzada.

Davie asintió con la cabeza.

¿Por qué habían tenido que cambiar las cosas? Davie, Justin, Caden y ella habían sido amigos y habían compartido piso durante años. Sin embargo, ella conoció a Ian, y su vida tomó un rumbo que jamás imaginó. Había pasado cada vez más tiempo en el lujoso apartamento que Ian tenía en el centro y había planeado mudarse allí cuando se casaran. Dado que era uno de los hombres más ricos e influyentes del mundo, Ian la había llevado a lugares con los que únicamente había soñado y le había presentado a las personas más influyentes, no solo del mundillo del arte (que era su propio mundo), sino de todas las facetas de la vida, desde empresarios hasta políticos y famosos. La había introducido en experiencias sexuales desafiantes, le había enseñado que su sumisión ostentaba poder... y había convertido su cuerpo en un instrumento bien afinado para experimentar un placer embriagador. La había transformado en una mujer más segura de sí misma, en una mujer muy cómoda con su cuerpo, en una mujer que admitía sus logros y su sexualidad, que se enorgullecía de ellos.

Sin embargo, la tragedia hizo acto de presencia. Ian desapareció por propia voluntad. Justin y Caden habían prosperado en sus trabajos y se habían mudado a una casa propia. Cuando Francesca volvió a vivir con Davie en su casa de Wicker Park, habían cambiado muchas cosas. Ella misma había cambiado: la joven independiente y pueblerina de antaño se había evaporado, y había sido reemplazada por una mujer más sobria, contenida, triste y amargada. No obstante, Davie siempre había estado allí, como un pilar inamovible en su vida. Estuvo allí para ayudarla a cerrar las heridas, para animarla a que se volcase de lleno en terminar su máster y se centrase en su pintura. Gracias al prestigio de Ian y a su mecenazgo, se había hecho un hueco en la comunidad artística. Ya no tenía problemas de encargos e incluso había rechazado unos cuantos muy lucrativos.

Aun así, a veces tenía la sensación de que su vida se había detenido en seco. Continuaba desorientada y su mente seguía impactada por el mazazo de la pérdida repentina.

Bañó las tortitas con caramelo y se concentró de nuevo en el periódico, en el artículo que informaba de que Tyake Inc. iba a salir al mercado debido a la crisis económica nipona. Davie se percató de su preocupación cuando la vio preparar las tortitas. Le tocó la mano y ella levantó el bote.

—¿El periódico habla de Empresas Noble? —preguntó Davie con tiento, ya que se refería a la empresa multimillonaria de Ian.

—No, no que yo sepa —respondió Francesca con voz serena al tiempo que soltaba el bote de caramelo y cogía el tenedor.

Una vez más fue muy consciente de que habían bordeado el tema de Ian. Porque, después de todo, Ian era el protagonista de su exitosa empresa. O al menos lo había sido antes de renunciar a su puesto como presidente.

Oyó que alguien llamaba a la puerta principal y soltó el tenedor, agradecida por la interrupción.

—¿Por qué llama Justin? —preguntó ella al tiempo que se ponía en pie, perpleja. Justin, Caden, Davie y ella casi eran familia.

—Creo que todavía no he quitado la llave —escuchó que decía Davie mientras salía de la cocina y recorría el pasillo.

Francesca deslizó el pestillo y abrió la puerta principal.

—Llegas justo a tiempo... —Dejó la frase a la mitad al darse cuenta de que no era su amigo Justin quien se encontraba en los escalones de entrada—. Lucien —dijo con voz sobresaltada por la inesperada visita del hermanastro de Ian.

Le bastó con ver el apuesto rostro de facciones clásicas y el cabello oscuro y revuelto para acordarse de aquella aciaga noche. Recordó la expresión pétrea y preocupada de Lucien y oyó la voz hueca de Ian mientras contemplaba la fotografía de su padre biológico.

«Mi madre. Por eso a veces parecía que me tuviera miedo. En ocasiones se estremecía al verme... Porque era igual que él. Porque tenía la cara del hombre que se aprovechó de ella. Tenía la cara del violador.»

Se obligó a desterrar el doloroso recuerdo de Ian de su mente e intentó concentrarse en Lucien. Lo había evitado en la medida de lo posible, de la misma manera que había evitado todo lo que le recordaba a Ian. No tenía nada contra Lucien, ni contra su flamante esposa, Elise. De hecho, les profesaba mucho cariño. Solo se trataba de su instinto de supervivencia. Los recuerdos de Ian eran demasiado dolorosos.

Lucien resopló mientras la observaba con expresión seria, y sus ojos grises, tan penetrantes e incisivos, le recordaron sin querer a unos ojos azules en concreto.

—Siento invadir tu intimidad —dijo él con ese marcado acento francés—. Pero es importantísimo que hablemos.

Se le cayó el alma a los pies, aterrada.

—¿Es por Ian? ¿Está bien? —preguntó al tiempo que el pánico le provocaba un escalofrío.

—Todavía no sé nada de él. Por lo que tengo entendido gracias a sus escasas comunicaciones con Lin, está bien. Vivo y tirando, al menos —añadió él entre dientes, tras aludir a la eficiente ayudante de dirección de Ian, Lin Soong.

Lucien apretó los labios e hizo una mueca que Francesca creyó que era de preocupación... ¿o tal vez fuera de rabia? Sabía que Lucien no estaba de acuerdo con el exilio autoimpuesto de su hermano. Según Lucien, tenía tanta idea del paradero de Ian como sus abuelos y Francesca. Lin también aseguraba desconocer el paradero de Ian, pero a Francesca no le habría sorprendido averiguar que estaba mintiendo a petición de Ian. Lin le era leal hasta la muerte.

En ese momento Francesca se percató de que Davie se había acercado a la puerta y que estaba junto a su brazo.

—David —lo saludó Lucien al tiempo que hacía un seco gesto de cabeza.

—Lucien, entra, hace frío aquí fuera —lo instó Davie mientras lo invitaba a que entrase en el pasillo.

Francesca retrocedió, un poco avergonzada al darse cuenta de que había tenido a Lucien en la calle.

—¿Qué pasa? —preguntó Davie a la vez que cerraba la puerta.

Lucien se dirigió a Francesca.

—Se trata de Empresas Noble. Te necesitamos, Francesca. Estás al tanto del trato que hizo Ian. Han surgido una serie de circunstancias inauditas. Tenemos que tomar algunas decisiones cruciales.

Francesca tuvo la sensación de que la sangre le bajaba a los pies. La cabeza comenzó a darle vueltas. Incómoda, se dio cuenta de que Davie la miraba con expresión interrogante e incrédula.

—¿A qué se refiere? —inquirió este.

Francesca tragó saliva con miedo, sin mirar a ninguno de los dos a la cara.

—Los demás podéis tomar la decisión —replicó entre dientes a Lucien, como si creyera posible ocultarle la verdad a Davie. Y ocultársela a sí misma.

—Te necesitamos para tomar una decisión de semejante calado. Eso fue lo que dispuso Ian antes de marcharse. Y tú, de entre todos los miembros de su junta provisional, tienes los poderes precisos para liquidar bienes y realizar adquisiciones importantes. Empresas Noble te necesita. Ian te necesita.

—¿Esto es por lo de Tyake? —preguntó Francesca, que miró a Lucien con expresión vacilante.

—¿Sabías que Ian lleva queriendo comprar la empresa mucho tiempo? —preguntó él a su vez.

Francesca asintió con la cabeza. Davie y ella se cuidaban mucho de pronunciar el nombre de Ian. Oírlo no una vez, sino varias veces esa mañana, era como recibir diminutos balazos.

—¿De qué va esto? ¿Francesca? —exigió saber Davie.

La desesperación de Francesca aumentó al ver la estupefacción de Davie.

—Lo siento. No te lo dije porque... porque parecía una ridiculez. Ian me abandonó. Me dejó...

—Te dejó acceso a una enorme fortuna, al uso de todas sus propiedades y a un puesto en la junta directiva provisional que nombró para dirigir su empresa durante su ausencia. Entiendo por qué te has negado a reconocer todo esto, Francesca, de verdad que sí —añadió Lucien en voz baja, y su mirada compasiva le hizo más daño que hubiera sido impaciente o desdeñosa—. Pero eso no cambia los hechos. Las vidas de miles de personas dependen de la estabilidad y prosperidad de Empresas Noble. Y lo mismo puede decirse de Tyake. Tal vez Ian y tú ya no estéis juntos, pero tú más que nadie entiendes sus sentimientos y sus objetivos para la empresa. Creo que por eso te dejó con los poderes notariales necesarios que nos negó a los demás. Los abuelos de Ian han venido a Chicago, al igual que Gerard Sinoit, su primo. La única persona de la junta que no está disponible eres tú, y tenemos las manos atadas sin ti. Entiendo que no te sientas preparada para el cargo, pero Gerard, James, Anne y yo mismo podemos ofrecerte ingentes conocimientos empresariales. Te guiaremos. Los vicepresidentes y los directores ejecutivos de Ian han estado supervisando las operaciones cotidianas, con nuestra guía y consejos informales. Pero de los cinco miembros de la junta directiva, tu voto tiene más peso en cuestiones de adquisiciones y liquidaciones. En este momento no podemos continuar sin tu presencia.

—Si no ocupo un puesto en la vida de Ian, ¿cómo voy a ocuparlo en su dichosa empresa? —mascculló Francesca, dejando entrever parte de su rabia a través de la armadura emocional.

Lucien mantuvo el rostro impasible, con su mirada enigmática clavada en ella. No dijo en voz alta que era una egoísta por aferrarse a su resentimiento, pero supuso que Lucien lo estaba pensando. Al fin y al cabo, Lucien debería preocuparse de su matrimonio y de sus propios negocios, pero había hecho un hueco en su apretada agenda para ayudar en la supervisión de la empresa de Ian.

Miró a Davie con expresión perdida, a sabiendas de que su buen amigo no podría echarle una mano. «Joder, Ian», pensó. ¿Cómo podía haberla abandonado y dejarla atada al sentido mismo de su vida, a la empresa por la que había entregado su sangre y su sudor, y por la que había entregado su propia alma?

Jamás se había sentido tan arrinconada.

«¡Que le den!», pensó. Los había condenado a ambos, a la empresa y a ella, a las dos cosas que juró querer por encima de todo lo demás. Ella era un desaguisado que había dejado a su paso. Que su empresa se hundiera, a ella le daba igual. En otro tiempo tuvo la sensación de que se moría al saber que Ian estaba sufriendo, pero él le había negado la posibilidad de ofrecerle consuelo. El dolor y la rabia que sintió por su ausencia fueron tan grandes, y su preocupación por el bienestar de Ian tan inconmensurable, que la habían vaciado por dentro. Estaba convencida de que ya no tenía nada más que entregar.

Pese a esos pensamientos, un recuerdo enternecedor de la última vez que Ian y ella hicieron el amor se coló en su mente.

«—Dime que me quieres.

»—Te quiero muchísimo.

»—Siempre.

»—Sí, siempre.»

—Como he dicho, entiendo por qué estás decidida a no involucrarte —continuó Lucien, devolviéndola al tenso presente—.

La gente tiende a esconderse cuando está dolida para lamerse las heridas. Es natural… es el instinto que nos lleva a curarnos. Pero aun así voy a pedirte que lo hagas, Francesca, y no te lo pido por mí.

Apenas fue capaz de controlar el estremecimiento que le provocó el dolor. Dio un respingo y apartó los ojos de la mirada penetrante de Lucien. Estaba hablando de su dolor y de su propia reacción, por supuesto, pero también se refería a Ian. ¿Acaso no era eso lo que Ian estaba haciendo? ¿No se había encerrado para lamerse las heridas?

—Me reuniré con vosotros y veré qué tenéis que decir, pero no te prometo nada —le dijo con voz seca.

Lucien asintió con la cabeza.

—Es lo único que te pido.

El primer mazazo fue contemplar el enorme despacho de Ian, la representación del lujo austero y masculino, y la familiar vista del río y de los rascacielos. El corazón, que ya le latía desacompasado, se le aceleró todavía más al ver las ansiosas y preocupadas caras de los abuelos de Ian, Anne y James Noble.

Adoraba a Anne y a James. Enfrentarse a la cruda realidad de que ya no formaría parte de su familia hizo que respirar con normalidad supusiera todo un desafío durante varios segundos, y hablar ya era impensable. Saludó con un gesto amable de cabeza cuando Lucien le presentó a Gerard Sinoit, el primo de Ian.

El único asiento libre de la reluciente mesa de conferencias de madera de cerezo se encontraba en la cabecera. La obligaron a sentarse allí.

—Gracias —dijo en voz baja en cuanto estuvo sentada. Se enfrentó brevemente a la mirada de Lin Soong, la ayudante ejecutiva de Ian, cuando esta le dejó un vaso con gaseosa y lima delante de ella.

De repente, Lin extendió una mano para darle un apretón,

y como siempre, su compasión genuina y su calidez contrastaron con la gélida belleza y la sofisticación profesional que irradiaba. Francesca giró la mano para devolverle el apretón, agradecida por la sutil muestra de apoyo en tan difíciles circunstancias.

—Lin, puedes quedarte para la reunión si así lo deseas. Nadie conoce más a fondo Empresas Noble, excepto Ian —dijo Gerard con amabilidad.

—Es un asunto que tiene que decidir la junta directiva —repuso Lin con una sonrisa—. Estaré al otro lado de la puerta si puedo servir de ayuda.

Gerard miró a Francesca en silencio tras la marcha de Lin.

—Entendemos que tiene que ser muy duro para ti...

Francesca meneó la cabeza una vez y Gerard dejó de hablar. Le regaló una débil sonrisa a modo de disculpa por su brusquedad.

—¿Os importa que vayamos al grano? ¿Qué pasa con Tyake?

Gerard carraspeó y miró primero a James y después a Lucien. Este se limitó a enarcar las cejas con gesto expectante, de modo que Gerard se lanzó de lleno a una descripción de la puja de Empresas Noble por la gran corporación nipona de juegos y de tecnología. Francesca escuchó con atención, analizándolo mientras hablaba. Su presentación era elocuente, segura y basada en datos. Aunque no conocía al primo de Ian, este lo había llamado «tío» cuando era pequeño, a pesar de que Gerard solo tenía ocho años más que él. Ian solo tenía diez años en el momento en que sus abuelos lo encontraron junto a su madre desaparecida en el norte de Francia. Cuando volvió con ellos a Gran Bretaña, reservado y desconfiado, Gerard ayudó a Anne y a James a sacarlo de su cascarón y a mostrarle lo que era la seguridad por primera vez en su vida.

Gerard no aparentaba treinta y nueve años, y la camisa blanca que llevaba bajo la americana de cheviot resaltaba su constitución musculosa y atlética. Tenía el cabello castaño claro, a juego con sus ojos, pero Francesca captó las sutiles trazas del parecido familiar. Se enfadó consigo misma por buscar las semejanzas en el rostro de Gerard de forma automática.

¿Llegaría el día en el que no compararía a un hombre con Ian?

Sabía que Gerard era abogado, aunque utilizaba su formación jurídica para administrar las inversiones y las propiedades que poseía, que eran considerables. Era el propietario de una exitosa empresa de electrónica que se jactaba de tener entre sus lucrativos clientes a entidades tanto privadas como gubernamentales. Sabía que Sinoit Electronics era una de las proveedoras de Empresas Noble, de la misma manera que Ian le proporcionaba a Sinoit ciertas patentes tecnológicas. Ian le había contado que Gerard tenía una mente empresarial privilegiada y que habría cuadriplicado el legado de sus padres, que murieron cuando él contaba solo dieciocho años. Gerard también era el heredero de James Noble al título de conde de Stratham, aunque Ian heredaría las propiedades y la fortuna de sus abuelos. Como hijo ilegítimo, Ian no podía heredar el título por ley. De resultas, el título acabaría en manos del hijo de Simone, la jovencísima hermana de James: Gerard, que era el siguiente descendiente varón legítimo de la familia. Francesca recordó que Gerard estaba divorciado y que no tenía hijos. También era rico y bastante guapo. Todas esas cosas lo convertían en uno de los solteros más codiciados de Gran Bretaña. Ian solía comentar, con bastante sorna, que Gerard era un experto en eludir a esa mayoría de mujeres avariciosas al tiempo que seducía sin esfuerzo a la selecta minoría que lo complacía. En ese momento Francesca presenciaba lo que había querido decir.

—Como puedes ver —decía Gerard a modo de conclusión—, estamos preparados para dar los pasos necesarios a fin de adquirir Tyake. Aunque es preciso actuar con rapidez. Dada la crisis económica de los japoneses, el propietario está desesperado por vender. A estas alturas le importa más el dinero contante y sonante que hacer un buen trato. Según me ha dicho Lucien, estás al tanto de lo mucho que Ian deseaba hacerse con Tyake, ¿no es verdad? —preguntó él, con sus ojos castaños clavados en Francesca.

Ella asintió con la cabeza.

—Hizo varias ofertas, pero las rechazaron todas. Envidiaba muchísimo su talento programador. Decía que Tyake había contratado a los hombres y a las mujeres más excepcionales del planeta antes de que la comunidad empresarial occidental comprendiera siquiera el mercado. Supongo que los contratos laborales se transferirían a Empresas Noble con el acuerdo, ¿no?

—Por supuesto —aseguró Lucien, que se inclinó hacia delante, apoyando los codos en la mesa—. Esa era una condición fundamental en la oferta de compra.

Francesca se concentró en él. Lucien contaba con los conocimientos adquiridos en el hotel y en las empresas de ocio de su padre adoptivo, además de haber dejado su impronta en la industria hotelera y de la restauración.

—¿Tú qué opinas, Lucien? —le preguntó.

—Creo que deberíamos hacer lo que sea para adquirir Tyake. Creo que es lo que Ian querría. Pero desaconsejo que obtengamos el capital para la adquisición a través de un fondo de inversión. Sus contratos pueden ser incluso más traicioneros que los de los bancos, y si Noble incumple aunque sea una cláusula nimia, se correría el riesgo de...

—Empresas Noble tiene una situación económica muy sólida —lo interrumpió Gerard—. No hay motivos para pensar que pudiera incumplir algún compromiso. —Se volvió hacia Francesca—. El tiempo es oro. Podríamos tardar semanas, incluso meses, en reunir el efectivo necesario liquidando activos. Este fondo de inversión está dispuesto para prestarnos el capital requerido a fin de adquirir Tyake. En cuanto nos des el visto bueno, por supuesto, Francesca —añadió Gerard con un gesto amable de la cabeza y una cálida sonrisa.

Ella intentó devolverle la sonrisa, pero sentía los labios ateridos.

—Supongo que ninguno de los presentes admitirá estar en contacto con Ian, ¿verdad? —preguntó, con voz más fuerte de lo que habría creído posible al pronunciar su nombre. Examinó cada uno de los rostros de las personas sentadas a la mesa—. Porque esa sería la solución más sencilla: asegurarse de lo que Ian querría que hiciéramos.

—Francesca... —comenzó Anne Noble con expresión atormentada en su cara llena de arrugas, pero que seguía conservando su dulzura.

—No mentimos cuando te decimos que no sabemos dónde está Ian —terminó James por su esposa, a quien le cubrió la mano con la suya en un gesto reconfortante—. No hemos sabido nada de él. Gerard y Lucien están como nosotros. Todos, todos y cada uno de nosotros, desconocemos su paradero y su situación, y nos morimos de la preocupación.

Francesca percibió la sinceridad de sus palabras y captó la desdicha que invadía a la pareja. Con una punzada de dolor, se dio cuenta de que era la segunda vez en la vida de la pareja que un ser querido desaparecía. Helen, la madre de Ian, había estado más de una década en paradero desconocido antes de que por fin la encontraran, debilitada y esquizofrénica, bajo los cuidados de un niño con la mentalidad de un adulto, de un niño al que habían obligado a madurar antes de tiempo.

—Lo siento —dijo Francesca, ya que reconocía haberlos atacado sin motivo debido a su propia angustia. Tal vez incluso había albergado la esperanza de que alguien confesara haber hablado con él. Apartó la mirada de los ojos de Anne, porque el dolor que vio en ellos era un fiel reflejo del que sentía—. ¿Qué os parece a vosotros el trato? —les preguntó. Valoraba no solo la experiencia de James, que llevaba toda una vida administrando sus posesiones, sino también lo mucho que Anne comprendía el mundo empresarial gracias a que gestionaba algunas de las asociaciones benéficas con más presupuesto del mundo.

—Sé lo mucho que Ian ansiaba hacerse con Tyake, y estoy de acuerdo en que el tiempo es oro —dijo James.

—Y yo también —lo secundó Anne.

—Incluso tú tendrás que admitir que es necesario actuar deprisa, ¿no es verdad, Lucien? —preguntó James.

—Sí, pero la prudencia es igual de importante —respondió el aludido en voz baja.

—Ya hemos recurrido a este fondo de inversión en otras ocasiones, cuando precisábamos efectivo con rapidez para nuestras propias empresas —le dijo Anne a Francesca—. Siempre han sido de fiar. Gerard lleva trabajando sin descanso los últimos cuatro días para cerrar el trato.

—Gracias por todo el trabajo —dijo Francesca a Gerard.

—No es necesario que me lo agradezcas. Ha sido un placer hacerlo por Ian.

James esbozó una sonrisita y miró a su sobrino.

—Gerard siempre ha estado dispuesto a sacrificar su valioso tiempo por Ian. ¿Recuerdas la moto que montamos entre los tres cuando Ian vino a vivir con nosotros? Tenías razón. Nos ayudó muchísimo a cimentar nuestra relación con Ian... hizo que se sintiera un poco más cómodo en una tierra desconocida con desconocidos —murmuró James con expresión ausente y algo triste.

Gerard sonrió.

—Ojalá pudiéramos hacer algo tan sencillo como ponernos en contacto con él. Ahora más que nunca necesita a su familia —dijo al tiempo que señalaba a Lucien con la cabeza, como si quisiera incluirlo.

Eso confirmó las sospechas de Francesca de que Gerard sabía que Lucien e Ian eran hermanastros. Sin embargo, no tenía tan claro hasta qué punto conocía el historial delictivo de su padre, Trevor Gaines. Anne y James estaban al tanto de toda la verdad, pero no estaba segura de que hubieran llegado al punto de contársela a Gerard.

Lucien se removió en la silla al escuchar las palabras de Gerard. ¿Se sentía tan incómodo como Francesca por toda esa conversación acerca de la familia de Ian? Ella era la más ajena de todos los presentes, pero tal vez Lucien la siguiera de cerca. Era cierto que los Noble habían aceptado el triste hecho que convertía a Lucien y a Ian en parientes consanguíneos, pero ni Lucien ni ella podían alegar los lazos tan íntimos de una historia familiar que solo los años de experiencias y amor proporcionaban.

—¿Te incomoda esta oferta, Lucien? —preguntó Francesca con tiento.

—Me gustaría estudiar nuestras opciones. Como he dicho, estos contratos con fondos de inversión pueden ser extremadamente delicados y retorcidos. Ian no solía emplear este tipo de empresas a menos que las circunstancias fueran extremas.

—Ian las ha usado cuando quería dar un empujón a algún trato —dijo Gerard—. Se lo he preguntado a Lin y me ha asegurado que lo hizo en dos momentos anteriores, cuando el tiempo era de vital importancia.

—Pero decidió no usarlas en muchísimas ocasiones, y lo evitaba cada vez que podía —sentenció Lucien.

—Hay alternativas, ¿no es verdad? —preguntó Francesca—. ¿Podríamos liquidar algunos activos para la compra?

—No —la corrigió Lucien, que apartó la mirada de Gerard para clavarla en ella—. Tú podrías hacerlo, Francesca. Ian te dejó a ti los poderes notariales para llevar a cabo liquidaciones y adquisiciones de este calibre, solo a ti.

Francesca asintió con la cabeza, con la esperanza de que el gesto ocultara lo abrumada que se sentía mientras observaba las caras de las cuatro personas sentadas a la mesa. Intentó imaginarse lo que querría Ian. Una voz en su cabeza la instaba a ser prudente.

No le gustaba ni un pelo que dicha voz fuera la de Ian.

—Estoy con Lucien —dijo al final—. Al menos, me gustaría tener la oportunidad de leer las condiciones del trato antes de decidirme. Por supuesto, necesitaré vuestro consejo. Como sabéis, soy artista, no empresaria.

—Estaremos encantados de ofrecerte todas las explicaciones que estén en nuestra mano —le aseguró Gerard. Lanzó una elocuente mirada de soslayo a James—. Además, Ian le dijo una vez a James que te había estado dando clases de administración empresarial y que comprendías de forma innata las sutilezas financieras, incluso mejor que algunos de sus directivos.

Tal vez Gerard creyera que se sentiría halagada por los elogios de Ian, porque su sonrisa se desvaneció al ver la cara que puso. Francesca se levantó de repente.

—¿Puedo llevarme una copia de la oferta?

—Por supuesto; Lin te ha preparado una —contestó Gerard, que también se puso en pie. Era casi tan alto como Ian—. Pero íbamos a sugerir… y me refiero a James, a Anne y a mí… Íbamos a sugerir que te quedaras con nosotros los próximos días. Será más sencillo que intentar localizarnos por teléfono cada vez que te surja una pregunta. Podemos trabajar hasta bien entrada la noche y así analizar el trato juntos.

—¿Puedes dejar de pintar durante unos días? —inquirió Anne.

Francesca titubeó al clavar la mirada en los ojos azul cobalto de la anciana. Ian había heredado los ojos de su abuela.

—Nos encantaría pasar tiempo contigo —prosiguió Anne—. James y yo te echamos de menos.

—Yo también os echo de menos —repuso Francesca con sinceridad antes de poder morderse la lengua. Bajó la vista y examinó las delicadas vetas de la madera pulida de la mesa, mientras intentaba recuperar la compostura—. Creo que puedo escaparme unos días —continuó poco después—. Acabo de terminar una pieza que va a ser el regalo de Navidad para la mujer del comprador. Estaba pensando en tomarme unas vacaciones hasta después de Año Nuevo.

—Quiero que me cuentes cosas de tu trabajo y que me digas

cómo te fue con el proyecto final de Bellas Artes. Estoy ansiosa por enterarme de todo lo que te ha pasado. Tenemos que ponernos al día en muchos aspectos, no solo por este acuerdo empresarial —dijo Anne con calidez al tiempo que se acercaba a ella y la cogía de la mano.

Guiada por un impulso, Francesca la abrazó y sonrió al captar el familiar perfume de Anne.

—Me gustaría mucho —repuso la joven.

—Bien. En fin, pues ya está todo arreglado. ¿Por qué no le pedimos a Lin que nos dé todo lo necesario y volvemos al apartamento? Podemos cenar juntos —sugirió Gerard.

—¿Al apartamento? —preguntó Francesca, sorprendida.

—Es donde nos hospedamos en Chicago. Espero que no te importe —dijo James para calmar los ánimos—. Sé que Ian te cedió el uso de sus propiedades, pero nos dimos cuenta de que no vivías allí. Y Anne dijo que… En fin… Bueno, que no había podido ponerse en contacto contigo para informarte de nuestros planes —terminó con incomodidad.

Francesca sintió cómo se ruborizaba ante el tacto que había demostrado James para aludir al hecho de que ella había estado desentendiéndose de las llamadas y de los mensajes de correo electrónico de los abuelos de Ian.

—Eleanor nos suplicó que nos quedáramos allí en vez de en un hotel —prosiguió James, en alusión al ama de llaves de Ian, la señora Hanson, una criada que llevaba mucho tiempo con la familia y que también era una amiga leal—. Pobrecilla. Se ha sentido muy sola deambulando por ese enorme apartamento. Echa de menos a la familia. Te echa de menos.

A Francesca se le formó un nudo en la garganta. Era una malísima persona por no haber visitado ni haber llamado a la señora Hanson. Sabía lo mucho que el ama de llaves quería a Ian. Debía de sentirse muy sola.

—En ese caso, será un placer verla —aseguró Francesca, aunque el corazón le latía muy deprisa.

Cuando se percató de que Lucien la miraba, supo que había detectado su ansiedad.

—¿Irás tú también? —preguntó con voz esperanzada.

—Me temo que no. Elise vuelve a casa desde París esta noche, tras una visita a sus padres.

—Por favor, dale muchos besos de mi parte —dijo Francesca con voz alicaída, mientras pensaba en todos los mensajes de correo electrónico y de texto llenos de preocupación le había enviado la guapísima y chispeante esposa de Lucien y que ella había borrado. Elise era su amiga. El dolor la atravesó como si hubieran abierto la compuerta de una presa. Incluso se había perdido la boda de Lucien y de Elise.

—Lo haré —aseguró Lucien, frunciendo el ceño. Era evidente que se percataba de su repentina agitación. Se acercó a ella a grandes zancadas y le cogió la mano.

—Lucien, lo siento... —comenzó ella, pero se le quebró la voz cuando él la arrastró hasta el extremo más alejado del enorme despacho.

—No te preocupes. Lo entiendo. Todos lo entendemos —la interrumpió en un susurro antes de mirar a los demás, que charlaban en voz baja a unos cuantos pasos de ellos.

Francesca se tragó la repentina emoción que la invadía con mucho esfuerzo.

—De repente, acabo de acordarme de que nunca te he preguntado por tu madre —dijo ella con voz cargada de emoción mientras examinaba su rostro.

El día en que Lucien les había contado la alucinante noticia de que Ian y él eran hermanastros, una de las consecuencias fue que Ian cayó en una profunda depresión. La otra, mucho más alegre, fue que Helen Noble, la jefa de la madre de Lucien durante cierto tiempo, por fin pudo revelarle a Lucien el nombre de su madre biológica así como la ciudad donde su familia residía en Marruecos.

—¿La has encontrado, Lucien?

Su repentina sonrisa fue un conocido rayo de luz que le provocó un vuelco en el corazón, pero que también la animó.

—Sí. Elise y yo la localizamos el verano pasado. No solo a ella. También a mis abuelos y a una tía y a un tío, ambos con familias numerosas. Mi madre nunca se casó, así que no tengo hermanos en Marruecos, pero tengo tantos primos que he perdido la cuenta. Mi madre se encuentra bien. Fue... fue un momento muy especial verla por primera vez. Ya nos ha visitado en dos ocasiones y nosotros hemos vuelto varias veces.

Francesca se bebió su expresión exultante como un tónico vital. Sí, había soslayado el dolor al alejarse de todos aquellos que le importaban, pero también se había perdido cosas maravillosas en el proceso.

—Me alegro muchísimo por ti —aseguró sinceramente—. Toda una familia... y de un plumazo.

—Es increíble, sí —convino él.

—Te lo mereces, Lucien.

Lucien la miró con una expresión penetrante.

—Mira, Francesca —dijo él con voz apresurada—, estoy a tu disposición para lo referente a este trato. Y para cualquier otra cosa —añadió con intención y las cejas enarcadas—. Solo tienes que llamarme y acudiré a tu lado o haré lo que sea para asegurarme de que te sientes cómoda cuando tomes la decisión.

—Gracias —replicó ella—. Desde luego que te llamaré después de leer la oferta y el contrato. Quiero enterarme de todos esos riegos potenciales de los que has hablado. —Se puso de puntillas y lo besó en la mejilla.

Lucien le dio un apretón en el hombro.

—¿Estás segura de que quieres ir al apartamento de Ian? —le preguntó él en un susurro, de modo que solo ella lo oyera.

—No —respondió Francesca—. Pero si sigo huyendo del pasado, jamás tendré un futuro.

Lucien no replicó, sin embargo sus ojos grises la miraron con inquietud, por más que mantuviera el rostro impasible.

Francesca aceptó una taza humeante de la señora Hanson con una sonrisa y apartó un montón de papeles.

—Es manzanilla. Te ayudará a dormir. Me parece que te vendría bien. Nunca te había visto tan delgada, y pareces cansada —dijo la señora Hanson mientras la examinaba con expresión preocupada.

—Gracias. Me cuidas como nadie —repuso Francesca al tiempo que daba un sorbo al líquido caliente, con la esperanza de aliviar la preocupación maternal de la señora Hanson.

Los cuatro, Gerard, James, Anne y ella, se habían reunido en la enorme biblioteca que servía de despacho a Ian después de la cena a fin de ponerse manos a la obra. Anne se acomodó junto a la chimenea y comenzó a leer cláusulas de la oferta con unas elegantes gafas y una manta tejida sobre las rodillas. James y Gerard se sentaron a la mesa ovalada con Francesca para hojear diferentes partes del contrato, aunque hacían frecuentes pausas para responder las preguntas de la joven. Ni una sola vez se impacientaron con lo que ella estaba convencida de que se trataba de preguntas de novata. Su amable ayuda la conmovió.

—Llevamos horas con esto —comentó Gerard, que apoyó el cuerpo en el respaldo de la silla y aceptó la taza que le ofrecía la señora Hanson con un agradecimiento. Miró la hora—. Son las dos de la madrugada. Estarás muerta de cansancio, Francesca. Deberías descansar. Podemos retomarlo donde lo hemos dejado por la mañana.

—Tengo un poco de sueño —reconoció ella, mientras se frotaba los ojos al sentir el escozor.

La señora Hanson la miró con expresión dubitativa.

—Había pensado instalarte en la habitación azul —dijo el ama de llaves, en alusión a la habitación de invitados que Francesca ya conocía—. Pero Gerard opinó que…

—Eres la legítima dueña de esta casa, así que el dormitorio

principal es tuyo —la interrumpió Gerard—. Yo hasta ahora me había quedado en ese dormitorio, pero antes he trasladado mis cosas y la señora Hanson lo ha preparado para ti.

Anne los miró de repente.

—No me había dado cuenta —dijo desde el otro extremo de la biblioteca, con voz alarmada—. Gerard, no creo que sea buena idea.

—¿No? —preguntó Gerard, asombrado. Miró a Francesca, y por fin lo entendió—. Solo tardaremos un segundo en volvernos a cambiar. Yo solo pensaba en tu comodidad. Muchas de tus cosas siguen allí… —Dejó la frase en el aire.

—Por supuesto que esa era tu intención. Gracias —replicó Francesca, quien miró a Gerard y a Anne con una sonrisa para tranquilizarlos—. No soy frágil. Pero sí estoy cansada. Creo que me voy a acostar. —Se levantó y se acercó a Anne para darle un beso en la mejilla.

Francesca estaba muy orgullosa de sí misma cuando salió de la biblioteca con paso tranquilo.

Se detuvo delante de la recargada puerta de madera del dormitorio de Ian mientras los recuerdos la asaltaban. Veía la asombrada cara de Ian mientras la miraba, con el deseo reflejado en los ojos.

—Nunca has hecho algo así, ¿verdad? —le preguntó él en un susurro.

—No —contestó, nerviosa y excitada a partes iguales—. ¿A ti te parece bien?

Ian torció los labios y compuso una expresión que ella ya identificaba como irritación por algo que él consideraba una debilidad personal.

—Al principio no, pero te deseo tanto que tengo que entender tu inocencia.

Ella había dado un paso para traspasar el umbral aquella noche y entrar en un mundo de indecibles desafíos emocionales y de maravillas sensuales… para entrar en un mundo de amor indescriptible. Su vida había cambiado para siempre.

Y allí estaba de nuevo, tan vacía y desolada como la estancia en la que Ian había vivido, respirado y amado en otro tiempo.

Porque había amado, o eso creía.

Dado que la pregunta le resultaba insoportable, inspiró hondo en busca de valor y giró el pomo. La puerta se abrió.

Parecía igual que siempre: los mullidos sillones delante de la chimenea, los cuadros raros, la sensual cama de cuatro postes, el exuberante arreglo floral detrás del sofá (con hortensias blancas y azucenas púrpuras). No entendía que todo le resultara tan familiar e inalterado cuando ella se sentía tan distinta.

Cinco minutos después salió del cuarto de baño y titubeó junto a un reluciente escritorio clásico. Con pasos apresurados, como si supiera que tenía que soportar el dolor y quisiera que pasase cuanto antes, abrió un estrecho cajón. Desdobló un trocito de seda negra y miró fijamente, conteniendo el aliento, el exquisito anillo de platino y diamantes. Recordaba con todo lujo de detalles la sensación del metal cuando Ian se lo puso en el dedo, y también recordaba su voz ronca y grave al pronunciar las maravillosas palabras que siempre llevaría grabadas en la cabeza.

—Sí —replicó ella sin más, y la cara de Ian se volvió borrosa debido a las lágrimas.

—Me temo que estoy siendo egoísta —dijo él con sequedad.

Francesca parpadeó y lo vio con claridad.

—El amor nunca es egoísta. Estás corriendo un riesgo. No creas que no me doy cuenta. Personalmente, pienso que es lo menos egoísta que has hecho en la vida —le susurró al tiempo que le tocaba el tenso mentón, con el deseo de suavizarlo… de conseguir que fuera menos duro consigo mismo.

Cerró el cajón de golpe.

Se sentó en el borde del colchón con la camiseta que llevaba debajo de la camisa y las bragas. Tenía camisones en el vestidor, pero estaba demasiado cansada para entrar esa noche, se sentía demasiado frágil para aspirar el aroma de Ian. El mismo aroma que perduraba era el que siempre asociaba con él: su colonia almizcleña y única, el olor de sus camisas limpias, el cuero de los incontables zapatos y el aroma a pino de los ambientadores.

Ya se internaría en el vestidor al día siguiente. Esa noche había utilizado todas sus reservas de energía para sentarse en la cama en la que habían dormido abrazados, en la que se habían susurrado palabras de amor y en la que habían hecho el amor en tantas ocasiones.

Le resultaba muy doloroso, pero por algún motivo, esa noche ansiaba el dolor.

Apagó la lamparita de la mesilla de noche y se metió bajó las sábanas a toda prisa, antes de poder cambiar de opinión. Aquello era bueno para ella, se dijo. Era terapéutico enfrentarse a los recuerdos de frente. Tal vez después de haber pasado un par de noches allí mientras perfilaban los detalles de la adquisición de Tyake, conseguiría verlo todo desde otra perspectiva… conseguiría cierta libertad. Se parecía bastante a visitar una tumba, ¿o eso creía? Tenía que aceptar el vacío de esa habitación, de esa cama.

Tenía que dejar marchar a Ian, de una vez por todas.

En vez de dejar la habitación sumida en las sombras, como era habitual cada vez que apagaba la lamparita, permanecía un resplandor. Se dio cuenta de que otra lamparita seguía encendida en la zona de la chimenea, manteniéndola en penumbra. Sopesó la idea de levantarse para apagarla, pero algo parecía pegarla al colchón. Ya le había costado bastante acostarse. Prefería no tener que repetir la experiencia.

Cerró los ojos con fuerza en un intento por reprimir los recuerdos de haber compartido aquella cama con Ian, de sus caricias, de su voz exigente… de su dominación sobre su cuerpo. Le ardió la piel debido a los sensuales recuerdos. Aunque sabía que las sábanas estaban limpias, creyó captar el olor de Ian cuando pegó la nariz a la almohada. Inspiró hondo y sollozó, pero no porque detestara el olor.

Sino porque no podía vivir sin él.

Oyó el distante gemido de desdicha y vio el movimiento bajo las sábanas. La observó, tenso y expectante, mientras la instaba a que apartase las sábanas de su cuerpo. Ella lo hizo con un gritito frustrado.

Recorrió con mirada ardiente las largas y relucientes piernas, los pechos que pugnaban contra el algodón y las manos blancas que se movían con frenesí. Los mechones rubios oscuros, con pinceladas cobrizas, se extendían por la blanca almohada en un despliegue sensual. Vio que sus turgentes muslos se separaban. Se le aceleró el corazón y sintió un ramalazo de deseo cuando la vio meter los dedos por debajo del elástico de las bragas y empezar a tocarse. No podía oírlo, pero se imaginaba el ruido que harían los dedos entre unos labios rosados e incitantes: el canto de una sirena. Ella parecía muy concentrada, obsesionada con su misión de alcanzar la liberación, como si la necesitase como el aire que respiraba. Se percataba de que ella ya lo había intentado antes, una y otra vez, pero sabía que nunca había logrado su objetivo.

Qué mujer más desolada y despampanante.

La mano que no tenía entre las piernas se movía con frenesí por el resto de su cuerpo. Primero rozó una cadera, siguió subiendo por las costillas y llegó a un pecho. La vio apartar la tela casi con furia. Maldijo en silencio la escasa luz, ya que deseaba ver con más claridad la pálida y firme carne coronada por sendos pezones rosados, que le hacían la boca agua. Se moría por saborear esa dulce piel con los labios y ansiaba atormentarla hasta que sus gritos resonaran en sus oídos.

En ese momento su mano se movía con tanta avidez como las de ella entre sus propios muslos. ¿Eran imaginaciones suyas o el rubor de sus mejillas había aumentado en un pálido reflejo de su voluptuosa boca y de sus enhiestos pezones? ¿Y eso que veía era el rastro de lágrimas en su tersa superficie? Le costaba mucho trabajo identificarlo a través del imperfecto ojo de la tecnología.

Tan salvaje. Tan desesperada. Tan hermosa.

La vio bajarse las bragas con gesto impaciente. Él dejó de mover la mano sobre su erecta polla.

Joder. Menudo coño tenía. El vello de su entrepierna era un tono más oscuro que el de su cabellera. La vio separar más los muslos y siseó al tiempo que inspiraba hondo. Acercó la cámara a los delicados pliegues enrojecidos, más expectante si cabía. La vio meterse los dedos entre los labios mayores. Separó los muslos todavía más y dejó al descubierto una carne suculenta, húmeda y rosada. Gimió cuando la vio pellizcarse con fuerza un pezón y sus dientes blancos relucieron en la penumbra al tiempo que meneaba la cabeza sobre la almohada. La oyó gritar, y en esa ocasión oyó el nombre.

Se levantó de un salto de la silla, mascullando un taco.

Se odiaba por lo que estaba haciendo, pero parecía incapaz de detenerse. Lo necesitaba, necesitaba esa excitación, aun a sabiendas de lo vacía que se sentiría después de que el placer desapareciera, aun a sabiendas de que después tendría que soportar la inevitable soledad.

—¡Ian! —exclamó, y pudo ver con claridad su apuesto rostro, tenso por la lujuria, mientras la observaba retorcerse bajo sus manos.

Él la inmovilizaba para darle placer, la obligaba a aceptar la estimulación sin tapujos y no le permitía moverse para evitarla. Siempre se había mostrado implacable a la hora de proporcionarle placer, siempre la había observado con ansia mientras ella se rendía a su mano, a su boca y a su polla, ya que parecía beber de su placer, como si dicho placer le diera la misma vida.

Ahogó un grito de sorpresa y dio un respingo cuando oyó que alguien llamaba a la puerta, interrumpiendo su excitación. Sin pensar siquiera, cubrió con las sábanas el lujurioso despliegue de la cama. ¿Había echado el pestillo?

—¿Francesca? —la llamó alguien.

Aturdida por la interrupción, y por el hecho de haber sucumbido con tanta facilidad al desesperado deseo que despertaba la cama de Ian, salió de ella y atravesó la estancia como una fugitiva culpable.

—¡Un segundo! —gritó.

Se miró de refilón en el espejo mientras se lavaba las manos a toda prisa y se ponía una bata. Tenía el pelo alborotado y las mejillas sonrosadas, aunque no sabía si se debía a la excitación o a la vergüenza. Intentó peinarse los largos mechones antes de salir a toda prisa del cuarto de baño.

Gerard parecía muy alto en el pasillo oscuro cuando abrió la puerta del dormitorio. Llevaba un pijama de algodón y unas zapatillas de cuero, así como una elegantísima bata de terciopelo azul oscuro. Francesca podía atisbar el rizado vello castaño oscuro de su pecho por el escote.

—Siento mucho molestarte —se apresuró a decir él, mirándola con el ceño fruncido por la preocupación.

—No es nada —le aseguró con voz entrecortada—. ¿Pasa algo?

—No... Bueno, espero que no. —Gerard se percató de su desconcierto—. Estaba a punto de acostarme y el sentimiento de culpa por haberle dicho a la señora Hanson que te preparase esta habitación me ha abrumado. No era mi intención mostrarme insensible —explicó con una sonrisa contrita—, pero de todas formas suelo serlo. O al menos es lo que Joanna, mi ex, me decía. Soy demasiado práctico. Esta es la habitación más lujosa de todas, en ella hay muchas pertenencias tuyas, y me sentía como un intruso al saber que tú también ibas a quedarte en el apartamento. Es evidente que se me escaparon los detalles a tener en cuenta. Anne se ha molestado mucho conmigo. Lo siento.

—Por favor, no le des más vueltas. Estoy bien —le aseguró en voz baja, adoptando el mismo tono de Gerard de forma automática.

—¿Estás segura?

A Francesca la conmovió su evidente preocupación.

—Todavía no me he acostado. Aún estamos a tiempo de cambiar de habitación.

Ella negó con la cabeza e intentó sonreír. Se sentía destrozada por esas increíbles circunstancias, y también sentía que su alma quedaba desnuda ante la mirada inquieta de Gerard.

—No hace falta, estoy bien, de verdad.

Gerard asintió con la cabeza.

—Si estás segura... En ese caso, te dejaré descansar.

Francesca enarcó las cejas cuando él titubeó.

—¿Me dirás lo que sea? Me refiero a si puedo ayudarte en algo. En cualquier cosa.

Se ruborizó al escucharlo. Creía que había interpretado bien su papel, pero saltaba a la vista que Gerard no se había tragado su fachada.

—Por supuesto, pero como acabo de decirte, estoy bien.

—Ian siempre decía que eres muy fuerte —comentó él al tiempo que examinaba su rostro.

—Y a mí siempre me decía que puedo contar contigo —replicó Francesca—. Ahora sé a qué se refería.

Tenía una sonrisa agradable, distendida y sincera... atractiva.

—Ojalá te hubiera conocido en otras circunstancias. Pero no puedo decir que me arrepienta de haberte conocido por fin. Eres todo lo que Ian decía. Buenas noches.

—Buenas noches —dijo ella en voz baja, y cerró la puerta mientras él se alejaba.

Estudió cada detalle de su cara mientras ella sucumbía al placer, embriagado por su expresión de agónico éxtasis, excitado a más no poder por sus gemidos y sus gritos. Se apresuró a enfocar más de cerca sobre sus ojos y después volvió a cogerse la dura polla con la mano. Se la meneaba con fuerza, apretando el henchido glande cada vez que llegaba a él, mientras se estremecía y gemía con voz ronca. Se esforzó por no parpadear en el momento en que eyaculó y el semen salió disparado hacia su mano, su muñeca y su barriga.

No quería perderse ni una milésima de segundo de la rendición de Francesca.

Se dejó caer, exhausta, en la cama, y dobló las rodillas para poder acurrucarse en posición fetal mientras seguía jadeando y aferraba la sábana con los dedos húmedos. La asaltó de repente, como sabía que sucedería. Como siempre sucedía después de alcanzar el clímax por su propia mano una vez que ya no tenía a Ian. Esa noche el asco que sentía por su debilidad era más fuerte de lo habitual mientras yacía tumbada en su cama, recordando los momentos que sabía que debía olvidar. Su desdicha le formó un nudo en la garganta y le atravesó el corazón, llegándole hasta lo más hondo.

«¿Cómo ha podido hacerme algo así?», se preguntó. Lo odiaba por eso.

Había despertado sus nervios, su cuerpo y su alma, la había hecho sentirse más viva que en toda su vida, pero la había dejado sola, como una llama humana condenada a arder sin cesar, sin un propósito… y sin esperanza de paz.

2

Ian empujó un armario y el movimiento hizo que el antiguo mueble perdiera una pata, de modo que quedó inclinado en un ángulo extraño. El panel trasero se cayó al suelo con estrépito al cabo de un momento. Tosió al respirar el polvo que se levantó como si de un hongo nuclear en miniatura se tratara.

Ese dichoso ático era una amenaza, pensó enfadado al tiempo que parpadeaba con rapidez para librarse del polvo. Todos los áticos lo eran. De momento había contado seis en Aurore Manor, cada uno situado en la parte superior de los distintos torreones. El lugar era una madriguera de escondrijos llenos de polvo y objetos olvidados, de talleres plagados con los extraños inventos patentados de Gaines... y con algún que otro juguete perverso que demostraba la depravación del aristócrata.

Una casa llena de secretos. La guarida de Trevor Gaines. Gaines: un acaudalado aristócrata, un ingenioso inventor de máquinas y relojes, un violador convicto y un «procreacionista» en serie. Un pervertido desquiciado que se lo pasaba en grande follando con embarazadas o dejando encinta a todas las mujeres que podía, ya fuera por medio de la seducción o de la violación.

Trevor Gaines. El padre de Ian.

Sabía, gracias a la investigación que había hecho sobre la historia de Gaines, que la policía se había llevado las pruebas incriminatorias tras un registro, después de que Gaines fuera arrestado por la violación de una mujer llamada Charity Holland unos veinte años atrás. En aquel momento encontraron dos vídeos que Gaines había grabado mientras violaba a dos mujeres, una de las cuales era Holland. Sin embargo, la policía no se había llevado todas las pruebas incriminatorias. Ian estaba convencido de que apenas había arañado la superficie en lo concerniente a las evidencias que demostraban los delitos de Gaines. Habían dejado cosas atrás, ya que no habían registrado la casa con el mismo ahínco que lo hacía él. Como por ejemplo, la prueba que había encontrado el día anterior.

En el compartimento secreto de un antiguo escritorio, Ian había descubierto una serie de diarios muy bien cuidados, con tapas de cuero. Entre sus páginas y con la metódica y clara letra de Gaines, Ian encontró una lista de mujeres y fechas que comenzaba cuando Gaines tenía dieciséis años y concluía a los treinta y cinco. Cientos de nombres de mujeres habían sido anotados en dichos diarios durante décadas. A medida que pasaba el tiempo, las anotaciones eran más precisas y detalladas. Al principio, Ian creyó que las fechas se referían a las ocasiones en las que había visto a las mujeres, o tal vez en las que se había acostado con ellas. Tardó bastante en descifrar las distintas marcas, ya que algunas fechas estaban señaladas con equis o círculos. Al final, se percató del patrón y llegó a la espantosa conclusión de que Gaines anotaba meticulosamente los ciclos menstruales de las mujeres. Había descubierto el concienzudo método de Gaines para mejorar las posibilidades de un embarazo.

Tras el amargo descubrimiento, Ian perdió el apetito durante todo el día.

¿Qué impulsaba a un hombre a hacer algo así? La pregunta lo obsesionaba.

Sus esperanzas de encontrar algo en el ático se evaporaban por momentos. Tal vez lo más relevante que había descubierto eran unas cartas enviadas por Louisa Aurore a su hijo cuando tenía ocho, nueve y dieciséis años respectivamente. Cartas enviadas a Trevor Gaines.

Solo había encontrado esas tres cartas. La suma total que Gaines había guardado en recuerdo de su madre, o tal vez la colección completa de misivas que Louisa le envió a su hijo. Ian apostaba más por la segunda opción. A juzgar por lo que había descubierto sobre su abuela paterna durante su obsesiva investigación, era una zorra fría y cruel. Había enviado a Trevor a un internado cuando tenía siete años, después de que ella se casara de nuevo. Tras leer unas cartas que Trevor envió a unos amigos, Ian llegó a la conclusión de que no le entristeció que lo alejaran de casa. Al parecer, odiaba a su padrastro, Alfred Aurore, y estaba resentido con él por acaparar toda la atención de su madre. Según había descubierto Ian, Louisa había enviado lejos a su único hijo y durante diez años se propuso olvidarse por completo de él. En el caso de que Trevor sintiera algún tipo de angustia por el abandono de su madre, la había combatido volcándose en los estudios, ya que se convirtió en un brillante estudiante de matemáticas, física e ingeniería. Demostró una particular inclinación por crear objetos mecánicos automatizados, y patentó su primer invento, una pieza de un reloj, a los dieciocho años. Aunque le resultara amargo reconocerlo, era evidente que Ian le debía al desgraciado de su padre la sagacidad para los números y para los negocios, así como su capacidad para programar y sus habilidades mecánicas.

Lo habría cambiado todo con gusto por un padre medianamente normal. Renunciaría a todo eso con tal de librarse de Trevor Gaines.

Después de que el segundo marido de Louisa muriera a causa de un infarto a los cuarenta y nueve años, ella heredó todas sus propiedades. Además, era la heredera de la fortuna del abuelo paterno de Ian, un hombre llamado Elijah Gaines. La muerte de su segundo marido fue lo que impulsó a Louisa a enviarle la tercera carta a Trevor cuando este tenía dieciséis años.

Si no tienes nada mejor que hacer, tienes permiso para pasar la Navidad en Aurore Manor. Por supuesto, estamos de luto riguroso, pero lo mismo da. Como bien sabes, nunca me han gustado estas fiestas. Sin duda disfrutarás más pasando la Navidad de la forma habitual, en compañía de la familia del director y tonteando con tus engranajes y tus máquinas.

Una mujer cariñosa y simpática, pensó Ian, que frunció el ceño mientras apartaba de una patada los enmohecidos restos del desvencijado armario. La verdad, no sentía compasión por Gaines. Ninguna en absoluto. Aunque se le pudiera achacar a su abuela parte de la responsabilidad por haber creado a un violador psicópata y depravado que odiaba a las mujeres en la misma medida que lo obsesionaban, los crímenes de Gaines eran demasiado espantosos como para justificarlos con el egoísmo de su madre.

Frunció el ceño de nuevo al percatarse de que al caer, las piezas del armario habían roto una tabla del suelo. Se arrodilló y apartó los trozos de madera con brusquedad, si bien sintió que se deshacían entre los dedos.

Introdujo la mano entre las tablas rotas y tiró de ellas para arrancarlas. El crujido resonó en el silencioso ático como si fuera un disparo. A la tenue luz de la tarde que entraba por las polvorientas ventanas, vislumbró una cosa pálida en el suelo y cuando lo tocó, comprobó que era algo elástico. Del compartimento del suelo sacó un sujetador agujereado y un puñado de bragas arrugadas y comidas por las polillas. Se asustó al ver que una cucaracha salía de uno de los agujeros, y arrojó al suelo las deterioradas prendas con asco.

Una risotada estentórea lo distrajo. Ian se puso en pie de inmediato y adoptó una postura defensiva por instinto.

—Le gustaba quedarse con un trofeo de todas ellas. De todas sus damas —dijo con sorna el hombre, un individuo corpulento y con barba.

—Fuera de aquí, vagabundo. ¿Cuántas veces debo echarte de esta casa? Ahora es mía porque la he comprado. No puedes entrar y salir de ella cuando te apetezca como hacías antes —le soltó Ian con ferocidad, mientras caminaba sobre las tablas, que crujieron bajo su peso.

Le habría encantado darle un puñetazo en ese mismo momento. Habría sido un desahogo mucho más satisfactorio para ventilar su furia y depresión que el hecho de verse obligado a rebuscar entre la basura que había dejado Trevor Gaines tras su patética vida. Agarró al hombre por las solapas de la sucia gabardina y estampó su enorme y musculoso cuerpo contra la pared adyacente a la escalera, haciendo que el aire saliera con fuerza de sus pulmones. Acto seguido, le presionó la garganta con el brazo, consciente de que la sed de sangre le había acelerado el corazón hasta el punto de que sus latidos le atronaban los oídos. Pese al rudo recibimiento, Reardon soltó una carcajada y su alegría alentó el enfado de Ian.

—Es posible, es posible. —Los ojos de Reardon recorrieron la cara de Ian, demudada por la ira—. Es posible que esta sea tu casa. Es posible que este sea tu lugar. Sé lo que eres.

Ian se sorprendió, pese a la furia. El vagabundo hablaba en su idioma, no en francés como era lo normal en la zona. Aunque la voz de Reardon era ronca, su pronunciación era refinada. La gente de los alrededores recelaba de Ian, pero unos cuantos forasteros le habían dicho el nombre del vagabundo que vivía de forma ilegal en la propiedad de Aurore Manor. Ian había echado a Kam Reardon de la casa en dos ocasiones anteriores. Al principio, pensó que el vagabundo le estaba robando comida, pero pronto se percató de que no había tocado sus suministros. En cierto momento empezó a sospechar que Reardon estaba mangando componentes electrónicos y otros materiales de los talleres de Trevor Gaines. Sin embargo, hasta entonces no había reparado en el detalle de que el hombre era capaz de hablar y no solo de pronunciar insultos y emitir gruñidos.

—Yo también sé lo que eres tú —le soltó Ian, apretando el brazo, y el vagabundo sufrió una arcada y se golpeó la cabeza con la pared—. Eres un ladrón y un despojo que no tiene cabida en este mundo.

—¿No lo somos todos? ¿No somos todos sobras asquerosas, iguales que esas bragas apolilladas que acabas de encontrar? Piénsalo —añadió Reardon con voz ahogada y un brillo malicioso en los ojos—. Algunas de esas bonitas prendas tal vez fueron de tu madre.

Ian sintió que lo inundaba una furia candente. Levantó el puño para pegarle, pero en ese instante miró al vagabundo a los ojos sin querer. Unos ojos claros y grises que lo contemplaban desde una cara un tanto sucia y con una espesa barba. Los ojos de Lucien...

Fue como si le arrojaran un jarro de agua helada a la cara.

Se apartó, espantado.

—Fuera de aquí —masculló—. Ahora mismo, antes de que te entierre con toda esta basura y prenda fuego.

Los dientes de Reardon le parecieron sorprendentemente blancos y rectos en contraste con su sucia apariencia.

—¿No sería adecuado... hermano?

Ian dio un respingo y comprendió que el gesto de repulsión había delatado su descubrimiento de la verdad. Reardon se enderezó la gabardina con desdén y dignidad, como si fuera un príncipe ofendido que llevara un abrigo carísimo en vez de un trapo que parecía recién sacado de un contenedor de basura. Con una mirada abrasadora y un rictus cruel en los labios, se inclinó hacia delante.

—Deberías andarte con cuidado —susurró el hombre—. Te pareces muchísimo a él, aquí vagando por esta casa. La gente empezará a jurar que ha visto el fantasma de tu papaíto rondando este inmundo vertedero.

Ian cerró los ojos mientras oía cómo los pasos de Reardon se alejaban por la escalera, esforzándose por contener el amargor de la bilis que ya sentía en la garganta.

Esa misma noche apartó la cena enlatada que apenas había tocado. Al ponerse en pie para recoger la mesa en la habitación donde se alojaba, se miró en el espejo. Tras un momento de tensión, soltó el plato y el vaso en la polvorienta cómoda, olvidando su propósito. Se acercó a su reflejo.

¿Desde cuándo tenía una barba tan cerrada después de pasar dos... o tres días sin afeitarse? ¿Desde cuándo tenía una mirada tan feroz? ¿Desde cuándo se parecía a Kam Reardon?

¿Desde cuándo se parecía a alguien mucho peor que Reardon?

«Te pareces muchísimo a él, aquí vagando por esta casa. La gente empezará a jurar que ha visto el fantasma de tu papaíto rondando este inmundo vertedero.»

Siseó al tiempo que estampaba un puño sobre la cómoda, gesto que envió el plato de porcelana al suelo, donde se rompió en mil pedazos.

«Gilipollas», pensó. Él no se parecía a Trevor Gaines. Su propósito al comprar esa casa dejada de la mano de Dios e inspeccionar todos los objetos olvidados en sus estancias plagadas de ratas no era otro que el de sacarse de la cabeza y del cuerpo a aquel criminal. Era una especie de exorcismo.

«Lo llevas en la sangre —le recordó una voz desagradable—. Nunca te librarás de su mancha.»

Su otra vida, esa vida que antes había sido estéril, organizada y metódica y que Francesca había transformado y bendecido con su luz y su alegría, comenzaba a parecerle un sueño, un vago recuerdo casi imposible de retener entre los dedos. Su mundo empezaba a convertirse en una pesadilla diluida. No aterradora, pero sí sucia y gris, difusa y sin sentido. Una versión personalizada del infierno.

—No —dijo en voz alta y ronca, afrontando su furiosa mirada en el espejo.

Tenía un propósito, un objetivo. Cuando comprendiera

quién era Trevor Gaines, cuando entendiera por qué su padre se había transformado en un ser depravado, podría desvincularse de aquel hombre. Porque su locura era organizada.

«Asegúrate de que no acabas enloqueciendo antes de que dicha organización empiece a funcionar.»

Gruñó al escuchar esa voz burlona y despectiva, su propia voz, sus propias dudas sobre la misión que acababan de salir a la superficie. Le dio la espalda a la perturbadora imagen que le mostraba el espejo.

«Solo un poco más.»

Prolongaría la búsqueda un poco más. Seguro que había algo en esa casa en ruinas que lo ayudaría a comprender a Gaines, a catalogarlo como si fuera un espécimen de laboratorio etiquetado. Algo que le permitiría asimilar el enigma de un hombre que había llegado a ser una espina en su costado, clavada tan profundamente que era incapaz de sacársela para desinfectar la herida.

Soltó un taco y se dejó caer sobre la polvorienta cama con dosel antes de clavar la vista en el techo. La ira se había convertido en su fiel compañera. Era lo único que penetraba el entumecimiento que lo embargaba, abrumándolo en aterradoras oleadas.

No. Había una cosa que lo hacía sentir, aun en ese erial grisáceo. Sentía la punzada del deseo. En contra de su voluntad, la angustiada y preciosa cara de Francesca se le aparecía en la mente tal como la había visto la noche anterior en el ordenador. Dicha imagen lo torturaba. Cerró los ojos con fuerza, intentando desterrar la evocadora y sensual imagen… en vano.

Como siempre.

Lo estaba haciendo por ella, se recordó con furiosa desesperación. Si no exorcizaba sus demonios, ¿cómo iba a presentarse ante ella de forma honorable? ¿Cómo podía entregarse a ella mientras su espíritu estuviera manchado? Ella era la luz y la calidez. Cada vez que lo miraba de reojo percibía más amor en sus ojos del que había conocido en la vida, más del que había sido capaz de imaginar antes de que ella entrara en su vida.

No... no permitiría que Kam Reardon, otra de las sobras de Trevor Gaines, lo desviara de su camino. No permitiría que el loco de su hermanastro lo descarriara.

«Si no eres como el pervertido de tu padre, ¿cómo es que te pasas el día deseando hacer lo que quieres hacer?», se preguntó.

Hizo una mueca mientras reflexionaba al respecto. Debería levantarse de esa cama, tal vez para salir a correr un poco. Podría seguir trabajando en la investigación de todo lo que había logrado reunir sobre Trevor Gaines, intentar relacionar la información inconexa que había compilado para formar un boceto medianamente comprensible. Hacer cualquier cosa que lo ayudara a alejar sus pensamientos del ordenador que descansaba en la mesa.

Siguió en la cama unos minutos más, tenso e inmóvil, mientras en su interior se libraba una batalla invisible. El esfuerzo hizo que el sudor le perlara las sienes.

Sin embargo, fue incapaz de resistirse al deseo por más que apeló a toda su fuerza de voluntad, y acabó levantándose para ir en busca del portátil. Era lo que era y eso, al menos, no podía controlarlo ni evitarlo. Con una especie de sombría resignación, por no mencionar un deseo salvaje y una buena dosis de autodesprecio, se sentó en la cama y abrió el programa reproductor de vídeo.

Era el equivalente a una flagelación masoquista, pero lo hizo de todas formas, consciente de que no podía resistirse por más que lo intentara. Tal vez Reardon tenía razón. Tal vez se parecía a su padre.

Al cabo de unos momentos contempló absorto la imagen del sublime rostro de Francesca mientras se corría.

Siguió mirándola aun después de que él hubiera llegado al orgasmo. La masturbación no lo satisfacía ni mucho menos, pero lo ayudaba a sentirse mejor. Era el equivalente a los cortes que se hacía en la piel, una de las pocas maneras de superar el entumecimiento.

Solo se levantó cuando notó que el semen se le enfriaba en el abdomen y experimentó una ligera incomodidad. Contempló su reflejo en el espejo del cuarto de baño mientras se limpiaba y recordó de nuevo la repugnante insinuación de Kam Reardon.

Recordó de nuevo a Kam Reardon, punto.

«¡Cómo no!», pensó.

Reardon era otro de los hijos biológicos de Gaines. Tal vez su madre viviera en los alrededores de esa casa. Un hecho era cierto: los habitantes del pueblo cercano insinuaban que Kam llevaba un tiempo viviendo de forma ilegal en la propiedad de los Aurore. De entre todos los hijos ilegítimos de Gaines, acaso Reardon fuera el que más secretos y detalles conociera sobre su padre. Seguro que podía ofrecerle algunas respuestas a Ian.

Arrojó la toalla al suelo y salió del dormitorio con un renovado y sombrío propósito.

Al día siguiente, Francesca corrió por el pasillo hasta llegar a la puerta principal del apartamento, ansiosa por saludar a su invitado.

—Muchas gracias por venir —dijo cuando se abrió la puerta del ascensor, antes incluso de ver a Lucien—. De verdad que no quería molestarte, y mucho menos cuando Elise acaba de volver a casa.

—Supuse que ibas a decir eso, así que la he traído conmigo —replicó Lucien, que salió del ascensor acompañado por una despampanante rubia de enormes ojos azules.

—Elise —murmuró Francesca, dividida entre la incomodidad por la repentina aparición de Elise tras la brecha en su amistad y la alegría por verla.

La sonrisa afectuosa y traviesa de Elise supuso un enorme contraste con su elegante belleza, como siempre. Y también ayudó a Francesca a olvidar el bochorno.

—No te enfades con él. No ha sido capaz de librarse de mí —comentó Elise, con los ojos brillantes mientras miraba a Lucien—. Me he pegado a él como una lapa y no le he dejado que viniera solo.

—Me alegro de que lo hayas hecho —le aseguró Francesca, sonriendo con sinceridad, tras lo cual se fundieron en un abrazo. Francesca parpadeó varias veces tras separarse de su amiga, mientras observaba su sonriente rostro—. Tengo entendido que has estado con tus padres, ¿no? Debes de estar... agotada.

Elise esbozó una sonrisita. En el pasado le había contado ciertas historias a Francesca sobre sus... pintorescos padres. Louis y Madeline Martin fueron los grandes responsables de que Elise huyera a Chicago en busca de una vida que tuviera significado. Llevar una vida provechosa no siempre era fácil para una heredera guapísima que había tenido todos los lujos materiales a su alcance, según había descubierto Francesca. Gracias a la guía y al amor de Lucien, sumados a la determinación y al talento de Elise, lo había conseguido.

—Agotada se queda corto. Louis y Madeline siempre consiguen su libra de carne. En fin, ¿cómo estás? —le preguntó al tiempo que enarcaba las cejas y la observaba de forma penetrante.

—Bien. Estoy bien —le respondió Francesca—. Muy... contenta de verte. De veros —añadió, mirando a Lucien. Después, bajó la vista al percatarse de que la observaban con compasión—. Siento mucho haber... bueno, ya sabéis, haber rechazado vuestras llamadas. No ha sido culpa vuestra. Fue un error mío. Lo sé, ahora que os veo de nuevo.

—Eso ya no importa —la interrumpió Elise con suavidad, y la tomó de la mano con un gesto tan natural que Francesca se sintió aún peor—. Somos amigos. Lucien y yo sabemos muy bien lo mal que lo has pasado.

—Gracias —replicó ella con sinceridad, esperando que Elise comprendiera lo agradecida que se sentía, tanto que no era capaz de expresarlo con palabras—. Entrad y sentaos. Prepararé unas bebidas.

Media hora después, los tres estaban sentados en el salón. Francesca ocupaba un sillón orejero y la pareja había elegido el sofá situado frente a ella. Sus manos estaban unidas, y el gesto transmitía serenidad. El compromiso que existía entre ellos era casi tangible. Le alegraba verlos tan felices, pero aun así... sentía un dolor en el pecho al ser testigo de aquella manifiesta y conmovedora expresión de su amor.

Cuando Lucien acabó de hablar, Francesca soltó la gaseosa con lima que había estado bebiendo y se acomodó en el sillón con un suspiro.

—Lo entiendo. Ahora comprendo lo que decías ayer sobre la cautela. Si Empresas Noble incumple aunque sea una cláusula menor de las dispuestas en el contrato con el fondo de inversión, Ian podría perder sus acciones. —Apretó los puños mientras reflexionaba sobre todo lo que Lucien le había dicho—. Tienes razón, Lucien —añadió tras la pausa—. Ian tenía muy claro que el total de las acciones de la empresa debía estar en manos de particulares. No le gustaría correr el riesgo siempre y cuando pudiera evitarse.

—La verdad es que la posibilidad de que ocurra un incumplimiento es mínima —señaló Lucien con convicción—. Pero a diferencia de un banco, un fondo financiero podría apropiarse de las acciones de Empresas Noble como forma de pago alternativo. Ha pasado en más de una ocasión... a veces en opas hostiles. Con esto no quiero decir que alguien tenga malas intenciones para aprovecharse de la situación.

—No, por supuesto —murmuró Francesca—. Como has dicho, es un recurso habitual para asegurarse liquidez. De no ser por el empeño de Ian en mantener Empresas Noble en manos de particulares, sería la solución para adquirir Tyake.

—Otras empresas estarían encantadas de asumir los riesgos. Las consecuencias potenciales son nimias.

—Pero no lo son en el caso de Empresas Noble —concluyó Francesca, enfrentándose a la mirada de Lucien—. No lo son en el caso de Ian.

El ligero asentimiento de cabeza de Lucien le indicó que lo había entendido perfectamente.

—Por tanto, buscaremos el dinero en otro lado. No hay razón para demorarlo más —dijo, inclinándose hacia delante con renovada determinación—. ¿Me acompañarás cuando vaya a hablar con Gerard, James y Anne? Por supuesto, tendré que escuchar sus protestas, pero ahora que comprendo el motivo de tu cautela, carecerán de argumentos para hacerme cambiar de opinión. Es posible que no les guste la idea en absoluto, después de todo lo que Gerard ha trabajado en el proyecto. Anne y James lo quieren tanto como a Ian. Tengo la impresión de que para ellos es incapaz de cometer un error.

—Por supuesto —replicó Lucien, que ayudó a Elise a ponerse en pie—. No dejaré que te enfrentes a esto sola.

Había estado en lo cierto. Gerard, James y Anne se mostraron preocupados por las dudas que le suscitaba el plan expuesto y al principio rebatieron sus argumentos con gran elocuencia. Sin embargo, gracias al apoyo de Lucien y a las conversaciones que Francesca les aseguró haber mantenido con Ian en el pasado sobre su intención de mantener el control de la compañía en sus manos a toda costa, consiguió convencerlos. Hasta Gerard, que había invertido tanto tiempo y esfuerzo en el proyecto, acabó admitiendo que la decisión estaba en sus manos y dijo que la respaldaría y la apoyaría fuera cual fuese. Acto seguido, comenzó a enumerar una lista de alternativas para conseguir liquidez y pidió la opinión de los demás miembros de la junta. Esa muestra de afabilidad lo congració aún más con Francesca.

—Tenemos mucho trabajo por delante, y el tiempo es esencial —señaló Anne durante un silencio en las deliberaciones.

Miró a James con gesto preocupado—. Y aquí estamos, con la Navidad a la vuelta de la esquina y el Baile del Aniversario justo después.

—¿El Baile del Aniversario? —preguntó Francesca.

—Sí, el día 26 de diciembre es nuestro aniversario. —Anne la miró con una sonrisa y después miró a James. Su deslumbrante expresión le quitó varios años de encima—. Tenemos mucho que hacer después de la cena de Navidad. Hace años que no se celebra una fiesta de este calibre en Belford Hall. Normalmente pasamos las fiestas en Londres —añadió en un aparte con Francesca, que entendió que se refería a su afán por pasar la Navidad cerca de su hija, Helen.

—Maravilloso. No lo sabía. Felicidades —dijo Francesca.

De repente, Anne pareció caer en la cuenta de algo.

—¡Pero tienes que venir! Por supuesto. Quería invitarte mucho antes de que pasara todo este asunto, quería invitaros a ti y a... —Dejó la frase en el aire, al percatarse de lo que había estado a punto de decir. Sin embargo, se sobrepuso enseguida—. Ahora es imperativo que asistas. Los cinco debemos mantenernos unidos mientras dure el proceso de liquidación de activos y la refinanciación, Lucien incluido. Francesca, un cambio de escenario te sentará de maravilla. Belford Hall está precioso en esta época del año. Pasaremos una Nochebuena y un día de Navidad tranquilos, solo la familia. —De repente, abrió mucho los ojos, como si hubiera sufrido una descarga eléctrica—. ¡Lo tengo! ¡El plan perfecto!

James miró a Francesca con un brillo alegre en los ojos. Era evidente que estaba acostumbrado a las inspiraciones repentinas de Anne y que a esas alturas ya ni intentaba detenerla cuando estaba en racha.

—Has comentado que acabas de terminar un cuadro y que todavía no tenías encargo alguno para Año Nuevo. Tu siguiente proyecto será Belford Hall —añadió, como si fuera obvio—. James y yo llevamos un tiempo considerando la idea de contratar a alguien para que pinte un cuadro con motivo de nuestras bodas de oro, pero no acabamos de ponerla en marcha. Seguro que ha sido el destino lo que nos ha hecho esperar hasta ahora. Ningún otro pintor que conozcamos aúna tu capacidad creativa y tus conocimiento arquitectónicos, Francesca. ¡Es la idea perfecta!

La expresión alegre de James se tornó pensativa.

—Pues tiene razón, Francesca. Es una idea fantástica. Serías la artista ideal para pintar Belford Hall.

—Queremos que el cuadro refleje el esplendor de Belford Hall en primavera… los bosques, los jardines. Pero que no sea algo tan grandioso como lo que hiciste con Noble Towers para Ian. Más bien queremos algo que podamos colocar en nuestra estancia preferida, donde podamos admirarlo noche tras noche —puntualizó Anne, mirando con cariño a James—. Durante tu visita podrías realizar algunos bocetos preliminares y después volver cuando todo esté en flor —sugirió, al parecer haciendo planes mientras hablaba.

—Bueno… es posible. Tendría que pensarlo —dijo Francesca, atónita y descolocada por el cambio de tema. Reconocía que pasar una temporada fuera era justo lo que necesitaba. Nunca había estado en Belford Hall, aunque en varias ocasiones se había quedado con Ian en la casa londinense de sus abuelos cuando iba a ver a Helen Noble al hospital—. Estudiamos Belford Hall en la universidad. Sería un placer verlo al natural, y mucho más pintarlo.

Anne le cogió una mano.

—Estoy deseando enseñarte mi hogar.

Francesca sonrió ante el despliegue de seguridad de la mujer, ya que le resultó muy conmovedor descubrir a una Anne a la que solo había vislumbrado hasta entonces: una mujer implacable, arrolladora, afable y simpática que conseguía que los más ricos, y a veces los más tacaños, del mundo sacaran sus talonarios para apoyar sus proyectos benéficos.

—Y tú también vendrás, Lucien —insistió la condesa—. No solo por el asunto de Empresas Noble, sino porque James y yo queremos conocer mucho mejor al hermano de Ian. Eres parte de la familia.

—Gracias —replicó Lucien, que parecía sinceramente conmovido por las palabras de Anne—. Pero esta va a ser la primera Navidad que Elise y yo pasemos juntos. Dudo mucho que ella esté de acuerdo —añadió con sequedad, hablando en nombre de Elise, que se encontraba en la cocina con la señora Hanson mientras se celebraba la reunión de la junta.

Como chef que era, a Elise le gustaba observar y aprender de la experimentada ama de llaves.

—Bueno, pues ella también vendrá. Será un placer contar con la compañía de esa chica tan simpática y enérgica. No la había conocido hasta hoy —añadió Anne, dirigiéndose a Francesca y a Lucien con un brillo travieso en los ojos—. La hija de Louis Martin es siempre un soplo de aire fresco en cualquier situación que parezca rancia. El alma de la fiesta, por descontado.

—Si por soplo de aire fresco te refieres a un alud de chismorreos, has dado en el clavo, porque esa es mi mujer —murmuró Lucien, que no pudo evitar sonreír de oreja a oreja.

Francesca atisbó la expresión jocosa de Gerard y se echó a reír de buena gana por primera vez desde lo que le parecían años.

Esa tarde fueron a Empresas Noble para reunirse con varios ejecutivos de la empresa y con algunos miembros del equipo de fusiones y adquisiciones. Hicieron una breve pausa para disfrutar de una agradable cena en Catch 35, durante la cual Gerard los entretuvo con variadas anécdotas familiares. Al parecer, el padre de Gerard, Cedric, había sido amigo de James desde su etapa universitaria en Cambridge y fue este quien le presentó su amigo a su hermana menor, Simone. Gerard les contó un sinfín de anécdotas sobre la juventud de James y de su padre. Presentó a Cedric Sinoit como una especie de bromista incorregible, empeñado en eclipsar a James de cualquier forma posible, si bien sus hilarantes intentos siempre acababan en inevitables fracasos. Francesca se rió con ellos y desterró durante aquellos alegres momentos la sombra de su pena.

Las complejidades del proceso de adquisición aún le resultaban problemáticas, ya que se veía obligada a manejar conceptos que para Lucien y Gerard formaban parte de su día a día. Estuvieron trabajando hasta bien tarde, trazando el boceto preliminar de un plan que podría llevarse a cabo de forma metódica aunque la junta directiva no estuviese en Chicago.

Cuando regresó al dormitorio de Ian eran más de las doce de la noche y, aunque se sentía agotada, estaba contenta. Después de obligarse a entrar en el vestidor de Ian en busca de un camisón y una muda de ropa interior que sacó de un cajón, comprendió que era mucho mejor sentirse agotada. El cansancio le provocaba un entumecimiento emocional.

Una vez que se duchó, caminó descalza hasta la cama, prácticamente dormida. Aunque se sentía agradecida de estar cansada, ver la cama de Ian y tener que apartar las carísimas sábanas le provocó una descarga de adrenalina.

Sacó un libro del bolso, decidida a desentenderse de todo lo relacionado con Empresas Noble y de los sensuales recuerdos que la asaltaron al acostarse en la cama de Ian.

Releyó el mismo párrafo cuatro veces, incapaz de captar el significado de las palabras. Las sábanas estaban frías y su tacto le resultaba erótico sobre la piel, aún acalorada por la ducha. Recordó al detalle lo divinas que le parecieron en otras ocasiones, cuando Ian la dejó sobre ellas después de llevarla en brazos desde su habitación privada, donde habían hecho el amor de forma estimulante y desenfrenada. Miró de reojo la puerta cerrada de dicha habitación. Gerard se había alojado en ese mismo lugar. ¿Habría entrado en ese refugio cerrado con llave? ¿Sospecharía lo que había al otro lado?

En otro tiempo, un año antes, habría descartado semejante posibilidad al considerarla ridícula. ¿Por qué iba a pensar un hombre en algo de índole sexual por encontrarse con una puerta cerrada? Sin embargo, Ian había expandido sus horizontes.

Recordó una noche del mes de marzo cuando Ian trató de explicarle cómo funcionaban las cosas.

Habían quedado para cenar con Lin y con el hombre con el que estaba saliendo desde hacía poco tiempo en el restaurante de Lucien, Fusion. Antes de la hora acordada, Ian la llevó a una estancia privada. Lo siguió presa de una excitación erótica que ya le resultaba familiar, teñida de cierta aprensión. Tras ordenarle que se desnudara, le ató las muñecas a unas cuerdas sujetas por ganchos a la pared.

Esperó con nerviosismo después de que la colocara de pie con la espalda levemente inclinada hacia delante, las piernas rectas, los pies separados medio metro y el trasero elevado. Las cuerdas le tiraban de las muñecas. Acto seguido, Ian usó un látigo de cuero negro, si bien no lo hizo con crueldad, eso jamás, para estimular las terminaciones nerviosas de su culo, caderas y muslos. Ejerció su dominación con cuidado y de forma deliberada, dispuesto a excitarla, no a hacerle daño. Cada vez que le recordaba que debía mantener la posición por incómoda que le resultara, sacando pecho y trasero a fin de azotarla a placer, no se sentía ofendida, sino excitada.

Como siempre, Ian se detuvo en numerosas ocasiones para acariciarle la piel enrojecida por los latigazos con la palma de la mano. A veces también usaba un vibrador diminuto que le colocaba en el clítoris, o se lo acariciaba con el dedo de forma magistral mientras le introducía otro vibrador en la vagina. Si cerraba los ojos en ese momento, todavía podía oír sus gemidos y gritos, y la voz ronca de Ian mientras le decía lo preciosa que era, lo cachondo que lo ponía.

«Eso es. Cuando confías en mí y te entregas estás guapísima. Córrete otra vez, preciosa. Córrete en mi mano.»

Al final, después de que le permitiera correrse varias veces, le dijo que se enderezara por completo. Se colocó a su lado y en ese momento se percató de que se había bajado la cremallera del pantalón y se había sacado la polla. Clavó los ojos en ella mientras Ian se la acariciaba con una mano y con la otra le azotaba los pechos con suavidad. Todavía recordaba lo ronca que se le había puesto la voz mientras le estimulaba los pechos, que adquirieron un delicado tono rosado, si bien se detuvo en varias ocasiones para pellizcarle los pezones hasta dejárselos tan duros que le dolían. Cuando llegó a un punto en el que le resultó casi imposible contener el orgasmo y solo por la estimulación de sus pezones, Ian no pudo más. La penetró desde atrás y su afán posesivo le resultó abrasador.

Le encantaba cuando lo veía perder el control.

Después, la llevó a la cama. Todavía recordaba lo delicioso que le resultó el fresco roce de las sábanas en el cuerpo, acalorado y extremadamente sensible, mientras se deslizaban sobre su culo, sus caderas y sus pechos. Le resultó maravilloso descansar encima del colchón, sobre todo cuando Ian se acostó a su lado y la abrazó.

Acto seguido, le acarició la mejilla con un dedo.

—Necesitas un momento para relajarte antes de prepararnos —le dijo con una sonrisita—. Aún estás poseída por la pasión.

—Habrá desaparecido cuando me duche y me vista —murmuró ella, acariciándole los bíceps tan duros.

—No es tan sencillo como imaginas. A las mujeres siempre se les nota cuando han disfrutado del sexo. En tu caso, es más evidente todavía. Brillas como un faro en la oscuridad. No me gusta que te vean así —añadió pensativo, mientras seguía acariciándole la mejilla y la frente—. Tu imagen después de haber hecho el amor es mía y solo mía.

En aquel momento ella se rió, incapaz de comprenderlo.

—No seas ridículo. Ni que la gente fuera adivina. Es imposible que sepan lo que hemos hecho antes de salir.

Ian enarcó una de sus cejas azabache.

—Te equivocas. Los hombres lo notarán. Algunos, al menos.

Ella abrió la boca para protestar, pero percibió que Ian no estaba bromeando como acostumbraba a hacer.

—¿Cómo es posible? —le preguntó, hipnotizada por sus caricias y por su expresión seria—. ¿Cómo es posible que los hombres lo sepan?

—Por el rubor que aparece aquí, aquí y aquí —contestó despacio, tocándole el pecho, las mejillas y los labios—. Aun después de que desaparezca, deja un brillo revelador. Por tus músculos relajados y por tu actitud satisfecha con la vida. Por esa indefinible certeza de que te sientes cómoda con tu cuerpo, por tu forma de moverte y por tu postura... por tu sensualidad, podría decirse. Se te nota sobre todo aquí —añadió al tiempo que le pasaba la yema de un dedo por el párpado superior de un ojo—. Tus ojos me matan siempre que los miro —dijo con una sonrisa torcida por la poética confesión—. Pero mientras hacemos el amor y después, son el reflejo de tu alma —le aseguró, y la sonrisita desapareció.

Francesca tragó saliva con dificultad, conmovida por sus sinceras palabras.

—Me resulta increíble que los hombres puedan percatarse de esas sutilezas. ¿Estás seguro de que no eres el único?

La repentina sonrisa que apareció en sus labios le provocó un ramalazo de deseo.

—No. La mayoría de los hombres distinguen sin problemas a una mujer sexualmente satisfecha, ya sea a un nivel consciente o no. En ese sentido tenemos mucha más práctica que las mujeres. Aunque carezcamos de refinamiento en muchos aspectos, en temas tan esenciales como el sexo nos hemos visto obligados a aprender desde una edad muy temprana los signos más reveladores.

—Los signos más reveladores de la conquista, quieres decir —añadió ella, que puso los ojos en blanco.

Ian esbozó una sonrisa.

—Los objetivos de los hombres son simples y básicos en lo referente al sexo, aunque los métodos empleados para conseguirlos no lo sean. En cuanto a las mujeres —su voz adoptó un deje reflexivo mientras la acariciaba—, no siempre sois conscientes de vuestros objetivos. Sois un misterio para vosotras mismas, de modo que los hombres tenemos escasas esperanzas de comprenderos. Sois introvertidas. Misteriosas. Un verdadero enigma.

Francesca se mordió el labio para contener un gemido cuando él le colocó la mano entre los muslos y comenzó a explorar su vulva, todavía empapada.

—Nos parecemos mucho a nuestros respectivos órganos sexuales, ¿no te parece? —le preguntó, observando su rostro al tiempo que le acariciaba su sensible clítoris—. Vosotras sois delicadas y enigmáticas. Suaves y profundas —murmuró, metiéndole un dedo en el coño—. Sois un misterio... que solo desveláis a aquel que se lo merece.

Francesca sintió que le temblaban los labios tanto por lo graciosas que le resultaban sus palabras como por la renovada excitación.

—Con razón no puedo ocultarte ningún secreto.

Ian la besó en los labios mientras sonreía y frotó su erección contra el muslo de ella. Pese al explosivo orgasmo que había tenido poco antes, volvía a ponérsela dura y grande.

—Nosotros los hombres vivimos en la superficie. —Se movió de nuevo contra su cadera, a fin de dejarle claro que estaba empalmado—. Es imposible esconder esto, ¿verdad? Como tampoco podemos esconder nuestro firme y brutal propósito —añadió con un deje socarrón en la voz, si bien Francesca no pudo ver si estaba sonriendo porque comenzó a besarle el lóbulo de la oreja, provocándole una miríada de escalofríos en la espalda.

—Mmm —murmuró—, aunque la mona se vista de seda,

mona se queda —continuó con un hilo de voz mientras él le besaba la mejilla y la sien, con renovado ardor.

Comenzó a moverse bajo su mano y, como siempre, él la mantuvo firme inmovilizándole las caderas. Le metió otro dedo. Ella gimió y se estremeció al tiempo que la besaba en la boca con afán posesivo.

—Contigo es imposible ocultar nada, Francesca —le aseguró sin apartarse de los labios.

Acto seguido, la instó a tumbarse boca arriba y la penetró con un movimiento certero, que puso de manifiesto la brutalidad de la que había estado hablando.

Cuando abandonó el detallado y erótico recuerdo, Francesca descubrió que el libro estaba abierto en la cama, olvidado, y que tenía el camisón enrollado sobre el pecho y una mano bajo las bragas. Soltó un gruñido impaciente y se las bajó.

Sus esfuerzos fueron en vano. Aunque estaba cachonda, sus caricias no la satisfacían. Aunque se corriera, no sería suficiente.

Jamás sería suficiente.

Frustrada hasta un punto insoportable, se levantó de la cama, cuyas sábanas estaban arrugadas, y corrió hacia el vestidor con las mejillas sonrojadas, y los pezones duros y muy sensibles incluso para soportar el suave roce del camisón de seda. Al fondo de uno de los cajones que Ian había dispuesto que fuera suyo, encontró lo que quería: un pequeño pero potente vibrador. Lo había escondido entre su ropa interior antes de marcharse de la residencia de Ian.

En cuestión de segundos estaba de nuevo en la cama con los muslos separados y el vibrador zumbando y pegado a su clítoris.

Ian lo había usado en muchas ocasiones. A veces mientras la azotaba sobre sus rodillas, mezclando el erotismo de los azotes con el placer del vibrador. ¡Dios! Le encantaba cuando le ataba las muñecas y le ordenaba que se tumbara boca abajo sobre las rodillas. Le encantaba estar a su merced mientras él la acariciaba a placer y la azotaba hasta que le dejaba el culo rojo. En esa postura percibía la tensión de sus poderosos muslos, así como lo mucho que se excitaba. Sentía cada espasmo de su polla cuando le azotaba los glúteos, cuando se los apretaba con deseo y se frotaba contra ella.

Tras asegurarse de que quedaba completamente satisfecha, llegaba su turno. La poseía por completo, se la follaba hasta que no le quedaba más remedio que correrse, arrollada por su absoluto y desquiciante dominio.

El detallado y brutal recuerdo era casi insoportable, pero debía claudicar, de la misma manera que había claudicado ante Ian. Puso el vibrador a la máxima potencia y sintió la caricia fresca del aire en su coño húmedo. Al instante, levantó las caderas y las rotó, moviéndose mientras se frotaba contra el juguetito. Se metió un dedo y gimió por lo inadecuada que le resultaba la penetración. Quería más, necesitaba una polla grande y dura que la obligara a someterse y la pusiera a mil...

Necesitaba a Ian.

«Que se vaya a la mierda.»

Se metió otro dedo. Había pasado demasiado tiempo. Había pasado demasiado tiempo desde que sintió bien follada, desde que tuvo una polla dentro. Estaba muy cerca... muy cerca del orgasmo. Se sacó los dedos y volvió a metérselos con fuerza, adoptando una cadencia que la ayudó a imaginar que era otra persona quien la acariciaba.

«Y ahora te correrás para mí, preciosa.»

Esa seguridad. Esa firmeza. No le quedaba más remedio que obedecer.

Alguien llamó a la puerta, haciendo añicos la fantasía.

Se quedó helada y jadeando en busca de aire. El coño le palpitaba por lo cerca que había estado de correrse. Alguien llamó de nuevo a la puerta. Se levantó al instante con las piernas flojas y escondió bajo las sábanas el vibrador, brillante a la luz por su flujo vaginal. Después, corrió hacia la puerta.

—¿Quién es? —preguntó, intentando controlar la voz para no jadear. Bajó una mano y se frotó el coño a través del camisón. Dio un respingo. Había estado a punto de correrse. Tanto que lo necesitaba con urgencia.

—Soy Gerard. Siento molestarte otra vez. ¿Puedo entrar un momento? Te prometo que no tardaré mucho.

Francesca se miró, alarmada.

—Lo siento, ahora mismo no puedo, Gerard. Estaba a punto de acostarme. No estoy vestida.

—Esperaré mientras te pones algo —replicó él desde el otro lado de la puerta—. Por favor, Francesca, es importante.

Aunque ella abrió la boca para protestar, no se le ocurrió nada. Gerard acababa de echar por tierra la única excusa que su abotargado cerebro fue capaz de encontrar.

—Vale —dijo, aturdida—. Espera un momento. —Al cabo de un minuto, abrió la puerta y se las arregló para esbozar una sonrisa desganada—. Pasa —murmuró al tiempo que hacía un gesto hacia los sillones, que ocupaban la mitad de la espaciosa habitación.

—Gracias —repuso Gerard, quien le dirigió una mirada contrita antes de entrar.

Francesca cerró la puerta y se detuvo un instante para apretarse un poco más el cinturón de la bata. Aunque se había lavado con jabón y agua muy fría, y había esperado para ver si recuperaba el aliento, todavía sentía un hormigueo en la piel y sabía que estaba colorada. ¿Iba a tomar Gerard la costumbre de interrumpirla cada vez que se masturbara?

«No tiene la culpa. La culpa es tuya por ser tan tonta y sucumbir a los recuerdos… por sucumbir al deseo con tanta facilidad.»

Carraspeó para desterrar ese pensamiento y siguió a Gerard hasta los sillones. Ella eligió un sillón situado frente al sofá, donde se había sentado Gerard. Iba ataviado con el mismo estilo que la noche anterior, salvo que en esa ocasión los pantalones del pijama eran negros y la bata, de un oscuro tono rojo. Mientras se pasaba los dedos por el pelo para apartárselo de la frente con gesto nervioso, le dirigió una mirada penetrante.

—Gerard, ¿qué pasa? ¿Algo va mal?

—Estoy bien. ¿Cómo lo llevas tú? —le preguntó con un deje intenso en la voz.

—Muy bien, gracias —respondió, riéndose de su tono formal y tenso.

Gerard sonrió.

—Me refiero a cómo lo llevas teniendo en cuenta las circunstancias.

—Sí, te he entendido perfectamente —replicó ella al tiempo que lo miraba de forma elocuente, a fin de indicarle que estaba lista para escuchar lo que había querido decirle con tanta insistencia.

—Te pido de nuevo disculpas por molestarte. Es que resulta difícil hablar contigo mientras los demás están cerca. Hablar en privado, quiero decir. —La miró a la cara y sus ojos descendieron un instante hacia la piel que quedaba expuesta por el escote de la bata.

«Los hombres lo notarán. Algunos, al menos.»

Se removió, incómoda por el recuerdo de las palabras de Ian y por lo que había estado haciendo antes de que Gerard la interrumpiera.

—¿Por qué quieres hablar conmigo a solas? —le preguntó.

—Es por lo del viaje a Belford Hall, por el encargo del cuadro. ¿Le has dado a Anne alguna respuesta en firme sobre si vas a hacerlo o no?

—De momento no, aunque ella parece suponer que…

—Ya está todo decidido —añadió Gerard con una seca sonrisa—. Es típico de Anne actuar como si sus deseos ya fueran una realidad. La estrategia le funciona de maravilla. Casi siempre.

Francesca se percató de que tenía un mechón de pelo ondulado sobre la frente, aunque poco antes se lo había apartado, un detalle que le confería un aspecto muy atractivo. Le devolvió la sonrisa, si bien tuvo que hacer un esfuerzo.

—¿Qué tiene que ver el viaje con el tema que querías tratar conmigo?

Gerard se inclinó hacia delante, separó un poco los muslos y apoyó los codos en las rodillas. Las mangas de la bata se le subieron, revelando unos brazos musculosos salpicados de vello oscuro.

—Es que... bueno, ¿de verdad crees que es una buena idea? ¿Ir a la casa donde Ian pasó su infancia, tal como están las cosas entre vosotros?

La sonrisa de Francesca se desvaneció. Parpadeó varias veces, asombrada por sus palabras.

—Sinceramente, no lo había pensado. Lo veía más como una escapada, como un cambio de escenario. Pero tienes razón. Belford Hall fue el hogar de Ian. Algún día volverá a serlo.

—Francesca —dijo Gerard con cierta inseguridad. Su rostro estaba tenso por la frustración y masculló algo entre dientes que ella no consiguió entender—. Exactamente, ¿en qué punto están las cosas con Ian? —le preguntó a bocajarro.

—¿Que en qué punto están las cosas? —repitió ella como si fuera tonta.

—Entre Ian y tú —puntualizó Gerard mientras Francesca lo miraba en silencio—. ¿Habéis roto el compromiso de forma oficial?

—¿Cómo voy a saberlo si llevo seis meses sin verlo y sin hablar con él?

Gerard echó la cabeza hacia atrás, como si de repente lo comprendiera todo.

—De modo que no lo habéis dejado. Él no te ha dicho... no te ha dicho nada, ¿verdad?

—¿Antes de que desapareciera? —Oyó el deje de su propia

voz e inspiró hondo para tratar de calmarse. Se sentía muy expuesta y vulnerable, sin saber muy bien por qué. Gerard no merecía su enfado. Solo estaba preguntándole lo que Anne, James y él mismo deseaban saber—. No —contestó, más tranquila—. Un día estábamos felices y contentos, deseando casarnos, y al siguiente, la madre de Ian murió y todo cambió.

Gerard asintió despacio con la cabeza.

—Pero no fue solo por la muerte de Helen, ¿verdad? Fue lo que Lucien le reveló, el hecho de que era su hermano —sugirió con el ceño fruncido por la concentración.

Francesca se limitó a hacer un gesto afirmativo con la cabeza, incómoda al comprender todo lo que Anne y James le habían contado a Gerard sobre Ian. De repente, tuvo la impresión de que estaban escarbando en busca de algún tipo de información.

—Lucien me parece un tío decente y listo —comentó Gerard—. Por eso me sorprende que Ian se tomara tan a la tremenda la revelación de que era su hermanastro. Tengo la impresión de que me falta algún dato. ¿Tiene algo que ver con su padre?

La expresión de Francesca se mantuvo impasible. De modo que Anne y James no le habían revelado a Gerard la ponzoñosa verdad sobre Trevor Gaines.

—Es una historia muy larga y le corresponde a Ian contarla. Espero que comprendas por qué no quiero hablar del tema. Lo siento, Gerard.

—¿Crees que no estoy acostumbrado a que me dejen de lado en los asuntos familiares? —le preguntó con sequedad, aunque se percató de que Francesca no lo entendía—. Anne y James me han dicho casi lo mismo. Y aunque lo entiendo, eso no quiere decir que esté de acuerdo. No me gusta que me dejen en la inopia. Ian no es solo mi primo. Mi casa está a unos veinticinco kilómetros de Belford House. He pasado mucho tiempo con él, cuando yo era un adolescente y él, un niño. Ambos nos quedamos huérfanos más o menos a la vez. Me sentía como su hermano mayor —añadió, frunciendo el ceño.

Francesca se percató de que su mente trabajaba a marchas forzadas mientras le dirigía una mirada penetrante.

—¿Sigues velando por Ian? ¿Sigues protegiendo sus secretos pese a las circunstancias?

Francesca se tensó y la compasión que sentía por Gerard se esfumó.

—Gerard, lo hago por cortesía.

Él hizo un gesto conciliador con la mano, pero Francesca sabía que su mente ya estaba analizando otro tema.

—Nos preocupa su estado mental. Estoy seguro de que a ti también. Y aunque me inquieta Ian, también estoy muy preocupado por Anne y James. Es como si estuvieran viviendo de nuevo la pesadilla de la desaparición de Helen.

—¿Estás insinuando que crees que Ian es como Helen? —preguntó Francesca con incredulidad—. Gerard, Helen tenía esquizofrenia. No es lo mismo que…

—Lo sé. Pero si Ian no… no está en pleno uso de sus facultades mentales —dijo Gerard con delicadeza—, nos gustaría verlo, proporcionarle la atención que necesita. ¿De verdad no sabes dónde puede estar Ian? ¿No tienes ni una pista ni una sospecha?

—Nada. Sabes tan bien como yo que Ian se siente muy cómodo en cualquier lugar del mundo. Podría estar en cualquier sitio —añadió con voz trémula.

«Soy el gato que camina solo y todos los lugares son iguales para mí.» Con el corazón en un puño, recordó las palabras de Kipling, una descripción que ella siempre había asociado con Ian, desde mucho antes de conocerlo. ¿Sería capaz Ian de despojarse algún día de la armadura de la soledad? En otro tiempo lo había creído capaz de hacerlo. A esas alturas dudaba mucho que algún día pudiera liberarse del pasado.

—No llegamos a hablar en profundidad después de que lo siguiera hasta Londres —dijo en voz baja, tras la pausa—. Su madre era lo único que le importaba. Después de que muriera,

Ian desapareció de la faz de la tierra. Al principio, me puse en contacto con sus vecinos para que comprobaran si se encontraba en alguna de las propiedades que posee en distintos países. Lin me dio los teléfonos de contacto. Sin embargo, nadie admitió haberlo visto.

La expresión de Gerard se tornó velada por un instante.

—Sí. Nosotros también intentamos buscarlo. Por petición de James, fui a varias de sus residencias y a los hoteles donde suele alojarse, pero... nada.

Francesca no replicó. Por supuesto que habían buscado a Ian. Suspiró, decepcionada porque ellos tampoco hubieran descubierto información alguna sobre su paradero.

—En respuesta a tu pregunta sobre si seguimos comprometidos o no, la respuesta es no —dijo con más serenidad de la que sentía. Afrontó la mirada de Gerard sin flaquear—. Me quité el anillo de compromiso hace meses, cuando me marché de aquí. Ya no estoy comprometida. Ian no necesitaba pronunciar las palabras. Sus actos fueron suficientemente elocuentes.

La expresión de Gerard se tornó tensa y preocupada. De repente, se puso en pie y la sorprendió al tomarla de las manos e instarla a levantarse.

—Lo siento. Lo siento más de lo que imaginas. No quería hacerte sufrir más, hablando de todo esto.

—No pasa nada. Lo entiendo. Me he dado cuenta de que tanto tú como los demás andáis con pies de plomo conmigo.

—Ian ha cometido un error al tratarte de este modo. Además, es un imbécil por haberte dejado. No solo posees un talento increíble, además eres cariñosa, natural y... —Guardó silencio y sus labios adoptaron un rictus cruel mientras la miraba.

Sus ojos descendieron hasta sus pechos, apenas cubiertos por la bata, y lograron que se le endurecieran los pezones. Tenía unas manos grandes y cálidas. Aunque no la rozó con ninguna otra parte del cuerpo y siguió alejado unos centímetros de ella, Francesca era muy consciente de su fuerza viril. Se quedó helada cuando él levantó una mano y le acarició un mechón de pelo.

—Preciosa —añadió con los dientes apretados.

Francesa aspiró su olor y se alejó, zafándose de sus manos. Le dio la espalda y miró a la chimenea. El repentino cambio de rumbo en los acontecimientos la tenía muy confundida. No estaba preparada para intentarlo con otro hombre, y mucho menos si se trataba de un familiar de Ian. Racionalmente le parecía que estaba mal, pero además había algo instintivo que la impulsaba a alejarse de él.

Gerard tenía algo que no le gustaba. Su olor no le gustaba.

Clavó la vista en la repisa de mármol blanco, hecha un lío tanto mental como emocionalmente.

—Gerard, estoy muy cansada. Deberías irte —logró decir sin volverse. Se tensó al sentir que le colocaba una mano en un hombro.

—Francesca...

Se volvió y se enfrentó a su mirada a regañadientes.

—Desear a otra persona no tiene nada de malo —dijo él en voz baja, resoplando por la nariz—. El deseo no tiene nada de malo. Punto.

El deseo que abrasaba su cuerpo no había desaparecido del todo, pero a esas alturas sabía que era absurdo pensar que podría satisfacerlo ella sola... o que alguien más podría satisfacerlo salvo una persona en concreto.

—Lo sé. Pero a veces el momento no es el adecuado —replicó.

Una extraña expresión pasó fugazmente por el rostro de Gerard. Tras asentir una sola vez con la cabeza, apartó la mano de ella.

—Lo entiendo —dijo, y se alejó; entonces Francesca suspiró aliviada—. Solo he venido para expresarte mi preocupación por la idea de que vayas a Belford Hall. No creo que estés preparada para eso.

—¿De verdad? ¿Y crees que estoy preparada para esto? —le preguntó, mirando de forma elocuente el espacio que los separaba.

—No, pero esperaba que estuvieras preparada para aceptar un poco de consuelo.

La sonrisa de Francesca fue una mezcla de sorpresa y sorna.

—¿Eso es lo que querías ofrecerme al venir esta noche?

La expresión de Gerard se tornó hosca. De repente, Francesca atisbó al formidable hombre de negocios que era.

—Sí. Para empezar —respondió.

Francesca siguió junto a la chimenea, habiendo olvidado ya la sonrisa incrédula, mientras lo observaba salir de la habitación.

3

A la mañana siguiente Gerard y Francesca, acompañados por Anne y James, subieron en el ascensor de Empresas Noble. Todos estaban de buen humor, ya que habían avanzado mucho al trabajar con el equipo de fusiones y adquisiciones esa tarde. La liquidación inicial de activos y las conversaciones para la adquisición iban mejor de lo que habían esperado o soñado siquiera. Por supuesto, siempre podía surgir algo que estropeara el trato, pero era muy probable que Empresas Noble se hiciera con Tyake poco después de Año Nuevo. Francesca se estaba involucrando tanto en el trato que incluso llegaba a olvidar por momentos que lo hacía por Ian.

Después de que varios de los integrantes del equipo de fusiones y adquisiciones sugirieran con timidez bajar al restaurante Fusion para la fiesta de Navidad de Empresas Noble, Anne dio por terminada la reunión en ese mismo instante y ordenó a todos los empleados que fueran a la fiesta.

—No me acordaba. Lucien ya podría habernos dicho algo —protestó Anne mientras el ascensor los llevaba al vestíbulo, refiriéndose al hecho de que Lucien había estado trabajando con ellos la mayor parte del día, si bien se había marchado a primera hora de la tarde aduciendo que tenía un compromiso que debía atender. Era evidente que dicho «compromiso» se trataba de los preparativos para la enorme fiesta de la empresa en el Fusion.

El ascensor se detuvo al llegar al vestíbulo de Noble Towers y salieron juntos. Un fogonazo deslumbró a Francesca.

—¡Largo de aquí, maldita sea! —gritó Gerard. El hombre que había hecho la fotografía se alejó a toda prisa por el vestíbulo y salió a la calle a través de las puertas giratorias. Gerard estaba furioso—. Dichosos fotógrafos. Se ha tenido que filtrar de alguna manera la adquisición de Tyake.

—No creerás que la prensa sabe que Ian no está al mando, ¿verdad? —preguntó Francesca con nerviosismo.

El hecho de que Ian no estuviera dirigiendo Empresas Noble había sido un secreto muy bien guardado desde que se marchó. Al fin y al cabo, Ian era famoso por ser el genio que guiaba la empresa. La valoración del público con respecto a los productos Noble podría caer en picado si se filtraba su ausencia.

Gerard negó con la cabeza.

—No, no se trata de eso. Solo quieren vender periódicos. Todo el mundo se muere de curiosidad por conocer a la hermosa prometida de Ian —explicó él mirándola con una sonrisita—. Pero Ian siempre te ha mantenido muy protegida. Supongo que creen que es la oportunidad perfecta para poner tu cara en todas las portadas.

—Maravilloso —masculló Francesca, deseando zanjar el tema. No era la prometida de Ian. Echó a andar por el vestíbulo y los demás la siguieron.

—Y mira... el puesto de seguridad está vacío, de modo que el fotógrafo ha tenido vía libre. Supongo que el guardia estará en la fiesta. No puedo creer que ya sea 20 de diciembre —susurró Anne con voz pensativa al tiempo que miraba de reojo las puertas de cristal del restaurante Fusion—. Ian siempre celebra la fiesta el viernes previo a Navidad. Y nosotros haciéndolos trabajar, pobres...

—Estoy segura de que no les importa —repuso Francesca mientras cruzaban el suelo de mármol y sus tacones resonaban por la estancia. Había buscado a regañadientes entre la ingente cantidad de ropa que Ian le había comprado mientras estaban juntos, ya que no quería presentarse en una reunión de negocios con sus habituales vaqueros y sus camisetas manchadas de pintura, el atuendo normal de una artista—. Seguro que les supone todo un alivio haberse quitado la mayor parte del trabajo antes de las fiestas. —Cotilleó a través de las puertas de cristal del restaurante Fusion. La amplia zona de la barra del restaurante de Lucien parecía estar llena de personas que disfrutaban de la fiesta. En ese momento se le ocurrió algo y se detuvo—. ¿Os importa si me reúno con vosotros en el Everest? —les preguntó, refiriéndose al restaurante en el que tenían mesa reservada.

Los Noble habían insistido en invitarla a cenar para celebrar su última noche en el apartamento. Como ya habían realizado la mayor parte del trabajo con respecto a la adquisición de Tyake, Francesca les había dicho que volvía a casa. Ya se le habían infectado bastante las heridas al dormir en la cama de Ian.

—Le he pedido a Lin que me mande algunos documentos que tal vez necesitemos como referencia antes de que se vaya de vacaciones, pero se me olvidó decirle que los enviara a Belford Hall.

Anne se detuvo en seco con una expresión extasiada en su amable rostro.

—¿Eso quiere decir que al final vienes a Belford Hall para pasar la Navidad? ¿Pintarás el cuadro?

Fue incapaz de contener una carcajada al ver que Anne no había estado tan segura como aparentaba acerca de que sus planes se llevaran a cabo. Francesca había tomado la decisión de ir a Belford Hall esa misma mañana. Davie había resuelto marcharse a pasar las fiestas con la familia de un primo suyo que vivía en Michigan. Aunque intentó convencerla para que lo acompañara, sabía que se sentiría fuera de lugar. De modo que le dijo que había decidido aceptar la invitación de Anne. Al principio había considerado a los condes como los abuelos de Ian, pero a esas alturas comenzaba a verlos como a unos amigos. Sus padres se iban de crucero aquella Navidad, así que no estaba obligada en ese sentido. Además, el cambio de aires le sentaría bien, por no mencionar que se sentiría muchísimo más cómoda en compañía de James y de Anne que en la de sus propios padres. Todos se habían esforzado para que así fuera pese a su ruptura con Ian, y apreciaba mucho el gesto. Cierto que le inquietaba un poco la presencia de Gerard en Belford Hall. ¿Acaso no había sido él quien le desaconsejó ir a la casa donde Ian había pasado su infancia? Esperaba que no tuviera la intención de seducirla en la campiña inglesa cuando la había advertido acerca de su presencia en la casa de campo, ¿verdad? Por supuesto, estaba convencida de que era capaz de lidiar con su inesperado interés por ella, aunque diera la impresión de ser pasajero. Ian le había dejado bien claro que no era de la clase de hombres que se deprimían cuando una mujer no se mostraba interesada. Había más peces dispuestos en la pecera de Gerard.

—He reservado el vuelo para Nochebuena. ¿Por qué pareces tan sorprendida? —preguntó Francesca con picardía—. Te has estado comportando como si fuera algo seguro desde que lo sugeriste.

—Sí, pero siempre es agradable que confirmen incluso los planes más fiables —comentó Gerard con sorna.

Anne esbozó una sonrisa traviesa y todos se echaron a reír.

—Eleanor estará encantada de tener a otra persona a la que mimar —dijo Anne a James.

—¿La señora Hanson también viene? —preguntó Francesca.

—Ay, sí. Como te he comentado, llevamos mucho tiempo sin organizar algo parecido a este Baile del Aniversario. Aunque cuando los celebrábamos más a menudo, Eleanor era indispensable. Tenemos el personal mínimo en Belford Hall, así que hemos tenido que contratar a personal eventual para las fiestas a fin de organizarlo todo, y necesitaremos a Eleanor para dirigirlos. Lucien y Elise también vienen. Llegarán a primera hora del día 26 y han accedido a quedarse en Belford Hall.

—Parece emocionante —dijo Francesca, a quien ya se le estaba contagiando el entusiasmo de Anne—. Pero tengo que dejar algo claro: si voy a realizar los bocetos preliminares mientras estoy allí, necesitaré todo el material preparado para cuando llegue.

—Sin problemas —le aseguró James, y Francesca confiaba en la capacidad de los Noble para conseguir todo lo necesario para el proyecto. Los dos eran benefactores de museos de arte, además de coleccionistas.

—Pero insisto en que te relajes un poco antes de empezar a trabajar —dijo Anne con una mirada admonitoria—. Ya podrás empezar después de Año Nuevo.

—Y tenemos cosas que celebrar —añadió Gerard con una sonrisa. Le colocó una mano sobre el hombro a Francesca, como al descuido—. Te acompaño para hablar con Lin. Nos reuniremos con vosotros en el Everest en unos diez minutos —les dijo a Anne y a James.

Francesca se alegró de que no le flaqueara la sonrisa al oír la sugerencia de Gerard. Se había mostrado muy amable y solícito con ella ese día, pero también había actuado con una educación y una corrección estrictas cuando hablaba con ella. Formaba parte de la familia de Ian, un grupo al que Francesca había querido pertenecer con toda su alma. Casi se le había olvidado la incomodidad que sentía por el hecho de que intentara seducirla la noche anterior.

«O tal vez quiero olvidarlo», se dijo mientras Gerard la conducía al Fusion, guiándola con una mano en la espalda.

Un mal presentimiento acabó con el buen humor que la embargaba cuando Gerard abrió la puerta de cristal por la que se accedía al Fusion. Aunque fue ella quien había sugerido ir a buscar a Lin, titubeó. No había vuelto al restaurante desde que Ian se fue. No solo Ian y ella solían cenar en el Fusion, sino que fue allí donde se conocieron. Fue en una fiesta en honor de Francesca, por haber conseguido el prestigioso encargo de pintar el mural central para la recién construida Noble Towers. Los recuerdos la asaltaron en un abrir y cerrar de ojos: ella, tan vulgar con su vestido de segunda mano y tan decidida a ocultar su incomodidad; Ian, tan irresistible y tan intenso mientras la taladraba con esa mirada angelical y le decía que él y solo él diseñaría la vista para el mural.

—Le recomiendo que vea la panorámica de la que le hablo antes de ofenderse innecesariamente, señorita Arno.

—Francesca —masculló ella, que se puso a la defensiva ante la sofisticación y la formalidad de la fiesta en su honor, por no mencionar su arrogante presunción.

Vio cómo relampagueaban sus ojos azules, que le recordaron a una tormenta en el horizonte. Por un segundo se arrepintió de la dureza de su tono.

—Que sea Francesca —replicó él en voz baja al cabo de un momento—, siempre que tú me llames Ian.

Gerard le tocó el hombro, sacándola del recuerdo tan vívido. Le señaló un punto al otro lado de la barra. Francesca vio a Lin tan elegante y glamurosa como de costumbre mientras hablaba con una mujer alta. Asintió con la cabeza. Gerard la cogió de la mano y la condujo a través de los animados trabajadores de Noble que disfrutaban de la fiesta. Un precioso árbol de Navidad relucía tras los ajetreados camareros y las personas que charlaban. Habían contratado un trío de jazz para amenizar la velada. Varias parejas bailaban en la diminuta pista. Atisbó a Elise en la cocina de concepto abierto, al fondo, muy concentrada en la tarea de remover el contenido de una cacerola mientras echaba algún ingrediente. Pronto terminaría su formación en el Fusion y se convertiría en una chef titulada, preparada para abrir su propio restaurante. Ver a su amiga la animó y calentó la parte de su corazón que se había helado por los recuerdos de Ian.

Lin los saludó con efusividad y asintió con la cabeza cuando Francesca le explicó para qué la buscaba.

—Pues claro que te enviaré los documentos a Belford Hall. ¿Quieres que te reserve plaza en un vuelo?

—No, no hace falta —contestó con las mejillas sonrosadas. Lin era la ayudante ejecutiva de Ian, no una de sus secretarias. Y aunque lo fuera, se moría de la vergüenza al pensar que Lin le hiciera recados por la relación que mantuvo con Ian. Eso ya era agua pasada. Ian lo había dejado claro—. Ya lo he arreglado, pero gracias por el ofrecimiento. Tomaré un vuelo a primera hora del día de Nochebuena.

Lin asintió con la cabeza antes de bajar la mirada y observarlos a Gerard y a ella. Francesca se percató en ese momento de que Gerard no le había soltado la mano. Se liberó con suavidad mientras intentaba ocultar su incomodidad.

—¿Y tú, Gerard? ¿Dónde vas a pasar la Navidad? —preguntó Lin sin alterarse.

—Con Francesca en Belford Hall —contestó él al tiempo que miraba a Francesca con una sonrisa—. No me perdería el Baile del Aniversario de James y de Anne por nada del mundo.

Francesca intentó refrenar la repentina inquietud que la asaltó al ver la expresión dubitativa y preocupada de Lin antes de que la otra mujer adoptara su habitual sonrisa cálida y les deseara unas felices fiestas a ambos.

Cuando salieron a correr, el frío aire de diciembre los dejó congelados. En ese momento era una delicia sentirlo contra la acalorada piel.

—Tenías razón —dijo Davie mientras corría junto a ella por North Avenue. La avenida, muy transitada, estaba congestionada por el tráfico mientras la gente se preparaba para la Navidad, que sería dentro de tres días—. Hace un día perfecto para salir a correr.

—Además, hace que te sientas bien al ir andando cuando ves semejante atasco —replicó Francesca con una sonrisa.

Davie la miró y apartó la vista, pero enseguida la miró de nuevo. Sonrió cuando Francesca puso cara de no comprender lo que pasaba.

—Es que me has sorprendido. Me alegra verte sonreír de nuevo —explicó Davie.

—Gracias. Estoy impaciente porque llegue la Navidad, algo que me asombra un poco. Hace dos semanas ni se me habría pasado por la mente decir algo así.

Davie asintió con la cabeza mientras estudiaba su perfil unos segundos.

—¿Crees que estás superando lo de Ian? —le preguntó en voz baja.

Su sonrisa se desvaneció. El vacío que tenía en el pecho comenzó a palpitar al pensar en él. Permaneció en silencio un rato, mientras se acercaban a un cruce, sin mirar en ningún momento a su amigo.

—No sé si alguna vez «superaré» lo de Ian. Dudo mucho ser capaz de... ya sabes. De sentir por otra persona lo que sentía por él —terminó, evitando a toda costa la odiosa palabra.

Amor.

—En fin, el tiempo es la clave. Nunca sabes lo que te deparará el futuro —comentó Davie con sequedad—. Bueno... ¿qué te ha parecido trabajar con Ger...?

El chirrido de unos frenos interrumpió a Davie. Los dos aminoraron el paso y se detuvieron antes de llegar al bordillo, desconcertados por el hecho de que aquel coche se hubiera parado de golpe con el semáforo en verde. Su sorpresa aumentó cuando se abrió la puerta trasera y un hombre de cabello rubio claro, cara ajada y hombros anchos salió del vehículo.

—¿Qué demonios pasa? —masculló Davie.

Francesca vio algo en la expresión de ese hombre, que la miraba fijamente, que disparó sus alarmas. El hombre echó a correr hacia ellos con una determinación que la dejó helada, ya que era como ver acercarse un tsunami. Davie extendió un brazo mientras que con el otro apartaba a Francesca de forma instintiva.

—¡Vete! ¡Corre! —le gritó.

Pero el hombre ya estaba sobre ellos. Cogió a Francesca del brazo con brutalidad e intentó arrastrarla hacia la calzada. El ramalazo de dolor que le provocó el apretón la sacó de su estupefacción. La rabia y el pánico la abrumaron. Tiró del brazo, pero el hombre la sujetaba con demasiada fuerza.

—¡Suéltala! —gritó Davie, quien se abalanzó sobre el brazo del hombre en un intento por interponerse entre ellos.

Sin embargo, el individuo se limitó a gruñir y a agitar un enorme y musculoso brazo, como si estuviera espantando moscas. Davie cayó de espaldas. Acto seguido, el agresor agarró a Francesca de los dos brazos, dejándola sin posibilidad de escapatoria. La obligó a volverse, como si quisiera sujetarla mejor entre sus brazos pegándola a su pecho. Francesca se decidió a correr el riesgo mientras todavía tenía una oportunidad e intentó golpearle la entrepierna con la rodilla. Fue una suerte que lo golpeara justo en el blanco. Su asaltante soltó el aire con un silbido. Y sus ojos verdes estuvieron a punto de salírsele de las órbitas.

El miedo fue total cuando Francesca vio el odio que asomaba a esos ojos. El hombre levantó una de sus gigantescas manos y cerró el puño. Se debatió entre sus brazos, desesperada por escapar de lo que sospechaba iba a ser un golpe dolorosísimo. Sin embargo, en ese momento Davie volvió a la refriega y asestó un puñetazo al hombre en el costado. Su asaltante gruñó. En ese instante de debilidad Davie lo apartó de Francesca. El hombre reaccionó empujándola en la dirección contraria. Francesca cayó a la acera con un fuerte golpe y se desolló la mano cuando se apoyó en ella para amortiguar el golpe. Aunque apenas se dio cuenta, concentrada como estaba en los dos hombres.

—No, Davie. ¡No! —gritó, aterrada, cuando levantó la vista y vio a Davie persiguiendo al matón, que volvía corriendo al coche.

Davie era atlético y estaba en buena forma, pero el otro hombre era un gigante a su lado. Su amigo se detuvo en seco cuando el individuo se montó en la parte trasera del vehículo y cerró de un portazo. El conductor pisó a fondo el acelerador. El coche dio la vuelta provocando que las ruedas chirriaran. Davie se apartó de la calzada a toda prisa y casi se cayó.

El coche salió disparado en la dirección contraria, alejándose de North Avenue y del atasco.

Davie se volvió y la miró, blanco como el papel y con los ojos desorbitados.

—¿Qué demonios ha pasado?

Francesca meneó la cabeza, demasiado abrumada por el repentino despliegue de violencia para hablar.

Ian entró en la sucia habitación que ocupaba en Aurore Manor y se quitó la camiseta al instante. Combinaba sus ejercicios con la búsqueda en los numerosos caminos, arroyos y bosques de la propiedad, pero el lugar de residencia de Kam Reardon seguía resistiéndosele.

—No puedes esconderte para siempre, hermano —masculló, enfatizando con sarcasmo esa última palabra mientras se secaba el sudor de las costillas y del abdomen.

Cuando echó a andar hacia el cuarto de baño para ducharse, sopesó dónde buscar esa tarde. Ian se detuvo en seco al ver la luz roja que parpadeaba en el contestador automático. El aparato debía de tener al menos veinte años. Lo había conectado a la línea fija y le había dado el número a una sola persona.

Pulsó un botón al tiempo que la repentina inquietud lo hacía sudar más.

—Ian, soy yo. Sé que no has tenido ganas de contestar mis llamadas y me dijiste que no querías que me pusiera en contacto contigo a través de este número a menos que hubiera una emergencia. Pero ha sucedido algo... algo de lo que sé que querrías enterarte enseguida...

Escuchó el mensaje, con la espalda tensa. Tras oír el pitido que anunciaba el final, volvió a pasarlo.

Entró en el cuarto de baño, donde se apresuró a sacar unas tijeras de su neceser. Se las llevó al cuello y comenzó a recortarse la barba con una determinación férrea.

Se detuvieron al llegar a la garita de seguridad, pero el guardia se limitó a indicarles con una mano que pasaran. Francesca se inclinó hacia delante y miró por la ventanilla cuando el chófer enfiló el largo camino que atravesaba el bosque.

—Tendrá una vista de Belford Hall en cuanto hayamos alcanzado ese recodo de ahí delante —le dijo el chófer de los Noble, que se llamaba Peter, al percatarse de su interés a través del retrovisor.

Francesca había conocido a Peter durante su estancia con los Noble en Londres.

—Me muero por ver la mansión. La estudié por encima mientras asistía a clases de arquitectura —dijo casi sin aliento.

Enfilaron el recodo. Francesca se quedó alucinada cuando por fin la vio. Algo de lo que sin duda Peter se dio cuenta.

—Impresiona, ¿verdad? —preguntó él en voz baja, con un deje orgulloso en la voz.

—Es increíble —respondió Francesca.

Una extraña sensación se apoderó de ella mientras el sedán negro avanzaba hacia la enorme mansión de estilo entre jacobino y Tudor, emplazada en medio de unos jardines formales y de un bosque que estaría lleno de color durante la primavera y el verano. Había visto innumerables mansiones mientras cursaba estudios de arte y de arquitectura, pero aquello...

Por algún motivo, la experiencia se le antojó irreal. El último año de su vida, todo lo que había sucedido a partir de que mirase a Ian a los ojos un año atrás pareció derrumbarse en un insignificante minuto. De repente, volvía a ser la muchacha insegura y siempre a la defensiva que había pasado gran parte de su vida con sobrepeso y recibiendo las burlas de sus compañeros.

¿Qué narices hacía allí?

Sabía que los abuelos de Ian ostentaban un título nobiliario y que eran ricos, por supuesto. Sabía que Ian creció rodeado de lujo gran parte de su infancia. Pero en ese instante se dio cuenta de que nunca lo había entendido. Nunca había percibido realmente hasta qué punto era verdad. ¿Era posible que una estadounidense comprendiera la elegante y rica historia, así como la tradición, de un nombre británico? Por primera vez, como si le acabaran de asestar un golpe desestabilizador, fue consciente que apenas seis meses atrás, esa mansión de cuento de hadas habría sido una de las futuras residencias que compartiría con Ian.

Se miró con nerviosismo mientras se acercaban a la entrada y varias personas salían por la puerta principal y se detenían en el camino. Menos mal que había cogido algunas de las prendas del vestidor del apartamento antes de volver a casa de Davie. Jamás se alegró tanto de que Ian pasara por alto sus deseos y le comprara todo un armario lleno de ropa. Jamás se alegró tanto de que él se encargara de elegir las prendas que quería que ella usara. Era como si la hubiera acompañado, aconsejándola, mientras hacía el equipaje. Debía reconocer que el gusto de Ian para la ropa era excepcional, ya que exudaba una elegancia innata y un estilo sutil. La falda negra, la camisa de seda, las botas de cuero y el abrigo de cachemir que llevaba no podían calificarse de llamativos, pero sí eran prendas de gran calidad. Al menos no tenía que avergonzarse en ese aspecto. Tendría que rezar y apelar a la buena suerte para no ponerse en ridículo en cualquier otra situación que surgiera en Belford Hall.

James le abrió la puerta antes de que Peter pudiera rodear el vehículo, ya que tanto Anne como él estaban ansiosos por recibirla. Sus cálidos abrazos ayudaron muchísimo a calmar su nerviosismo. James la examinó con suma preocupación después del abrazo.

—Lin nos ha contado lo sucedido. Gerard no daba crédito cuando se lo dijimos. Estaba que trinaba. Por cierto, ya ha llegado, pero se ha marchado a Chatham (que es su casa, por cierto, y está a un tiro de piedra por la carretera) para encargarse de unos asuntos —añadió James—. Me ha pedido que te diga que volverá a la hora de la cena.

—¿Han atrapado a los malhechores? —preguntó Anne, que también se refería al violento asalto que Davie y ella habían sufrido en Chicago varios días atrás.

—No, al menos que yo sepa. Dimos a la policía una descripción del asaltante, por supuesto, aunque ninguno pudo ver bien al conductor. Pero tampoco esperaba que arrestasen a alguien, ya que parece que ha sido algo al azar. Davie intentó memorizar la matrícula, pero la llevaba tapada. A propósito, seguramente.

—Les hablaste de tu relación con Ian, ¿verdad? —preguntó James con voz elocuente.

Francesca se quedó paralizada. «¡No hay relación alguna entre Ian y yo!», quería gritar, pero se contuvo al ver la expresión inquieta de James. Solo se preocupaba por ella, por supuesto, y entendía el motivo de la pregunta. Aunque ya hubiera acabado, sí que había mantenido una relación con Ian.

—No salió el tema, James. Me temo que el incidente es bastante habitual para el departamento de policía de Chicago. —Se arrebujó en el abrigo cuando el aire le azotó el pelo y unos mechones le rozaron la cara.

—Vamos, será mejor que entremos —instó Anne.

—Bienvenida a Belford Hall —dijo James mientras la acompañaban al interior a través de unas enormes puertas de roble, seguidos por Peter, que llevaba su equipaje.

Una vez más, Francesca percibió el deje orgulloso en su voz. Era incluso mayor en James que en Peter. Aunque ¿por qué no iba a sentirse orgulloso James de su casa solariega?, se preguntó Francesca mientras contemplaba boquiabierta el vestíbulo, con unos intrincados paneles de madera tallada, la enorme escalinata decorada con guirnaldas de hojas naturales, cuadros pintados por maestros de diferentes antepasados, el árbol de Navidad de más de cinco metros todo iluminado y la alucinante cúpula de cristal que tenía por techo.

«¿Aquí creció Ian?», se preguntó.

De algún modo, la idea de un travieso y vivaz niño de diez años en medio de aquel esplendor no terminaba de encajar, se percató mientras los tacones de sus botas resonaban contra el intrincado diseño del suelo de mármol. Claro que Ian nunca había sido un niño despreocupado. Ese ambiente era perfecto para su control, para su seguridad en casi todas las decisiones que tomaba.

Se detuvo en mitad del vestíbulo y dio una vuelta entera en su intento por captarlo todo. Se enfrentó a la mirada brillante de James.

—¿Qué te parece? —le preguntó él con una sonrisa.

—Estoy anonadada, por supuesto. Es magnífico. Me siento como una estadounidense paleta —masculló.

—Pues nosotros —comenzó a decir Anne al tiempo que se acercaba a ella y la cogía de la mano antes de lanzarle una mirada elocuente— solo queremos que te sientas en casa.

Anne la acompañó a la habitación que le habían asignado en el segundo piso. Mientras charlaban sobre las actividades de los siguientes días, una mujer llamó a la puerta y preguntó con mucha educación si podía deshacer el equipaje. Al principio, Francesca se quedó desconcertada por la pregunta. La mujer era joven y guapa, de unos veintipocos años, tal vez de su misma edad. No llevaba el típico traje de doncella, sino un favorecedor vestido azul oscuro con un cinturón, un elegante pañuelo de seda y unos zapatos planos muy bonitos. Parecía más una joven ejecutiva que una doncella.

—¿Por qué no vuelves y lo haces mientras Francesca se ducha? —sugirió Anne con calidez—. Seguro que quiere refrescarse después del viaje.

—Por supuesto, milady —dijo Clarisse, antes de marcharse.

Después de ducharse, Francesca regresó al dormitorio y se encontró con Clarisse, que estaba guardando la maleta vacía en el enorme vestidor.

—Le he preparado un refresco de gaseosa con lima. Su Ilustrísima me ha dicho que es su bebida preferida. He colgado este vestido para que se lo ponga esta noche para la cena de Nochebuena. He creído que era el que tenía pensado usar, pero, por favor, dígame si prefiere otro —añadió Clarisse con amabilidad al tiempo que señalaba el vestido rojo oscuro con un hombro al descubierto que estaba colgado en una percha sujeta en la puerta del armario.

Francesca tragó saliva, incómoda. Era el vestido más elegante que había llevado, y lo había hecho con la intención de ponérselo para el baile, no para la cena de Nochebuena.

—Esto... sí, por supuesto. Has sido muy amable —consiguió decir, ya que no quería demostrar su ignorancia.

—No hay de qué —repuso Clarisse con voz alegre—. ¿Van a entregar por mensajero su vestido para el baile? Me gustaría saberlo para poder estar atenta cuando llegue y así airearlo y prepararlo.

—Bueno, todavía no lo tengo decidido. Ya te lo confirmaré —contestó Francesca, ruborizándose.

«¡Ay, no!», pensó. La fiesta de aniversario tenía que ser muchísimo más formal de lo que se había imaginado... o de lo que hubiera podido imaginarse en la vida. Y la «Nochebuena y Navidad tranquilas, solo la familia» también debía de serlo, pensó Francesca con creciente malestar.

Se sentía demasiado avergonzada para evidenciar su estupidez delante de una desconocida. Tendría que confesarle su ignorancia y su falta de preparación a Anne esa noche. Tal vez hubiera una tienda cercana donde pudiera encontrar algo apropiado, ¿no? Nada más pensarlo, tuvo el mal presentimiento de que estaba destinada a ser el hazmerreír del baile. Ya era bastante malo para su autoestima, pero detestaba la idea de avergonzar a Anne y a James en su noche especial.

Declinó el amable ofrecimiento de Clarisse, quien quiso peinarla para la cena, tras lo cual la doncella se marchó. Francesca se volvió para mirar el vestido de color vino tinto mientras el miedo aumentaba la sensación de que su vulgaridad volvía a hacer acto de presencia. Le resultaba curioso que creyera haber superado sus inseguridades. Claro que solo se había sentido cómoda en fiestas de la alta sociedad o en cenas formales porque Ian estaba allí, y su total e innata seguridad se extendía a ella... fortaleciéndola en todo momento.

Sin embargo, ya no contaba con él para que le diera fuerza. Se había estado engañando al creer que podría moverse por semejantes círculos con la cabeza bien alta.

Al menos el vestido le sentaba de maravilla, decidió más tarde, mientras se miraba en el espejo de pie desde todos los ángulos con nerviosismo. La piel de sus hombros y de su espalda brillaba. Ian le había dicho en muchas ocasiones que sus hombros y su espalda eran unos de sus mejores atractivos, y le había comprado muchos vestidos que los hacían resaltar.

«Deja de pensar en lo que Ian creía», se ordenó al tiempo que buscaba unos zapatos de tacón de terciopelo negro que iban atados al tobillo. Se recogió la larga melena y usó como complementos un collar de perlas de tres vueltas que Ian le había regalado y los pendientes a juego. Más no podía hacer, decidió con pena mientras apartaba la vista del espejo y la posaba en el reloj dorado que había sobre la mesita de café. Anne le había explicado que se reunirían en el salón, fuera lo que fuese, a las siete para tomarse un aperitivo antes de la cena.

Francesca no estaba segura de si Clarisse realmente pasaba por allí por casualidad cuando ella descendió la escalinata o si alguien había orquestado su presencia. Todo parecía muy natural en la casa de los Noble, como si algún dios del protocolo lo hubiera coreografiado al milímetro.

—Gracias —dijo a Clarisse cuando esta la condujo a una puerta panelada en blanco y carmesí y se la abrió. Tal vez la doncella se percató de su nerviosismo, ya que le sonrió para darle ánimos.

La primera cara que vio al entrar en la cálida y acogedora estancia fue la de Gerard.

—Estás increíble —le dijo él al tiempo que la recorría por entero con evidente satisfacción masculina.

Gerard estaba muy guapo, y cómodo, con un esmoquin y una corbata negra. Tenía el brazo apoyado en la repisa de la chimenea, con una copa en la mano. Anne y James también se encontraban allí, y la saludaron al tiempo que se levantaban de dos mullidos sofás tapizados en color chocolate que se miraban delante de la chimenea.

—Tengo que limpiarme la pintura y arreglarme un poco al menos un par de veces al año —replicó Francesca con voz entrecortada después de saludarlos a todos. Movió la cabeza de forma que cuando Gerard se inclinó para besarla, sus cálidos labios se posaran en su mejilla. Echó un vistazo a su alrededor y se dio cuenta de que la estancia era bastante amplia y contaba con varias zonas de estar—. Qué habitación más maravillosa, Anne. Y qué árbol más bonito —exclamó antes de alejarse de Gerard para admirar el abeto de casi tres metros de altura decorado con lucecitas blancas y adornos alemanes hechos a mano, algunos de los cuales eran antigüedades sin lugar a dudas. Su mirada se posó en el adorno con forma de moto. El árbol de Navidad del vestíbulo estaba destinado a deslumbrar, pero ese era más íntimo y lo habían concebido como lugar de reunión—. ¿Aquí es…? ¿Es aquí donde soléis celebrar la Navidad con la familia? —preguntó a Anne, que se había acercado a ella. Estaba muy guapa con un níveo vestido blanco y diamantes.

—Sí, casi siempre —contestó Anne al tiempo que le ofrecía un vaso de cristal con un líquido humeante.

Francesca captó el delicioso aroma.

—¿Es el ponche navideño de la señora Hanson? —quiso saber, gratamente sorprendida.

Anne asintió con la cabeza.

El sabor a sidra, ron y especias la animó como lo haría una sonrisa familiar. Lo hizo hasta que recordó que la Navidad anterior había brindado con Ian, en su apartamento.

«No», pensó. ¿De verdad apenas un año antes se había sentido tan segura de su amor?

—Era la habitación preferida de Helen —decía James, que volvió a sentarse en el mullido sofá junto al fuego.

«Y la de Ian», se dijo Francesca. El pensamiento surgió de forma automática al pasar la mirada del adorno con forma de moto a la increíble colección de arte que había dispuesta por la estancia y a las baldas llenas de libros de las estanterías empotradas. Conocía sus gustos muy bien.

—Y la de Ian, por supuesto —añadió James al cabo de un momento, confirmando la suposición de Francesca.

James enarcó las cejas y bebió un sorbo de ponche cuando Anne le lanzó una sutil mirada de reproche. Gerard soslayó el tema con galantería.

—Y aquí es donde Anne y James piensan exhibir tu cuadro —dijo, señalando la zona que había sobre la enorme chimenea, ocupada en ese momento por un bonito óleo de John Singer Sargent, en el que se podía ver a una despampanante mujer ataviada con un vestido azul de estilo eduardiano.

La idea de que quisieran reemplazar el cuadro de un maestro por uno suyo la dejó estupefacta.

—Dado que pasamos mucho tiempo aquí —explicó James—, nos pareció el lugar ideal para disfrutarlo.

—Y para acordarnos de ti —añadió Anne al tiempo que le cogía la mano, y casi de inmediato su ansiedad disminuyó.

Su miedo a ponerse en evidencia no tenía base alguna, descubrió Francesca. Aunque no se debió a que de repente se sintiera con la seguridad necesaria para desenvolverse entre semejante opulencia y grandiosidad, ni mucho menos; se debió a la amabilidad y la naturalidad que demostraron James, Anne y Gerard, así como el personal doméstico. Gracias a la presencia de la señora Hanson en Chicago, estaba más acostumbrada a que le sirvieran la cena. El ama de llaves había insistido en mantener las tradiciones de vez en cuando; e Ian estaba demasiado cansado, o era demasiado listo, para discutir con ella cada vez que lo sugería. Francesca descubrió que se sentía relajada por primera vez desde que aterrizó en Londres para cuando terminó la cena, momento en el que el criado sirvió fruta y queso como postre. Pese al impresionante comedor formal y al servicio de la exquisita y grandiosa cena, fueron la amabilidad y la calidez de James y de Anne lo que marcaron la tónica de la velada. Gerard también se esforzó por encandilarla, y sus ojos oscuros relucían cada vez que conseguía arrancarle una carcajada.

Francesca deseó que los hombres se retirasen para hacer lo que hicieran los caballeros después de la cena, de modo que ella pudiera quedarse a solas con Anne. ¿No era eso lo que hacían en los libros como *Retorno a Brideshead*? Necesitaba hablar con Anne acerca del vestido para el baile. Sin embargo, para su consternación, se trasladaron todos al salón para tomar café.

—No puedo creer que todo sucediera a plena luz del día, en una calle transitada —comentó Gerard acerca de la agresión que habían sufrido Davie y ella una vez que se sentaron junto al crepitante fuego—. ¿Chicago está sufriendo una oleada de crímenes?

—No creo que se produzcan más que de costumbre —respondió Francesca con una sonrisa.

Gerard se había sentado junto a ella en el sofá, y parecía tan cómodo con la ropa de gala como la mayoría de los hombres con vaqueros y camiseta. Tenía que reconocer que era guapísimo, sí.

—Tuvo que ser una experiencia aterradora —dijo Anne desde su lugar, sentada junto a James en el otro sofá—. Es evidente que era un delincuente muy atrevido.

—Pues también tiene que ser muy imbécil —replicó Francesca con una sonrisita—. Porque los corredores no suelen llevar muchos objetos de valor.

—Suponiendo que su intención fuera robar —dijo Gerard con expresión seria.

—Qué cosas dices, Gerard —lo reprendió Anne, que se estremeció—. Cambiemos de tema. Es Nochebuena. ¿Tienes todo lo que necesitas, Francesca? Pasado mañana podemos ir al pueblo si quieres comprar algo. De todas formas, tengo que asegurarme de que se han dispuesto las huchas para los donativos en la iglesia.

Francesca miró con nerviosismo a James y a Gerard. No le quedaba más remedio que exponer su falta de previsión.

—Pues la verdad es que me gustaría acompañarte. De hecho, creo que tengo un problema. Clarisse me ha preguntado por mi vestido para el baile. Había traído este —explicó al tiempo que se miraba el vestido de terciopelo rojo oscuro y sentía que le ardían las mejillas—. Lo siento, jamás he asistido a una ocasión tan… especial. Me temo que no he venido preparada.

—En ese caso, te prepararemos y ya está —replicó Anne con una seguridad arrolladora—. No tienes nada de lo que preocuparte. Solo es una fiesta. Y solo es un vestido.

—Póntelo de nuevo —añadió James, que señaló el vestido que llevaba—. Es muy bonito. Me gusta.

—¡Lo mismo digo! —convino Gerard.

—¿Por qué no hacemos una cosa? —sugirió Anne—. Las tiendas abren el 26 de diciembre y en Stratham hay dos muy buenas. Si no encontramos nada, Clarisse limpiará el que llevas para el baile.

—Siento mucho causar tantas molestias.

—Por favor, querida, no te preocupes por eso —insistió Anne—. Lo único que importa es que estás aquí, no un ridículo vestido. Siéntete como en casa. Pocas veces nos acicalamos tanto en Belford Hall, pero como te he dicho, hemos contratado a personal adicional para las vacaciones y el baile. No te creas que somos unos estirados o unos pretenciosos, es que nos has pillado vestidos para las fiestas. Ahora, ¿qué os parece si jugamos a algo o hacemos algo divertido?

Pasaron una Nochebuena muy tranquila y relajada juntos. Pese a todo, Francesca era consciente de un ligero dolor en el corazón, de un punto en carne viva. Era más difícil de lo que se había imaginado. Estar allí, en la estancia preferida de Ian, rodeada de sus familiares en una festividad tan señalada... sin él.

El sentimiento de soledad creció en su pecho cuando Gerard la acompañó escaleras arriba al acabar la velada. La cogió de la mano y la sostuvo cuando perdió el equilibrio al llegar arriba.

—¿Demasiado ponche de la señora Hanson? —preguntó él con una sonrisa.

—No, no es eso. Es que he perdido la costumbre de llevar tacones.

—Supongo que no son el complemento habitual de una artista.

—Todo lo contrario —replicó, muy consciente de que él no le había soltado la mano. La cúpula de cristal del vestíbulo estaba en penumbra. Comenzó a latirle con fuerza el corazón a medida que se acercaban a su dormitorio—. Este es el mío —dijo al tiempo que señalaba la puerta con la cabeza. Pero él siguió sin soltarla. De hecho, dio un paso hacia ella. Francesca mantuvo la vista clavada en su prístina camisa blanca.

—¿Francesca?

—¿Sí?

—Es más de medianoche. Feliz Navidad.

Francesca levantó la cabeza para corresponder la felicitación, momento que él aprovechó para apoderarse de su boca y para instarla a separar los labios con la lengua. Por un instante, ella lo permitió. Tal vez sintiera curiosidad. Tal vez fuera una mujer triste y solitaria desesperada por sentirse conectada a otro ser humano de la misma manera, única e irrepetible, en la que se había sentido conectada con Ian.

La rodeó con los brazos y el beso se tornó más apasionado.

Francesca sintió un escalofrío al darse cuenta de que estaba pensando en Gerard como si se tratara de un juguete sexual. Era un ser humano, no un objeto que estuviera a mano para colmar un deseo ávido e insaciable.

Interrumpió el beso y lo empujó, pero Gerard no la soltó de inmediato.

—¿Qué pasa? —jadeó él, que dejó un reguero de besos por su cuello con afán persuasivo y le apretó con más fuerza la cintura.

—Gerard, suéltame. No está bien. No quiero que pase nada —dijo en voz baja.

Él levantó la cabeza y la miró pese a la penumbra.

—Francesca... sé que puede parecerte raro por eso de que Ian es primo mío. A mí también me lo parecía.

—¿En serio? —preguntó, titubeante.

—Pues claro. Ian es como un hermano para mí. ¿Te preocupa que se moleste por lo nuestro? ¿O que se sienta traicionado?

—¿Por qué iba a sentirse traicionado? —replicó, irritada y con los dientes apretados—. Él fue quien se marchó.

—Estoy de acuerdo.

Parpadeó al escuchar su pasmosa respuesta y una vez más se quedó atrapada por su mirada. Se ruborizó.

—Estaría mal.

Gerard la observó durante un rato muy incómodo, ya que parecía leerle el pensamiento. La soltó muy despacio.

—No estoy de acuerdo —replicó gruñendo—. Creo que estaría genial. No voy a andarme por las ramas: te deseo. Dadas las circunstancias, tal vez habría fingido con otra mujer... o si hubiera sentido una atracción menos intensa, pero no fingiré contigo. La otra noche dijiste que no era el momento adecuado. Pero quiero que sepas que estaré aquí cuando lo sea.

Francesca inspiró hondo y sintió esa zona en carne viva de su pecho.

—Nunca lo será. A decir verdad, me avergüenza reconocer que he permitido lo que acaba de pasar porque me recuerdas un poquito a él. Formas parte de su familia. —Se encogió de hombros con gesto derrotado—. Tal vez quería sentir que yo también pertenecía a este lugar.

—Claro que perteneces. Cualquier desconocido se habría dado cuenta de habernos visto esta noche a los cuatro. Ian no se interpondrá siempre entre nosotros —aseguró Gerard cuando ella no replicó—. Te abandonó, Francesca. —Le rozó la mejilla con la punta de los dedos.

—¿Crees que no lo sé? —preguntó ella con amargura al tiempo que apartaba la cara para esquivar sus dedos.

—Ya veo que te ha dejado un collar impresionante —continuó él mientras descendía por su garganta para acariciarle la piel y tocar también las perlas que Ian le había regalado—. Pero soy obstinado. Lo romperé.

—Buenas noches, Gerard —mascculló ella con voz estrangulada al tiempo que se apartaba de su mano y abría la puerta.

Se negó a levantar la vista cuando la cerró, pero sabía que él seguía allí, con los ojos clavados en la puerta.

La contempló meterse en la cama completamente desnuda, con las piernas brillantes por la dorada luz de la lámpara y esos pechos voluptuosos agitándose por la respiración entrecortada, aunque sus mejillas se veían secas. Era evidente que estaba alterada, pero que se obligaba a no llorar y a reprimir la angustia.

También era evidente que habían adiestrado su cuerpo para el placer. Se esforzaba para vivir sin él, lo comprendió cuando la vio extender una mano hacia el coño, y sus gestos se le antojaron muy excitantes pese a la masturbación casi violenta que estaba llevando a cabo... tal vez precisamente por lo concentrada que parecía su rabia. Ella detestaba esa obsesión, esa necesidad absoluta por sentir.

Mejor para él.

Se dio cuenta por la forma en la que se metió los dedos en la vagina sin más preámbulos que necesitaba que la penetrasen. Lo ansiaba, sí, pero ¿cuándo sucumbiría a su ansia? Se desabrochó los pantalones y se sacó la polla con los ojos clavados en la pantalla del ordenador.

Dejó de menearse la dolorosa erección cuando ella comenzó a follar su coño con los dedos y usó el pulgar para frotarse el clítoris sin miramientos. Al mismo tiempo, la vio colocar una mano por encima de la cabeza y pegarla a la almohada. La vio arquear la espalda, mostrándole sus generosos pechos de tal modo que se le hizo la boca agua. Vio que su cara se crispaba en una expresión enternecedora de deseo insatisfecho y de profunda frustración.

Joder. Comenzó a jadear al tiempo que se la meneaba con más fuerza. Estaba fingiendo que la maniataban. La observó muy concentrado, moviendo el brazo como si de un pistón se tratase, mientras imaginaba cómo sería follársela aplastándola contra el colchón y taladrar ese coñito rosado con la polla.

Se corrió antes que ella, con un orgasmo delicioso y rápido. Ella seguía retorciéndose, a todas luces a punto de correrse, cuando él apagó la señal de las cámaras, ya que había perdido el interés.

La situación progresaba bien, se dijo al tiempo que apartaba el ordenador y se limpiaba el semen del abdomen con un pañuelo de papel. Había puesto las cosas en marcha. No tenía sentido perseguir una presa herida si esta permanecía oculta. Desde luego que en ese momento la obligaría a salir al descubierto, debido a la amenaza que había plantado... el cebo.

Solo tenía que esperar sentado a que el desafortunado drama siguiera su curso.

Pasaron el día de Navidad muy tranquilos. Anne la acompañó en una visita guiada por Belford Hall, seguida de un delicioso almuerzo. Después, intercambiaron regalos, y Francesca se alegró al comprobar que los de Anne y James eran pequeños detalles, como los que ella les había regalado. Sin duda, se habían dado cuenta de que se sentía incómoda con regalos caros. Gerard, en cambio, la detuvo junto al enorme árbol del vestíbulo antes de que ella pudiera subir a su habitación a fin de cambiarse para la cena.

—¿Qué es? —preguntó cuando él le ofreció un estuche rectangular forrado con terciopelo rojo oscuro.

—Mi regalo, por supuesto. Feliz Navidad.

Francesca miró a su alrededor, incómoda, pero estaban solos en el vestíbulo. Abrió el estuche y jadeó al ver la increíble gargantilla de diamantes y platino que descansaba sobre un lecho de terciopelo negro.

—Gerard, no puedo aceptarlo.

—¿No te gusta?

—Por supuesto que sí. Es preciosa —le aseguró al ver su expresión preocupada.

—En ese caso, es tuya, porque tú eres la personificación de la preciosidad —replicó él, mientras le rozaba por un instante la mejilla con las yemas de los dedos.

—No... no puedo —insistió ella al tiempo que le ofrecía el estuche, pero él se negó a aceptarlo. Se limitó a mirarla con sorna y se marchó.

Francesca se quedó allí, presa de una creciente frustración y de las dudas mientras lo veía subir la escalinata.

A la mañana siguiente se estaba preparando para ir al pueblo con Anne cuando llamaron a su puerta. Clarisse entró con una bolsa y una expresión radiante por la emoción.

—Ha llegado —dijo la doncella con voz temblorosa y tanto entusiasmo que Francesca entrevió por primera vez lo joven que era.

—¿Qué ha llegado? —preguntó, desconcertada.

—Su vestido. —Clarisse meneó la cabeza y sonrió—. Es increíble. No había dicho… ni siquiera mencionó que… ¡y diseña para la realeza y todo! —terminó.

Francesca se echó a reír sin comprender una palabra.

—¿De qué hablas…?

Sin embargo, Clarisse estaba demasiado ocupada colgando y bajando la cremallera de la bolsa para prestarle atención. Francesca se quedó paralizada, boquiabierta, mientras contemplaba el vestido plateado y blanco más exquisito que había visto en la vida o que hubiera imaginado siquiera. Se cerraba en el cuello y no tenía ni mangas ni espalda. El diseño del corpiño ajustado mostraba unas diminutas hojas plateadas bordadas sobre blanco. Aunque el fondo blanco era transparente, el vestido tenía un forro para preservar el decoro. La falda era más recta que de vuelo, y la tela blanca caía sobre un forro plateado, creando la impresión de que era agua en movimiento.

—Tiene que dejar que la peine esta noche —dijo Clarisse con voz entrecortada—. Tengo el estilo perfecto en mente para el vestido. Va a estar fabulosa. Ah… y viene acompañado de una nota.

Francesca aceptó el sobrecito blanco con dedos entumecidos, comprobando que era su nombre el que figuraba por delante. La nota estaba escrita en un pliego.

Francesca:

Perdóname por mi falta de previsión y por dejarte tan poco preparada.

Contempló la nota un buen rato, con el aliento contenido y un extraño hormigueo en las piernas y en los brazos. No... era imposible.

«Perdóname por mi falta de previsión.» No, un momento... ¿no le había dicho Gerard algo parecido hacía poco? Y él sabía que no tenía vestido.

La decepción se apoderó de ella.

—¿No está emocionada por esta noche? El salón de baile va a quedar fabuloso. ¿Le ha dicho Su Ilustrísima que los adornos son en blanco y en plata? Parecerá una princesa de cuento de hadas con este vestido —continuó Clarisse al tiempo que se colocaba la falda sobre el brazo para que la tela cayera con elegancia.

—No. Una casualidad, supongo —comentó Francesca, titubeante.

—Mi vestido no se parece en nada a este, pero me muero de ganas de que llegue la hora —dijo Clarisse.

—¿Eso quiere decir que vas a asistir al baile?

Clarisse asintió con la cabeza y con los ojos brillantes.

—Los condes han invitado a los miembros del personal fijos. Es por respeto a la tradición de celebrar un baile para la servidumbre, que solía tener lugar el 26 de diciembre hace ya muchos años. Dado que también es su aniversario, lady Stratham pensó que sería bonito combinar las dos celebraciones en un gran baile. Todos estamos ansiosos. ¿Y usted?

—Ah, sí —le aseguró Francesca.

Se metió el papel en el bolsillo, avergonzada por la punzada de esperanza que había atravesado durante un segundo al leer la nota mecanografiada.

Al final, Anne y ella no pudieron encontrar un vestido adecuado en el pueblo. Por supuesto, ya no quería otro. Ningún otro vestido podría compararse a la exquisita creación que había recibido. Le molestaba un poco saber que Gerard se había dado cuenta de lo mucho que le gustaba.

Avanzada la tarde, Francesca sostuvo el vestido de terciopelo rojo, cepillado y planchado, junto al blanco y plateado. Se le cayó el alma a los pies. Por supuesto que iba a ponerse el plateado. Percibió claramente que la gargantilla de diamantes quedaría de fábula con el vestido. ¿Lo había elegido Gerard por ese motivo?

No, no. Le devolvería la gargantilla a Gerard. Era demasiado. Sencillamente demasiado. Su collar de perlas de tres vueltas quedaría igual de bien con el vestido, junto con los pasadores de diamantes que Ian le había regalado para que los llevara en el pelo. Intentó convencerse de que la decisión de devolver la gargantilla de diamantes no tenía nada que ver con el comentario que Gerard hizo en Nochebuena acerca de que Ian la había dejado con un collar mientras tocaba las perlas. No, no tenía motivos ocultos cuando le dio la gargantilla, no quería reemplazar las perlas de Ian. Además, era una ridiculez. Desde luego que Ian ya no tenía poder sobre ella.

—*Exquis* —dijo Elise, con los ojos como platos, cuando Francesca le mostró el vestido esa misma tarde.

Lucien y ella acababan de llegar para tomar un té especial. Anne le explicó que no se serviría una cena como tal durante el baile, ya que comenzaría a las nueve de la noche, sino que se servirían aperitivos y después se abriría un bufet a medianoche. Después de tomar el té con unos sándwiches, fruta y pudin, Elise acompañó a Francesca a su dormitorio para charlar antes de que tuvieran que prepararse para el baile. Elise se percató de su desconcierto al escucharla, ya que Francesca no hablaba francés.

—El vestido es alucinante —tradujo Elise—. ¿Y dices que te lo ha regalado Gerard?

Francesca asintió con la cabeza, incapaz de ocultar su inquietud.

—Es guapo, sí —reconoció Elise con voz titubeante al tiempo que se dejaba caer en el sofá—. Y parece bastante agradable. Claro que no es Ian.

—¿No es eso lo mejor? —preguntó Francesca con sorna mientras colgaba el vestido.

—Supongo que depende de lo que tú creas. ¿Francesca? —añadió Elise al ver que ella no se volvía y continuaba colocando bien el vestido—. ¿Qué crees tú?

Francesca se alegró de que Clarisse llamara a la puerta en ese instante y le preguntara si empezaba a ayudarla a prepararse para el baile. Le pareció un buen momento para cambiar de tema.

A las nueve menos cuarto el corazón le latía demasiado deprisa mientras permanecía en la línea de recepción, seguida de Lucien y de Elise, y esperaba su turno para felicitar a los condes por su aniversario. Elise y Lucien parecían sacados de un cuento de hadas: Elise iba ataviada con un vestido púrpura que resaltaba el inusual color de sus ojos, un exquisito collar de platino y zafiros, y su alianza de diamantes y zafiros engarzados; Lucien estaba guapísimo, como de costumbre, con un esmoquin y una corbata negra. El vestíbulo quitaba el aliento, decorado como estaba con orbes de cristal con velas, preciosos candelabros de plata y guirnaldas naturales, además de tener el árbol de Navidad iluminado.

No sabía por qué le latía tan rápido el corazón por la emoción y los nervios, aunque tal vez fuera por todas las personalidades que llenaban el vestíbulo: los ricos, los aristócratas y los famosos que se mezclaban con el personal doméstico y con varios habitantes del pueblo. Todos deambulaban por el vestíbulo, bebiendo el champán que repartían los camareros, a la espera de que se abrieran las puertas del salón de baile. Un cuarteto de cuerda amenizaba la espera y ayudaba a crear ese ambiente festivo. La presencia de Lucien y de Elise a su espalda le proporcionaba un poco de la seguridad que tanto necesitaba. Atisbó a Clarisse en la distancia, muy guapa con un vestido en un tono dorado. La doncella la saludó con una mano y ella correspondió el gesto y la sonrisa nerviosa.

Vio la espalda de un hombre alto de hombros anchos a lo lejos, en la línea de recepción, con un esmoquin, y se dio cuenta de tendría la oportunidad de agradecerle a Gerard el vestido. Se merecía que lo hiciera. Jamás se había sentido más guapa. El vestido le sentaba como un guante, como si lo hubieran confeccionado para ella. Clarisse la había peinado de modo que su melena formaba un delicado recogido, y había usado los pasadores de diamantes para formar una especie de corona que a Francesca se le antojó sencilla a la par que muy elegante.

Por fin llegaron junto a la pareja homenajeada.

—Francesca, querida —saludó Anne con una voz más aguda de lo habitual mientras ella se inclinaba para besarla en la mejilla y felicitarla.

¿Por qué estaba Anne tan alterada, tan radiante pero tan preocupada a la vez?, se preguntó Francesca mientras se enderezaba y captaba la expresión de la condesa.

—El vestido te queda fabuloso. Sabía que sería así.

Sintió una descarga eléctrica que comenzó en su cabeza y que le recorrió la columna, poniendo en marcha una reacción que activó todos los nervios de su cuerpo. Se quedó paralizada. No era Gerard a quien había visto en la línea de recepción con Anne y James.

—No he tenido tiempo de avisarte —oyó que se disculpaba Anne en un susurro, aunque su voz le llegaba muy distante.

—Se ha presentado justo antes de que comenzaran a llegar los invitados —le explicó James.

El rostro de Ian parecía estar tallado en frío alabastro, pero sus ojos la atravesaban con intensidad.

—En fin —dijo él en voz baja, con esa voz tan familiar y con ese acento tan británico, un poco seco, que le acarició la piel ardiente—. ¿No vas a decir nada?

Francesca inspiró hondo por primera vez desde que vio la expresión angustiada de Anne.

—Sí —contestó—. Disculpadme.

Dio media vuelta y se internó en la multitud, mientras los coloridos vestidos, las titilantes llamas y las carcajadas le asaltaban el cerebro. Solo estaba segura de una cosa, de lo único que le resultaba aterradoramente real: la cuerda invisible que siempre había parecido unirla a Ian se había tensado. De hecho, tiraba de su pecho con fuerza mientras huía, amenazando con desgarrar algo vital.

4

Alguien llamó a la puerta de su dormitorio con delicadeza... un toque femenino. Francesca se miró por última vez en el espejo del cuarto de baño y fue a abrir. Todavía tenía las piernas flojas por la sorpresa.

«¡Ian está aquí!»

Su mente repetía la frase a modo de mantra, como si su cerebro se negara en redondo a asimilar la verdad y se viera obligada a grabar dicha información a la fuerza. Aunque sospechaba que el toque era femenino, suspiró aliviada al ver a Elise al otro lado de la puerta. Se hizo a un lado para dejarla pasar y una vez que Elise entró, cerró la puerta.

—Siéntate —le ordenó Elise—. Estás blanca como la pared. —Al cabo de un instante, le ofreció un vaso de agua, procedente del cuarto de baño.

—No puedo creérmelo —murmuró Francesca, hablando más para sí misma que para Elise.

—Sí. Nos ha pillado a todos por sorpresa. Le ha dicho a Lucien ahora mismo que llegó media hora antes de que comenzara la recepción. Subió a su habitación para arreglarse sin que nadie lo viera.

Francesca trató de concentrarse en la cara de Elise, demudada por la preocupación.

—¿Ha dicho por qué ha venido?

Elise negó con la cabeza con gesto derrotado. Aunque esos ojos azul zafiro la miraban con un sinfín de preguntas, no formuló ninguna. Debía de saber que ella tampoco conocía las respuestas.

—Tengo que bajar —dijo Francesca al tiempo que soltaba el vaso en la mesa auxiliar—. No puedo esconderme aquí como una adolescente enfurruñada. Sería una falta de educación hacia Anne y James, que me han invitado a la fiesta.

—Estoy segura de que lo entenderían. Dadas las circunstancias —añadió Elise—. La condesa ha sido una de las personas que me ha pedido que subiera a verte. Después de tratar de impedir que Ian te siguiera, quiero decir.

Francesa la miró a los ojos de inmediato.

—¿Cómo que ha tratado de impedirlo?

Elise asintió.

—Está en el pasillo ahora mismo. No hemos podido detenerlo. No sé ni cómo me ha dejado entrar primero.

Francesca sintió un poderoso ramalazo de temor y emoción.

—Dile que entre —replicó con una serenidad asombrosa incluso a sus oídos. La sorpresa la había dejado tan aturullada que ni siquiera se dejaba llevar por las emociones.

Elise se mordió el labio inferior.

—¿Estás segura?

Francesca hizo un gesto afirmativo con la cabeza e intentó calmarse.

—Tengo que enfrentarme a él en algún momento. Es mejor hacerlo cuanto antes.

Elise no parecía muy segura, pero se volvió para abrir la puerta.

Ian entró y cerró la puerta tras él con cuidado y sin dejar de mirarla en ningún momento. Francesa alzó la barbilla y tensó la espalda cuando lo vio acercarse a ella. De repente, Ian se detuvo al percatarse de su lenguaje no verbal. Tenía la cara más delgada que la última vez que lo había visto. Eso, sumado a su intensa mirada, le otorgaba un aspecto feroz, como si en su interior ardiera un fuego incombustible que lo alimentaba... y lo consumía a la vez. Su cabello, corto y oscuro, contrastaba como siempre con su piel, que parecía más blanca que de costumbre, como si hubiera permanecido alejado del sol.

—¿Dónde has estado? —le preguntó Francesca sin preámbulos, incapaz de contener la pregunta que llevaba abrasándola medio año.

Ian tardó en contestar. Como siempre, sintió que su mirada la taladraba. Se encontraban a unos tres metros de distancia, y no sabría decir si dicha distancia era corta o si le parecía un abismo de más de un kilómetro.

—En Francia —contestó él con su voz ronca.

Francesca intentó combatir su hechizo.

—¿Por qué?

La breve pregunta pareció quedar suspendida entre ellos, con sus distintos significados flotando como una nube tóxica. Por primera vez Francesca atisbó cierta inseguridad en sus rasgos estoicos, pero desapareció al instante.

—Había ciertas cosas de las que tenía que ocuparme... ciertas cosas que debía investigar.

Francesca esperó y la tensión se acentuó, pero Ian no añadió nada más.

—¿Y ya está? —le preguntó tras soltar una carcajada incrédula—. ¿Eso es todo lo que vas a decir a modo de explicación por haber desaparecido durante medio año sin dejar el menor rastro?

Ian tensó los labios.

—¿De verdad importa lo que diga?

—Pues no —respondió ella al instante—. No importa.

La expresión de Ian apenas se alteró, pero conociéndolo como lo conocía, vislumbró que sus palabras lo habían enfadado. ¿O sería frustración?

—Así que en realidad no quieres una explicación —señaló él.

—Lo que quiero decir es que en realidad no hay explicación que pueda satisfacerme, así que tal vez sea mejor que ni siquiera te molestes en darme una.

Ian resopló por la nariz.

—Veo que ya no llevas el anillo —comentó al cabo de un instante mientras sus ojos se posaban en su mano izquierda.

—¿Te sorprende?

Ian la miró de nuevo a los ojos. De repente, Francesca deseó que se marchara. Deseó estar en cualquier otro lugar. En ese momento atisbó el dolor de Ian, que fue como una chispa que prendió el suyo, haciendo que este cobrara vida, un dolor intenso y abrasador, que la dejó sin aliento. Apenas fue capaz de mantener la compostura.

—No. La verdad es que no —respondió él en voz baja.

Francesca tomó una bocanada de aire con dificultad. Bueno, pues ya lo había dicho. Ian sabía desde el primer momento que estaba poniéndole fin a su relación al marcharse, pero lo había hecho de todos modos. Ella asintió con la cabeza una vez y desvió la mirada.

—Bueno, pues ya está todo dicho, supongo —replicó ella con un deje irrevocable. Alguien llamó de nuevo a la puerta, sobresaltándola—. Adelante —dijo, contenta por la interrupción.

A duras penas mantenía la compostura y no quería que Ian se percatara del mal rato que estaba pasando.

Gerard entró en la habitación. Su mirada preocupada pasó de Francesca a Ian, tras lo cual regresó a Francesca.

—Ian, menuda sorpresa. —Se saludaron con un apretón de manos y un abrazo de bienvenida—. Todos nos alegramos mucho de verte.

—Gerard… —replicó Ian con seriedad.

La mirada de Gerard volvió a posarse en ella.

—¿Estás bien? —le preguntó, y estaba claro que se dirigía a Francesca, no a su primo.

Ella asintió con la cabeza.

—Sí. Estoy lista para bajar.

Gerard pareció un poco inseguro al ver que ni ella ni Ian se movían. Debió de percatarse de la tensión que flotaba en el aire.

—Tenemos muchas cosas de las que hablar —le dijo a su primo—. Nos has tenido muy preocupados.

Los ojos de Ian relucieron mientras volaban de su primo a Francesca, pero se mantuvo en silencio.

—Disculpadme —murmuró ella, consciente de que no había nada más que hablar. Sería tonta si se quedaba esperando.

Ian permaneció donde estaba mientras ella pasaba a su lado.

—Francesca.

Se detuvo antes de llegar a la puerta, pero no se volvió. El aire le quemaba los pulmones.

—Aunque no lleves el anillo, estás en la casa de mis abuelos. Llevas el vestido que te he mandado.

Se volvió, alucinada.

—¿Qué te hace creer que sabía quién me lo enviaba? —preguntó, con las mejillas sonrojadas por la furia. ¿O se debía a la vergüenza?

—Lo sabías. O al menos pensaste que lo sabías antes de corregir tu primera impresión. Sabes que nunca me ha gustado que te creas poco preparada para asistir a un evento donde no te sientas segura.

Francesca jadeó. Ian no lo había dicho con petulancia. Se había limitado a constatar un hecho establecido. ¡Maldito fuera! La tenía calada desde el principio. Lo que había dicho era cierto, por supuesto. Había reconocido su estilo al ver el vestido. Sus pensamientos habían volado directamente hacia él nada más leer el mensaje. Parte de su mente comprendió que un regalo tan perfecto evidenciaba un conocimiento minucioso de su cuerpo... de su persona. Pero era mucho más. En ese instante entendió que sus actos durante las pasadas semanas no se correspondían con los de una persona que hubiera olvidado a su amado.

Se alojaba en la casa donde Ian pasó su infancia y había invertido un montón de tiempo y de esfuerzo en asegurarse de que Empresas Noble tomaba un camino que creía que sería de su agrado. ¿Acaso no había contemplado con ansia los escenarios de su juventud mientras recorría Belford Hall, imaginándolo de pequeño, imaginando a ese niño retraído y desconfiado que poco a poco abandonó su caparazón, y después al adulto cuya presencia llenaba hasta las estancias más grandiosas?

No se le ocurría otra prueba más evidente que el hecho de haber accedido a dormir en su cama del apartamento. En realidad, no había perdido la esperanza.

¡Por Dios, qué tonta era!

Renuente e incapaz de ver el feroz dolor que asomaba a los ojos de Ian, se volvió y abandonó la habitación.

Francesca pensó que jamás había sonreído tanto ni de forma tan forzada en toda la vida, mientras regresaba al Baile del Aniversario con Gerard. En cierto modo le parecía una misión personal demostrar que era capaz de mantener la compostura en esas circunstancias.

La fiesta se encontraba en pleno apogeo mientras bajaba la escalinata con Gerard. La música interpretada por una pequeña orquesta se oía por toda la mansión. Pese a la intranquilidad y al mal rato que estaba pasando, no fue inmune a la transformación que había sufrido el salón de baile. James y Anne sabían muy bien cómo organizar una fiesta, o tal como había dicho Anne, cómo montarla por todo lo alto. La preciosa estancia de paredes blancas con paneles de madera y enorme chimenea había sido transformada en un palacio de hielo. A lo largo del perímetro se habían dispuesto mesas redondas para ocho personas, y sobre cada una de ellas flotaba una araña de cristal encendida, todas ellas exquisitas y de distinto diseño a las demás. En un extremo del salón había una barra iluminada por candelabros de cristal cuajados de velas y enfrente se emplazaba una mesa donde se serviría el bufet al cabo de unas horas. James y Anne estaban finalizando el baile que inauguraba la fiesta cuando ella entró del brazo de Gerard. Otras parejas comenzaban a unirse a los anfitriones en la pista de baile.

—¿Te apetece? —la invitó Gerard, señalando hacia la pista con la cabeza.

—Me encantaría —contestó ella con más alegría de la cuenta.

A juzgar por cómo Gerard enarcó las cejas, era evidente que le preocupaba su forzada alegría. Una vez que empezaron a bailar, intentó sacar el tema de conversación del regreso de Ian, pero Francesca cambió de asunto sin disimular comentando lo precioso que lucía el salón de baile. Gerard captó la indirecta y mantuvo una conversación trivial durante el resto de la pieza.

En cierto momento, Francesca se preguntó si Ian sabía exactamente lo que estaba haciendo cuando le envió ese vestido con la espalda al aire. Percibió su mirada en la piel desnuda mientras Gerard y ella giraban en la pista de baile. Desterró la sensación y siguió charlando con Gerard con una feroz determinación, exagerada para la cuestión que estaban tratando.

Localizó a Lucien y a Elise sentados a una mesa después de que Gerard la sacara de la pista de baile. Aliviada al ver que Ian no los acompañaba, se acercó a ellos mientras Gerard iba en busca de unas bebidas. Juró que no estaba buscando a Ian en el abarrotado salón de baile, pero su mirada descubrió al vuelo su silueta en la pista, bailando con su abuela.

—Nadie es capaz de hacer sonreír a Anne como lo consigue Ian —comentó Gerard con una sonrisa cuando llegó a la mesa con dos camareros a la zaga, uno que llevaba una cubitera, una botella de champán y cuatro copas, y el otro con una bandeja de entremeses y caviar helado.

Francesca frunció el ceño. ¿El comentario estaba teñido por la envidia? Sinceramente, no se sorprendió. Solo Ian sería capaz de dejar a sus abuelos preocupados y ansiosos durante medio año, para después regresar de repente y provocarles la felicidad más absoluta al verlo. Además, las palabras de Gerard no habían sido del todo ciertas, pensó mientras miraba con renuencia de reojo el impresionante perfil de Ian. La condesa parecía diminuta, comparada con la altura de Ian mientras se movían con gran elegancia por la pista. Francesca nunca había visto a Anne tan feliz, tan aliviada, como en esos momentos, mirando a su nieto unas veces con expresión solemne, y otras con una sonrisa y entre carcajadas. No, la verdad era que comprendía el alivio que sentía Anne y también lo compartía. Anne había perdido a su única hija ese mismo año. Debía de estar loca de contenta porque su único nieto estuviera vivo y sano.

«Tú estás tan aliviada como ella. De hecho, estás eufórica al comprobar que se encuentra sano y salvo.»

Comprendió que en su interior reinaba una extraña combinación de emociones. Un alivio estremecedor y una ira candente.

Entabló una conversación con los demás. Lucien enarcó las cejas cuando vio que permitía que Gerard le sirviera una tercera copa de champán, pero a ella le resbalaba su preocupación. No estaba segura de lo que sentía en ese instante, así que ¿cómo iban a interpretar los demás su humor?

Alguien la tocó en un hombro con suavidad. Al volverse, descubrió a James, muy guapo con su esmoquin.

—¿Me concedes este baile? —le solicitó.

—Encantada —respondió ella poniéndose en pie.

—¿Te encuentras bien? —le preguntó en voz baja una vez que comenzaron a girar en la pista de baile.

—Considerando las circunstancias, creo que estoy estupendamente. —Afrontó su mirada afable y sonrió—. Todavía no te he felicitado. La devoción que os profesáis Anne y tú es maravillosa.

James enarcó sus cejas grises.

—Percibo un mensaje subliminal.

Francesca se echó a reír, pero desvió la mirada.

—¿Como qué? ¿Que sin la devoción no puede haber confianza en una pareja? ¿No puede haber futuro?

—Eso es cierto —convino James—. Pero la gente la demuestra de formas distintas. El compromiso que nos une a Anne y a mí no siempre ha sido como es ahora. Estoy seguro de que ella puso en tela de juicio mi entrega en muchas ocasiones cuando yo tenía veintitantos o treinta años, una etapa en la que no paraba de viajar por negocios. Estoy seguro de que hubo un momento en la vida de Anne en la que le costó trabajo identificar mi actitud como la de un marido devoto, pero yo siempre lo he visto así.

—Ahora soy yo la que percibe un mensaje subliminal —comentó Francesca con sequedad.

James sonrió.

—¿Has escuchado a Ian? ¿Te ha dicho dónde ha estado?

—No, y sin ánimo de ofender: sé que es tu nieto y que tú vas a ver las cosas de una forma muy distinta de como va a verlas su prometida abandonada. No —se apresuró a decir al ver que el conde iba a protestar—. Eso es lo que soy. No es necesario endulzarlo. —Hizo una pausa porque hubo un crescendo en la música que dificultaba la conversación—. Lo que quiero decir —continuó cuando el crescendo concluyó— es que no estoy segura de querer saber qué era tan importante para él que le ha impedido coger un teléfono para tranquilizarte. Para tranquilizar a Anne. A mí. Ha sido una actitud muy egoísta por su parte.

—Francesca, no intento cambiar tu punto de vista con respecto a la situación, pero...

—¿Quieres ampliarlo un poco? —concluyó por él, con una sonrisa.

—No puedes culpar a este anciano por intentarlo —comentó James mientras la pieza llegaba a su fin.

—De lo único que te culpo es de querer a tu nieto —replicó Francesca con sinceridad.

James se inclinó para besarla en la mejilla mientras se detenían. Cuando le soltó la mano, alguien se la cogió. Miró por encima del hombro y vio que se trataba de Ian, que abrazaba a Anne por la cintura con el otro brazo.

—¿Puedo? —preguntó él en voz baja.

Las décimas de segundo que tardó en contestar parecieron eternas. Aunque no respondió con palabras, Francesca se acercó a sus brazos con el cuerpo en tensión. Apenas oía la música sobre los atronadores latidos de su corazón. Durante varios segundos ninguno habló, y ella aprovechó el momento para decirse que no debía perderse en la sensación de estar entre sus brazos... si bien fue en vano.

—¿Cuánto tiempo planeas quedarte? —le preguntó sin mirarlo, e intentó no respirar hondo para no aspirar su olor.

—No lo he decidido.

Se atrevió a mirarlo a la cara. Sus ojos azules la atraían como un imán.

—¿Regresarás al lugar donde has estado?

—En algún momento. Todavía tengo asuntos pendientes. —Le acarició levemente la cintura, rozándole la piel desnuda de la espalda—. Estás deslumbrante —dijo.

—Si todavía tienes asuntos pendientes —replicó ella con tirantez, pasando por alto el halago... o intentándolo al menos—, me sorprende que hayas venido.

—Ha sido por una cuestión urgente.

Francesca sintió que el pulso le latía en la garganta mientras clavaba la mirada en su torso. ¿Acababa de pegarla a su cuerpo o se había acercado ella? Sintió el leve roce del cuerpo de Ian y le resultó difícil desentenderse de la sensación, sobre todo porque las solapas de su esmoquin le rozaban los pezones. ¿Cómo se las apañaba ese hombre para que todas sus terminaciones nerviosas cobraran vida en su presencia con tanta facilidad?

—¿El Baile del Aniversario de tus abuelos es una cuestión urgente?

—No he venido por lo del aniversario, pero me alegro de estar aquí. La urgencia eres tú.

Le temblaron los labios, traicionándola, cuando alzó la vista tras escuchar esa respuesta tan directa. Miró por encima del hombro de Ian y vio que Gerard bailaba con Clarisse, que parecía hallarse en la gloria, muy cerca de ellos. Sin embargo, apenas podía fijarse en otra cosa que no fuera el hecho de estar en los brazos de Ian.

—La ruptura de nuestra relación no me ha resultado fácil, Ian, pero no creo que debas considerarme un asunto urgente. Lo he llevado bastante bien.

—Lo sé. Y yo no he roto nuestra relación.

—Has desaparecido durante seis meses y no me has enviado ni siquiera un mensaje de texto —le recordó, rezumando sarcasmo.

—Creí que era lo mejor. Una separación completa. Mientras trataba de poner en orden ciertas cosas.

—Pues ha funcionado —le aseguró Francesca con una despreocupación que no sentía—. La separación completa —precisó al tiempo que la furia la invadía hasta el punto de que fue capaz de mirarlo a los ojos.

Claramente se trató de un error. La mirada de Ian abrasó su rostro con la emoción que asomaba a sus ojos, una emoción que le resultó tan indescifrable como el significado de un incendio devastador.

—No quería hacerte daño. No fue mi intención —dijo él.

—Lo fuera o no, me lo has hecho.

Ian apretó los labios y resopló por la nariz. ¿Por qué no se disculpaba al menos? Se lo debía, ¿no? Era el hombre más exasperante que había conocido en la vida. Sintió que movía la mano que tenía en su cintura hasta posarla sobre la piel desnuda de su espalda. La calidez de su mano la inundó. Ian presionó la mano contra su espalda como si quisiera seguir el contorno de su columna. Por un instante, se le olvidó el tema que estaban discutiendo, en cuanto su abdomen rozó la pelvis de Ian. El deseo le provocó una dolorosa punzada, sorprendiéndola.

—Francesca, creo que puedes estar en peligro.

Parpadeó, desorientada por lo que acababa de ocurrir. Era como si su cuerpo tuviera una agenda propia y se arqueara hacia él en contra de su voluntad.

—¿Cómo? —le preguntó, segura de que no lo había entendido.

—Alguien trató de secuestrarte en Chicago.

Sus palabras le arrancaron un resoplido de incredulidad.

—¿De secuestrarme? ¿De qué estás hablando? ¿Te refieres al hombre que intentó robarnos a Davie y a mí?

—He leído el informe policial —comentó Ian con frialdad—. No fue un intento de robo. No entiendo por qué nadie ve lo evidente.

—Has leído... —Francesca dejó la frase en el aire, y se reprendió por sorprenderse.

Ian la había asombrado en numerosas ocasiones con su habilidad para conseguir cualquier información que deseara, aunque fuera de carácter confidencial. Esa solo era otra muestra del poder que ostentaba, además de una demostración de su carácter paranoico.

—¿Me has estado espiando? —lo acusó.

—No. Pero te he seguido la pista. Para asegurarme de que estabas bien.

—Bueno, pues no hacía falta que te preocuparas —le soltó con brusquedad—. Ni por el intento de robo ni por mi vida en general. —Se alejó de él cuando la música llegó a su fin e Ian apartó los brazos de su cuerpo lentamente—. Me ha ido bien sin ti, Ian.

—Mientes —lo oyó decir en voz baja.

—¿Por qué crees que miento? —masculló ella mientras la gente comenzaba a pasar a su lado para abandonar la pista de baile.

—Eres mi otra mitad. Lejos de ti tengo la impresión de que me han desgarrado el pecho. Creo que tú sientes lo mismo.

Francesca abrió la boca, alucinada por su cara dura. Le ardían los ojos mientras asimilaba la dolorosa confesión.

—Pues fuiste tú quien arrancó a tu otra mitad —masculló, a sabiendas de que estaba desnudando su corazón pero sin importarle.

Se volvió y caminó hacia la puerta del salón de baile.

Ian estaba sentado a solas en el sofá de terciopelo del salón, con el cuello de la camisa desabrochado y la corbata desatada. El fuego se veía a punto de apagarse. Debían de ser las cinco de la madrugada. Después del baile, el silencio reinaba en la mansión y tenía la impresión de encontrarse en la barriga de una bestia dormida. Sabía que no podría descansar, por eso no se había molestado en acostarse.

Francesca seguro que se encontraba bien… en la casa de sus abuelos. Sabía que su abuelo mantenía una buena seguridad en la casa, dado que estaba llena de antigüedades valiosas. Agradecía que Francesca estuviera en Londres y no en Chicago, sobre todo porque se negaba a quedarse en su apartamento, que también contaba con excelentes medidas de seguridad.

«Pues fuiste tú quien arrancó a tu otra mitad.»

Cerró los ojos mientras recordaba las palabras de Francesca, que había pronunciado mirándolo a los ojos con expresión desolada. Él era el culpable. Le había provocado tanto daño como había experimentado él mismo. Pero ¿qué otra cosa podía hacer sino enfilar ese camino alternativo y rezar para volver a cruzarse con ella? No podía seguir a su lado y fingir que se sentía seguro de su lugar junto a ella.

Aún era incapaz de hacerlo. Pero tampoco podía mantenerse alejado. No dadas las circunstancias. No hasta que, al menos, descubriera la fuente de la amenaza.

Rememoró la primera vez que la había visto esa noche, la belleza que parecía calentarlo como si de un agradable fuego se tratara y que a la vez lo atravesaba con la fuerza de un rayo. El deseo lo consumió al instante, consciente de que Francesca se encontraba a escasa distancia de él, dormida y vulnerable. Se estremeció y se tocó la polla por encima de los pantalones. Un gesto instintivo cuya intención era paliar el dolor. Al ver que no lo conseguía, bebió un buen trago del brandi que tenía en la mano.

Siempre le había asustado la idea de hacerle daño a Francesca, pero suponía que eso era lo que había conseguido. No de manera intencionada. Eso jamás. Pero sí como resultado de ser quien era.

De ser quien no era.

De todas formas, era ridículo demorarse en asuntos que escapaban a su control. Estaba preocupado por el incidente de Chicago. Y le resultaba increíble que nadie más lo estuviera. Era evidente que nadie se había molestado en leer entre líneas acerca de lo que había sucedido en aquella concurrida calle de la ciudad. De repente, se le ocurrió algo que lo dejó al borde de las náuseas. ¿Y si de alguna manera había sido él quien la puso en el punto de mira por haberle dejado tanto poder en la empresa? Debería haberse percatado de que eso la colocaba en una posición vulnerable. A lo largo de los años él mismo había recibido incontables amenazas, tanto en el ámbito empresarial como en el personal. Normalmente eran chiflados a los que se les iba la pinza. Pero en unos cuantos casos podría haber tenido problemas gordos si no hubiera decidido investigar a fondo. Nunca había hablado a Francesca de dichos incidentes, a fin de no inquietarla, de modo que no era sorprendente que ella descartara la idea de una amenaza real.

La preocupación que sentía por la agresión le planteaba la duda de si debía retomar de inmediato el control de Empresas Noble. Pero ¿eliminaría ese gesto la amenaza que se cernía sobre ella? ¿O solo sería una forma de enmascararla?

Su investigación sobre el sórdido pasado de Trevor Gaines debía ser pospuesta de momento. Francesca no quería tenerlo cerca, pero debía encontrar el modo de lograr que lo aceptara hasta que sus miedos desaparecieran.

La imagen de Francesca apareció de nuevo en su mente para torturarlo. Recordó lo que había sentido al tener su cuerpo delgado entre los brazos mientras bailaban, mientras acariciaba su piel sedosa, una tortura que se había infligido de forma voluntaria. La había visto más guapa que nunca, pero también se había percatado de las señales de que lo estaba pasando mal. Mientras bailaban había percibido la tensión de su cuerpo bajo las manos. Su expresión era velada y tenía ojeras. Saltaba a la vista que llevaba un tiempo sin dormir bien. Aunque no le sorprendía, verlo con sus propios ojos suponía una nueva herida para él.

Un ruido interrumpió sus pensamientos y abrió los ojos.

Francesca caminaba hacia él con su larga melena rubia cobriza brillando suavemente como ascuas sobre la bata de color marfil que la cubría. ¿Tan fuerte era su deseo que la había llamado en voz alta? Por un instante, mientras ella se acercaba, no supo si era un sueño o si era la realidad. ¿Estaba más borracho de lo que pensaba? Francesca se detuvo delante de sus rodillas dobladas. Su rostro era sublime y su expresión, inescrutable. No movió ni un solo músculo, temeroso de que cualquier movimiento pusiera fin al hechizo. De repente, captó el olor de su perfume, el olor de su cabello. De su cuerpo.

«No, no es un sueño.»

—Veo que tú tampoco puedes dormir —dijo ella.

—Ni siquiera lo he intentado.

Francesca le quitó de la mano la copa que sostenía y la dejó en la mesa.

—No estoy haciendo esto porque te haya perdonado —comentó.

Sus enormes ojos castaños brillaban a la luz del fuego. Su voz fue como una caricia para su piel.

—No esperaba tu perdón.

—A lo mejor es porque ni siquiera te has disculpado.

Ian la observó, hipnotizado, mientras ella se desprendía de la bata y la dejaba caer al suelo. Debajo de la prenda estaba desnuda. Su piel adquirió un tinte dorado a la luz del fuego. Se quedó inmóvil un segundo, contemplándolo mientras él veneraba su belleza.

—¿Has estado con otras desde que me dejaste?

Ian alzó la vista al oír la pregunta y se enfrentó a su mirada abiertamente.

—No.

Por un instante, los ojos de Francesca recorrieron su cara. Después, se sentó a horcajadas sobre sus piernas y se acomodó sobre su regazo, dejándolo sin respiración. Ian inspiró hondo al comprender que llevaba un rato conteniendo el aliento y captó su olor por completo. Ese olor tan conocido y tan suyo, esa mezcla de perfume, del olor de su piel y del olor de su deseo.

Cerró los ojos mientras ella lo abrazaba y hundía la cara en su cuello, apoyando la cabeza sobre su hombro. Mientras le besaba el cuello, frotó el coño contra su polla. El movimiento le provocó una descarga eléctrica. El deseo lo abrumó al instante, de forma tan dolorosa que apenas pudo controlarlo. Sus manos percibieron la suavidad de su piel y, por un momento, se limitó a quedarse sentado, tenso, como un animal que mantuviera el control a duras penas. Francesca se movió. El deseo se desbordó, asomando a la superficie. Ian le aferró el pelo de la nuca. Acto seguido, la obligó a echar la cabeza hacia atrás, exponiendo su cuello blanco y sedoso, con los labios separados.

La besó. Fue como pasar de la indigencia más absoluta a la riqueza más escandalosa en cinco segundos.

Ajeno al tiempo que transcurrió, la saboreó a placer, incapaz de saciarse de su sabor y de sus gemidos. Dejó que su deseo se avivara mientras sentía el fuego que ardía bajo la piel de Francesca y se transmitía desde su coño hasta su polla. Amoldó sus manos a la curva de sus caderas, enloquecido por lo bien que encajaban. Después, la aferró y la instó a frotarse contra su cuerpo. Sus gemidos se fundieron mientras se besaban.

—No —dijo ella con brusquedad cuando Ian intentó moverla y dejarla de espaldas en el sofá.

La idea de poseerla lo consumía, la idea de unirse a ella, tal vez por culpa del miedo. Por culpa del temor de dejar pasar el momento y perder la oportunidad. Percibió la mirada desafiante y decidida de esos brillantes ojos castaños.

—Yo encima.

Por un instante, mientras asimilaba el significado de sus palabras, Ian no se movió. Aspiró el aire por la nariz, pero no por la furia. Por la frustración. Habían hecho el amor en numerosas ocasiones, pero Francesca jamás había controlado la situación. Sin embargo, en ese momento comprendió su postura.

Había perdido su confianza. Lucharía si la obligaba a ceder el control. Debía ir con mucho cuidado si no quería que huyera, espantada.

—De acuerdo —accedió, en voz baja.

Francesca afrontó su mirada con expresión desafiante mientras se colocaba de nuevo sobre sus muslos. Entre los dos desabrocharon sus pantalones, con movimientos frenéticos. Ian lo hizo todo más rápido cuando Francesca apartó la mano para acariciarle la polla por encima de los pantalones. Su mano se movía arriba y abajo.

Siseó en cuanto su mano se cerró sobre su piel desnuda al cabo de un instante. Francesca se levantó sobre las rodillas. El roce de su húmedo sexo sobre el glande le pareció divino, y hundirse en su estrecha y ardiente vagina fue algo sagrado. Una vez que se la metió hasta el fondo, mientras él trataba de acostumbrarse de nuevo al nirvana, ella se sentó sobre sus muslos, le tomó la cabeza entre las manos y le acarició la cara con los pulgares.

—Todavía me deseas.

Ian parpadeó. El asombro permeó el deseo que lo abrasaba tras oír sus vehementes palabras.

—¿Crees que alguna vez he dejado de hacerlo? —mascullo con incredulidad—. ¿Crees que podré dejar de hacerlo alguna vez?

Francesca negó con la cabeza y él distinguió el brillo de una lágrima en una mejilla.

—No sé qué pensar, salvo que te odio por obligarme a hacer esto. —Se estremeció por completo e Ian lo percibió hasta en la parte de su cuerpo que estaba enterrada en ella—. Te odio por obligarme a desearte tanto para rebajarme de esta forma.

—Jamás te has rebajado —jadeó él aferrándola por las caderas y hundiendo los dedos en sus firmes glúteos para instarla a moverse. Francesca jadeó y cerró los ojos—. Mírame —masculló. Francesca abrió los ojos con renuencia—. Tú no te rebajas, yo soy quien se postra a tus pies. Sé que no te merezco, pero no puedo evitar desearte. No he podido evitarlo jamás. Ardo por ti cada minuto del día.

Francesca gimió y le colocó las manos en los hombros. Aunque afrontó su mirada un instante, cerró los ojos cuando empezó a moverse, arrancándole un gemido con el ritmo de sus caderas. Sus movimientos adoptaron una cadencia frenética y enloquecida, y eso hizo que sus pechos se agitaran. Era evidente que necesitaba un polvo salvaje tanto como él. Ian contempló su rostro a la luz del fuego y se percató de su desesperación.

La aferró con más fuerza por las caderas y la obligó a detenerse. Ella abrió los ojos y parpadeó varias veces, con dificultad. Ian sostuvo su mirada mientras la acariciaba entre los muslos.

—No —la oyó susurrar, aunque echó las caderas hacia delante, frotando su vulva empapada contra sus nudillos.

—No me gusta verte sufrir —murmuró él—. Necesitas correrte. Necesitas un orgasmo.

Tras colocarle una mano en la base de la espalda, dejó la otra entre sus húmedos muslos. Acercó un dedo a su clítoris y ejerció presión con el nudillo al tiempo que la obligaba a echar las caderas hacia delante, empujándole la espalda, a fin de que obtuviera más placer. La observó sin perderse detalle y vio cómo todo su cuerpo se tensaba. Vio cómo el rubor cubría sus mejillas y sus pechos, y percibió sus primeros espasmos de placer.

Gritó al llegar al orgasmo de una forma conmovedora. Triste. Fue un momento tan hermoso que le resultó insoportable. La acunó mientras se corría, con la polla enterrada en su vagina, sintiendo todos y cada uno de sus espasmos. Era una tortura insoportable. Sin embargo, se obligó a sobrevivir pese a las llamas, renuente a que todo acabara.

Claro que no pudo resistir mucho. Ningún hombre habría podido conseguirlo. Se inclinó hacia delante al mismo tiempo que echaba a Francesca hacia atrás, de forma que su cuerpo quedó tendido entre sus muslos y su cabello cayó hacia el suelo. La sostuvo con la mano que tenía en su espalda. Y comenzó a follársela en esa postura, usando los brazos para moverla. Devoró con la mirada la piel sudorosa de su torso, esos preciosos pechos que se movían cada vez que se hundía en ella, arrancándole un gritito cuando sus cuerpos se encontraban.

Deslizó una mano hasta uno de sus hombros, a fin de sujetarla mejor y optimizar al máximo los movimientos de su cuerpo cada vez que descendía sobre su polla. Sus gemidos se fundieron con los grititos de Francesca. La fricción era intensa. Ideal. Tenía la impresión de que iban a estallarle los bíceps por la fuerza que estaba ejerciendo, pero le daba igual. El placer superaba con creces la incomodidad.

El deseo lo abrumaba con ferocidad, pero frunció el ceño al percatarse de que Francesca cerraba los ojos de nuevo, distanciándose de él. Comprendió que el instinto lo había traicionado. Estaba controlando la situación, follándosela de modo salvaje.

—¿Quieres que pare? —le preguntó con la voz ronca por la pasión, de modo que parecía a punto de ahogarse. Porque si le decía que sí, pararía. Lo haría si ella contestaba de forma afirmativa—. ¿Quieres que pare? —le preguntó de nuevo sin dejar de moverla sobre su implacable polla.

Francesca cerró los ojos con fuerza y negó con la cabeza. Al cabo de un momento, Ian sintió un torrente cálido. Francesca se estaba corriendo. La pegó con fuerza a su cuerpo y se hundió hasta el fondo en ella.

En ese instante fue como si el cielo cayera sobre su cabeza. El placer lo desgarró en oleadas, destrozándolo.

Mientras eyaculaba en su interior, tiró de su torso para abrazarla con desesperación, aspirando el aroma de su deseo, y moviendo su cuerpo en una danza sublime cuyo fin lo aterraba.

Francesca mantuvo los ojos cerrados mientras recobraba el aliento con la cara hundida en el cuello de Ian, dejando que su olor la inundara. Se preguntó de forma distraída si estaba evitando su imagen o si se limitaba a cerrar los ojos como si fuera una niña que quisiera negar la traición que había cometido contra sí misma. Las manos de Ian comenzaron a acariciarle los costados y la espalda. Sus caricias la aliviaron y al mismo tiempo le provocaron un sentimiento de tristeza abrumador. De repente, la confusión y la vergüenza amenazaron con ahogarla, y se vio obligada a contener un gemido. Se apartó de Ian e hizo una mueca cuando su miembro, aún erecto y caliente, salió de su cuerpo.

No sabía si alegrarse o ponerse nerviosa al ver que Ian se limitaba a observarla en silencio mientras ella se ponía la bata de forma apresurada.

—Les he prometido a Anne y a James que pintaría Belford Hall —dijo con voz ronca mientras se ataba el cinturón de la bata con rapidez.

—Sí, mi abuela me lo ha dicho.

Francesca lo miró al tiempo que se desataba el cinturón ya que el nudo que había hecho no era muy fiable, y volvió a atárselo. Ian no se había movido desde que se apartó de él, se percató con creciente incomodidad. Estaba mirándola y tenía un aspecto increíble con el pelo oscuro revuelto, los pantalones bajados y su reluciente pene ladeado sobre el faldón de la camisa. Se ató con demasiada fuerza el nudo con dedos temblorosos.

—Había planeado hacer los bocetos mientras estoy aquí. Pero si vas a quedarte un tiempo, volveré en otra ocasión —añadió mientras afrontaba su mirada sin flaquear.

Sus ojos azules relucían a la parpadeante luz del fuego, que estaba a punto de apagarse.

—No te irás de Belford Hall —replicó él sin más—. Ahora no.

—Bueno, pues uno de nosotros debe marcharse —señaló ella con un deje furioso.

Sin embargo, no estaba enfadada con él. Estaba enfadada consigo misma. No acababa de creerse lo que había hecho. Ian la había convertido en una extraña a la que no reconocía.

«No, tú eres la culpable por dejarte llevar por ese deseo insaciable.»

—No quiero que cambies tus planes por mi culpa. No me quedaré mucho —le aseguró él.

Francesca titubeó.

—¿Quieres decirme algo? —le preguntó Ian en voz baja.

—Sí —contestó ella, levantando la barbilla—. Esto... —Clavó la mirada en su preciosa y relajada polla, pero apartó los ojos con nerviosismo—. Esto no ha sucedido.

Por primera vez desde su regreso, vio que Ian esbozaba una sonrisita. Francesca retrocedió. No había esperado el ataque de un arma tan poderosa.

—Pero ha sucedido —replicó él con firmeza—. ¿Te refieres a que prefieres que nadie se entere de que ha sucedido?

Asintió con la cabeza sin mirarlo a los ojos porque no estaba segura de lo que había querido decir.

—De acuerdo —convino Ian al tiempo que se subía la ropa interior y los pantalones. Una vez que lo hizo, se acomodó en el sofá, pero sin abrocharse los pantalones—. Si es lo que prefieres, estoy de acuerdo contigo. Supongo que eso nos dará un poco de tiempo para desentrañar el significado.

—¿El significado de qué? —murmuró Francesca, mosqueada.

—De todo. De lo que hay entre nosotros.

Ella negó con la cabeza con gesto impaciente.

—No hay nada. Me voy a la cama.

—Supongo que antes de encontrarme aquí has mirado primero en mi dormitorio —comentó Ian cuando ella dio media vuelta.

Francesca se detuvo y lo miró por encima del hombro, recelosa.

—Sí —admitió, ya que no encontró el modo de negarlo—. Tu abuela me señaló cuál era cuando me enseñó la mansión. Al ver que no estabas, he bajado. Anne me dijo que esta es tu estancia preferida.

Ian sostuvo su mirada.

—Vete a tu habitación y descansa. Creo que por fin podrás dormir. Pero esta noche... te espero en mi dormitorio esta noche después de que los demás se acuesten.

Francesca abrió la boca para negarse. ¡Dios, cómo aborrecía su serena arrogancia! Sin embargo, Ian siguió hablando antes de que ella fuera capaz de pensar en una réplica lo bastante mordaz.

—No lo digo por mí. O al menos no lo digo solo por mí. Preciosa, estás agotada —le dijo con voz triste—. Sé que yo tengo la culpa, pero tu agotamiento es evidente. No permitiré que sufras mientras estoy aquí. No quiero que acabes enfermando. Te espero esta noche. Te espero esta noche, porque no tenemos alternativa. No mientras estemos juntos en esta casa. Tal vez así descanses mejor... y yo también lo haré por un precioso período de tiempo.

Francesca sintió que le ardían las mejillas. Pensó en negar sus palabras, pero no quería añadir la mentira a la lista de pecados que llevaba acumulados desde que Ian regresó. De modo que no dijo nada, se limitó a dar media vuelta y a salir del salón, suplicando poder encontrar la fuerza necesaria para demostrar que sus arrogantes afirmaciones eran falsas.

Ian la observó alejarse y se obligó a no reaccionar aunque su cuerpo ansiaba moverse para inmovilizarla. Una vez que la puerta se cerró tras ella, recorrió con la mirada la estancia, sumida en la penumbra. El fuego estaba casi extinguido. Quedaba poco para el alba.

Bajó la cabeza y captó el olor de Francesca. Inspiró hondo, a fin de que dicho olor le diera fuerzas, y se puso de pie.

De camino a su habitación, oyó un clic y unos pasos muy leves sobre el suelo de roble del pasillo. Miró tras él y vio que Clarisse, la doncella, salía del dormitorio de Gerard, subiéndose la cremallera del uniforme. En ese instante levantó la cabeza y lo vio en el pasillo. Se sobresaltó. Las sombras reinantes en el corredor impidieron que le viera la cara, pero Ian se percató de su bochorno.

Ninguno habló. Clarisse dio media vuelta y se alejó con rapidez en dirección contraria.

Francesca durmió como hacía meses que no lo hacía y se levantó a las doce y media. Al despertarse, se demoró un instante en la cama, rememorando los tumultuosos acontecimientos de la noche anterior.

Después de dejar a Ian plantado en la pista de baile, se adentró en los laberínticos pasillos de Belford Hall, desesperada por hallar la cocina. Veinte minutos más tarde, y tras pedirles a dos asombrados camareros que le indicaran el camino, encontró lo que buscaba. La señora Hanson estaba muy ocupada en la cocina, situada en la planta baja, dándole los últimos toques al bufet que se serviría a media noche.

—¡Francesca! —exclamó la mujer, asombrada y feliz al verla aparecer.

La buena mujer actuó como si fuera lo más normal del mundo que ella se presentara en la cocina de punta en blanco. Tras ofrecerle una taza de té caliente y permitirle que se sentara a la isla central, Francesca se relajó, ya que se había acostumbrado a eso mientras residía en el apartamento de Ian. Francesca no le dijo al ama de llaves por qué había ido en su busca, pero la señora Hanson pareció comprenderlo todo sin necesidad de explicación alguna. Debía de haber oído los rumores del regreso de Ian. Contestó las preguntas triviales de Francesca sobre la fiesta, si bien interrumpió varias veces la conversación para dar instrucciones al personal del servicio de catering.

Francesca acabó subiendo de nuevo y se obligó a seguir en la fiesta hasta la una de la madrugada, intentando disfrutar y actuando como si Ian no estuviera al otro lado de la estancia. Hacer caso omiso de él la dejó literalmente sin fuerzas.

O más bien el intento de soslayarlo, porque no lo había logrado.

Sin embargo, una vez que se metió en la cama, descubrió para su asombro que no podía descansar pese al agotamiento. Sola en la oscuridad, sin nadie más que ella a quien engañar, le fue imposible mantener la fachada después del regreso de Ian. Conciliar el sueño se le antojaba un imposible.

Hasta que se levantó, desesperada, y fue en su busca.

Ian dio en el clavo con su suposición.

De vuelta en el presente, le resultaba extraño sentirse tan viva durante esa resplandeciente mañana de diciembre. Tenía los nervios a flor de piel, se sentía muy bien y, al mismo tiempo, se sentía fatal. Lo que necesitaba para dormir era satisfacer el deseo, algo que Ian sabía. Ella también debería haberlo sabido.

Cerró los ojos mientras se colocaba delante del espejo del cuarto de baño, abrumada por el bochorno y el deseo que la embargaron al recordar lo sucedido en el salón. Jamás se había imaginado que pudiera ser tan atrevida… que pudiera parecer tan… desesperada. Lo que había hecho al abrigo de la noche se le antojaba un conjunto de recuerdos de otra persona que habían sido implantados en su cerebro por arte de magia. Los detalles eran muy vívidos y, al mismo tiempo, le resultaban ajenos.

Ian la había dejado. No le había ofrecido una explicación, aunque ella tampoco le había permitido explicarse, y había ido tras él desde que lo vio aparecer, dejando que fuera su coño el que la dominara.

No, era su polla la que la dominaba y ella lo permitía.

Otro motivo por el que le resultaba difícil afrontar su propia mirada en el espejo mientras se arreglaba. La vergüenza, la ira y el deseo eran una mezcla insoportable.

Se duchó y se puso unos vaqueros, unas botas y un jersey abrigado, y después se hizo una coleta. Al cabo de un momento salió del dormitorio cargada con su cuaderno de dibujo, sus lápices, su abrigo y sus mitones.

Cuando entró en el salón, los encontró a todos reunidos: Lucien, Elise, Anne, James, Gerard…

E Ian.

El ambiente era muy relajado y amigable, y todos parecían poco dispuestos a hacer algo debido al cansancio de la noche anterior. Su llegada interrumpió a Elise, que estaba narrando una divertida escena de una comedia muy de moda en aquellos momentos. Su amiga se había acurrucado en un extremo del sofá, con las rodillas apoyadas en los muslos de Lucien. Envidiaba la actitud relajada de Elise en ese entorno tan lujoso, una consecuencia natural de la vida que había llevado, una confianza innata que ella jamás podía aspirar a conseguir.

—Buenos días —los saludó a todos—. Siento bajar tan tarde.

—Tonterías, a todos se nos han pegado las sábanas —le aseguró Anne—. Estás radiante esta mañana. Has debido de dormir bien. Me alegro.

Decidió no buscar la mirada de Ian tras las incendiarias palabras de Anne, aunque sintió que sus ojos azules se clavaban en sus sonrojadas mejillas. Lo miró con el rabillo del ojo de forma involuntaria y se percató de que iba vestido con ropa informal, como ella. El corazón siempre le daba un vuelco en las raras ocasiones en las que lo veía con vaqueros, ya que normalmente significaba que le apetecía salir a dar una vuelta en la moto. La carretera lo transformaba en un hombre distinto. Le encantaba verlo despeinado y relajado, en contraste con la tensión que lo embargaba siempre, y sonriendo de oreja a oreja. Le encantaba verlo sonreír sin disimulo. Aunque se dijo que no debía mirarlo, no pudo evitar echarle un vistazo a las largas piernas enfundadas en los vaqueros y a sus estrechas caderas mientras James le acercaba una silla y Anne le servía una taza de café del aparador.

—No habrás pensado en empezar a trabajar hoy, ¿verdad? —le preguntó la condesa mientras se aproximaba a ella, al percatarse de que su cuaderno de dibujo y su abrigo descansaban en el suelo, junto a su silla—. Esperaba que te relajaras un poco antes de comenzar, que te tomaras unas vacaciones. ¿Por qué no empiezas después de Año Nuevo? El día 30 encargaré el lienzo y todos los materiales que necesites. Hoy nos hemos propuesto hacer el vago después de lo de anoche. Hemos pensado en ir al pueblo para ver una película —añadió al tiempo que le ofrecía una taza de porcelana con café y nata.

Francesca bebió un sorbo de la caliente mezcla.

Por algún motivo, se sentía irritada al verlos tan relajados y tranquilos con el inesperado regreso de Ian.

Con su prolongada ausencia, que aún no había explicado.

Aunque cometiera un asesinato, su familia y sus amigos se asegurarían de que estuviera cómodo y contento.

«Eres una hipócrita, porque anoche bien que te ocupaste de que estuviera contento», se reprochó.

—¿Unas vacaciones? —preguntó con ligereza, a fin de ocultar no solo sus caóticos pensamientos sino también la furia—. ¿Eso significa que estamos excusados?

—¿Excusados? —inquirió Anne con inseguridad mientras regresaba a su asiento, junto a James.

—¿Nos ha excusado Ian de nuestros deberes? —puntualizó, y fue capaz de mirar a Ian a los ojos gracias a la furia al tiempo que bebía otro sorbo de café—. ¿Has pensado en volver a Empresas Noble ahora que has regresado?

El silencio que se produjo le indicó que nadie más se había atrevido a hacerle esa pregunta. Ian le devolvió la mirada con serenidad y contestó:

—Aún no lo he decidido. Lin me ha mantenido informado del día a día, y Lucien y Gerard anoche me pusieron al tanto de los detalles sobre la adquisición de Tyake.

—Espero que te satisfagan nuestros progresos —replicó ella.

Ian no se inmutó pese al sarcasmo de sus palabras.

—Estoy satisfecho. Habéis dirigido la empresa tal cual lo habría hecho yo. Todo está dispuesto para el plan que nos hará avanzar el año próximo. Estaba esperando el momento propicio para agradecéroslo a todos, pero Francesca tiene razón. Os merecéis que os diga ahora mismo lo agradecido que estoy. Y también os pido perdón por haberos dejado con semejante embrollo. Jamás os podré agradecer lo que habéis hecho con la adquisición de Tyake —añadió, y su mirada los recorrió a todos.

Su sinceridad inquietó más si cabía a Francesca.

—Para eso está la familia —replicó James, en nombre de todos.

Francesca se puso en pie y se acercó al aparador para dejar la taza. No había pretendido decir lo que había dicho. Era evidente que debía controlarse. Nadie merecía ser objeto de su amargura, salvo Ian.

Salvo ella misma.

—Espero que os lo paséis bien en el cine —dijo con una sonrisa al tiempo que cogía su abrigo, su gorro y los mitones que llevaba cuando pintaba en el exterior durante el invierno—. Creo que voy a hacer algunos bocetos preliminares antes de que llegue el lienzo. Me vendrá bien trabajar un poco.

—Tiene razón —repuso Gerard, que se puso en pie para ofrecerle el cuaderno de dibujo y los lápices mientras ella se ponía los mitones—. Siempre digo que el trabajo es lo mejor para recuperar la perspectiva. Yo no iré al cine, así que acompañaré a Francesca hasta la casita del jardinero. Allí es donde queréis que monte su cuartel general mientras dibuja, ¿no? —preguntó, dirigiéndose a Anne y a James.

—¿La casita del jardinero? —Francesca no había oído hablar de ese sitio.

—Bueno, en realidad ya no es la casita del jardinero —respondió James—. Lleva veinte años sin tener un inquilino fijo; es más bien una residencia de invitados. Pero será un lugar perfecto para ti. Está justo en la linde del bosque, y tiene una vista perfecta de la mansión desde el ventanal. Obviamente no captarás los detalles desde esa distancia, pero hemos pensado que como hace tantísimo frío fuera, te vendría bien realizar los bocetos panorámicos desde un lugar resguardado. El señor Sayers encendió ayer la calefacción, así que a estas alturas debe de estar calentito. ¿Crees que te servirá?

—Me vendrá de maravilla —le aseguró Francesca—. Gracias por pensarlo. Así evitaré tener que entrar para descongelarme los dedos y luego salir de nuevo. Al menos, durante unos días.

—Yo la acompañaré —se ofreció Ian, que se puso en pie.

Gerard lo miró con la misma cara desconcertada que Francesca.

—Ya me he ofrecido yo. Deberías irte al cine con los demás y relajarte —intervino Gerard.

—En ese caso, la acompañaremos los dos —repuso Ian en voz baja, aunque sus ojos miraron a Gerard con un brillo amenazador antes de que cogiera su taza de café.

—No es necesario que vengas —insistió Gerard mientras Ian dejaba la taza y el platillo en el aparador.

—De hecho, lo es —replicó Ian.

James se removió incómodo en su silla al percatarse del deje hosco de la voz de su nieto. Ian miró a Gerard con una expresión que Francesca solo pudo calificar de desafiante. La irritación que la embargaba se mezcló con la preocupación. La serena fachada que presentaba Ian era más tensa que nunca.

—Porque el jardinero tiene el día libre y yo tengo el otro juego de llaves disponibles —añadió Ian.

Gerard se puso colorado. Era evidente que Ian había anticipado el movimiento de Gerard y le había pedido de antemano las llaves a su abuelo. Las palabras de Ian, con un marcado acento posesivo, dejaron de forma clara y sutil a la vez que él sería el futuro propietario de Belford Hall. Y dejaron muy claro quién era el dueño de Francesca, que sintió cómo el resentimiento burbujeaba en su pecho. Se percató de que Elise le dirigía una mirada incómoda a Lucien durante el sombrío silencio que siguió, y que Anne hacía lo mismo con James. Ian actuaba como un cavernícola. Todos se hallaban muy incómodos. Fulminó a Ian con la mirada, pero él no se percató de nada ya que estaba observando a su primo.

—Vamos, Gerard —dijo Francesca con fingida alegría—. Me encantará disfrutar de tu compañía.

Gerard parecía un poco enfadado, por no mencionar avergonzado, algo que aumentó la irritación que Francesca sentía hacia Ian. Al principio, pensó que este se replegaría, pero después lo vio sonreírle y asentir con la cabeza en dirección a la puerta, como si estuviera diciendo: «Adelante, pues». Mientras todos los observaban sumidos en el incómodo silencio que dejaban detrás, Francesca se vio obligada a seguir a Ian una vez que abandonó el salón. Gerard caminaba tras ella.

5

Ian, Gerard y ella fueron a pie a la casita, situada en la linde del bosque. Sus botas resonaban en el sendero congelado que recorría los jardines. El gélido aire invernal no conseguía calmar ni la irritación que Francesca sentía hacia Ian ni el ambiente hostil que vibraba entre ellos.

La casita era bastante agradable, decidió Francesca en cuanto Ian abrió la puerta y entraron, pero estaba helada a pesar de que habían encendido la calefacción. El interior resultaba modesto en comparación con el lujo de Belford Hall. De hecho, la casita daba la impresión de no haber sido renovada en varias décadas. La anticuada, aunque elegante, decoración se le antojó acogedora.

—Quedaos aquí. Los dos —dijo Ian después de cerrar la puerta principal.

Francesca miró a Gerard con expresión interrogante, pero este también observaba a su primo sin comprender.

—¿Qué le pasa? —masculló Gerard de modo que solo ella pudo oírlo.

Francesca se limitó a encogerse de hombros, demasiado molesta para contestar.

Se quedaron junto a la chimenea apagada mientras Ian pasaba a la cocina y echaba un vistazo, tras lo cual recorrió el pasillo, cuyo techo era tan bajo que casi rozaba su oscuro cabello. Al principio, ella creyó que estaba inspeccionando el lugar como haría cualquiera con una propiedad que se usara poco en busca de fugas de agua o de algún desperfecto. Sin embargo, cuando por fin regresó al pequeño salón donde lo aguardaban, se le ocurrió otra posibilidad.

—Ian, no estarás registrando la casita en busca de… bueno, no sé, pero no buscarás a algún malhechor o algo así, ¿verdad?

—¿Qué pasa? —preguntó Gerard, confundido aunque también le hacía gracia la situación.

—Solo me estoy asegurando de que todo está en orden para que trabajes aquí —respondió Ian con voz serena al tiempo que se acercaba a ella y la paralizaba con sus ojos azules.

De repente, su mirada la golpeó, en realidad lo hizo toda su presencia. Era demasiado alto y corpulento para un espacio tan reducido. Retrocedió sin pensar, pero después se sintió como una tonta al verlo arrodillarse para encender la chimenea.

—¿Ha ocurrido algo fuera de lo normal antes o después de que ese hombre intentara secuestrarte en Chicago? —preguntó Ian como al descuido mientras preparaba la yesca y la leña.

—Nadie ha intentado secuestrarme —insistió ella. Se percató de la expresión desconcertada de Gerard. Por algún motivo, recordó con precisión las brutales manos de su atacante. Se frotó los brazos como si quisiera desentenderse del desagradable recuerdo. ¿Había alguna posibilidad de que Ian acertara con sus sospechas?, se preguntó—. Y para que lo sepas, no. No sucedió nada fuera de lugar salvo eso.

—¿Gerard? ¿Notaste algo raro mientras estabas en Chicago?

—Salvo el hecho de que los camareros se llevaban mi plato en cuanto tomaba el último bocado, todo fue normal y aburrido —respondió Gerard con sorna.

Ian siguió encendiendo el fuego en silencio. Francesca meneó la cabeza, disgustada; lo conocía tan bien que sabía que no iba a discutir, pero percibió que tampoco había cambiado de parecer. Se alejó de Gerard y echó un vistazo por la casita a fin de localizar el cuarto de baño, que se encontraba en el pasillo que comunicaba el salón y el dormitorio. El pequeño dormitorio incluía una cama de matrimonio, un sillón, un escritorio y una cómoda. Se sentiría muy a gusto trabajando allí, pensó. Encontró unas bolsitas de té en uno de los armaritos de la cocina y puso agua a calentar en una tetera.

Cuando regresó al salón con una taza de té en las manos, Ian ya había conseguido encender la chimenea. Se había caldeado el ambiente lo justo para poder quitarse el abrigo.

—Hay agua caliente para preparar más si queréis —dijo ella mientras colgaba el abrigo.

A decir verdad, esperaba que los dos se fueran lo antes posible. Jamás podría concentrarse en el reducido espacio de la casita si Ian estaba allí, provocándole emociones ardientes sin parar.

—Me parece estupendo —repuso Gerard, que echó a andar hacia la cocina.

—Voy a echar un vistazo por los alrededores, tal vez revise los establos —dijo Ian con un tono elocuente, dirigiéndose a Gerard, quien se detuvo al punto—. ¿Por qué no me acompañas? Tenemos que hablar de algunas cosas.

Francesca se quedó helada, con la taza a medio camino de los labios, y miró a uno y a otro. Era imposible que Ian fuera a retar a Gerard. Era imposible que fuera a hablar con su primo sobre ella. La idea la enfureció... ¿Qué derecho tenía a decirle a Gerard qué podía o no hacer con respecto a ella? Claro que mentiría si dijera que no sentía cierto alivio. Ya había decidido que Gerard no le interesaba. Con la presencia de Ian, la atracción que Gerard sentía hacia ella solo parecía enrarecer las aguas cuando necesitaba más tranquilidad que nunca.

—A Francesca no le gusta estar rodeada de gente cuando trabaja —siguió hablando Ian en voz baja cuando Gerard abrió la boca... a fin de protestar, supuso ella—. Eso hace que le cueste concentrarse.

Ella tomó un sorbo de té para ocultar el dolor que le produjo escuchar cómo Ian pronunciaba en voz alta algo que le había contado en la intimidad. Se le antojaba muy rara esa paradoja que sentía, la cercanía hacia él mezclada con un distanciamiento receloso por culpa de sus actos. De repente, se le hizo insoportable. Asfixiante. Solo quería estar sola.

—Es verdad —le confirmó a Gerard a modo de disculpa—. Me quedo paralizada cuando tengo a gente cerca.

—En ese caso daremos un paseo —comentó él encogiéndose de hombros—. Yo también tengo unas cuantas preguntas que hacerte, Ian.

—Mi abuelo pujó por una motocicleta con motor bóxer de la Segunda Guerra Mundial en Higsby's el mes pasado. ¿Quieres echarle un vistazo? —oyó que Ian le decía a Gerard mientras se dirigían a la puerta.

—¿Funciona? —preguntó Gerard.

Francesca se alegró al detectar la nota de interés en su voz. Al menos Ian estaba poniendo algo de su parte. Seguramente se sentía culpable por el modo en que había tratado a su primo antes. Ian siempre le había dicho que Gerard y él mantenían una estrecha relación. Si no se llevaban bien, sin duda se debía a unos celos irracionales por parte de Ian.

—Necesita una puesta a punto. —Ian abrió la puerta principal y el aire frío se coló en la estancia—. No perderé de vista la casita desde donde vamos a estar, pero cierra con llave cuando nos hayamos ido —indicó a Francesca.

Ella puso los ojos en blanco al escucharlo.

—¿Francesca? —la llamó con esa voz grave e incitante que tenía. Lo miró a los ojos a regañadientes—. Echa las llaves de las dos cerraduras. Por favor.

—Vale —masculló ella, dispuesta a decir cualquier cosa con tal de que se fuera.

Tenía la sensación de que no había podido respirar con normalidad desde que entró en el salón esa mañana. Por fin lo hizo cuando cerró de un portazo después de que ambos salieran y echara las llaves en las dos cerraduras.

No podría soportarlo durante mucho tiempo. Si Ian no se marchaba pronto de Belford Hall, tendría que irse ella. Era una cuestión de supervivencia.

Sin embargo, ¿realmente sería capaz de hacerlo? ¿Sería capaz de alejarse de él después de tantos meses de preocupación, de tantas noches insoportables en las que sentía su ausencia como si le hubieran robado el alma?

«Si él pudo, tú también», se dijo.

Por algún motivo, ese pensamiento rebelde no la ayudó en absoluto.

Ian y Gerard regresaron después de inspeccionar los alrededores, pero por suerte se hallaba tan concentrada en su boceto que tenía cierta defensa.

O eso creía.

Alguien llamó a la puerta con suavidad, pero al instante usó la llave para entrar. Ian. Sabría que estaba sumida en su mundo particular. Echó un vistazo a su alrededor de forma distraída, desde el lugar que ocupaba en el sillón emplazado junto al ventanal de la casita, y lo vio acercarse a la chimenea con aspecto rudo y muy atractivo, cargado con leños y con el cabello revuelto por el viento. Ian la miró a los ojos, pero no dijo nada mientras soltaba la madera en el leñero y atizaba el fuego. Ella comenzó a mover de nuevo la mano sobre el cuaderno de dibujo que tenía en el regazo, apenas consciente de que Gerard se detenía un momento en el vano de la puerta para mirarla antes de salir una vez más, cerrando la puerta tras él sin hacer ruido.

La idea de que Ian y ella se encontraban a solas en la casita se asentó en su subconsciente. Tragó saliva con dificultad, y su concentración pasó de la panorámica que tenía delante y del boceto que estaba tomando forma a los sonidos que Ian hacía a su espalda. ¿De qué habrían hablado Gerard y él? ¿Le diría algo en ese momento, una vez que estuvieron a solas?

Oyó el ruido de sus botas contra el mármol de la chimenea cuando se puso en pie. Ian dejó el atizador en su soporte, provocando el tintineo del metal. Intentó localizarlo en la habitación por el sonido en el incómodo silencio que se produjo a continuación.

Dejó de mover la mano por completo un segundo después de sentir que él le tocaba la nuca con dedos fríos... y un poco ásperos. Una miríada de escalofríos le recorrió la columna.

«Te espero en mi dormitorio esta noche.»

Tuvo la sensación de que el corazón estaba a punto de salírsele por la boca. No había pronunciado las mismas palabras que le dijo esa madrugada en el salón, pero las escuchó con absoluta claridad en su cabeza. Se sentó con la vista clavada en la panorámica, paralizada, con todo el cuerpo concentrado en la idea de que Ian se hallaba tras ella. Sus dedos se movían despacio, acariciándola, y le provocaban un escalofrío tras otro... y le endurecían los pezones.

—Cerraré la puerta por fuera. Vuelve a Belford Hall antes de que anochezca. Si no lo haces, vendré a buscarte.

Podría estar refiriéndose al hecho de que solía perder la noción del tiempo cuando trabajaba y de que la esperaban para cenar en la mansión. Podría estar refiriéndose al hecho de que se sentía muy irritada por su presencia, de modo que le hacía saber sin rodeos que si se quedaba demasiado tiempo, iba a tener que soportarla.

Fuera cual fuese el sentido, le estaba dejando claro que dispondría de ella a su antojo.

La rabia se apoderó de ella al pensarlo, pero la sensación no se acercaba ni de lejos a lo que sus caricias le habían provocado en otras partes de su cuerpo.

Dichas partes seguían muy activas mucho después de que él se marchara.

Esa noche, después de darse un largo y relajante baño, encontró a Clarisse en su dormitorio, preparando un vestido verde oscuro para que se lo pusiera.

—Le he servido un refresco —dijo Clarisse señalando el vaso que había en una bandeja en la mesita auxiliar con un gesto de cabeza—. Su Ilustrísima me ha dicho que se ha encontrado con unos amigos que se están hospedando en el pueblo para las fiestas y que van a venir a cenar esta noche. El señor y la señora Gravish. Su Ilustrísima es amiga de la madre del señor Gravish, y su esposa fue amiga del señor Noble en el colegio.

—¿Te refieres a Ian? —preguntó Francesca.

Clarisse asintió con la cabeza.

—Sí, lo conoció cuando el señor Noble era un niño, ya sabe, en primaria. Al poco de llegar a Belford Hall, creo. Una de las doncellas más antiguas me contó que nunca había estado matriculado en un colegio antes de venir a Inglaterra, de modo que Su Ilustrísima lo matriculó en la escuela local y contrató a un tutor para ponerlo al día. Claro que el señor Noble era listo como un zorro, aunque un poco salvaje. Solo tardó un año en estar preparado para matricularse en un colegio privado, pero fue en ese tiempo cuando conoció a la señora Gravish. Bueno, por aquel entonces todavía no era la señora Gravish, claro. —Clarisse se dio cuenta de que estaba divagando y miró a Francesca con nerviosismo—. Lo que quería decirle es que todos se reunirán en el salón a las siete, antes de la cena —continuó. Sostuvo en alto unos zapatos de tacón marrones de terciopelo—. ¿Le parecen bien para este vestido, señorita?

—Sí —contestó Francesca sin prestarle mucha atención, ya que estaba repasando lo que había dicho acerca de Ian mientras se quitaba la toalla del pelo y observaba a la doncella deambular por la estancia—. ¿Te lo pasaste bien anoche en el baile, Clarisse?

—Ah, sí. Fue maravilloso —dijo la doncella, muy animada, antes de que se le ocurriera algo y titubeara.

—¿Qué pasa? —preguntó Francesca mientras se secaba el pelo con la toalla.

—Es que... —Clarisse se mordió el labio mientras sacaba ropa interior de seda de un cajón—. La vuelta del señor Noble... ha debido de alterarla mucho. —Titubeó y miró a Francesca con expresión preocupada—. Quiero decir que... hemos oído que el nieto de Su Ilustrísima y usted estaban comprometidos... antes —terminó con un hilo de voz.

—Lo estuvimos. Hace tiempo. Pero ya no —repuso Francesca, que cogió un peine del tocador.

—Pero seguro que todavía siente algo por él —protestó Clarisse.

«Todavía siente algo por él», repitió ella para sus adentros. A regañadientes, Francesca recordó la caricia de sus dedos sobre la hormigueante piel de su nuca. Se estremeció y sintió una punzada entre los muslos.

—Lo que quiero decir es... es que el señor Noble es el hombre más guapo que he visto nunca —añadió Clarisse con el mismo tono de voz.

—La belleza es pasajera —replicó ella con una sonrisita—. Voy a secarme el pelo. Ah, ¿Clarisse?

—¿Sí? —preguntó la doncella por encima del hombro, mientras sostenía unas medias transparentes en las manos.

—Sin ánimo de ofender, pero yo prefiero escoger mi ropa interior. Puedes considerarlo una costumbre estadounidense.

Clarisse puso los ojos como platos un segundo antes de reparar en la sonrisa de Francesca. Con una carcajada, devolvió la ropa interior que había dispuesto sobre la cómoda al cajón y lo cerró.

Francesca se secó el pelo y después usó la plancha para marcarse unas ondas. Salió del cuarto de baño y contempló el discreto vestido de lana que Clarisse había preparado para la cena. Pensó en la arrogante suposición de Ian de que esa noche iría a su dormitorio.

Tal vez lo hiciera. O tal vez no.

Decidiera lo que decidiese, lo iba a pasar mal. Solo era cuestión de saber cuándo lo pasaría mal. Ian era el culpable de todas esas emociones contradictorias, de toda esa fricción que la estaba desgastando por dentro. Dicha alteración provocó que su vena rebelde, que solía ocultar, cobrara vida en su interior.

Devolvió el vestido verde al armario y sacó uno drapeado de manga larga azul cobalto. Cinco minutos después se miró al espejo de cuerpo entero. La larga melena caía suelta por sus hombros, y los mechones cobrizos destacaban muchísimo sobre el intenso azul de la tela. Se puso los pendientes de perlas, pero descartó el collar. El vestido tenía un escote bajo y cuadrado que dejaba al descubierto su cuello y la parte superior de sus pechos. Se amoldaba a su cuerpo, pero el diseño drapeado le otorgaba un aire más discreto. En resumidas cuentas, el vestido le ayudaba a proyectar un aura sensual y sofisticada.

Lo último que quería era proclamar ante el mundo cómo se sentía por dentro. El vestido contribuiría a ocultarlo todo.

O al menos ese era el plan. Creía que podía funcionar hasta que pocos minutos después entró con la barbilla en alto en el salón, iluminado con una luz suave, y descubrió que la estancia estaba desierta. Desmoralizada, se detuvo nada más entrar para comprobar el reloj que había en una de las estanterías. No... eran las siete en punto. ¿La habría enviado Clarisse a la estancia equivocada?

De repente, algo la instó a volverse hacia la derecha. Ian se encontraba en el extremo más alejado del salón, guapísimo con su esmoquin y su corbata negra. Tenía un libro en la mano, y sus ojos brillantes la observaban desde las sombras.

Francesca titubeó un segundo, hasta que recordó el papel despreocupado y seguro que se suponía que iba a interpretar esa noche. «Mierda», pensó mientras Ian soltaba el libro que había estado hojeando en la estantería y se acercaba a ella. Jamás había sido una buena actriz.

—¿Dónde están los demás? —preguntó.

—Iba a preguntarte lo mismo —respondió él bajando la mirada y posándola en la piel de su escote que quedaba expuesta.

A Francesca se le endurecieron los pezones, por lo que apretó los dientes.

—Bonito vestido.

—Tú me lo compraste —le recordó, como si fuera un detalle menor, insignificante.

Hizo ademán de echar un vistazo por la estancia vacía, pero tuvo que mirarlo a la cara al reparar en su sonrisita.

—¿Y te lo has puesto para mí? —inquirió él, y su voz ronca hizo que a Francesca se le erizara el vello de la nuca.

—He traído cuatro vestidos a Belford Hall. Seguramente me verás con los cuatro puestos. Conociéndote como te conozco, seguro que pensarás que me los pongo para ti. No puedo controlar lo que piensas —replicó con frialdad.

—No —convino él, que la recorrió con la mirada una vez más. Una mirada ardiente. Posesiva. Lo vio resoplar—. Ya es bastante difícil controlar nuestros propios pensamientos. ¿No crees?

Francesca se dio cuenta de que había estado mirando con anhelo su torso y sus anchos hombros. Ian estaba guapísimo con aquel esmoquin.

Inspiró hondo y echó un vistazo por la habitación.

—¿Vamos en busca de los demás?

—No, han encendido la chimenea y ha venido un criado para rellenar las licoreras. Es el lugar de reunión. ¿Te apetece tomar algo? —le preguntó.

—Una copa de vino blanco, por favor —contestó, ansiosa por cualquier excusa que le permitiera distanciarse de él.

Se quedó donde estaba, junto a la puerta, reconfortada por las sombras que reinaban en esa zona. Sin embargo, Ian regresó al punto con una copa de chardonnay en una mano y otra copa de bourbon con agua en la otra. Francesca aceptó la copa de vino a toda prisa cuando él se la ofreció.

—¿Quién te ha dicho que íbamos a reunirnos aquí? —preguntó ella, concentrada en el hecho de que se encontraban a solas en vez de estar rodeados por la protectora conversación de los amigos y de la familia.

—Creo que me lo mencionó Gerard. Seguro que se equivocó de hora.

—A lo mejor quería devolvértela por lo de antes —comentó ella, tras lo cual bebió un sorbo de vino, frío y seco.

—¿Devolvérmela? —repitió él, confuso, al tiempo que enarcaba las cejas.

Francesca puso los ojos en blanco. A veces era muy británico a la hora de decidir qué entender y qué no.

—Esta mañana, aquí mismo. ¿Las llaves de la casita? —insistió cuando él permaneció impasible—. ¿A qué vino eso? —exigió saber, ya que por fin había encontrado la forma de formular las preguntas que la quemaban.

—No fue nada —contestó él, y se encogió de hombros.

Lo miró con sorna, por lo que Ian frunció el ceño y le dio un sorbo al bourbon, como si estuviera meditando al respecto.

—Gerard y yo somos como hermanos en ocasiones. Como seguramente ya habrás averiguado mientras trabajabas con él para la adquisición de Tyake, haría cualquier cosa por mí, y yo le devolvería el favor sin pensar. Sin embargo, la otra cara de la moneda es un poquito de...

—¿Rivalidad fraternal? —preguntó ella con sarcasmo—. Nunca me habías hablado de esa parte de tu relación con él.

—No me parece relevante —repuso Ian, lo que indicaba sin rodeos que de haber un problema en esa relación, lo tenía Gerard—. A lo mejor es inevitable. Su madre y mi abuelo estaban muy unidos, aunque mi tía Simone prácticamente era de otra generación que mi abuelo. Gerard siempre ha tenido una relación muy estrecha con mi abuelo por ese motivo, una relación que se estrechó todavía más cuando los padres de mi primo murieron hace unos cuantos años. Gerard solo tenía dieciocho años cuando fallecieron en un accidente de tráfico. Se quedó solo en Chatham, como amo y señor desde aquel día. Pero buscaba la compañía de mi abuelo. Creo que lo necesitaba. Anhelaba ese pilar de fuerza pese a sus demostraciones de independencia. Mis abuelos han sido figuras paternas tanto para Gerard como para mí. Es natural que haya roces de vez en cuando.

—Y luego está el asunto de que el título y las propiedades se dividen entre vosotros dos —comentó Francesca—. ¿Qué siente Gerard al respecto? —se preguntó, ya que sabía de primera mano que a Ian le daba igual que el título de su abuelo fuera a parar a su sobrino y no a su descendiente directo: él.

La miró de reojo, y en sus ojos se reflejó el fuego de la chimenea.

—Pareces muy interesada en Gerard.

—Ha sido muy amable conmigo desde que empezó todo este asunto de Tyake —replicó, tensa.

—Seguro que sí —mascculló él antes de beber de nuevo.

«Ha estado a mi lado, algo que no puede decirse de ti, capullo», pensó.

Ian abrió un poco los ojos. Francesca se sintió fulminada por su mirada. No había pronunciado las furiosas palabras en voz alta, ¿verdad? Aunque a lo mejor daba igual. Ian era capaz de leer la mente en lo que a ella se refería. Apartó la mirada y agachó la cabeza. Su nerviosismo aumentó todavía más al echar un vistazo por la estancia vacía y reparar en la… iluminación íntima.

Su presencia y su cercanía parecían revolucionar todas las células de su cuerpo, que cobraron vida de repente. Ojalá pudiera eliminar la increíble atracción que sentía por él… esa abrumadora conexión. Ian había encontrado la fuerza necesaria para cortar dicha conexión y abandonarla. ¿Por qué a su cuerpo y a su alma les costaba asimilar ese abismo?

Titubeó, deseando más que nunca tragarse la consabida pregunta de siempre, pero era una quemazón que le ardía en la garganta y en la lengua.

—¿Qué pasa? —preguntó Ian en voz baja, que a todas luces se había percatado de su lucha interna.

—¿Estás bien? —Francesca cerró los ojos un momento, avergonzada por lo temblorosa que había sonado la pregunta... por lo desnuda que la hacía sentir—. Me refiero a si estás bien de salud —se apresuró a añadir. Al ver que él se demoraba en contestar, lo miró a los ojos. Intentó explicarse. ¿Cómo contarle en esas circunstancias que había vivido un infierno, preguntándose si estaría sufriendo o si habría caído enfermo durante todos esos meses... mientras estaba solo?—. Es que... has perdido peso —terminó diciendo sin convicción.

—Me encuentro bastante bien. El estado de infelicidad no puede considerarse una enfermedad.

—Seguro que hay un montón de psicólogos que no estarían de acuerdo.

—¿Crees que necesito tratamiento? —inquirió él con voz seria y ojos relampagueantes.

—¿Y qué ocurre si lo pienso? —se defendió—. A cualquier persona que hubiera pasado por lo mismo que tú le iría bien un poco de ayuda.

—No te preocupes, Francesca. Por favor.

El deje cariñoso de su voz, la forma en que pronunció su nombre, como una caricia de aquella voz ronca, le provocó un nudo de emoción.

—¿Te sentías infeliz conmigo? ¿No vi las señales? —preguntó antes de poder evitarlo. Se quedó helada por su atrevimiento. ¿O había sido la debilidad lo que la indujo a planteárselo? ¿Esa única pregunta que se había permitido provocaría una avalancha de vergonzante curiosidad?

Jamás se había odiado tanto como en ese momento, pero al mismo tiempo esperó, ansiosa por la emoción, su respuesta. La pregunta pareció quedar suspendida entre ellos en el tenso silencio. Se le formó un nudo en la garganta cuando lo vio acercarse a ella, tanto que atisbó las motitas azules de sus ojos. Ian le rozó la barbilla con el índice antes de descender por su garganta con lentitud. Francesca se estremeció por la caricia.

—Jamás he sido tan feliz como durante el tiempo que hemos pasado juntos. No sabía lo que era la felicidad hasta que te conocí —murmuró él.

—Entonces ¿por qué? ¿Por qué te fuiste? —preguntó ella, incapaz de ocultar su desdicha.

Las palabras parecieron atravesarla mientras las pronunciaba, como si tuvieran bordes y se hubieran cristalizado de tanto retenerlas en su interior. Tuvo la sensación de que se le paraba el corazón cuando Ian le acarició la comisura de los labios y una mejilla con el dorso de la mano. Era una sensación maravillosa, pero apartó la cara, presa del dolor y de la confusión. Ian soltó la copa en una estantería cercana con gesto impaciente y se aproximó todavía más, tras lo cual usó las dos manos para atrapar su rostro, colocándole las palmas a ambos lados de la barbilla. A continuación, agachó la cabeza hasta dejarla a centímetros de la suya.

—Porque después de que mi madre muriera, después de enterarme de lo de Trevor Gaines, me sentí oscuro junto a tu luz, me sentí vacío al lado de tu plenitud —adujo en voz baja y nerviosa—. Marcharme no tuvo nada que ver contigo, Francesca. Nada. Tenía que ver conmigo, con la necesidad de entender quién demonios soy. Y qué demonios soy. Todavía no lo sé… y no te mereceré hasta que lo averigüe.

—Eres Ian Noble, el mismo hombre que eras antes de descubrir todo eso acerca de ese hombre espantoso —masculló. Le escocían los ojos, pero no quería parpadear por si se le escapaban las lágrimas—. Y que sepas que eso no es una respuesta.

A lo lejos oyó unos tacones en el vestíbulo de mármol y la voz de una mujer que hablaba como si estuviera impartiendo órdenes.

—Lo siento. Es la única respuesta que tengo —dijo Ian con voz apagada antes de bajar las manos, coger la copa y acercarse a la chimenea. Dejó la copa en la repisa y se volvió hacia la puerta en el preciso instante en que Anne entraba con una criada.

—Ian —dijo Anne, sorprendida—. Has bajado antes de tiempo.

—Nos hemos equivocado de hora —explicó Ian mientras su abuela se acercaba y él se agachaba para besarla en la mejilla.

—¿Quiénes? —preguntó Anne mirando a su alrededor.

Francesca salió de las sombras. Anne mostró una expresión encantada y sorprendida al verla. Sin embargo, para sus adentros Francesca puso de vuelta y media a la criada cuando esta encendió la lamparita. La expresión animada de Anne desapareció al percatarse de su sonrisa tensa y de las lágrimas de sus ojos.

Lisle Gravish era un hombre apuesto pero bastante tiquismiquis de unos treinta y cinco años, cuyo acento impostado y sus chistes pretenciosos pusieron a Francesca de los nervios. Su mujer, Amy, desafiaba todos los estereotipos británicos con su sonrisa de modelo de portada, su cabello negro y rizado, tan exótico, y las curvas de una diosa italiana del cine. Daba la sensación de que era un escaparate andante de Cartier, porque relucía de diamantes. Amy combinaba su elegancia y su belleza con talento. Al parecer, era una magnífica cantante de ópera. Irritada, Francesca se preguntó al verla coquetear descaradamente con Ian durante la cena si le habrían crecido las impresionantes tetas en primaria, mientras iban juntos al colegio. Ian no respondía al coqueteo, pero sí sonreía de vez en cuando. Las sonrisas abiertas de Ian eran tan escasas, y tan brillantes, que, en opinión de Francesca, equivalían a la sugerencia más indecente de cualquier hombre.

Tal vez ese aguijonazo de celos, sumado a sus ya de por sí caóticas emociones, hizo que se descuidara en su conversación con Gerard, que se sentó a su lado durante la cena. No se había dado cuenta de lo distraída que estaba, no había reparado en mantener las distancias, mientras charlaban en voz baja. Se percató de su descuido cuando Gerard se inclinó hacia delante y le habló al oído mientras esperaban que se llevasen los restos del primer plato.

—Aún no te has puesto la gargantilla de diamantes que te regalé.

—Eso es porque tengo intención de devolvértela. Te dije que era demasiado —murmuró ella en voz baja al tiempo que mantenía la cara apartada, porque los labios de Gerard estaban a un centímetro de su cabeza.

—Quédatela un poco más. A lo mejor cambias de opinión —replicó él con tono seductor, y su aliento le agitó el pelo y le hizo cosquillas en la oreja—. Aunque no me voy a quejar de que hoy no lleves joyas. Una mujer inteligente sabe que no hacen falta adornos para mejorar la perfección absoluta.

Francesca miró al otro lado de la mesa y vio la expresión sorprendida y guasona de Elise. Al ver la cara que ponía Elise, supuso que Gerard le estaba mirando el escote. Cogió el vaso de agua, golpeando a Gerard con el codo de modo que tuvo que apartarse. Elise contuvo una carcajada y se atragantó con el vino. Sus sospechas acerca del punto que estaba mirando Gerard se confirmaron al reparar en la expresión gélida de Ian.

Gerard la cogió de la mano mientras salían del comedor.

—¿Puedo hablar contigo en privado? —le preguntó—. Será solo un momento. —Tal vez percibió su indecisión, puesto que añadió—: Es sobre Ian.

Francesca echó un vistazo por encima del hombro con nerviosismo, pero de momento nadie los había seguido. Anne, James y Lisle ya se habían adelantado, mientras que los demás continuaban en el comedor. Se encontraban a solas en el vestíbulo principal. Asintió con la cabeza y Gerard la llevó hasta el hueco que había detrás de la enorme escalinata.

—¿Qué pasa? —susurró, incómoda por el secretismo de Gerard después de su coqueteo. Sobre todo, porque se acercó mucho y se inclinó hacia ella. En ese momento se percató de que Gerard quería evitar que los oyeran, de modo que resistió el impulso de alejarse.

—¿Has hablado ya con Ian? ¿Acerca de dónde ha estado? ¿Acerca de lo que ha hecho? He hablado con Anne y con James, y se mueren por saber los detalles —susurró Gerard.

—No —contestó, ya que no creía que la respuesta tan ambigua de «Francia» fuera en realidad una respuesta—. Pero me ha dado la impresión de que piensa volver a ese lugar. Me ha dicho que tenía asuntos pendientes… —Se interrumpió al oír las voces procedentes del vestíbulo. Oyó el taconeo y reconoció las voces de Lucien y de Elise, seguidas de las carcajadas de Amy Gravish.

—El salón, ¿no, Ian? —preguntó Lucien.

—Sí —fue la respuesta en voz baja del aludido.

—¿Asuntos pendientes? ¿Piensa irse pronto? —preguntó Gerard en cuanto se cerró la puerta del salón y el vestíbulo volvió a quedarse en silencio.

—No estoy segura —susurró—. ¿Me estás diciendo que no os ha hablado de esto a ninguno de vosotros?

Gerard meneó la cabeza.

—Francesca —comenzó él con inquietud—, ¿hay alguna posibilidad de que Ian haya estado… enfermo? Tal vez hospitalizado.

A ella se le cayó el alma a los pies.

—¿Por qué lo preguntas? —quiso saber, alarmada.

Gerard se encogió de hombros.

—Es una buena explicación para el hecho de que desapareciera de la faz de la tierra durante tanto tiempo.

—No, me ha dicho que no ha estado enfermo y lo creo. Pensaba que te habría contado algo acerca de dónde ha estado cuando habéis hablado antes…

—No, no quería hablarme de eso —replicó Gerard con sequedad y expresión pensativa—. Aunque tengo la impresión de que ha estado hablando con Lucien acerca de lo que ha hecho. Los dos se han callado al instante en cuanto los he sorprendido en la sala de billar hace un rato.

Un mal presentimiento la asaltó. Ella estaba al tanto de la íntima relación que lo unía a Lucien. Habían estado hablando de su padre biológico, Trevor Gaines. ¿Qué había estado haciendo Ian todos esos meses en relación con Gaines? ¿Y cómo narices pensaba que iba a ayudarlo a descubrir quién era de verdad? Jamás había odiado nada ni a nadie tanto como odiaba a ese criminal. Estaba muerto, pero seguía convirtiendo la vida de Ian en un infierno.

Y también la suya.

Parpadeó cuando Gerard le aferró el brazo y tiró de ella.

—¿Le has preguntado por qué se marchó? —le preguntó en un susurro urgente.

—No —contestó. El interrogatorio empezaba a ofenderla.

—¿No crees que sería la solución más sencilla? —insistió Gerard.

—Disculpadme.

Francesca dio un respingo al oír la desabrida voz. Ian estaba allí plantado, con las manos entrelazadas a la espalda, mirándolos con frialdad. Se alejó de Gerard, ya que se dio cuenta, demasiado tarde, de que su gesto la hacía parecer culpable. Levantó la barbilla y miró a Ian, irritada, al tiempo que el pulso le latía disparado en la garganta. Gerard bajó el brazo y se volvió hacia Ian con rapidez, como si esperase un puñetazo.

—¿Sí? —preguntó Gerard con frialdad.

—Mi abuelo te busca —dijo Ian, sin apartar los ojos de Gerard, unos ojos que semejaban dos témpanos de hielo.

Gerard pareció dudar un instante, pero después asintió con la cabeza.

—¿Francesca? —dijo, al tiempo que le tendía una mano.

Ella titubeó, ya que no quería hacerlo, pero después extendió el brazo como último intento de escapar de la incipiente explosión que atisbaba en los ojos de Ian. Este la detuvo cogiéndola de la mano antes de que pudiera tocar a Gerard.

—Tengo que hablar un momento con Francesca —dijo Ian a Gerard con un tono que no admitía discusión.

Gerard apretó los dientes.

—Muy bien —replicó con voz gélida cuando ella no protestó. Dio media vuelta y se marchó.

Ian no la miró, se limitó a clavar la vista en el vestíbulo. Francesca tardó un momento en darse cuenta de que estaba esperando a que ya no se oyeran los pasos de Gerard. Aunque ella apenas los oía, ya que el corazón le atronaba los oídos.

Sabía lo que solía suceder cuando aquellos ojos azules echaban chispas aunque parecieran témpanos de hielo. Ian le sujetó la mano con más fuerza y tiró de ella para salir al vestíbulo. Podría haberse negado a seguirlo.

Podría haberse negado, pero no lo hizo.

6

Francesca lo siguió, esforzándose por mantenerse a su altura pese a los tacones y a las largas zancadas de Ian. Al llegar a una puerta corredera de madera que daba acceso al salón de recepción, una información que conocía gracias al recorrido que había hecho por la mansión con Anne, Ian la abrió. La estancia estaba decorada con gran formalidad en tonos dorados y la condesa le había asegurado que rara vez se usaba. Francesca pensó que Ian se detendría en el salón de recepción, pero él siguió caminando hasta otra puerta.

—Ian —lo llamó con la respiración alterada.

Él no se volvió. Se limitó a abrir la siguiente puerta y a continuar caminando con ella a la zaga. A través de la puerta se accedía a un pasillo a oscuras. Francesca siguió a Ian, que abrió otra puerta. Tras encender la luz de la nueva estancia, la invitó a pasar haciéndose a un lado. Anne no le había enseñado ese lugar. Se trataba de una estancia estrecha y alargada, con un buen número de escopetas de caza aseguradas en unos cuantos armeros, muchos gabanes, un gigantesco paragüero chino a rebosar de paraguas, una variopinta colección de botas Wellington alineadas junto a una de las paredes y, para finalizar, una lavadora y una secadora, ambas de gran tamaño. Dos sillones orejeros con la tapicería desgastada por el uso se habían dispuesto uno frente al otro para comodidad, supuso Francesca, de aquellos que entraran o salieran de la mansión para pasear o cazar y quisieran sentarse para ponerse o quitarse las botas.

Se volvió cuando oyó que Ian cerraba de un portazo. Los latidos del corazón le atronaron los oídos al oír el chasquido del pestillo.

—¿Qué estás haciendo? —le preguntó Francesca mientras se acercaba a ella.

—Esta mañana me preguntaste si había estado con otra desde que nos separamos y te dije que no. ¿Tú puedes decir lo mismo? —la interrogó con frialdad.

—No te debo ninguna explicación sobre mi comportamiento de estos últimos seis meses, Ian —le soltó, furiosa por su actitud, pero también excitada.

—¿Te estás acostando con mi primo? —insistió al tiempo que se aproximaba.

Francesca retrocedió hasta que notó la lavadora tras ella.

—No, pero si lo estuviera haciendo, no sería de tu incumbencia.

—¿Quieres follártelo? —le preguntó Ian a bocajarro—. Porque es evidente que él sí quiere. Se rumorea que es un buen amante. ¿Crees que lo haría bien contigo?

Francesca le cruzó la cara. Con fuerza. Era la primera vez que le pegaba a alguien. Y se sintió... fenomenal. Sin embargo, se odiaba por haber perdido el control. Su despliegue de agresividad no pareció inmutar a Ian.

Tras tomarle el mentón con una mano, la obligó a echar la cabeza hacia atrás.

—¿Francesca? —le preguntó en voz muy baja, aunque la orden que llevaba implícita la pregunta quedó muy clara.

Se acercó tanto a ella que sus torsos quedaron pegados. Sus pechos, aplastados contra sus costillas, cubiertas por la chaqueta. La erección que ocultaban los pantalones fue más que evidente. El momento le pareció tan perfecto, las sensaciones tan exquisitas, que por un instante olvidó lo que le estaba preguntando.

—Contéstame.

—No. No quiero follarme a Gerard, maldita sea —le soltó.

Estaba furiosa porque esa era la verdad. Estaba furiosa porque no encontraba el modo de cortar el vínculo que la unía con Ian. Aquellos ojos azules recorrieron su cara con expresión voraz. Fue consciente de que se tensaba, de que le devolvía la mirada con los dientes apretados. Sus emociones eran tan confusas que, sinceramente, no sabía si quería besarlo o si quería morderlo como un animal para hacerlo sangrar. Ian entornó los párpados. Y eso la asustó. Porque no era la única a punto de perder el control.

—Sigue —la instó él.

Francesca parpadeó al percibir el deje burlón de su voz y sintió que él se empalmaba todavía más. La sangre le rugía en los oídos.

—Muérdeme, Francesca.

Apenas había acabado de pronunciar su nombre cuando ella le colocó la mano en la nuca y lo acercó a su boca para besarlo con ferocidad. Le mordió el labio inferior y se lo chupó, se lo lamió con avidez. Más que un beso fue una deflagración, si bien Ian no se mantuvo pasivo mucho rato. Al cabo de unos segundos se cernió sobre ella, obligándola a arquear la espalda. La barrera de la ropa fue algo insustancial contra la pasión que consumía sus cuerpos, pero al mismo tiempo resultaba insoportable. ¡Por Dios! Necesitaba sentir el cuerpo desnudo de Ian contra el suyo, necesitaba que se la metiera... quería la evidencia de que estaba con ella de la forma más primitiva, y la quería ya.

Perdió la noción del tiempo y del espacio mientras él la besaba con una avidez semejante a la suya, con una mano en el mentón para inmovilizarle la cabeza hasta que se separó. Francesca se inclinó hacia él, pero Ian retrocedió para evitar que se acercara. Lo miró a los ojos y descubrió una expresión abrasadora en ellos.

—¿Quieres que te pida permiso para darte la vuelta y follarte fuerte por detrás o me limito a hacerlo sin más? —le preguntó casi sin aliento.

Francesca gimió al percatarse de que le había metido una mano por el escote y le estaba sacando un pecho del sujetador. Al cabo de un segundo le bajó el escote para exponerlo. Sintió el espasmo que sufrió su polla mientras contemplaba su pecho desnudo, el pezón tan vulnerable y suave. Sin darle siquiera tiempo a tomar aire, Ian inclinó la cabeza y le chupó el pezón. La maravillosa y repentina sensación le arrancó un grito. Pegó las caderas a Ian y comenzó a frotarse contra su erección. Cuando Ian apartó su ardiente boca del pezón y se separó de ella, estaba duro y enrojecido.

—Te he hecho una pregunta —dijo, enseñándole los dientes un instante antes de morderle los labios.

Francesca sintió que se mojaba al instante. Intentó recordar lo que le había preguntado.

—Dime si quieres darme permiso o si quieres que te folle sin más —dijo con crudeza contra sus labios, comprendiendo que necesitaba un recordatorio.

Francesca cerró los ojos, mortificada, mientras seguía besándolo. Era la primera vez que Ian le pedía permiso. Si estaba listo para metérsela, se la metía y punto, seguro de que ella se hallaba más que preparada para recibirla. Así era como le gustaba, como lo necesitaba.

—No me obligues a suplicártelo —replicó con la voz entrecortada y con los ojos cerrados.

—De acuerdo. Te follaré y ya está —dijo él, soltando el aire por la nariz.

Ian bajó una mano y le subió el vestido. Acto seguido, introdujo sus largos dedos bajo las bragas.

—Bien. Tan suave, tan mojada y tan dispuesta —masculló contra sus labios, hinchados por sus besos.

Francesca soltó un grito cuando comenzó a frotarle el clítoris, a esas alturas bien lubricado, con un nudillo. Sus caricias no eran bruscas, pero tampoco delicadas. Ese era su estilo personal. Perfecto. Apretó los dientes y arqueó las caderas hacia él. Ian gruñó y antes de que se diera cuenta de sus intenciones, la obligó a darse la vuelta y le subió el vestido hasta la cintura, donde lo sujetó con una mano. Acto seguido, esa mano ejerció presión sobre la parte baja de su espalda, instándola a inclinarse hacia delante. Francesca reaccionó por instinto e inclinó el torso sobre la lavadora. Ian le bajó las bragas sin apartarse de ella, de forma que sentía el roce de su erección y eso la estaba poniendo a mil. Sin embargo, se apartó un instante de ella para bajarle las bragas por las piernas. Francesca abrió mucho los ojos al cabo de un segundo debido a la emoción, al sentir que Ian se detenía y le pasaba una mano por el culo, ya desnudo. Gimió sin poder evitarlo al mismo tiempo que se mojaba todavía más.

Justo entonces Ian se colocó tras ella y Francesca cerró los ojos, increíblemente excitada, nada más oír que se bajaba la cremallera. Se mordió el labio porque la espera la estaba matando, mientras él le pasaba un dedo por la vulva. Se lo imaginaba de pie tras ella con la polla en la mano, mirándola con una expresión crispada y decidida. Cuando le metió la punta de la polla, Francesca sintió que el aire se escapaba de sus pulmones.

—No te muevas —le dijo él con voz tensa.

Tras sujetarla con fuerza por las caderas, se la metió hasta el fondo. Francesca contuvo un grito. La invasión era brutal, ya que la tensaba al máximo y rayaba en dolor, pero era maravillosa.

—Intenta no gritar. Te he traído lo más lejos posible de los demás, pero puede haber criados cerca —lo oyó decir a través del rugido que le atronaba los oídos, y al cabo de un instante comenzó a follársela con embestidas largas y fuertes, golpeándole el culo con las caderas de forma rítmica.

Francesca se limitó a clavar la mirada en los controles de la lavadora con la boca abierta, desbordada, o más bien abrumada, por las sensaciones. Echó las caderas hacia atrás de forma instintiva, y tensó los brazos para mantener la posición pese a sus poderosos envites. Sabía que no debería permitir lo que estaba sucediendo, pero era imposible razonar frente a un huracán o a un terremoto. Lo que Ian le hacía, Ian en sí mismo, era una fuerza de la naturaleza y lo único que podía hacer era apretar los dientes y dejarse inundar por su gloria.

Lo oyó gemir tras ella, si bien mantuvo el ritmo, o más bien lo aumentó. No protestó cuando le rodeó la cintura con un brazo para inmovilizarla y la obligó a levantar una pierna, apoyándole una rodilla en el borde de la lavadora a fin de abrirla todavía más. Se hundió en ella de nuevo, sus cuerpos se golpearon, y en esa ocasión Francesca no pudo contener el grito. Ian se detuvo. El sudor le cubrió el labio superior al sentirlo tan dentro de ella en una posición tan vulnerable, abierta por completo a él.

—¿Quieres algo para atenuar los gritos?

Ella asintió con la cabeza, jadeando. Estaba al borde del orgasmo y lo sentía palpitar en su interior, con los testículos pegados a su húmeda vulva y ejerciendo presión sobre el clítoris. De repente, vio que una toalla caía frente a sus ojos y comprendió que Ian la había cogido de una estantería superior. Al instante, siguió follándosela y gimiendo a medida que se la metía. Francesca abrió bien los ojos. Nunca la había penetrado tan hondo ni con tanta fuerza. La lavadora empezó a moverse y a traquetear contra la pared por culpa de sus embestidas. Ian soltó un taco al oír el ruido, pero no aminoró el ritmo. Francesca apenas podía mantener la postura. Ian le aferró una nalga, a fin de separarla de la otra para dejarla aún más expuesta a su implacable mirada y a su insaciable polla.

Francesca hundió la boca en la toalla para acallar un chillido cuando llegó al orgasmo.

—Muy bien. Dios, eso me gusta —lo oyó decir con voz ronca, aunque su voz pareció llegarle procedente de un largo túnel.

Ian siguió follándosela sin detenerse mientras ella se estremecía de placer. Cuando los espasmos del clímax comenzaban a desaparecer, de repente Ian se la sacó. Lo oyó gemir y supo que la sensación le había resultado tan desagradable como a ella. Volvió la cabeza para mirarlo.

—¿Ian? —le preguntó, desorientada.

—Dame la toalla.

Ella parpadeó al escuchar la desabrida orden. Tras bajar la rodilla de la lavadora y comprobar que estaba mareada y un poco débil, se dio la vuelta. El aturdimiento se desvaneció al instante. Ver a Ian fue como una descarga. Tenía los pantalones y los calzoncillos por los muslos mientras se masturbaba con una mano.

—La toalla —dijo de nuevo entre dientes.

Sus rasgos se crisparon de repente y su cuerpo se convulsionó. Francesca se apresuró a darle la toalla, pero llegó demasiado tarde. Empezó a eyacular y los chorros blancos de semen que surgían de su polla cayeron sobre las baldosas del suelo. Estaba tan guapo en ese instante, parecía tan fuerte y a la vez tan vulnerable en las garras del deseo que se le encogió el corazón sin poder evitarlo. Corrió a envolverlo con la toalla, cubriéndole el glande desde abajo para que la tela absorbiera el semen. Mientras lo calmaba diciéndole tonterías, comenzó a acariciársela con la mano que sujetaba la toalla mientras le pasaba los dedos de la otra por la rígida y palpitante base. Lo oyó gemir mientras la aferraba por los hombros y supo que estaba en la gloria. Ese instante robado era lo único que Francesca necesitaba.

Ian le soltó los hombros cuando los estremecimientos cesaron. Ella alzó la vista despacio para mirarlo a los ojos. El rubor que le cubría las mejillas resaltaba el azul de sus ojos.

—Sabía que tendríamos que volver con los demás —le dijo con voz ronca y entrecortada, ya que aún no había recuperado el aliento—. No quería que eso —añadió al tiempo que miraba la toalla empapada de semen que ella todavía tenía en la mano— te hiciera estar incómoda.

El deseo la atravesó por la idea de mezclarse con los demás mientras su semen la llenaba y le mojaba las bragas e incluso los muslos. Aunque en teoría la excitaba, sabía que Ian tenía razón. Habría sido incómodo y potencialmente vergonzoso.

—Gracias —murmuró al tiempo que apartaba la toalla y la doblaba para limpiarlo lo mejor posible.

Después la dejó sobre la lavadora y se agachó para subirse las bragas por encima de las medias y colocárselas bien. Los mundanos actos posteriores a la arrolladora pasión le hicieron recordar lo que había sucedido. Se bajó el vestido. Por un impulso, cogió la ofensiva toalla y la arrojó a la lavadora, tras lo cual eligió la temperatura más alta y la puso en marcha. Era una reacción absurda e inmadura, lo sabía. Ni que pudiera borrar lo que había pasado entre ellos de esa forma...

Mantuvo la cabeza gacha, evitando su mirada.

—¿De verdad tenemos que volver con los demás? —le preguntó con un hilo de voz.

¿Cuánto tiempo se habían ausentado? No más de un cuarto de hora, por más intenso y arrollador que hubiera sido el arrebato de pasión que los había poseído.

Ian, que estaba subiéndose los pantalones, se detuvo.

—Francesca.

Ella se volvió, despacio.

—Te llevaré ahora mismo a mi cama si eso es lo que quieres. Si he dicho de volver con los demás es por ti, no por mí.

De repente, Francesca lo comprendió todo. Daba igual lo mucho que la conmoviera verlo correrse. Daba igual que se entregara a él una y otra vez. Ian la había abandonado. No podía prometerle un futuro.

No lo haría.

«¿Tan importante era lo que tenías que hacer para dejarme sin una explicación?»

La pregunta le ardía en la garganta, pero no la formuló en voz alta. Era obvio que Ian no ardía en deseos de ofrecerle una respuesta... solo le daría excusas. Su orgullo no le permitió formularla, sobre todo porque él se negaba a darle una explicación.

—Quiero volver con los demás. Anne se preocupará si no lo hacemos —dijo con voz desolada.

Ian enarcó las cejas mientras se apresuraba a abrocharse los pantalones.

—Se preocupará de todas formas. Pero tú decides.

Francesca se alisó el vestido y se pasó una mano por el pelo.

—Yo regresaré primero. Les diré que estás en el tocador. Así podrás acicalarte un poco antes de volver —dijo Ian.

Cuando acabó de colocarse bien la ropa, Francesca se percató de que estaba tan impecable y guapo como siempre, tal vez más que antes gracias al rubor que le cubría las mejillas.

—De acuerdo —accedió ella en voz baja. Era difícil decir lo que estaba sintiendo, dada su impulsividad. Dado el voraz deseo que la embargaba.

—¿Francesca?

Ella lo miró a regañadientes.

—Vendrás a mi habitación esta noche. Sé lo que necesitas y no era esto. No del todo. Esto ha sido para mí. Necesitaba asegurarme de que no perteneces a nadie más.

—Ian, me pertenezco a mí misma —replicó ella con brusquedad antes de acercarse a la puerta y quitarle el pestillo.

Claro que, ¿qué consuelo le ofrecía esa afirmación si no podía fiarse de sí misma? Además, ¿acaso las palabras de Ian no encerraban parte de verdad? ¿Quién mejor que Ian sabía lo que ella necesitaba?

Porque lo necesitaba. Lo ansiaba. No solo deseaba a Ian, también necesitaba esa intimidad descarnada, preciosa y a veces escandalosa, que en otro tiempo atesoraban. Y que acababan de compartir.

¿Cómo era posible que deseara el vínculo que la unía a él y que al mismo tiempo lo aborreciera?

El pulso se le desbocó de nuevo cuando lo sintió a su espalda, siguiéndola por las sombras del pasillo en silencio.

Ian y Lucien se encontraban en un rincón del enorme salón, cerca de la barra, a cierta distancia del resto del grupo, que en esos momentos estaba conversando. Anne había elegido una selección de jazz, de modo que podían hablar al amparo de la música.

—No me digas que no te interesa averiguar más cosas sobre Gaines —decía Ian mientras su mirada recorría la estancia. Francesca seguía en el tocador.

—Sabes que sí. Pero estoy más interesado en localizar a nuestros hermanos. Al menos a aquellos que ya estén al tanto de la identidad de su padre biológico. Como ese tío, Kam Reardon, del que me has hablado.

—Merecen saberlo. Todos ellos. Si nadie se lo ha dicho, tendremos que hacerlo nosotros.

Sintió la mirada de Lucien en la cara.

—Ian, perdóname por decir esto, pero saberlo no parece haberte ayudado mucho. Si tú eres un ejemplo de lo que puede suceder, creo que es una terrible idea ir por ahí contándole la verdad a gente inocente. —Ian afrontó la mirada de su hermanastro con un brillo furioso en los ojos, pero Lucien no se inmutó—. Hazle caso a alguien que te lo dice por experiencia. No es motivo de alegría descubrir que la enfermedad de Trevor Gaines es una de las razones por las que estamos en este mundo. Ver tu reacción me ha hecho pensar que deberíamos enterrar su nombre junto con su despreciable cadáver y no volver a mencionarlo en la vida.

—En el fondo no piensas sí —mascculló Ian—. Sientes curiosidad. Has escuchado con gran atención todo lo que he averiguado hasta ahora. Y queda mucho más por descubrir. Reardon tiene las respuestas, estoy seguro. Pero no he sido capaz de localizar a ese cabrón y tuve que marcharme antes de conseguirlo —siguió hablando, tras lo cual bebió un trago.

Francesca entró en la estancia. Ian detestaba que la delatara el rubor que resplandecía en sus mejillas y la titubeante sonrisa que esbozó cuando se acercó a los demás. Sin embargo, no cambiaría nada de lo sucedido. Porque también se alegraba de que tuviera las mejillas sonrojadas y de que demostrara un ligero bochorno al regresar con los demás después de su ausencia.

Así de salvaje era.

Sin embargo... no tenía derecho a marcarla como suya, pensó mientras apretaba los dientes por la creciente frustración.

—¿Vas a contarle a Francesca lo que has estado haciendo en Francia? —oyó que Lucien le preguntaba en voz baja, y supo que su hermanastro también había observado la entrada de Francesca.

—No. Y te pido por favor que no se lo digas —contestó él, con más brusquedad de la que pretendía. Miró a Lucien a los ojos—. Intentaría hacerme cambiar de opinión.

—Elise haría lo mismo, si yo estuviera en tu lugar —le aseguró Lucien—. ¿Sabes por qué no le has contado a Francesca lo que me has contado a mí?

Ian se encogió de hombros.

—Porque tú comprendes lo que ella no comprendería.

—Yo lo comprendo, lo admito. Siento curiosidad por Gaines. ¿Cómo no iba a sentirla? Y quiero involucrarme en la tarea de ponernos en contacto con nuestros hermanos y hermanas que puedan estar interesados en conocernos. Tal vez tengamos la oportunidad de sacar algo bueno de toda esta pesadilla. Lo dudo, pero ¿quién sabe?

—Nosotros nos hemos hecho amigos —le recordó Ian sin apartar la mirada de Francesca.

—Cierto. Esa ha sido la parte positiva. Pero a lo que voy es que no le has contado a Francesca lo que estás haciendo no porque no lo comprenda. Creo que sabes que lo entendería perfectamente y, aun así, trataría de hacerte cambiar de opinión. En realidad, no se lo has contado porque es la única que ostenta el poder de hacerte cambiar de opinión. La dejas al margen de todo esto para poder seguir adelante con tu obsesión.

—¿Con mi obsesión? —mascullό Ian.

Parpadeó al ver que Lucien parecía incómodo. ¿Y preocupado? Echó un vistazo a los demás y vio que Anne, Elise y James los miraban extrañados, mientras que Francesca parecía sorprendida. Había gritado sin pretenderlo. ¿Qué demonios le estaba pasando? Inspiró hondo en un intento por recobrar un control que estaba a punto de hacerse añicos. Cerró la boca y esperó a que sus observadores apartaran la vista.

—¿Le has contado a Elise todo lo que te he contado yo? —le preguntó a Lucien hablando más bajo, tras una pausa—. ¿Le has contado que planeas acompañarme a la propiedad de Gaines cuando llegue el momento oportuno?

—No —confesó Lucien—. Pero no lo he hecho porque seguramente se lo diría a Francesca mientras estemos en Belford Hall. Aunque no me habías dicho hasta ahora mismo que estabas decidido a dejar a Francesca al margen de todo, lo suponía. Seguramente se lo cuente a Elise cuando estemos en el avión de camino a Chicago.

Ian frunció el ceño.

—Por eso mismo no les he dicho nada a mis abuelos. Están locos por Francesca. Es probable que se lo dijeran. Que le suplicaran que me salvase o alguna tontería por el estilo.

Por un instante, guardaron silencio mientras observaban a los demás, que charlaban cerca de la chimenea. Ian se tensó al ver que Gerard se acercaba a Francesca, pero en ese momento ella alzó la vista y clavó sus ojos oscuros y relucientes en él, unos ojos que lo atravesaron, como siempre. La vio volverse cuando Elise le dijo algo.

—¿Estás seguro de que sabes lo que estás haciendo? —le preguntó Lucien en voz baja, y supo que su hermanastro había captado la mirada de Francesca desde el otro extremo de la estancia.

¿O tal vez Lucien le estaba preguntando si podría controlarse, si estaba en su sano juicio? Decidió creer la primera opción, ya que la segunda le resultaba demasiado inquietante.

—No —masculló Ian después de beber un trago—. Pero no puedo mantenerme alejado de ella.

—Creo que deberías decidir quién es más importante. Yo, particularmente, rezo para que sea Francesca y no Gaines —comentó Lucien, tras lo cual cogió su bebida y fue a reunirse con su mujer.

Ian hizo una mueca por la reprimenda. Como si la cuestión fuera tan simple como elegir a Francesca por encima de un asqueroso pervertido. Había pensado que Lucien lo entendería, y para ser justos tal vez lo hiciera. Mejor que muchos, en cualquier caso. Lucien percibía la mancha de Trevor Gaines. Pero no llevaba el veneno en la sangre como él. No necesitaba purgar dicho veneno a toda costa. Debía librarse de esa suciedad para estar en paz.

Para poder reclamar a Francesca.

De un tiempo a esa parte le costaba mucho trabajo concentrarse en algo tan sencillo como respirar. Sobre todo esa noche.

¿Iría Francesca a su dormitorio?

Se sentó al escritorio de su dormitorio, vestido todavía con los pantalones y la camisa, pero con la corbata desatada, mientras ojeaba varios documentos que Lin le había enviado para que les echara un vistazo. Su interés en Empresas Noble había aumentado desde que regresó a Inglaterra, aunque todavía era una sombra de lo que había sido. Tal vez porque se había visto inmerso en los detalles mientras interrogaba a Lin sobre las actividades recientes de Francesca en Chicago, de modo que se enteró de todo el proceso de adquisición de Tyake.

Hizo una pausa mientras abría un documento que Lin le había adjuntado en un mensaje de correo electrónico con el asunto: «La compra de Tyake por parte de Empresas Noble se hace pública». No lo había abierto antes porque ya era consciente de que había saltado la liebre, pero lo hizo en ese momento para matar el tiempo. Justo entonces vio una foto en blanco y negro de Francesca saliendo de un ascensor en Noble Towers, acompañada por su abuelo. El titular mencionaba algo sobre una reunión familiar para discutir la adquisición de Tyake, aunque en el primer párrafo se comentaba la notable ausencia de Ian. Tras percatarse de la fecha de la publicación, le envió una pregunta a Lin.

Si Francesca no acudía a su habitación, ¿tendría que contentarse con ver su imagen en el ordenador otra vez? Lucien lo había acusado de estar obsesionado con Trevor Gaines y con su espantosa historia, pero personalmente, se consideraba obsesionado con la imagen de Francesca en las garras del orgasmo... entregándose por completo. Deseaba muchísimo ver dicha imagen, sobre todo en esos momentos, cuando ella mantenía las distancias a pesar de desear el alivio de apagar el fuego que la consumía por dentro. Él estaba muy familiarizado con ese tipo de fuego. Porque lo abrasaba desde el día que la dejó. No pensaba verla sufrir tontamente si podía ofrecerle aunque fuera un mínimo consuelo.

Saberse el culpable de que su expresión hubiera dejado de ser de total confianza y amor para convertirse en una expresión airada y recelosa empeoraba con creces el momento de ver su imagen en la pantalla del ordenador. Y también hacía que dicha imagen fuera más excitante y triste, por descontado.

Levantó la cabeza al oír que alguien llamaba con discreción a la puerta. Cerró rápidamente el portátil. Francesca no dijo nada cuando él abrió la puerta, se limitó a entrar en la habitación. Se había cambiado y ya no iba arreglada. Pero en vez de llevar un camisón, se había puesto unos vaqueros y una camiseta ajustada, y se había dejado suelta su preciosa melena rubia cobriza, que caía ondulada por su espalda. Era el atuendo que más asociaba con su imagen, el de la artista de espíritu libre. No se había vestido así desde su regreso, y verla avivó el conocido dolor que llevaba un tiempo instalado en su corazón. Cuando lo miró, observó que tenía la cara muy blanca y que sus ojos lucían una expresión feroz. Reconoció el desafío de una mujer que había sido herida, pero no conquistada.

Ian cerró la puerta con el pestillo sin hacer ruido. Francesca no pronunció palabra alguna mientras se miraban en el atronador silencio.

—Bueno, aquí estoy —dijo con voz tensa—. Preferiría que adoptaras una actitud triunfal en vez de recibirme como si fuera algo inevitable.

Ian enarcó las cejas.

—¿Te gustaría verme en plan arrogante?

—Me gustaría aborrecerte.

—¿No me aborreces? —le preguntó, alejando la mano del pomo de la puerta para acercarse a ella.

Sus enormes ojos castaños lo escrutaron con recelo. Le temblaban los labios.

—Me dejaste —le recordó con voz ronca—. ¿Qué mujer no odiaría a su amante por eso? Sobre todo, cuando ella aparece en su puerta después de haber sido abandonada, y le suplica.

—No estás suplicando —la corrigió él con firmeza—. Fui yo quien me ofrecí a darte lo que necesitas.

—Y nada más. —Francesca sonrió con amargura—. ¿Qué es lo que supones que necesito? ¿Un castigo por aparecer en tu dormitorio? Estoy casi dispuesta a admitir que eso es lo que merezco.

—No —respondió él, que detestaba verla de aquella manera. A Francesca no le sentaba bien el cinismo. Le acarició una mejilla y le pasó el pulgar por el suave pómulo como si así pudiera borrar su tristeza... su desesperación—. Te estás destrozando tú sola, estás haciendo trizas tu espíritu. Crees que necesitas escapar de las ataduras que te mantienen segura, pero en realidad lo que necesitas es que te ate mucho más en corto.

Ian sintió un espasmo en el músculo que acariciaba con el pulgar. Francesca lo miró con un deseo salvaje y furioso en sus ojos oscuros.

—¿Por qué iba a permitir que me ataras más en corto cuando dentro de poco me dejarás de nuevo, luchando contra las ataduras y... sangrando otra vez?

—Porque moveré cielo y tierra para regresar de nuevo.

—Prométemelo.

Ian parpadeó al oír la hosca exigencia.

—No puedo.

Francesca soltó un gemido de tristeza que estuvo a punto de matarlo. Pegó la frente a la de Francesca.

—Lo que más deseo en el mundo es estar contigo. Pero no puedo hacerlo hasta que me sienta... completo. Por favor, compréndelo. —La abrazó y la aferró a su cuerpo, aspirando el perfume de su pelo—. Para mí no hay ninguna otra mujer. Si no puedo sentirme merecedor de estar contigo, no quiero a nadie más. Si no puedo encontrar un lugar a tu lado, pasaré la vida solo. Por favor, entiéndelo. No es que vaya a abandonarte. Es que me siento varado en la orilla mientras el resto del mundo se aleja.

La notó estremecerse entre sus brazos. Ella meneó la cabeza, con la cara apoyada en su torso, y lo abrazó por la cintura.

—Pero yo estoy aquí. Me tienes aquí mismo.

—Lo sé —replicó Ian, que la instó a echar la cabeza hacia atrás. Francesca lo miró con los ojos brillantes. La besó en los labios con suavidad, absorbiendo los estremecimientos que recorrían su cuerpo, encantado con ellos—. Y estás sufriendo. Déjame consolarte.

Francesca se pegó más a él y a través de la ropa que la cubría Ian pudo sentir su cuerpo firme y femenino, la tensión que la embargaba, su calor. La vio cerrar los ojos.

—Sí —accedió ella—. Necesito ayuda. Parece que soy incapaz de... —Se le quebró la voz e Ian cubrió sus labios con los suyos, contrariado al verla tan infeliz.

Saber que él era el culpable de su estado era como si le azotaran las entrañas con un látigo. A fin de satisfacer su propia necesidad, la había entrenado para sus caricias, le había enseñado a complacer sus deseos, a rebasarlos. En una ocasión le había dicho que seguramente pudieran contarse con los dedos de una mano los hombres capaces de dominarla en el plano sexual y lo había dicho en serio. Francesca poseía un espíritu tan fiero e independiente que solo podría someterse a su verdadera pareja. En aquel entonces se sintió muy afortunado de ser uno de esos hombres capaces de someterla, pero en ese momento le parecía una bendición.

Y una maldición al mismo tiempo.

La besó a conciencia mientras empezaba a desnudarla, tranquilizándola cuando se excitaba demasiado y se tensaba contra él, sometiéndola cuando el deseo se apoderaba de ella y lo mordía, tentándolo. Oyó su gemido de protesta cuando puso fin al beso para quitarle la camiseta, pero no tardó en pegar los labios de nuevo a los suyos para embriagarse con su dulzura al tiempo que le desabrochaba el sujetador y le acariciaba los pechos. Después comenzó a pellizcarle los pezones hasta que estuvieron tan duros que le hicieron la boca agua.

Tras apartarse de sus labios, se quitó la corbata, pasándosela por la cabeza.

—Quítate el resto de la ropa y ven aquí —le ordenó mientras se sentaba en el borde de la cama.

Acto seguido, la observó mientras la esperaba y su mirada se demoró en el rubor que le cubría las mejillas, en sus labios sonrosados, en sus pechos de alabastro que se agitaban cada vez que respiraba. Por un instante, se preguntó si Francesca se rebelaría al escuchar la orden, pero lo sorprendió obedeciéndolo de inmediato. Saltaba a la vista que sufría mucho. Ambos intentaban seguir a flote en un mar de agónico deseo.

Se le secó la boca cuando la vio quitarse los zapatos, y después se bajó los vaqueros y las bragas a la vez. Se le había olvidado lo bonita que era. Recordó la primera vez que la vio desnuda, su estrecha cintura y sus generosas caderas, la pálida y tersa piel de su abdomen, el vello cobrizo que tenía entre los firmes muslos. Ansiaba pegar la cara a su vientre, absorber su suavidad y su calor, aspirar el perfume de su sexo. En una ocasión Francesca le preguntó si quería que se depilase el pubis y él le contestó con una rotunda negativa. Jamás se le ocurriría estropear la perfección.

—Ven aquí y date la vuelta —le dijo.

Francesca siguió sus instrucciones y caminó desnuda hacia él. Las puntas del pelo le rozaban la cintura cuando se volvió. Tenía un culo firme, pero femenino, con unas curvas deliciosas. Le ardía la mano por el deseo de acariciar sus glúteos, de azotarlos en plan juguetón... y no tan juguetón. La acarició desde la cintura hasta un glúteo, sorprendido de nuevo por la suavidad de su piel. Acto seguido, lo apretó.

—Mírame —le ordenó al darse cuenta de que se estaba obsesionando con su culo.

Francesca lo obedeció y él levantó la mano en la que sostenía la corbata. Su polla, que ya estaba empalmada, dio un respingo cuando vio que Francesca unía las manos por delante del pubis para que se las atara, sin necesidad de que se lo ordenara.

¡Dios! Era exquisita. Era un tesoro inigualable. Mucho más de lo que merecía.

Tras atarle las muñecas, la miró a la cara en busca de alguna señal que le indicara de qué humor estaba, que le indicara qué deseaba. Mantenía la barbilla en alto, pero sus ojos tenían un brillo salvaje y eso lo llevó a pensar en un animalillo apacible que se hubiera vuelto feroz... en una cierva rabiosa.

Ian se puso en pie y caminó hacia el vestidor. Cuando volvió, lo hizo con un cinturón de cuero en la mano.

Francesca mantuvo una expresión impasible cuando vio que Ian regresaba del vestidor con un cinturón negro de cuero enrollado en la mano derecha. Se acercó a ella, atravesándola con la mirada, y comenzó a remangarse la camisa. Ver esos brazos tan fuertes, salpicados de vello, le provocó un espasmo en el clítoris y le endureció los pezones aún más. Ian siempre se remangaba antes de castigarla. A esas alturas la imagen la excitaba, pero aquella noche el deseo se mezclaba con una intensa aprensión.

—Sé que hasta ahora no había usado un cinturón —le dijo.

—Siempre has dicho que era demasiado agresivo.

—Aquí no tengo muchas opciones —repuso Ian, y Francesca supo que se refería a que no tenía a su disposición la habitación llena de juguetes sexuales. Ian le colocó una mano en el cuello y le acarició la garganta con el pulgar para reconfortarla, como si supiera que le costaba trabajo respirar por culpa de la batalla que el deseo y la ansiedad libraban en su pecho—. Francesca, puedes confiar en mí porque no voy a herirte. Sabes que jamás lo haría.

Francesca sintió que el corazón le daba un vuelco. Ian cerró los ojos y ella se percató de que estaba arrepentido.

—Al menos nunca te haré daño de esta forma. ¿Me crees?

—Sí —contestó, sosteniendo su mirada. En ese aspecto, lo creía.

Ian asintió despacio con la cabeza, mirándola a la cara con gesto muy serio, y ella se preguntó qué estaría viendo en su expresión. En una ocasión le dijo que las mujeres eran un misterio incluso para sí mismas. En aquel momento no podría haber estado más de acuerdo con él. También sabía que Ian poseía el don de descifrarla, y por eso precisamente estaba donde estaba, desnuda y maniatada delante de un hombre que la había abandonado.

—Entonces acércate —le dijo Ian en voz baja, señalando uno de los postes de los pies de la enorme cama. Cada uno de dichos postes mediría dos metros de altura—. Coloca las manos por encima de la cabeza y apóyalas en el poste. No, no te inclines tanto hacia delante —la corrigió, usando una mano para ayudarla a adoptar la posición que él deseaba.

La quería con el cuerpo casi derecho, pero ligeramente inclinado hacia delante por la cintura, apoyando el peso en las manos atadas. Tras introducirle entre los muslos la mano en la que estaba enrollado el cinturón, agitó la muñeca, ordenándole en silencio que separara las piernas. Francesca lo obedeció de inmediato y sintió que su sexo se mojaba al instante.

—Muy bien —lo oyó decir con voz ronca.

Acto seguido, le apartó el cabello de la espalda, pasándoselo por delante de un hombro. El clítoris le palpitó al sentir que le acariciaba con la palma de la mano libre un costado hasta la cadera y que a continuación descendía para apretarle el culo. Después, imitó el movimiento con la mano que sostenía el cinturón, pasando la suave piel por su columna vertebral y acariciándole el culo y la parte posterior de los muslos. Se le escapó un gemido.

—Te prepararé con la mano —dijo Ian.

Francesca se mordió el labio inferior cuando sintió el primer guantazo, tan rápido y familiar. Acto seguido, llegó un segundo. Le picaba, pero la excitaba hasta un punto casi insoportable. La repentina sensación que la embargaba a medida que sus terminaciones nerviosas despertaban, el erótico sonido de su mano al pegarle, la certeza de que ella se lo permitía... eso era lo que quería. Ian siguió estimulándola, azotándola con la mano, aumentando su deseo. En un momento dado, se volvió para observarlo, ansiosa por captar su imagen mientras la azotaba y la miraba con un brillo ardiente y posesivo en los ojos, concentrado en su culo. En ese instante, él alzó la vista y soltó un gemido ronco.

Francesca volvió la cabeza de nuevo y cerró los ojos, abrumada por una insoportable mezcla de vergüenza y deseo.

7

Ian bajó la mano. A Francesca el culo le ardía y le escocía, pero no era una sensación desagradable. Tenía el coño mojado y caliente. Mantuvo los ojos cerrados mientras aguzaba el oído a fin de averiguar lo que él estaba haciendo en silencio. A continuación, la tira de cuero doblada le rozó el culo. Ian le acarició la piel ardiente trazando círculos. Sintió una punzada expectante en el clítoris. Apretó los dientes.

Iba a doler. Le daba miedo. Lo necesitaba.

—No te muevas —dijo Ian antes alzar el cuero y darle varios azotes con suavidad.

Francesca sabía por experiencias previas que se trataba de azotes de prueba mientras Ian se ajustaba al instrumento de su elección. Ian alzó el cinturón. Ella tensó los músculos. Y en ese momento lo sintió, el súbito ramalazo de dolor, más concentrado que el que sentía con la pala de madera o con el látigo. Gimió. Movió las caderas, pero no para escapar del siguiente azote, sino por la excitación.

—Tranquila —murmuró él, y ella sintió cómo su mano calmaba la piel azotada mientras le acariciaba el trasero—. ¿Estás bien? —preguntó después de frotarle la piel un momento.

—Sí —consiguió decir entre dientes.

Esperó, presa de tal expectación que casi no cabía en la piel. Otro silbido cortó el aire. Ian volvió a azotarla y jadeó. Al instante, su mano regresó, calmando el dolor, aumentando su anhelo hasta tal punto que solo ansiaba otro azote del cinturón. Era insoportable. Era exquisito... y justo lo que necesitaba.

Tras cinco azotes Francesca gemía de forma incontrolable, loca de pasión. Ian hizo una pausa después de azotar la sensible zona de los glúteos justo por encima de los muslos. La apretó con fuerza y después soltó la carne dolorida sin miramientos, haciendo que vibrara y logrando que ella gimiera con más potencia.

—Incorpórate —ordenó Ian, y su voz sonaba tensa.

Francesca se apartó del poste.

—Pon las manos en la nuca, con los codos hacia fuera, y mírame.

Lo obedeció con la respiración muy alterada. Cuando se volvió hacia él, verlo la destrozó. Cerró los ojos en un acto defensivo. Le parecía guapísimo con los pantalones del esmoquin, la camisa con el cuello desabrochado y remangada para dejar al descubierto sus fuertes brazos, y con esa mano tan masculina sujetando el cinturón. Ian dio un paso hacia ella y comenzó a acariciarla con la tira de cuero, primero en la cintura, después por las costillas y luego por la curva exterior de un pecho.

—Abre los ojos, Francesca —exigió él en voz baja.

—No —contestó con voz temblorosa, decidida a mantener ese rinconcito de su ser intacto. A salvo.

Ya se había entregado por completo antes, y había pagado las consecuencias cada segundo de su vida. El cuero se detuvo en su pecho, pero después dejó de tocarla. Percibió que Ian se colocaba delante de ella. Acto seguido, él le puso una mano en el hombro.

—Inclínate hacia delante y separa las piernas. Enséñame el culo. Mantén las manos en la nuca —le ordenó con sequedad cuando hizo ademán de bajarlas al tiempo que se inclinaba—. Yo evitaré que te caigas.

El cinturón la azotó en el culo. Gimió. Le temblaron los muslos. Se sentía muy vulnerable e indefensa en esa postura.

—No pasa nada —oyó que decía Ian con voz ronca mientras le frotaba el trasero dolorido—. Un par de azotes más y después te sentirás aliviada.

Ian metió la mano entre sus muslos. Gritó de placer cuando le introdujo un grueso dedo entre los labios para estimularle el clítoris. El calor no se extendió poco a poco, sino que estalló de repente al entrar en contacto con su dedo. Perdió el equilibrio y se inclinó más hacia delante por la inesperada sensación, pero Ian evitó que se cayera al ponerle una mano en el hombro.

—Así, así —dijo él mientras le frotaba el clítoris, con esa voz brusca y tierna a la vez que tan bien conocía—. Vas a correrte para mí y vas a dejarte llevar. Me vas a entregar toda la responsabilidad.

—¡Ah! —gimió ella sin control, ya que por algún motivo el escozor del culo aumentaba las sensaciones del clítoris. Era maravilloso. Insoportable.

De repente, la mano de Ian se apartó de ella y el cinturón volvió a golpearle el culo. Gritó por el ramalazo de dolor, por el aguijonazo de puro placer. Ian le apartó la mano del hombro y la usó para separarle los glúteos, que le ardían, dejándola todavía más expuesta a su mirada. Se estremeció cuando le recorrió el húmedo sexo con el cuero, tras lo cual lo pasó entre sus glúteos, rozándole el ano. La expectación la estaba matando.

Una vez más Ian le puso la mano en el hombro. Oyó cómo el cuero cortaba el aire. El cinturón la golpeó en el culo, resonando en sus oídos como un disparo. Temblaba de forma incontrolable, al filo del orgasmo. Sintió que el cinturón caía al suelo detrás de ella y que Ian la pegaba a su cuerpo. La parte delantera de sus pantalones le rozó la parte trasera de los muslos, y tanto su cadera como sus glúteos quedaron pegados a su tremenda erección al tiempo que Ian le metía la mano entre los muslos.

—Córrete... y no pares.

Estalló al sentir su contacto, que la catapultó al orgasmo. Esas crudas palabras resonaban en sus oídos mientras se estremecía por las continuas oleadas de placer. «Córrete y no pares», le había dicho. La mano de Ian no dejaba de moverse entre sus muslos, y la tensión se apoderaba de sus músculos una vez más al punto de haberse corrido. ¿Por qué no paraba? Ay, Dios, jamás había sentido algo mejor. Algo peor. Tan maravilloso.

Cuando por fin el orgasmo comenzó a perder fuerza, Ian la tenía sujeta con fuerza contra su cuerpo y seguía aferrándola por el hombro para evitar que cayera al suelo. Se le habían aflojado las rodillas y su cuerpo se había transformado en gelatina. Jadeaba en busca de aire cuando él la instó a incorporarse, aunque después la alzó en volandas, de manera que quedó con el pecho contra el torso de Ian, el vientre contra su abdomen y el coño contra su erección. Ian le colocó la mano en la cara, abarcándole la mejilla y el mentón.

—Lo siento. Era necesario. Pero aun así lo siento.

Francesca parpadeó y enfocó la mirada en su apuesto rostro. Ian estaba tenso por el anhelo.

—Yo no. Por eso he venido —jadeó, ya que le costaba la misma vida mover la lengua y los labios.

Ian apretó los dientes y sus ojos brillaron con una expresión salvaje.

—Ven —le ordenó, aunque él la llevaba en brazos y no le quedaba más remedio que ir a donde quisiera.

Ian la soltó delante de una silla de madera y fue a buscar el elegante sillón que había delante de su escritorio. Lo colocó justo detrás de ella, de modo que Francesca quedó entre ambos asientos. Permaneció allí, jadeando, un poco aturdida por el intenso orgasmo. A continuación, Ian se sentó en el sillón, dobló las rodillas y las separó antes de extender los brazos hacia ella. La instó a volverse de modo que la dejó sentada en su regazo, de espaldas a él.

—Coloca las rodillas a cada lado de mis piernas, en el sillón, y apoya las manos en el asiento que tienes delante —le indicó él con voz ronca y grave—. Ya no aguanto más, tengo que saborearte.

Su desabrida orden la empujó a obedecerlo. Adoptó la postura que él deseaba, guiada por sus manos. Una vez que lo hizo, quedó con la parte inferior del cuerpo sobre el sillón en el que Ian estaba sentado y con la parte superior apoyada en los brazos, sobre la silla de madera. Ian le puso las manos en el culo, que quedaba a escasos centímetros de su cara. Percibió su necesidad cuando Ian le separó los glúteos de inmediato, abriendo su sexo ardiente para él.

—Eleva el coxis —le ordenó él con voz ronca al tiempo que le daba un azote en el culo.

Gimió por la oleada de renovado deseo que la recorrió y arqueó la espalda a fin de elevar el culo, de modo que Ian tuviera un mejor acceso a su coño. Gritó cuando él introdujo la lengua entre sus labios y comenzó a lamerle el clítoris. La lamió de arriba abajo. Se estremeció en cuanto Ian le metió la lengua en el coño y la folló de esa manera por un electrizante momento, sin dejar de masajearle los glúteos con las manos mientras se daba un festín con su flujo vaginal y gemía encantado.

Cuando Ian se dio por satisfecho, volvió a recorrerle los labios con la lengua, lamiéndole el clítoris hasta que ella gritó. Era sublime. Tan intenso que resultaba intolerable. Se retorció y gimió con voz entrecortada. Ian le clavó los dedos en el dolorido culo, inmovilizándola para asaltarla con la lengua. A continuación, se inclinó hacia ella y hundió la barbilla y la boca en su mojado sexo. Su sujeción era total... inquebrantable. Estaba obligada a aceptar el ingente placer que él le provocaba mientras bebía de su cuerpo. Cuando succionó con fuerza al tiempo que movía la cabeza de un lado a otro, atormentándole el clítoris con la lengua, Francesca experimentó otro orgasmo. El placer fue tan intenso que se le doblaron los codos y su frente golpeó la silla de madera antes de poder evitarlo. Ian reaccionó enseguida y la pegó contra él, de modo que quedó sobre sus muslos, con los pechos contra sus rodillas y la cabeza colgando por delante. Ian no dejó de comerle el coño en ningún momento, pegándole la boca a los labios mientras ella se corría y apretándole los glúteos, azotándolos de vez en cuando, para así aumentar su placer.

El asalto de su lengua aminoró conforme lo hacían sus estremecimientos, pero Ian siguió lamiéndola y bebiendo su flujo vaginal con ansia al tiempo que ella se dejaba caer en su regazo, saciada y medio inconsciente.

—Nadie sabe como tú. Nadie se corre como tú.

Entreabrió los ojos al escuchar su voz grave. Ian le besó los labios mayores, húmedos y muy sensibles, una vez más antes de apartar la cabeza.

—¿Puedes ponerte en pie? —le preguntó él al tiempo que le acariciaba los costados.

—Sí —contestó con voz ronca.

Cuando se apartó de él, Ian se levantó y la cogió en brazos. Gimió en voz baja al ver que tenía la barbilla mojada por su flujo vaginal. Lo saboreó al besarlo y cerró los ojos, presa del placer, por la mezcla de sus sabores.

La llevó hasta la cama como si de un bebé se tratara. Francesca se alegró, ya que no estaba segura de que las piernas le funcionaran. Ian la dejó sentada en el borde de la cama y la miró un instante mientras ella jadeaba. Comenzó a acariciarla con una mano, por la espalda, la cadera y el muslo, dispuesto a reconfortarla. Mientras se recuperaba, las caricias de Ian se volvieron exigentes.

Le tomó un pecho, moldeándolo con la mano. Francesca entreabrió los ojos y lo miró a la cara.

—¿Mejor? —preguntó él en un susurro, sin dejar de acariciarle el pecho.

Francesca asintió con la cabeza.

—Pues levántate —le ordenó.

La ayudó, porque seguía con las muñecas atadas. Cuando se

plantó delante de él, Ian la colocó entre sus piernas y le abrazó las caderas con sus fuertes muslos. Al instante, comenzó a jugar con sus pechos, con ademanes imperiosos y una mirada tan penetrante que Francesca empezó a gemir de deseo. Estaba atada y no podía moverse, no podía hacer nada salvo ser receptora de su ansia. El deseo de Ian siempre había sido muy centrado y decidido, pero parecía haber aumentado exponencialmente desde su separación. Ian le apretó los pechos con suavidad, haciendo que sus pezones se endurecieran entre el pulgar y el índice.

—No sabes cómo he echado de menos tus maravillosos pechos —dijo él al tiempo que le pellizcaba los pezones, endureciéndoselos.

A continuación, alzó sus pechos con ambas manos y los dejó caer antes de darles unos suaves azotes en la parte exterior, ya que parecía disfrutar del temblor de su carne turgente. Un ramalazo de excitación se le clavó en el clítoris... Sí, aunque siguiera medio inconsciente por los orgasmos previos. La poseyó la tentación casi irresistible de llevarse las manos entre los muslos para aliviar el deseo. Percibió la creciente ansia de Ian, vio el brillo avaricioso de sus ojos. Ian le juntó los pechos con las manos.

Se le escapó un grito entrecortado cuando se inclinó hacia delante y lamió los dos pezones a la vez. Lo observó con atención, bebiendo de la imagen que suponía su roja lengua mientras le acariciaba los pezones endurecidos y estimulaba los nervios sensibilizados. El placer se apoderó de ella cuando se metió un pezón en la boca y lo chupó con la fuerza necesaria para que se le notara en la cara.

—Ah... Ian —gimió con voz temblorosa después de que le estuviera chupando el pezón más de un minuto, con los nervios tensos por otra oleada de deseo.

Ian le dio un tironcito al pezón, pero ella lo sintió entre los muslos. Mientras él seguía masajeándole los pechos con sus enormes manos, sujetándoselos al tiempo que la consumía, succionando primero un pezón y después el otro hasta que los tuvo muy sensibles, rosados y brillantes, Francesca comenzó a gritar de nuevo por la tremenda excitación.

Ian levantó la cabeza y la miró a la cara, resoplando. Tenía las mejillas enrojecidas. Le colocó una mano en la parte interna de un muslo. Francesca se estremeció y cerró los ojos con fuerza. Se había mojado tanto que tenía los muslos humedecidos. La evidencia de su imparable anhelo la avergonzaba y la excitaba a la vez, y las emociones encontradas pugnaban en su interior.

—Abre los ojos —ordenó él al tiempo que movía los dedos sobre su piel húmeda, aumentando las punzadas en su clítoris.

—No —susurró.

—No hay nada de lo que avergonzarse, nena.

Volvió la cara con los ojos apretados. No estaba de acuerdo.

Cuando Ian dejó de mover los dedos, contuvo un gemido.

—Muy bien —oyó que decía Ian con voz cargada de deseo y de frustración—. Ya veo que quieres acabar con esto de una vez. Ve a la cama. Satisfaré mi deseo contigo y nos quitaremos esto de encima.

La lujuria se apoderó de ella al escucharlo al tiempo que la asaltaba otra oleada de vergüenza. Menudo cabrón. Ningún otro hombre podría decir algo tan egoísta y mojarla tanto. Ian sabía que le encantaba cuando se dejaba llevar y se concentraba exclusivamente en saciarse con su cuerpo. Sabía que decirlo la excitaría.

Ian se puso en pie, de modo que ya no estaba atrapada por sus muslos. Entreabrió los ojos con cautela.

—Túmbate en la cama boca abajo, con las manos por encima de la cabeza. Así no tendrás que mirarme —dijo él con los dientes apretados y una expresión seria.

—Vale —repuso con el mismo deje enfadado y excitado en la voz.

¿Por qué iba a protestar? Era verdad. No quería verse obligada a admirar su atávica belleza mientras Ian se entregaba. De todas formas, era una farsa, ¿no? No estaba entregándose. No de verdad.

Ian la ayudó a subirse a la cama. Se tumbó boca abajo, con las manos por encima de la cabeza. Él le quitó las almohadas de debajo de los brazos con delicadeza. Francesca tuvo que reprimir un gemido cuando se las colocó bajo las caderas, elevándole el culo. A continuación, Ian le separó las piernas. Sintió cómo el aire le rozaba la vulva y los muslos mojados.

Al ver que Ian no se reunía con ella de inmediato, volvió la cara para mirarlo. Ojalá no lo hubiera hecho. Ian se estaba desnudando. Por completo. Con independencia de que hubieran estado separados medio año, ver su cuerpo desnudo siempre resultaba excitante. Adictivo. Ian solo se desnudaba por completo durante los momentos más íntimos en la cama. A veces se preguntaba si lo hacía para que ansiara todavía más ver su maravilloso cuerpo desnudo.

Si lo hacía por ese motivo, funcionaba. A las mil maravillas.

Fue incapaz de apartar la mirada de su cuerpo mientras se desabrochaba la camisa y se la quitaba con un gesto brusco. Se quedó paralizada en la cama. Era cierto que había perdido peso en aquellos seis meses, pero nunca le había parecido más poderoso. Seguro que seguía con su extenuante programa de ejercicios. Su delgadez solo servía para acentuar más lo majestuoso que era su cuerpo. Su estómago trazaba una pequeña curva invertida por debajo del musculoso torso, pero los músculos parecían estar tallados en cemento. Los pantalones del esmoquin le caían hasta las caderas. Se los desabrochó deprisa, mientras se desprendía de los zapatos con los pies. Después se inclinó hacia delante para quitarse los calcetines y la descubrió observándolo a través de la cortina de su pelo. Se detuvo.

Si le quedara orgullo, habría apartado la vista a tenor de sus protestas. Sin embargo, fue incapaz de parpadear siquiera, y mucho menos de volver la cabeza.

Ian la miró a los ojos mientras se quitaba los pantalones y la ropa interior, bajando ambas prendas por sus poderosos muslos. Francesca tuvo una magnífica visión de su polla, henchida por el deseo y muy erecta, con la punta grande, suave, carnosa y... deliciosa. En un abrir y cerrar de ojos, Ian se colocó tras ella y ya no pudo verlo. Pegó la cara al colchón para silenciar su gemido.

Ian no habló. Tampoco hubo preámbulos. Se limitó a separarle los glúteos con manos firmes y a meterle la polla en el coño.

Ella se quedó sin aliento por un instante. Ian comenzó a follarla con fuerza. Francesca jadeó, pero era como si no le entrara aire en los pulmones... como si no hubiera espacio suficiente para que Ian y el aire estuvieran dentro de su cuerpo a la vez. Su polla la taladraba, creando una fricción intensa. Por unos breves y tensos segundos, quiso que se detuviera. Le dolía. No, no le dolía, le producía una sensación maravillosa.

En realidad, no sabía lo que le producía. Solo sabía que era incapaz de detenerla. Ian estaba haciendo lo que le había dicho: se estaba saciando con ella. Le golpeó el culo con las caderas una y otra vez, mientras su polla seguía taladrándola. Se la estaba follando sin prestar atención a nada más, pero también estaba haciendo otra cosa. La estaba derritiendo con cada penetración de su carne, estaba debilitando sus defensas, estaba obligándola a entregarse, insistiendo en que lo aceptara. Se tensó a su alrededor, y todos los músculos de su cuerpo se resistieron aunque al mismo tiempo movía las caderas contra Ian, haciendo que sus cuerpos chocaran, como dos frentes tormentosos.

Ian se inclinó sobre ella y hundió los puños en el colchón cerca de su cabeza, sin dejar de embestirla con fuerza. Estaría dolorida al día siguiente, pero en ese momento era maravilloso... y también espantoso.

—Francesca —gruñó él al cabo de un momento—, abre los ojos.

Al ver que no le contestaba y se limitaba a mantener la cara contra el colchón con el cuerpo tenso a punto de explotar, Ian le apartó la larga melena hacia un lado, por encima de un hombro, privándola de su única protección. Francesca siseó cuando sintió su mano en la barbilla y la instó a apoyar la mejilla en el colchón con delicadeza. Al mismo tiempo, la penetró con fuerza. Se le escapó un grito ahogado y abrió los ojos al sentirlo tan adentro.

—Déjame tranquila —dijo, loca por el deseo, desesperada, a sabiendas de que estaba atravesando sus defensas.

—Como si pudiera.

Ian soltó un gruñido salvaje, aunque Francesca no supo si era de lujuria o de frustración al ver que ella apoyaba de nuevo la frente en el colchón. A continuación, levantó los puños y se percató de que se enderezaba tras ella. Ian le apretó los glúteos, para que aumentara la penetración de su polla, con ademanes lujuriosos y egoístas. Aún le dolía el culo por el castigo. La brusquedad con la que le estaba tratando la zona dolorida aumentó el placer que sentía en el clítoris y la excitó todavía más. Después, le levantó el culo de las almohadas. Francesca comenzó a gemir de forma incontrolable mientras se la follaba con ferocidad, y el sonido de sus cuerpos al encontrarse se mezcló con los atronadores latidos de su corazón.

Abrió los ojos de golpe. Era demasiado. Iba a correrse...

Chilló a modo de protesta cuando Ian se detuvo de repente, enterrado en ella hasta el fondo, y volvió a pegarle las caderas a las almohadas. Acto seguido, Ian usó una mano para obligarla a tumbarse de costado. Después se dejó caer tras ella. Lo siguiente que supo su abotargado cerebro fue que Ian la tenía abrazada con fuerza, con la espalda contra su torso, un brazo alrededor de la cintura y la cara hundida en su cuello. Su pelo húmedo estaba desparramado por todas partes, seguramente también en la boca de Ian, pero a él no pareció importarle ni darse cuenta. Notaba el vello de los musculosos muslos de Ian tocando los suyos, ya que la obligó a inclinarse con las piernas para que se amoldara a él. Comenzó a follarla de nuevo, gimiendo por lo bajo, mientras su cálido aliento le rozaba la piel.

La desconcertó muchísimo pasar de una postura más o menos impersonal a una tan íntima como aquella. Se sentía rodeada por Ian. No tuvo tiempo de protegerse contra el poder de su abrazo. Ian le deslizó una mano por el muslo, obligándola a subirlo más a fin de tener un mejor acceso a su coño. Después, volvió a sujetarla por la cintura, con tanta fuerza que apenas si podía respirar. Lo sentía como un sólido muro de puro músculo tras ella que le transmitía su calor. De forma instintiva, contrajo los músculos de la vagina alrededor de su polla y bajó las manos atadas para aferrarse al brazo que le rodeaba la cintura, agarrándolo como si pudiera absorberlo, deseando... necesitando que no la abandonara jamás.

—¡Dios! —mascculló él junto a su cuello.

Sus manos unidas subían y bajaban al unísono mientras él usaba su anclaje para hacerla subir y bajar sobre su polla, follándosela sin descanso. Francesca gimió presa de un placer agónico. Lo necesitaba muchísimo.

La abandonaría.

—Dímelo —le ordenó él con sequedad.

Su gemido de desdicha brotó de forma entrecortada, puntuado por los duros envites de Ian. Sentía su polla increíblemente grande. Estaba a punto de correrse. Al igual que ella. Ian le cogió un pecho, con los dedos cerca de su corazón. Francesca sintió cómo empezaba a alcanzar el orgasmo. Ian movió la cabeza y le rozó el cuello con los dientes. En ese momento ella supo que no había escapatoria.

¿Y había habido alguna vez una trampa?

«Siempre», pensó.

—Te quiero —le soltó con ferocidad, porque ¿qué sentido tenía decir la verdad en un susurro?

Ian gimió y entonces empezó a correrse. Estaban tan entrelazados que pudo sentirlo: las convulsiones de su pene, la calidez de su semen al derramarse dentro de ella, la tensión de sus músculos faciales contra su cuello. Ian deslizó una de las manos entre sus muslos, arrancándole un chillido que se mezcló con su gruñido.

Se unió con él al alcanzar el placer, y en ese momento no le pareció ni bien ni mal, solo inevitable.

Minutos después Ian la instó a tumbarse de espaldas. Francesca lo observó mientras él le apartaba el pelo de la cara, de los brazos y del pecho. Estaba preciosa, con el rostro humedecido por el sudor y por las lágrimas derramadas, una vez que la rabia había desaparecido de sus ojos y la tensión, de sus facciones. La calma después de la tempestad, pensó él... y tal vez antes de que llegara otra tormenta. No lo descorazonó. Nadie podría haberlo hecho en ese momento. Francesca había pronunciado las palabras que él anhelaba, le había dado el bálsamo que calmaba su atribulado espíritu. La vio levantar las caderas cuando él comenzó a apartar las almohadas de debajo de su cuerpo. Sintió su mirada mientras le desataba las muñecas y se deshacía de las ataduras.

Le tomó las muñecas y le extendió los brazos a los costados, haciendo que descansaran en el colchón mientras bebía de su indefensa belleza.

—Estos brazos... —murmuró al tiempo que besaba con ternura la cara interna de su codo.

¿Cómo podían resultarle sus brazos tan preciosos? Pero así era. Adoraba cada centímetro de su cuerpo. Jamás podría decirle hasta qué punto. Sus pechos subían y bajaban cuando agachó la cabeza y apoyó la cara en su suave vientre. La besó, introduciéndole la lengua en el ombligo, antes de mirarla a la cara.

—Te adoro —dijo él.

Le besó el vientre una vez más, y le ardieron los ojos cuando sintió el estremecimiento de emoción que la recorría contra los labios.

Francesca movió las manos y le acunó la cabeza mientras Ian le besaba el vientre, enterrando los dedos en su lustroso cabello al tiempo que se deleitaba con ese momento tan sagrado. Cuando él levantó la cabeza, extendió los brazos. Se le formó un nudo en el pecho al ver cómo se acercaba a ella. Ian aceptó su abrazo y la abrazó a su vez. Sus cuerpos parecieron fundirse en uno solo. Como si esa fuera la señal que había estado esperando su cuerpo, una inevitable calidez y una pesadez se apoderaron de ella. Se rindió a un sueño profundo casi enseguida.

Francesca se despertó sobresaltada por el ruido de alguien que llamaba a la puerta. Abrió los ojos y la brillante luz del sol la cegó al reflejarse en las sábanas blancas.

—Ahora no —oyó que decía Ian con voz seca.

Volvió la cabeza y abrió mucho los ojos ante la escena que vio. Ian estaba detrás de ella, de costado, apoyado en un codo. Tenía el cabello corto y negro alborotado. Un asomo de barba le ensombrecía el mentón. Su maravillosa desnudez no solo quedaba patente por el hecho de que tuviera la sábana sobre las caderas, sino por el hecho de que ella tuviera el culo pegado a su polla. Se preguntó qué expresión lucía, porque Ian torció el gesto y la miró con la sonrisa más sexy que había visto en la vida.

—¿Qué pasa? —preguntó él con voz somnolienta y ronca. Deliciosa—. Solo era alguien que nos traía café. Le he dicho que se vaya.

Francesca se frotó los ojos e intentó recuperar la compostura.

—Me habría venido bien. Tengo la sensación de haberme despertado después de pasarme una semana durmiendo.

Ian le apartó un mechón de pelo de la mejilla y sus dedos se demoraron en una caricia. Sintió que su cuerpo cobraba vida contra ella. Se quedó paralizada al instante, consciente de su respuesta.

—Lo sé. Estabas fuera de servicio para el resto del mundo cuando puse la almohada debajo de tu cabeza. Me alegro de que hayas dormido tan bien —murmuró él—. Te hacía falta descansar. Me tenías preocupado.

Rememoró las imágenes y las sensaciones de la noche anterior, y dichos recuerdos hicieron que su cuerpo reaccionara, ya que le recordó su sometimiento al castigo, sus múltiples orgasmos mientras Ian le hacía el amor con mucha dulzura, decisión y precisión, su posesión absoluta... y también su propia aceptación. El sueño que le había proporcionado la satisfacción había mantenido a raya la incertidumbre, pero en ese momento regresó.

Sin girar el cuerpo, buscó su mirada con expresión cautelosa. La luz matinal que se filtraba por los visillos parecía hacer resplandecer sus ojos azul cobalto. Verlo inundó su consciencia. Parpadeó.

—No sé cómo soportaste crecer con tantos criados. ¿No te resultaba invasivo? —preguntó en un intento por cambiar de tema y no adentrarse en el espinoso tema de cómo su forma tan apasionada e íntima de hacerle el amor no solo había destrozado sus defensas, sino que la había llevado a dormir como un tronco entre sus brazos.

—Me resultaba terriblemente invasivo cuando vine a vivir aquí. De hecho, en aquel entonces había mucho más personal que ahora. La mayoría de los que ves es personal eventual, contratado para las fiestas debido a la presencia de invitados —comentó él, que le acarició la cadera cubierta por la sábana.

Aunque Ian no la pegó más a él, el afán posesivo que demostraba esa mano en su cadera hizo que fuera muy consciente de que tenía su polla pegada al culo. Claro que estaba cada vez más centrada en la creciente erección de Ian. Era una sensación muy decadente y excitante yacer tumbada en una cómoda cama bañada por el sol y pegada a la erección de Ian. Con un esfuerzo titánico, se volvió para apoyarse en la otra cadera y quedar frente a él, de modo que sus cuerpos estaban separados por unos pocos centímetros. Se subió la sábana para cubrirse los pechos.

—Me lo imagino —comentó, desentendiéndose del ceño fruncido de Ian por el súbito cambio de postura—. Eras muy independiente cuando tuviste que cuidar de tu madre de pequeño. Debió de ser desconcertante tener a tanta gente a tu alrededor dispuesta a complacer cada deseo. Ahora que he estado en Belford Hall, empiezo a comprender el cambio tan brusco que debió de suponer para ti.

El ceño de Ian desapareció cuando ella dejó de moverse y se puso la almohada entre el brazo y la mejilla sobre la que descansaba. Seguramente creyó que iba a salir huyendo. Durante un segundo pensó hacerlo, pero tal como le sucedía siempre, el atractivo de Ian era demasiado fuerte. Siempre había atesorado los momentos que pasaban en la cama de esa forma, cuando él se abría y le revelaba lo que ocultaba en su interior.

—Pensé en escaparme —confesó él de repente, tras lo cual apoyó la cabeza en una mano, con el codo sobre el colchón.

—¿Adónde habrías ido? —preguntó ella en un susurro.

La cara de Ian perdió toda expresión.

—Me imaginaba encontrando la tumba de mi madre. No podía pensar en otra cosa.

El corazón le dio un vuelco al escucharlo. Sabía que Anne y James le habían dicho que su madre murió cuando era pequeño con la esperanza de proteger su ya maltrecha alma, impidiéndole ver cómo descendía cada vez más en la locura. Cuando Ian por fin descubrió la verdad y se enteró de que Helen vivía, ya era un adolescente y estuvo un año sin dirigirles la palabra a sus abuelos.

—Entiendo cómo cambiaste de idea… cómo llegaste a querer Belford Hall —dijo ella—. Pese a su grandeza, es un hogar precioso. Tus abuelos se han encargado de que así sea.

—Gerard ayudó —explicó Ian señalando la mesilla de noche que ella tenía detrás con un gesto de la cabeza.

Francesca se volvió para mirar. Era una mesita redonda con una lámpara. Había varias fotografías con marcos de plata sobre la mesa. Vio una de un niño de cabello oscuro y expresión seria junto a un joven guapo con una ligera sonrisa. Ian y Gerard. Parecían estar en una especie de garaje, delante de un descapotable deportivo. En otra los dos estaban junto a una moto, sin duda alguna la primera que habían restaurado juntos, y en esa foto la sonrisa de Ian era tan deslumbrante y orgullosa como la de Gerard.

Presintió que Ian la estaba observando, de modo que se volvió hacia él.

—¿Se te ha insinuado Gerard? —le preguntó él.

Parpadeó, aturdida por esa pregunta tan directa. En un abrir y cerrar de ojos, una docena de respuestas acudieron a su mente. Era muy consciente de que si le contaba la verdad a Ian, dañaría de forma irreparable una relación que, a tenor de lo que sabía, había sido muy beneficiosa para él. Lo último que necesitaba en ese momento era otro motivo para ser desdichado.

—Como ya te he dicho, Gerard ha sido muy amable conmigo. Solícito. De hecho, entre Anne, James y él, he tenido la sensación de que me estaban tratando como si acabara de pasar una enfermedad espantosa —respondió con una leve sonrisa.

Afrontó la mirada de Ian sin titubear mientras él la estudiaba a conciencia. Ian frunció el ceño y supo que se había dado cuenta de que estaba soslayando el tema.

—No sería la primera vez que nos gusta la misma mujer —comentó Ian.

—¿De verdad?

Él se encogió de hombros, quitándole importancia.

—Las otras mujeres nunca me han importado mucho, así que antes nunca me había molestado.

A regañadientes, Francesca se alegró de ese comentario. Estaba admitiendo que se sentía celoso en lo que a ella se refería.

—Gerard también era huérfano —continuó Ian poco después, y ella suspiró aliviada por el hecho de que no hubiera insistido en la cuestión del interés que sentía Gerard por ella—. Perdió a sus padres cuando apenas había cumplido la mayoría de edad. Oficialmente, Gerard decidió ser independiente, convertirse en el amo y señor de la casa de sus padres. Pasaba en la universidad casi todo el tiempo, pero cuando estaba en «casa» venía a Belford Hall, no iba mucho a Chatham. Supongo que podría decirse que aprendimos a ser huérfanos juntos.

—Y gracias al amor y al apoyo de Anne y de James, los dos os sobrepusisteis al trauma —comentó ella, quien lo miró de nuevo.

Aunque Ian movió las cejas para confirmar su suposición, parecía distraído.

—¿Qué pasa? —preguntó Francesca.

—Nada. Es que... me estaba preguntando una cosa. ¿Ha habido más problemas con los fotógrafos?

Lo miró sin comprender.

—En Chicago. Lin me mandó una foto que salió en la sección de economía del *Chicago Tribune* en la que se te veía saliendo del ascensor de Noble Towers.

—Ah —exclamó al entender—. No, solo fue ese incidente. La seguridad estaba relajada por...

—Por la fiesta de Navidad —terminó Ian por ella.

—Sí. ¿Por qué lo preguntas?

Ian entrecerró los ojos.

—Me planteaba si esa foto tuvo algo que ver con la agresión que sufriste en Chicago.

Francesca enarcó las cejas por la sorpresa.

—A lo mejor un pervertido te vio y se obsesionó contigo. O tal vez le indicó a alguien que ostentas un puesto de poder en Empresas Noble y pensaban secuestrarte. Creo que es más lo segundo, teniendo en cuenta que había al menos dos hombres, el que te atacó y el conductor. Dos personas no suelen compartir una obsesión, pero es muy probable que se unan guiados por la codicia.

Francesca se incorporó despacio sobre el codo.

—Le has estado dando muchas vueltas al tema, ¿verdad?

—Casi no he pensado en otra cosa —admitió él con seriedad.

—Y por eso has vuelto. Es el único motivo. Has vuelto porque creías que yo estaba en peligro.

Ian se percató del deje acerado de su voz. De repente, su cara adoptó una expresión pétrea.

—He vuelto porque estaba preocupado por ti, sí.

Lo miró en silencio un buen rato mientras el corazón le atronaba los oídos.

—La idea de que me hicieran daño es lo único que pudo superar la desdicha que te provoca Trevor Gaines —dijo a modo de afirmación, no de pregunta.

Ian no contestó, pero Francesca pudo ver el destello de sus ojos, el mismo que siempre anunciaba una tempestad.

—¿Qué has estado haciendo desde que te marchaste, Ian?

Ya estaba, ya lo había preguntado. No podía retirar las palabras, como tampoco podía ocultar el mensaje implícito que transmitían: «¿Qué es más importante que yo? Más importante que lo nuestro».

—¿Ian? ¿Qué has estado haciendo en Francia? —insistió cuando él permaneció en silencio, mirándola con esos ojos intensos y angelicales.

—Ya te lo he dicho —respondió él—. Tenía asuntos pendientes.

Un escalofrío se apoderó de su corazón, pero por desgracia no mitigó el dolor que lo atravesó.

—Entiendo —dijo en voz baja—. Así que no te fías de mí lo suficiente, o no te importo lo suficiente, como para contármelo, vamos.

—Francesca, no se trata de eso… —replicó él con sequedad, pero ella lo interrumpió dándole un tirón a la sábana.

—Perdona —murmuró antes de levantarse de la cama y salir

corriendo al cuarto de baño, mientras pasaba junto a la ropa tirada por el suelo.

Ya encontraría una toalla con la que cubrirse para salir a buscarla. Lo último que le apetecía en ese momento era exponerse a Ian todavía más de lo que ya lo había hecho.

8

Era una mañana fresca y sin viento. Francesca salió a dar un paseo con Anne y Elise por la propiedad después del desayuno. Mientras caminaban por los campos, los jardines y los bosques, se esforzó por participar activamente en la conversación, pero las miradas preocupadas que le dirigían sus compañeras de paseo le dejaron claro que estaba distraída y que su distanciamiento no había pasado inadvertido. A petición de Elise, se detuvieron en los ultramodernos establos de regreso a la mansión.

—Estás muy callada esta mañana —le dijo Anne en un aparte mientras Elise acariciaba a una yegua de pelaje rojizo a cierta distancia.

Francesca parpadeó, saliendo de su ensimismamiento, y le sonrió.

—He estado pensando mucho en el cuadro.

—Has estado pensando mucho en Ian.

Eso la sobresaltó. Al mirarla, reparó en la sonrisa triste y cómplice de Anne.

—¿Has conseguido que entre en razón? —le preguntó la condesa con un deje esperanzado en la voz.

Francesca apretó los dientes al oír la pregunta.

—No. Sigue igual de obstinado. Está decidido a ser infeliz.

Anne suspiró.

—Según mi experiencia, la gente rara vez está decidida a pasar la vida sola y deprimida. Más bien tienen la sensación de que no pueden evitar dicho destino.

Francesca se sintió arrepentida al instante.

—Lo sé —le aseguró, frustrada—. Pero ¿por qué insiste en continuar con el tema de Trevor Gaines? ¡No llegó a conocerlo! Está muerto, gracias a Dios —murmuró con amargura entre dientes.

Anne le puso una mano en un brazo.

—Sé que debe de ser difícil para ti entenderlo, dada tu situación con Ian.

—Tienes razón —convino Francesca en un arranque de sinceridad—. Estoy enfadada con él por ser tan tozudo. ¿De verdad me estás diciendo que lo entiendes?

—Sí. No estoy de acuerdo con él y me inquieta muchísimo su estado mental, pero lo entiendo —respondió Anne, meneando la cabeza—. Ian tuvo una infancia muy difícil mientras cuidaba de Helen como si fuera un adulto, siempre preocupado por la posibilidad de acabar en un orfanato si la gente del pueblo descubría que su madre estaba loca y temeroso de esos arrebatos en los que ella se apartaba de él con miedo. Creo que el momento en el que Lucien le enseñó una foto de Gaines y vio lo mucho que se parecía a él fue el peor instante de la vida de Ian, pero también uno de los mejores.

—¿Uno de los mejores? —le preguntó Francesca, alucinada.

—Bueno, tal vez no de los mejores, pero sí de los más... importantes. Ian no entendía su pasado. Siempre lo intentó, pero era como si el caos mental de Helen, su locura, le dificultara la tarea de concentrarse. Nos hacía muchas preguntas cuando era niño. ¿Por qué se vuelve loca una persona? ¿Iba a convertirse él en una persona como su madre? Si su padre no era esquizofrénico, ¿existía alguna posibilidad de que él tampoco lo fuera? ¿Quién era su padre? ¿Por qué no se había hecho cargo de Helen? —Anne se estremeció por los recuerdos—. La idea de que un adulto lo cuidara le era tan ajena que jamás preguntó por qué su padre no se había hecho cargo de él.

Francesca cerró los ojos para enmascarar su dolor.

—Siempre supuso que su padre se había aprovechado de la vulnerabilidad de Helen —repuso la joven al cabo de un momento—. Le preocupaba que la hubiera violado. No entiendo cómo puede beneficiarlo el haber descubierto que sus sospechas eran ciertas, y mucho peores de lo que él suponía.

—Porque sabes muy bien lo importante que es para él la lucidez —respondió Anne—. Ian debe de ser una de las personas más concentradas y metódicas que he conocido en la vida. Valora muchísimo la lucidez mental por encima de todo lo demás, en cierto modo porque durante una etapa muy temprana de su vida se vio obligado a lidiar con la desorganización de su madre y su comportamiento irracional. ¿Comprendes lo duro que debió de ser, lo difícil que debió de ser conocerse a sí mismo cuando su única guía era una mujer desquiciada? Lo soportó convirtiendo el mundo en el que vivían en un espacio tan ordenado, controlado y predecible como le fue posible. Pero aún tenía muchas preguntas en la cabeza. Sus primeros años de vida, su misma identidad, eran borrosos.

—De modo que el hallazgo de Trevor Gaines lo ha beneficiado porque por fin pudo darle sentido a todo eso. Lo ayudó…

—A verlo todo claro, sí —terminó de decir Anne.

Francesca miró a Elise, que seguía apartada de ellas, mientras se acercaba a un enorme semental castaño y empezaba a murmurarle palabras en francés.

—Estás diciendo que prefiere averiguar la verdad por muy dolorosa o espantosa que sea —puntualizó despacio. La ira que la embargaba pareció solidificarse en su pecho, convirtiendo su corazón en una piedra helada.

—Sí, eso es lo que estoy diciendo —afirmó Anne.

—No lo ayudará —sentenció ella—. Es imposible encontrar algún significado en un hombre como Trevor Gaines.

Anne suspiró y se volvió para mirar también a Elise.

—Lo que trata de comprender no es la verdad sobre Trevor Gaines, al menos no en parte —replicó, desolada—. Está intentando comprenderse a sí mismo con desesperación.

Tras aquella conversación, Francesca se sentía alterada y no se soportaba ni ella misma. Con la excusa de examinar el elaborado trabajo de mampostería de la fachada de la mansión, adelantó a Anne y a Elise. Aunque Anne parecía preocupada, no expresó sus temores porque Elise estaba delante. Cuando por fin usó la llave maestra que Anne le había dado el día que llegó y abrió la puerta principal de la mansión, no se sentía más tranquila en absoluto. De hecho, su malestar empeoró al ver que Ian se encontraba charlando relajadamente con Gerard en el vestíbulo. Tuvo la firme impresión de que estaba esperando su regreso. Se había duchado desde la última vez que lo vio. Su impecable atuendo, consistente en unos pantalones negros de corte perfecto, una camisa blanca y una chaqueta gris, suponía un atractivo contraste con la barba de dos días que lucía. Las sombras de su rostro enfatizaban el tono azul de sus ojos, así como su expresión salvaje cuando la miró.

Tras decirle algo a Gerard en voz baja, se acercó para saludarla. Sin embargo, a esas alturas lo último que quería era hablar con él. Después de la noche anterior y de su conversación con Anne, no tenía claros sus sentimientos. Se notaba los nervios a flor de piel.

Con el firme propósito de pasar a su lado aunque él se acercara, clavó los ojos en la escalinata.

—Francesca, espera.

Se detuvo y lo miró con recelo por encima del hombro.

—¿Puedo hablar contigo un momento? —le preguntó, asintiendo con la cabeza en dirección al salón.

—Ahora no —le soltó ella.

En la distancia, en un mundo completamente separado del que conformaba la mirada de Ian en el que quedó atrapada durante unos segundos, oyó que la puerta se abría, dando paso a Anne y a Elise.

Ian soltó el aire por la nariz, irritado, y Francesca percibió sus emociones, contenidas y alteradas. Se acercó a ella.

—Solo será un instante.

—No —repitió ella.

Se sentía vulnerable, insegura. Ya no se sentía furiosa cuando lo miraba, y no comprendía el porqué. La furia había sido la fuente de su fuerza. Se volvió para marcharse, pero Ian la agarró de un brazo, deteniéndola. Perdió el control en un abrir y cerrar de ojos. Tras zafarse de su mano con brusquedad exclamó:

—Suéltame. —Se dio la vuelta para alejarse de él.

—Francesca —masculló Ian, claramente frustrado.

Percibir semejante emoción en la voz de alguien que era el epítome del control la alarmó.

Le dolió.

Siguió caminando hasta la puerta más cercana, manteniendo la compostura a duras penas y buscando a ciegas una escapatoria. Eligió la puerta al azar, pero se abrió antes de que tocara siquiera el pomo. De ella salió Clarisse, cuya sonrisa se esfumó al reparar en la expresión de Francesca. Sin decir nada, esta se limitó a entrar en el comedor, tras lo cual cerró de un portazo.

Ian estaba a punto de ir tras ella, pero se detuvo al escuchar la serena advertencia de su abuela.

—No, Ian. Déjala de momento.

Tras soltar un gemido de absoluta frustración, se detuvo en seco al oír el portazo con el que Francesca se encerró en el comedor. Clarisse lo miró y dio un respingo al tiempo que soltaba un gritito, asustada. Aunque apenas era consciente, se percató de que la doncella estaba mirándolo con los ojos como platos y muy blanca. ¿Qué estaría viendo en él en ese momento? ¡Había asustado a Clarisse!

Gerard se acercó y él apretó los dientes. Necesitaba controlar la furia que le provocaba su primo. Una furia alentada por los celos.

¿O no?

—Recuérdame que no debo contrariar nunca a Francesca —comentó Gerard en un intento por aligerar la situación.

—Cierra la boca —le soltó Ian con agresividad.

Vio que su primo lo miraba furioso, pero estaba demasiado iracundo para disculparse. Atravesó el vestíbulo y abrió la puerta del salón. El hecho de que la estampara contra el marco al cerrarla dejó bien claro que quería que lo dejaran a solas.

—¿Cuánto tiempo tienes? —preguntó Gerard a Clarisse más tarde mientras entraba en su dormitorio y cerraba la puerta.

—Una hora más o menos. Tengo que ayudar con el almuerzo porque Mina está enferma.

—Suficiente —le aseguró Gerard al tiempo que le colocaba una mano en el cuello y se inclinaba para besarla.

La desnudó de inmediato, ya que no se sentía de humor para preliminares. Aunque tampoco hacían falta. Clarisse era joven y sumisa, y estaba más que dispuesta a calentar la cama al futuro conde de Stratham. Arqueó el cuerpo hacia él mientras le bajaba la cremallera, y presionó los pechos contra sus costillas al tiempo que lo acariciaba, ansiosa por complacerlo.

Muy ansiosa.

Tras quitarle el uniforme, lo sostuvo en la flexura del codo. Clarisse se pegó a él y abrió mucho los ojos cuando introdujo una mano entre sus cuerpos para acariciársela. Estaba duro como una piedra. La erección no desaparecía desde la noche anterior por más veces que se masturbara, de ahí que le hubiera hecho un discreto gesto a Clarisse en el vestíbulo un rato antes, para ordenarle que fuera a su habitación. Un polvo durante el día con la doncella no era lo habitual. Sin embargo, estaba tan excitado que su mano no lo satisfacía.

Necesitaba librarse de la tensión sexual. Precisaba concentrarse para descifrar la última parte de la frase de Ian. Al menos, había colocado la cámara en el lugar perfecto de la habitación de Ian.

—Teniendo en cuenta esto… —Clarisse le miró la polla con gesto elocuente—, es mejor que dejemos para luego el informe de Francesca, ¿verdad? Tengo información importante, ¿sabe?

—¿Como que no pasó la noche en su habitación?

Clarisse pareció sorprenderse. Gerard esbozó una torva sonrisa.

—Yo también tengo mis maneras de obtener información, pequeña. Estoy preocupado. Las cosas entre Ian y ella son muy volátiles. Ya has visto cómo estaban en el vestíbulo.

—Sí. El señor Noble me ha parecido… aterrador. ¿De verdad cree que es peligroso?

—Es inestable. Me temo que puede tener más cosas en común con su madre de lo que nos atrevemos a admitir. Sé que Anne y James están inquietos por él, pero no les gusta hablar del tema. Es demasiado doloroso para ellos, porque también sufrieron mucho viendo cómo Helen se sumía en la locura. El estado mental de Ian es el motivo por el que te he pedido que vigiles a Francesca. Por desgracia, parece que sus sentimientos hacia él se han enfriado por culpa de ese carácter tan voluble. Las cosas entre ellos no van a acabar bien —sentenció con pesar.

Sin hacer caso de la expresión preocupada de la doncella, se la llevó a la cama sin quitarle la ropa interior, las medias ni los zapatos. Clarisse casi tuvo que correr para seguirlo, y sus pechos estuvieron a punto de salírsele de las copas del sujetador push-up que llevaba.

—Inclínate sobre el colchón —le dijo sin más—. Tenías razón. No estoy de humor para esperar.

—Sí, señor.

Clarisse lo obedeció al instante y él sonrió mientras registraba los bolsillos de su uniforme, que aún colgaba de su brazo. Sacó la llave maestra de Belford Hall. Clarisse había cometido el error de comentarle poco antes que solía meterse en problemas con la supervisora de las doncellas porque perdía la llave a menudo. Por desgracia para ella, él había descubierto que su historial estaba plagado de incidentes, algo de lo que pensaba aprovecharse. Después de abrir el cajón de la mesilla de noche, guardó la llave en el interior y sacó un bote de lubricante, tras lo cual tiró el uniforme al suelo.

Aunque no le había ordenado que lo llamara «señor», a Clarisse se le escapaba de vez en cuando por costumbre. Y no le desagradaba. En absoluto. Si el destino no hubiera sido tan desagradecido con él, Clarisse habría sido una de sus posesiones, como el resto de lo que había en Belford Hall.

Tras bajarse los pantalones y la ropa interior, abrió el bote de lubricante. Se acercó a la doncella mientras se lubricaba el pene erecto. Aunque ella no estaría preparada para que se la metiera tan pronto, él sí lo estaba y eso era lo que importaba.

Le bajó las bragas por las caderas y dejó que cayeran hasta sus pies. Le dio un apretón a un glúteo, gimiendo por el deseo. Tenía el culo prieto y redondo, aunque no tan voluptuoso como le gustaba para lo que tenía en mente. Sin embargo, tendría que conformarse. Se la metió hasta el fondo, arrancándole un chillido.

Sí, no pensaba quejarse.

Tras hundirse en ella, la aferró por las delgadas caderas y empezó a moverse con frenesí. Al principio, sus gemidos fueron de incomodidad, pero pronto se convirtieron en la expresión de placer de una mujer que estaba disfrutando mientras se la follaban. Tenía el coño muy estrecho. Aunque no hubiera accedido a pasarle información sobre los asuntos personales de Francesca, la habría elegido como compañera de cama ocasional durante esa estancia en Belford Hall. Clarisse haría casi cualquier cosa que él le exigiera en el plano sexual.

Lo que le recordó...

A medida que incrementaba la fuerza de sus movimientos, ella se ponía más cachonda y se mojaba más. Le aferró los glúteos y después le dio un guantazo en uno de ellos, al tiempo que observaba su polla saliendo y entrando de su coño. La doncella lloriqueó por el azote, de modo que le dio varios más y sintió un espasmo en la polla, excitado por el sonido y por lo rojo que se le estaba poniendo el culo.

Apretó los dientes para contenerse y se la sacó del todo, de modo que quedó subiendo y bajando delante de él. Dios, estaba muy cachondo. Ojalá pudiera quitarse de la cabeza la noche anterior. Los recuerdos de lo que había visto lo torturaban, y los recuerdos de lo que no había visto, pero sí había oído. Qué imbécil era Ian por no haber cooperado y haber llevado a cabo todas sus travesuras con Francesca en la cama, donde estaba situada una de las dos cámaras. Sí, su objetivo principal era recabar información y se encontraba cerca, muy cerca, de descifrar el rápido movimiento de Ian con las manos mientras introducía su contraseña en el ordenador. Sin embargo, eso no quería decir que no disfrutara del resto de las cosas de las que había sido testigo la noche anterior en el dormitorio de su primo. Bueno, no estaba seguro de que «disfrutar» fuera el término correcto. Porque oír los gritos de Francesca y sus gemidos de placer, observar cómo Ian la sometía y la poseía lo enfurecía, lo atormentaba y lo torturaba, porque él no había podido someterla ni poseerla.

Habría sido mejor para el bienestar de Francesca que lo hubiera aceptado a él. Mucho mejor. Era una idiota por buscar consuelo y protección en un hombre que no estaba destinado a pasar mucho más tiempo en el mundo.

El vídeo también torturaba a su polla, pensó Gerard, al tiempo que hacía una mueca mientras se acariciaba la rígida erección. Estaba incómodo por el estado de excitación continuo en el que se encontraba, pero también se sentía muy satisfecho. Disfrutaba descubriendo cosas que lo empalmaban de aquella manera, porque lo hacían sentirse muy viril.

Se quitó los pantalones y los calzoncillos, y después se detuvo para sacar el cinturón de las trabillas y enrollárselo en una mano. Clarisse seguía inclinada sobre la cama, pero miró nerviosa hacia atrás. Verla era muy erótico, con las mejillas sonrojadas por el deseo, el culo enrojecido y la vulva bien visible ya que tenía los muslos separados. Estaba mojada y sonrosada. En ese instante se percató del cinturón. Al ver que abría mucho los ojos, asustada, su polla dio un brinco. La relación sexual entre ellos había comenzado el día posterior a la llegada de Francesca a Belford Hall, cuando descubrió que Clarisse sería una de las chicas encargadas de atenderla. De momento, nunca había hecho con ella lo que estaba a punto de hacer. Rió entre dientes mientras le pasaba el cuero por el culo.

—Propongo darle un toque más interesante a nuestra relación —dijo con voz suave—. Hace poco he descubierto que un cinturón puede ser muy emocionante.

No esperó a que ella le diera permiso para asestarle un azote, así que Clarisse cayó hacia delante, gritando e intentando sostenerse con las manos.

Francesca recordó el laberíntico recorrido que hizo la noche del baile hasta encontrar a la señora Hanson. Al parecer, había tomado el camino más largo y enrevesado, ya que solo tendría que haber abierto la puerta situada junto al comedor, a través de la cual se accedía a un vestíbulo del que partía una escalera hacia la cocina. Tras asegurarse de que Ian no la había seguido, se detuvo en la escalera para recuperar la compostura y secarse unas lágrimas mientras oía los golpes de las cazuelas y las conversaciones en la distancia.

La señora Hanson la recibió con efusividad y aceptó al instante prepararle un sándwich para llevarse, tras lo cual Francesca le explicó que iría a la casita del jardinero para dibujar. El trabajo la ayudaría a centrarse, a afianzarse.

El ama de llaves superó sus expectativas con creces, ya que le preparó un enorme sándwich de ensalada de pollo, fruta, dos bollitos, un tetrabric de leche, varias galletas de avena y un termo con café y nata. Renuente a encontrarse con Ian estando tan vulnerable, le pidió a la señora Hanson que le dijera a Anne que pasaría la hora del almuerzo trabajando.

Una vez en la casita, sentada frente al ventanal mientras realizaba los bocetos, rememoró la conversación que había mantenido con Anne. Comprendió que se resistía a aceptar lo que había dicho la abuela de Ian. Si asumía la lógica de Anne, solo tendría que sacrificar el enfado por la marcha de Ian. Tendría que aceptar la impotencia de saber que él estaba lidiando con su propio dolor.

Tendría que admitir que no podía hacer nada para aliviar el sufrimiento de Ian, y que debía permitirle continuar con su camino.

Y eso, comprendió, no era nada fácil.

Tal vez sus inquietos pensamientos fueran el motivo de la insatisfacción que le provocaban sus primeros bocetos de la mansión. Las líneas que había dibujado en el papel tenían poco en común con la propiedad que había llegado a conocer tan bien, y mostraban un cascarón frío, austero y muerto en vez de la sensación acogedora y ancestral que comenzaba a respetar y a amar.

Arrancó la página del cuaderno de dibujo y la arrugó, movida por la frustración. De forma impulsiva, cogió el abrigo, el cuaderno de dibujo y los lápices y salió por la puerta principal de la casita.

Ian estaba en el vano de la puerta de la casita, aguardando nervioso a que Francesca respondiera a su llamada. Sus ojos recorrieron rápidamente la estancia, reparando en las ascuas de la chimenea y en el papel arrugado que yacía no muy lejos del sillón que Francesca había acercado al ventanal.

—¿Francesca? —la llamó de nuevo, cada vez más alarmado.

Percibía que en la casita no había nadie, pero tal vez estuviera evitándolo, enfadada como antes. Recorrió la cocina y después el pasillo, tras lo cual echó un vistazo al cuarto de baño, que también estaba vacío. Habría preferido que se encontrara allí, escondiéndose de él. Al menos eso significaría que se hallaba sana y salva, fuera de peligro.

El dormitorio también estaba vacío.

—¡Francesca! —gritó mientras por su mente pasaba un sinfín de posibilidades espantosas que le helaron la sangre en las venas. Se asustó al oír que la puerta principal se cerraba de golpe.

—¿Ian?

Abrió mucho los ojos al mismo tiempo que lo inundaba el alivio tras haber escuchado su voz jadeante. Estuvo a punto de salir a su encuentro, pero se detuvo en el vano de la puerta del dormitorio porque la vio en el pasillo.

—¿Dónde estabas? —quiso saber, retrocediendo hasta el dormitorio para que ella pudiera pasar.

El pasillo permanecía a oscuras, mientras que la luz entraba a raudales en la habitación. Ansioso, recorrió su rostro con la mirada en busca de alguna señal de malestar. Llevaba el cuaderno de dibujo bajo un brazo y empuñaba un lápiz en una mano, protegida por un mitón. Tenía la nariz y las mejillas enrojecidas por el frío, pero parecía estar bien.

—Me he internado en el bosque para dibujar la mansión entre los árboles. No muy lejos de aquí. Te he oído gritar.

—No deberías haberte ido sin avisar. No sabía dónde estabas.

—Era obvio, a juzgar por tus gritos —comentó ella.

Se sentía tan aliviado de verla sana y salva, de ver que no la habían secuestrado ni le habían hecho algo peor, que tardó un instante en fijarse en su sonrisita. Parpadeó, ya que no estaba seguro de lo que veía. Llevaba mucho, mucho tiempo sin ver ese gesto tan conocido.

Soltó el aire despacio y dijo:

—Mi abuela me comentó que le dijiste a la señora Hanson que la avisara de que estarías aquí. Preferiría estar al tanto de tus salidas. De hecho, preferiría que no vagaras a solas por la propiedad —añadió, observándola con los párpados entornados, ya que no sabía de qué humor se encontraba.

Francesca se encogió de hombros y se acercó a la mesa para soltar el cuaderno de dibujo y el lápiz. Después, se acercó de nuevo a él mientras se quitaba los mitones y se desabrochaba el abrigo. Ian atisbó una camiseta roja que se ceñía a su estrecha cintura y a sus pechos.

—Bueno, pues ya no estoy sola —replicó ella, enarcando las cejas en un gesto que Ian calificaría de desafiante simple y llanamente.

—No... pero ya lo sabes para el futuro —añadió él, malhumorado.

Aunque la observó con atención un poco más, en busca de alguna pista, Francesca se limitó a devolverle el escrutinio con serenidad.

—Esta mañana quería hablar contigo de algo en concreto —le dijo Ian con cierta incomodidad.

—Siento mucho haberme comportado de esa forma.

Ian parpadeó al escuchar la breve disculpa.

—No pensaba atosigarte con... —Hizo una pausa, incómodo, ya que no quería hablar del enfado de Francesca, causado por sus motivos para marcharse a Francia. Carraspeó y añadió—: Con lo que sucedió esta mañana. He estado hablando con Lucien, con mis abuelos y con Gerard. Todos están de acuerdo en que sería una buena idea que mañana por la tarde ofreciera una rueda de prensa aquí, en Belford Hall, para anunciar la oferta que hemos hecho para adquirir Tyake y dejar claro que he estado involucrado en todo el proceso. Me he puesto en contacto con Lin, y se está encargando de todo. Creo que sería una buena idea que tú no participaras en la rueda de prensa. Prefiero mantenerte apartada de la atención pública. Mi abuelo está de acuerdo conmigo.

Francesca dio un paso hacia él.

—¿Planeas regresar al trabajo?

—Sí, al menos más de lo que he estado trabajando hasta ahora. —Afrontó su mirada—. Voy a recuperar el control, Francesca.

—Y ¿qué pasa con esa misión tan importante? ¿Con tu... tu autodescubrimiento? —añadió ella, titubeante.

Ian era consciente de que se estaba controlando para no parecer desdeñosa, y se lo agradeció en silencio. Sin embargo, sabía que necesitaba andarse con pies de plomo con ella.

—No voy a renunciar a ese proyecto. Lo siento —se disculpó al percatarse de la desilusión que aparecía en su mirada, empañando la esperanza—. Tendré que dividir mi tiempo de forma más equitativa. Todo el mundo está preocupado por lo que te pasó en Chicago, y está de acuerdo en que puede estar relacionado con el poder que te cedí para que participaras en la junta directiva provisional.

—Ian, de verdad que no entiendo por qué lo creéis.

—Porque no es la primera vez que recibo amenazas.

—¿Cómo? —le preguntó ella, alucinada.

—No es nada del otro mundo.

—¿Cómo que no es nada del otro mundo? ¿Es importante si me pasa a mí, pero no si te pasa a ti? —le soltó.

—En mi caso es habitual. Normalmente se trata de personas trastornadas que se dedican a proferir amenazas ridículas y sin fundamento —le contestó Ian con serenidad.

—¿Y si ese no es el caso?

—Por eso tengo un equipo de seguridad tan bueno —contestó con una mirada elocuente.

Empezaba a acalorarse. Se desabrochó el gabán mientras observaba el rostro pálido y tenso de Francesca, que se mantuvo en silencio.

—No ha sucedido tantas veces como para ponerte al tanto y que te preocuparas. Y ahora me siento un poco imbécil por no haber pensado que podría sucederte a ti tras colocarte en la posición que te coloqué. Lo siento —le dijo, mirándola a los ojos.

Francesca pareció atónita durante un instante. Después, parpadeó y meneó la cabeza. Ian contuvo el aliento al oír su suave carcajada.

—Lo creas o no, me alegré de participar en el acuerdo con Tyake. Me ofreció algo en lo que concentrarme. La verdad, me ha gustado más de lo que esperaba.

—Siempre he dicho que tienes una mente excelente para los negocios.

Francesca afrontó su mirada y lo comprendió todo de repente.

—Ah, entiendo —añadió Ian—. Esa no era la disculpa que querías.

—Ni la que esperaba —puntualizó ella en voz baja. El silencio se alargó un instante y se hizo pesado—. Ian, me he alegrado de poder ayudarte. De apoyarte. En aquel momento no era consciente, pero ahora lo soy. Ha sido la única oportunidad que me has dado de hacer algo por ti. No me has permitido compartir ninguna de las cargas que llevas sobre los hombros.

Ian percibió la frustración que la invadía y la entendió.

—Francesca, no me pasó nada, estaba bien.

—Estabas destrozado —le soltó ella con brusquedad.

Ian cerró la boca. Sintió que el dolor le invadía el pecho y se apresuró a desterrarlo. La ira lo sustituyó. Por eso no le gustaban los enfrentamientos. Porque arrancaban las costras de las heridas ya cerradas. Porque lo obligaban a sentir, y eso era lo último que quería.

—¿Te habría gustado si yo me hubiera marchado como tú hiciste, estando tan destrozada como lo estabas tú, y privándote de la oportunidad de consolarme? ¿Cómo te habrías sentido, Ian? —insistió al ver que no le contestaba, y dando otro paso hacia él.

Ian respiró hondo por la nariz, en un intento por llenarse los pulmones de aire mientras mantenía la boca cerrada para evitar… ¿el qué? No sabría decirlo. Por más que deseaba ponerle fin a ese momento, los ojos de Francesca no se lo permitían.

Ella enarcó las cejas a la espera de su respuesta.

—Furioso —admitió él a la postre—. Desesperado.

—Exacto —replicó ella, que se acercó más y levantó los brazos para tomarle la cara entre las manos. En sus ojos ardía un fuego abrasador.

El dolor que Ian sentía en el pecho aumentó pese a sus esfuerzos por contenerlo. Hizo una mueca, agarró a Francesca por las muñecas e intentó apartarla. Sin embargo, ella estaba preparada y se zafó de sus manos. Acto seguido, se abalanzó sobre él e Ian la rodeó con los brazos para sujetarla, tras lo cual le colocó las manos en la cintura, bajo el abrigo. Francesca le tomó la cara de nuevo entre las manos y tiró de él hacia abajo.

¡Por Dios! No se había esperado algo así por su parte. No había interpretado bien su estado de ánimo. No estaba preparado.

Francesca se pegó a él y se puso de puntillas. Lo besó. Fue un beso dulce. Adictivo. Insistente. El deseo despertó de inmediato y le inundó las venas, llevándose las dudas, la ira, el orgullo… Pensó que debería haberse marchado antes de llegar a ese punto, para ocultarse en la soledad y silenciar el dolor.

Pero en cuanto la saboreó supo que no podría marcharse.

Fue como mantenerse inmóvil rodeado por las llamas. Aceptó lo que ella le ofrecía, a sabiendas de que Francesca percibía su dolor. Le permitió consolarlo. Aunque no fue de forma consciente. Más bien se debió a la incapacidad para reaccionar de otro modo. Estaba paralizado entre el dolor y la vergüenza por un lado, y un deseo febril por el otro.

Francesca gimió suavemente contra sus labios y su sabor lo inundó. El deseo derrumbó sus últimas defensas. La estrechó con más fuerza, extendiendo los dedos de una mano sobre la parte baja de su espalda y los de la otra, sobre una cadera y un glúteo. A continuación, se inclinó sobre ella, obligándola a arquear la espalda hacia atrás mientras la pegaba a él.

Francesca puso fin al beso y se irguió, apartándolo un poco. Ian la aferró de nuevo mientras ella le dejaba una lluvia de besos en el mentón y en el cuello. Cuando lo había besado en los labios poco antes, los notó fríos por el aire invernal. A esas alturas estaban calientes, ardientes por la decisión de entregarse a él.

Sin embargo, siempre había titubeado a la hora de aceptarla.

Ian sintió sus manos en la cintura, desabrochándole los pantalones.

—Francesca —le dijo con voz ronca.

—Chitón —replicó ella mientras sus ágiles dedos le desabotonaban la camisa.

La excitación lo abrumó de tal manera que se dispuso a ayudarla. Francesca le arrancó el último botón y liberó la camisa de un tirón. Acto seguido, pegó la cara a su torso. Ian le colocó una mano en la coronilla y clavó la mirada al otro lado de la ventana sin ver nada. Solo sentía su boca sobre la piel, besándolo, lamiéndolo y mordiéndolo con suavidad. El placer hizo que se le erizara el vello. Intentó cogerla en brazos para llevarla a la cama cuando sintió que le chupaba un pezón endurecido, pero se resistió y susurró un «no» ronco contra su piel húmeda. La miró, desvalido por el deseo, y contempló cómo ella seguía lamiéndole el sensible pezón con la rosada punta de la lengua. Le enterró los dedos en el pelo y masculló su nombre.

A modo de respuesta, ella empezó a besarle las costillas al tiempo que le acariciaba la espalda, arañándolo mientras se arrodillaba frente a él. Verla de rodillas le arrancó un gemido agónico. Por Dios. Había pasado tanto tiempo que no se creía capaz de soportar el camino hasta la gloria. En ese momento no comprendía cómo había podido vivir sin eso.

Francesca liberó su polla y le bajó la ropa. Sus fríos dedos le hicieron pensar si se levantaría vapor de su cuerpo por la diferencia de temperatura, ya que él estaba ardiendo. Francesca la sostuvo en la mano, con los calzoncillos por debajo de los testículos, y comenzó a acariciársela de arriba abajo con firmeza, sin timidez ni renuencia. Con movimientos seguros y firmes, aunque un poco bruscos... como le gustaba a un hombre.

Como le gustaba a él. Como le había enseñado.

Le humedeció el glande con delicadeza mientras se la acariciaba con vigor. En ese momento alzó la vista y afrontó su mirada, justo cuando se la metía en la boca. Ian contuvo el aliento en cuanto empezó a chupársela y sintió el húmedo roce de su lengua. El mensaje que leyó en sus ojos lo dejó al borde del grito. Al borde de las lágrimas. Ansiaba castigarla por obligarlo a sentir tanto. Ansiaba correrse en aquella boca tan dulce y no parar nunca. Hundió los dedos en su pelo y comenzó a moverse en el interior de su boca, tras elegir la última opción.

Según había aprendido, el sexo era la mejor manera de demostrar sus sentimientos. Al fin y al cabo, solo era un hombre. Sin embargo, el asombro añadía una nueva dimensión al deseo. ¿De dónde había salido esa generosidad por parte de Francesca? ¿Esa entrega? No lo comprendía. Lo único que podía hacer era dejarse llevar.

No parpadeó ni una sola vez mientras la observaba, y devoró su imagen mientras ella lo devoraba a él. Tenía los labios muy separados para acogerlo y cuando se la sacaba, succionaba con los carrillos de esa forma tan especial que tantas noches había recordado en la cama, sin poder dormir. Su polla salió de su boca de repente, en una de dichas ocasiones, tras haber calculado mal el movimiento. Tras asestarle una palmadita juguetona, lo acarició desde los testículos hasta la punta y después se la metió de nuevo en la boca. Antes de succionar con vigor, le pasó los dientes con delicadeza sobre el glande y después siguió, metiéndosela hasta el fondo.

Ian gimió y se aferró a su cabeza al tiempo que cerraba los ojos. Ver a Francesca era demasiado erótico. Flexionó las caderas, moviéndose al compás del ritmo que ella había impuesto. Sin embargo, trató de no mostrarse demasiado exigente. Hacía tiempo que Francesca no hacía eso, al igual que él, de modo que quería alargar el exquisito momento todo lo posible.

Siempre había tenido muy claro lo generosa que Francesca era con su amor, lo desinteresada, pero ese día, ese instante, dicha verdad le llegó al alma. Como también le llegó el placer. ¿Qué derecho tenía a aceptar lo que ella le ofrecía con tanta inocencia y generosidad?

Detuvo el movimiento de sus caderas y se contuvo unos segundos, pero ella le aferró el culo con la mano libre. Lo empujó hacia delante e Ian abrió los ojos. Francesca inclinó la cabeza, tragándose su polla y dando un leve respingo cuando el glande le llegó a la garganta. La vio expulsar el aire por la nariz. Después, retiró la cabeza, chupándosela con tanta fuerza que se vio obligado a apretar los dientes.

Le suplicó con los ojos.

Ian tuvo la impresión de que el gemido que se le escapó le desgarraba la garganta. Tras sostenerle la cabeza con las manos, con los pulgares en su mandíbula inferior, aceptó lo que ella le ofrecía. Si Francesca se lo entregaba, ¿significaba eso que lo merecía? No lo sabía. No le importaba. Su boca y su amor lo estaban desollando vivo. El tiempo pareció detenerse mientras la contemplaba, absorto, y ella le hacía el amor con una precisión feroz.

Era demasiado dulce, joder.

Se la metió hasta el fondo y llegó al orgasmo, tras lo cual retrocedió para correrse en su lengua. La mantuvo pegada a él mientras se follaba su boca, presa de continuos espasmos, entregándole su semen y cualquier otra cosa que ella le hubiera arrancado del alma.

Se tensó con una última oleada de placer cegador.

Acto seguido, se tambaleó, pero se enderezó de inmediato para evitar ahogarla con su polla. Aturdido por el placer, se la sacó de la boca. Ella lo aferró por las caderas y al oír la carcajada ronca que se le escapó, la oyó preguntar:

—¿Qué pasa? —Parecía confusa, pero el asomo de una sonrisa apareció en sus labios hinchados y húmedos.

Le había dejado una gota de semen en el labio inferior al abandonar su boca. La belleza de Francesca fue como un destello cegador para su abotargado cerebro y lo dejó asombrado.

—Ni que pudieras sostenerme si me caigo —comentó, haciendo referencia a la diferencia de tamaño y de peso que existía entre ellos.

Ella besó la brillante punta de su polla. La erótica imagen le arrancó un gemido.

—Puedo sostenerte —le aseguró ella, mirándolo a los ojos.

La sonrisa de Ian desapareció. Francesca se incorporó, lo cogió de la mano y lo llevó hasta la cama.

9

—Ni siquiera nos hemos quitado los abrigos —masculló Ian con sorna al tiempo que la ayudaba a desprenderse de la camiseta.

No sabía cómo lo había hecho Francesca, pero le había dado la experiencia más íntima, abrumadora y placentera de toda su vida mientras seguían casi vestidos y con los abrigos puestos. En ese instante se encontraban sentados en el borde de la cama. Él solo tenía los pantalones desabrochados, aunque Francesca estaba casi desnuda, y los abrigos y las prendas que se habían quitado yacían amontonados en el suelo a los pies de la cama. Le sacó la camiseta por la cabeza, momento en el que Francesca pareció percatarse de que fruncía el ceño.

—¿Qué pasa? —preguntó ella.

—¿Por qué?

—¿A qué te refieres? —replicó Francesca a su vez al tiempo que le bajaba la camisa de los hombros y se detenía para clavarle los dedos en los músculos, frotándoselos hasta que él cerró los ojos por el placer.

Esa era una de las cosas que más le gustaban de ella. Tenía una sensualidad innata y una curiosidad que la instaba a experimentar, a tocar… a saborear. Sin embargo, otro motivo de alegría era que ambos disfrutaban si la ataba para echar un polvo. Sus caricias solían hacer añicos su autocontrol.

—¿Por qué no estás enfadada? —inquirió gruñendo a la vez

que le cogía la mano con la que Francesca lo estaba acariciando y le besaba la palma.

Ella lo miró de reojo mientras terminaba de quitarse la camisa.

—No lo sé —contestó ella, echando los brazos hacia atrás para apoyarse en la cama. Se levantó y se puso el abrigo negro de cachemir que él le había regalado.

A Ian no le hizo gracia. Su cuerpo desnudo era una delicia para sus ojos: voluptuoso, firme e increíblemente femenino, era la personificación de su ideal. Se moría por tumbarla en la cama y devolverle todo el placer que ella acababa de regalarle. La cogió de la mano y frunció el ceño. Mejor que no estuviera pensando en huir de nuevo...

—Eso no es una respuesta, Francesca.

Ella suspiró en un evidente intento por buscar una explicación.

—Lo que quiero decir es que no sé por qué ya no lo estoy. A ver, seguro que me enfado contigo enseguida por haberme dejado como lo hiciste. Pero ha... ha pasado algo.

—¿El qué? —exigió saber sin soltarle la mano.

—He hablado con tu abuela y ella me...

—¿Qué? —insistió.

Se la puso en el regazo, ya que detestaba que hubiera distancia entre ellos. Le abrió el abrigo con impaciencia, dejando al descubierto sus pechos desnudos, su vientre y sus muslos, en un evidente gesto ancestral para demostrar que estaba disponible para él... y tal vez en un gesto innecesario pero efectivo para recordarle lo que acababan de compartir. Su amor por ella aumentó al ver la sonrisita en sus labios. Francesca lo comprendía con una facilidad pasmosa. Le colocó una mano en la barbilla y la instó a volver la cara hacia él para que continuara hablando.

—Parece entenderte mejor que yo —siguió ella, con cierto deje lastimero en la voz, mientras su cálido aliento le acariciaba la piel.

Ian enarcó las cejas.

—Creo que los dos sabemos que no es lo mismo. Es mi abuela. No mi amante.

—¿Y yo lo soy? Tu amante, digo —quiso saber ella con un hilo de voz.

—Siempre —contestó Ian al tiempo que le rozaba la boca con los labios—. Estés o no entre mis brazos.

La vio tragar saliva con fuerza y se preguntó si también estaba conteniendo las lágrimas. Sin embargo, Francesca siguió con voz firme:

—Anne me recordó lo mucho que siempre has necesitado estar centrado... tener una imagen clara... comprenderlo todo al detalle. No estoy de acuerdo contigo en que Trevor Gaines sea importante, Ian. Creo que le das mucha más importancia de la que tiene.

—Sé que lo crees —repuso él con voz serena mientras le acariciaba la mejilla con el pulgar.

—Pero entiendo que para ti sea crucial dilucidar tu pasado. —Se miraron a la cara y los ojos castaños de Francesca relucieron—. Sé que has estado sufriendo, y la idea de que lo hayas hecho estando solo me mata. Sigo muy cabreada contigo por haberme dejado de lado.

—Pero... —la instó en voz baja.

—Pero estoy cansada de fingir que no entiendo tus motivaciones —soltó ella de golpe—. El hecho de quererte no me da derecho a exigir que seas algo distinto a lo que eres... que seas otra persona. El hecho de que no esté de acuerdo contigo, el hecho de que crea que estás lidiando con tu dolor de un modo contraproducente, no cambia la realidad de que te quiero. Y de que siempre te querré.

Se mantuvieron en silencio un momento. Ian ni siquiera estaba seguro de respirar.

—A decir verdad —continuó ella con voz más calmada y baja—, debo admitir que no me sorprendió mucho tu reacción a la muerte de tu madre y a las noticias sobre Trevor Gaines. Puede que no esté de acuerdo con el método que has elegido para lidiar con tu dolor, pero lo entiendo. Te entiendo, Ian. No puedo ir por ahí de digna, toda furiosa, cuando tu único crimen ha sido no padecer tu dolor como yo quería, de un modo que me resultara conveniente.

Ian observó sus mejillas sonrojadas y la mirada apartada. Quería darle las gracias, pero por algún motivo le costaba. No le funcionaban las cuerdas vocales. Le acarició la cara, y tal vez Francesca lo comprendiera, porque volvió la cabeza y le besó la palma.

—Eso no quiere decir que crea que debas irte por ahí porque estés obsesionado con Trevor Gaines —añadió ella con una mirada elocuente.

—No estoy obsesionado con él —replicó él una vez que le salió la voz—. Lo que ocurre es que quiero comprender mis orígenes, Francesca.

—Muy bien —dijo ella—. Pero por mi parte, yo no creo que sea algo positivo. Pienso que es una búsqueda inútil en el pasado que está poniendo en peligro tu futuro. Solo tengo que mirarte para saber que te está haciendo daño en vez de ayudarte.

—No estoy de acuerdo —repuso, aunque detestaba la necesidad de discutir con ella en ese momento, cuando Francesca se estaba mostrando mucho más generosa de lo que él se merecía.

Francesca lo miró a la cara. Afrontó su mirada, decidido a no flaquear en su decisión, pero le costó más de lo que le habría gustado.

—No vas a contarme lo que has estado haciendo, ¿verdad? —susurró ella.

—No puedo. A ti menos que a nadie —contestó, incapaz de controlar el deje desdichado que se coló en su voz.

Lo que Lucien le había dicho era verdad. Por fin lo aceptaba. Si le describía a Francesca la sucia búsqueda en la mansión en ruinas, si le contaba lo que había descubierto hasta el momento, se pondría furiosa... sentiría asco. Aunque creía que lo entendía, tal vez eso no podría entenderlo. Sabía que le suplicaría que no volviera a Aurore Manor solo. Sabía que estaría obligado a hacerle caso... y que tal vez cedería ante sus deseos.

La vio cerrar los ojos y percibió el dolor que la invadió. Estaba restándole vida a su vibrante y maravillosa alma. «Dios», pensó, cómo detestaba esa situación. La pegó a su cuerpo, de modo que su cabeza quedó contra su cara, e inhaló el perfume de su cabello. Estuvo en un tris de decirle que se marcharía. Que se aseguraría de su bienestar desde la distancia, que tal vez contrataría a un guardaespaldas para protegerla. No deseaba hacerle más daño, pero no podía decirle lo que ella necesitaba oír. Todavía no. Sin embargo, antes de poder pronunciar una sola palabra, Francesca forcejeó para ponerse en pie.

—No quiero seguir hablando de esto ahora mismo —dijo con una despreocupación que él no se tragó ni por asomo. ¿Se habría dado cuenta de lo que estaba a punto de decirle?

—¿Y qué te gustaría hacer? —preguntó con voz ronca al tiempo que la cogía de la mano para evitar que se cayera mientras se ponía en pie.

—¿Comer? —sugirió ella. Al verlo parpadear, apareció un mohín travieso en sus carnosos labios—. La señora Hanson me ha preparado comida para un regimiento. La tengo en el frigorífico. Después tal vez podamos echarnos una siesta.

Fue incapaz de resistirse a su sonrisita... tan esperanzada y tan seductora, aunque no fuera su propósito. Era incapaz de resistirse a ella, sin más, y ahí radicaba su problema. Si hubiera podido resistirse a ella, la habría llamado nada más llegar al norte de Francia para comenzar con su búsqueda.

—Comer me parece una idea estupenda —convino al tiempo que se ponía en pie y la cogía en brazos. Sintió un ramalazo de deseo al notar sus pechos desnudos contra las costillas. Se inclinó para apoderarse de su boca con la esperanza de que ella captara toda la gratitud que sentía, así como su deseo, en ese beso—.

Pero si crees que después vamos a echarnos una siesta —continuó contra sus labios con sorna un segundo después, tras colocarla contra su cuerpo de modo que pudiera sentir su creciente erección—, te vas a llevar una sorpresa.

Vio cómo Francesca levantaba la vista para mirarlo. Sus carcajadas fueron como un día de verano en mitad de una temporada de tormentas. No había dudas. Era un cabrón egoísta. Por supuesto que iba a aprovecharse de esos momentos robados con ella, ansioso por disfrutar de cada maravilloso segundo.

Para su consternación, Ian se abrochó los pantalones y después la ayudó a preparar la comida en la cocina. Cuando volvieron a la cama, insistió en que se quitara el abrigo que usaba a modo de bata y en que comiera desnuda.

—Ver tu cuerpo me alimenta más que la comida —adujo Ian con voz grave al tiempo que le impedía cubrirse el pecho con la sábana.

Al final, Ian accedió a que se tapara las piernas para no enfriarse, pero insistió en que su sexo quedara al descubierto. Francesca había encontrado platos, cubiertos, tazas y servilletas en la cocina, de modo que dividió el enorme sándwich y la fruta que degustarían en el almuerzo. Sin embargo, cuando se apoyó en las mullidas almohadas para comerse su trozo de sándwich, descubrió que ya no tenía hambre. Ian le miraba la entrepierna con mucha intensidad, mientras masticaba de forma distraída. A la postre, Ian abandonó la farsa, bebió un sorbo de leche fría y apartó su plato. Francesca se quedó sin aliento cuando se volvió hacia ella y le separó las piernas con firmeza.

—Ah —gimió cuando él le separó los labios mayores con los dedos.

Ian se inclinó hacia ella, cogió su plato sin vacilar y lo dejó en la mesilla de noche que tenía detrás.

—¿Alguna vez te he dicho que tienes el coñito más maravilloso de la tierra? —gruñó él mientras resoplaba, con la vista clavada en su piel rosada y en su clítoris.

—Unas mil veces más o menos —consiguió decir ella, usando la respuesta más habitual a esa pregunta tan conocida. La piel que quedaba expuesta a su intensa mirada le ardía.

Ian le presionó el clítoris con el dorso de un dedo, bajo la atenta mirada de ambos. Ver su grueso y masculino dedo en su delicada vulva la tenía hipnotizada. Jadeó de placer por las rápidas y precisas caricias sobre esa zona tan sensible. Su dedo penetraba con facilidad su lubricada vagina. Cuando Ian apartó la mano, se mordió el labio, decepcionada. A continuación, él trazó con ese dedo el contorno de su cadera y de su abdomen, dejando sobre su piel un rastro húmedo con su propio flujo. Lo miró a la cara. La sonrisita de Ian le indicó lo mucho que disfrutaba de lo mojada que estaba. Acto seguido, él miró el plato que había en la mesilla de noche.

—No has comido mucho. Te estaba distrayendo.

—Pues sí —convino ella en voz baja al tiempo que se ruborizaba—. Aunque eso no quiere decir que la distracción fuera molesta.

—Tal vez. —Extendió una mano para coger el racimo de uvas que quedaba en su plato—. Pero de todas formas deberías comer más.

—No quiero comer más —repuso mientras le acariciaba los protuberantes bíceps, pero Ian le apartó la mano con delicadeza y se la dejó sobre el colchón.

—Vas a comer más. No soy el único que ha perdido peso.

—En ese caso tú también deberías comer —replicó Francesca con fingida severidad.

Ian se recostó contra las almohadas y la arrastró consigo, dejándola entre sus brazos. Sonrió cuando lo vio coger una uva y se la puso contra los labios. Cuando ella se negó a abrir la boca, Ian sonrió por su juguetón desafío. Insistió en su misión al frotarle la uva contra los labios, acariciándola con la fruta, tentándola...

Ian gruñó en señal de aprobación cuando ella por fin separó los labios lo justo para que él le metiera la uva en la boca, rozándole la lengua con el dedo. Ian inclinó la cabeza y observó sus actos con atención. Francesca cerró los dientes sobre el intruso, arañándole la piel con erotismo cuando él apartó el dedo. Sintió cómo su erección crecía contra su cadera.

—Buena chica —dijo él al tiempo que cogía otra uva mientras ella masticaba y tragaba la dulce fruta, ansiosa de repente por saborear más.

Ian le introdujo otra uva en la boca y dejó el dedo dentro para que ella pudiera chupárselo. Lo succionó con fuerza y sintió que la polla de Ian se agitaba.

—Si supieras lo que me imagino haciendo con esa dulce boca, lo que me imaginaba haciendo hace un rato, no me atormentarías tanto —gruñó él mientras cogía otra uva.

—Sé muy bien lo que me gustaría que hicieras —repuso ella con sinceridad mientras degustaba la explosión de sabor en la lengua—. Quiero que lo hagas. Ya sabes...

Ian se quedó paralizado, con la mano a medio camino de su boca, y entrecerró los ojos.

—Exactamente, ¿qué quieres que haga?

Francesca se ruborizó.

—Ya sabes... —murmuró.

Ian enarcó las cejas con gesto expectante. ¿En serio?

—Ya sabes... que pierdas un poco el control cuando te tengo en la boca. Que no... que no te controles como sueles hacer.

—La mayoría de las mujeres no dirían que me controlo ni un poquito, Francesca. De hecho, dirían todo lo contrario.

—Ah, entiendo —farfulló con las mejillas todavía más coloradas. ¿Era una depravada porque le gustaba que él se dejara llevar y se concentrara por entero en obtener placer con su cuerpo?

A Ian se le escapó una carcajada.

—Menos mal que uno de los dos lo entiende —murmuró él, mientras le introducía la uva en la boca.

Pese al estado de confusión de Ian, ella sintió que su erección crecía todavía más. La conversación también la estaba excitando a ella por algún motivo que se le escapaba.

—Es que... —Titubeó mientras masticaba la uva y lo miraba a los ojos—. Sé que sueles contenerte hasta el final.

—Por un buen motivo —replicó él con el ceño fruncido—. No quiero hacerte daño.

—Lo sé, y yo tampoco quiero que me lo hagas —le aseguró, para después añadir con más vacilación—: Pero podrías mostrarte más desinhibido conmigo. De vez en cuando. No me causaría un daño permanente. Yo... me...

—¿Qué, Francesca? —preguntó él con voz tensa, habiéndose olvidado ya de las uvas.

—Me pone cuando me usas para obtener placer.

Durante un instante se limitó a mirarla con intensidad. Acto seguido, de sus labios salió un taco y después le quitó la sábana de las piernas, exponiendo por completo su desnudez.

—Sé que intentas que vuelva a correrme en tu dulce boca, pero no va a funcionar, preciosa. No hasta que esté listo, desde luego —dijo con voz seria al tiempo que se tumbaba en la cama y quedaba tendido entre sus muslos, boca abajo.

—No intentaba obligarte a nada —le aseguró ella con una carcajada entrecortada.

Ian la miró con una expresión a caballo entre la sorna y la impaciencia. Francesca se quedó sin aliento cuando bajó la cabeza hacia su expuesto coño.

—Dobla las rodillas y separa más los muslos —le ordenó.

Ella movió los pies, pegando las piernas más al cuerpo, muy consciente de que él no apartaba la mirada de su coño.

—¿Ian? —dijo cuando lo vio coger otra uva.

Francesca abrió mucho los ojos cuando él le introdujo la fruta entre los labios mayores y la pegó a su clítoris, frotándola de un lado a otro. Frotándola con fuerza, hasta que la piel de la uva se rompió y su fresco zumo le mojó la enfebrecida piel.

—Tú misma lo has dicho: también tengo que comer —dijo él con voz ronca antes de meter la cabeza entre sus muslos y comenzar a darse un festín, acicateado por una repentina voracidad.

10

—¡Dios! —exclamó Francesca con los ojos en blanco.

Hundió los dedos en el pelo de Ian, manteniéndolo pegado a su sexo mientras él obraba su magia. Le empujó en la parte posterior de los muslos, para levantarle los pies de la cama, y ella se abandonó al placer, se dejó inundar por él. Ian la acariciaba con la lengua y con los labios, con lametones firmes y deliciosos. Su barba le rozaba la delicada piel de la cara interna de los muslos, y dicha aspereza la ponía más cachonda. A pesar del éxtasis, la concentración de Ian mientras le hacía el amor era total. Cuando empezaron a llamar a la puerta de la casita, ella fue la primera en reaccionar, no Ian.

—Ian, para —jadeó.

Le arañó el cuero cabelludo para que se detuviera. Él le frotó el clítoris con la lengua, arrancándole un gemido y arrastrándola de nuevo pese a sus palabras. Quienquiera que fuese siguió llamando. Francesca oyó que alguien llamaba a Ian.

—Ian, es tu abuelo. ¡Ian!

Él abrió los ojos y levantó la cabeza. Francesca sintió un espasmo en el clítoris, a modo de protesta por verse privado del placer y presa de un intenso deseo cuando vio lo guapo que estaba, con la cara mojada por su flujo vaginal y sus ojos azules entrecerrados mientras la contemplaba con expresión abrasadora. Tras parpadear varias veces, Ian pareció volver a la realidad.

Lo vio inspirar hondo por la nariz, seguramente inhalando su olor. Le miró el coño con deseo y soltó un taco antes de levantarse de la cama.

—Voy a ver qué quiere —dijo mientras cogía su camisa y se la ponía. Se limpió la cara con la servilleta que había junto a su plato—. Quédate aquí. Ni se te ocurra vestirte —masculló con una mirada hosca antes de salir del dormitorio, cuya puerta cerró al salir.

A pesar de su advertencia, Francesca se levantó y se vistió. La voz de James, que le llegaba desde el salón, hizo que se sintiera incómoda. Además, oía perfectamente lo que le estaba diciendo a Ian.

La puerta principal se cerró de golpe. Al cabo de un momento, Ian entró de nuevo en el dormitorio. Francesca estaba sentada en el borde de la cama, poniéndose las botas. Sus ojos azules recorrieron su cuerpo vestido. Lo vio fruncir el ceño.

—¿Lo has oído? —le preguntó.

Francesca asintió con la cabeza.

—Lo siento —se disculpó él al tiempo que cogía los zapatos y los calcetines, tras lo cual se sentó en un sillón para ponérselos—. Me dejé el teléfono en la casa porque no quería que me molestaran mientras estuviera aquí. Pero ya sabes cómo se pone Lin cuando tiene una misión. Hay algunos problemas con la rueda de prensa de mañana, y necesito volver para resolverlos. Como no podía ponerse en contacto conmigo, ha llamado al fijo de la mansión y ha hablado con mi abuelo. En cuanto me encargue de todo eso, tengo que redactar la declaración de mañana.

—No pasa nada. Lo entiendo —le dijo ella con sinceridad al tiempo que se ataba una bota. Se imaginaba perfectamente la hercúlea tarea a la que se enfrentaba Lin para organizar una rueda de prensa con un solo día de antelación desde el otro lado del océano.

—¿Me acompañas de vuelta? —le preguntó Ian, que ya estaba de pie.

Francesca lo miró con recelo. En realidad, no era una pregunta. Ian no quería que se quedara ahí sola. Suspiró, renuente a discutir con él después del momento robado de intimidad que habían compartido.

—Vale. Puedo trabajar en los bocetos que ya tengo hechos sin moverme de la mansión —claudicó. Se puso el abrigo y se levantó para coger sus cosas.

Ian acabó de vestirse y la esperó junto a la puerta. Ni siquiera se movió mientras ella se acercaba a él. Una vez que llegó a su lado, se detuvo y lo miró a los ojos con solemnidad.

Él le acarició una mejilla.

—Detesto tener que separarnos.

Francesca parpadeó y comprendió que se refería a que los había interrumpido mientras hacían el amor… y a mucho más.

—No tenemos por qué estar separados —repuso en voz baja, sintiendo su mirada y sus caricias en lo más hondo de sí misma—. No en el sentido más literal del término. A menos que tú lo decidas.

—Yo no he decidido nada de esto. Ha sido el destino. Solo trato de lidiar con las consecuencias.

—Te equivocas —le aseguró ella con firmeza—. Ian, puedes elegir. ¿Tu pasado o tu futuro?

Ian bajó la mano. Francesca percibió la frustración que lo invadía porque discrepaban en ese tema, pero no se disculpó. Estaba a punto de pasar a su lado para enfilar el pasillo, pero él le aferró un brazo.

La pegó a él y la besó con frenesí y… voracidad. Francesca comprendió que estaba reafirmando su derecho a tocarla de aquella manera, y reaccionó sin dudar. Sintió que le palpitaba el clítoris por la reciente estimulación. El momento de fingir que no lo deseaba, que no lo quería, con toda su alma había pasado. Supuso que lo había comprendido un rato antes, mientras dibujaba en el bosque abrumada por sus emociones y lo oyó llamarla con un deje desesperado en la voz.

Elise apareció en su dormitorio al poco rato para llevarle la triste noticia de que Lucien y ella planeaban volver a Chicago al cabo de dos días.

—Lucien ha dejado caer de forma muy vaga que va a hacer un viaje con Ian dentro de poco —comentó Elise mientras examinaba los bocetos ya acabados de Francesca por encima del hombro de esta—. ¿Sabes adónde van?

Francesca la miró, inquieta.

—No. No sé exactamente qué van a hacer ni adónde van a ir, pero no creo que sea una buena idea.

Ambas llegaron a la conclusión de que posiblemente quisieran hacer algo relacionado con Trevor Gaines, y Elise tampoco parecía muy contenta con la idea del inminente viaje.

Después de que Elise se marchara para montar a caballo, Francesca siguió dibujando durante al menos una hora sin parar y salió del trance a eso de las tres de la tarde. Estaba nerviosa. Esa era la hora en que la señora Hanson solía tomar el té, y se había acostumbrado a sentarse con ella en la cocina de Ian mientras residía en el apartamento. Era una tradición que echaba de menos.

Estaba bajando la escalinata con la idea de ir a la cocina cuando vio que Ian atravesaba el vestíbulo de entrada en dirección a la puerta principal con su característica forma de andar, decidida y con pasos largos. Como siempre, el corazón le dio un vuelco al verlo de forma tan inesperada. Se percató de que se había duchado y de que se había cambiado la camisa desde que estuvieron en la casita. Jamás dejaría de fascinarla su capacidad para parecer tan sofisticado y elegante sin perder ni un ápice de virilidad.

Ian se detuvo y se volvió cuando la oyó llamarlo.

—¿Adónde vas? —le preguntó Francesca mientras se acercaba a él.

Sus ojos azules la recorrieron de arriba abajo, demorándose

en sus pechos. Ella se había duchado después de regresar de la casita y se había cambiado de ropa. Ver esa sonrisita en los labios de Ian fue como una ardiente caricia sexual. Las diferencias existentes entre ellos, tanto en educación como en sus respectivas formas de vestir, habían sido motivo de inseguridad y de incomodidad para Francesca desde los inicios de su relación. Ian, por el contrario, no se inmutaba en absoluto por el estilo de Francesca y esperaba que todo el mundo la tratara como a una reina sin importar cómo fuera vestida.

«Quiero que sepas que en ningún momento pretendía criticar tu apariencia. Ya sea rodeada de perlas o con una camiseta de los Cubs, creo que eres increíblemente atractiva. ¿No te habías dado cuenta?»

Compartió su sonrisa al recordar cómo le había dicho esas palabras con su característico sarcasmo.

—Aquí en Belford Hall no dispongo del tipo de ropa que me gustaría ponerme para la rueda de prensa —contestó él—. Me vine con lo justo para pasar unos días. He llamado a un sastre de Belford al que conozco y que me ha asegurado que me enviará un traje mañana por la mañana. Hablando de ropa —siguió, alzando la vista del logo de su camiseta, consistente en una letra C roja—. Veo que llevas uno de mis atuendos preferidos.

Francesca se echó a reír y la sonrisa de Ian se ensanchó. Era estupendo compartir una broma de amantes con él.

—¿Puedo acompañarte? —le preguntó de forma impulsiva.

Él titubeó al tiempo que miraba la pesada puerta de madera tallada. Francesca tuvo la impresión de que preferiría mantenerla encerrada tras dicha puerta.

—Será un viaje muy rápido y aburrido —le advirtió.

—No lo será. Porque iré contigo.

En sus labios apareció el asomo de una sonrisa y la miró con expresión tierna. Francesca sabía que estaba sopesando la idea de decirle que no. De modo que se puso de puntillas, se pegó a su cuerpo musculoso y lo besó en los labios, intentando convencerlo de forma desvergonzada. No necesitó más para obtener la satisfacción de que sus brazos la rodearan, tras lo cual tomó el control y le devolvió el beso con una pasión abrasadora.

—No deberías enorgullecerte tanto de tus logros a la hora de convencerme —comentó Ian al cabo de un momento mientras sus ojos le examinaban la cara.

El beso la había puesto a cien. Se obligó a relajarse y a esperar para ver si Ian le permitía acompañarlo o no.

La embargó una sensación de triunfo cuando lo oyó suspirar. Acto seguido, la tomó de una mano y tiró de ella hacia la puerta principal.

La puerta principal se cerró. Gerard salió de detrás de la escalinata y atravesó el vestíbulo. Tras abrir una puerta, entró en el despacho privado de James. Estaba vacío. Se acercó al enorme escritorio de James, una antigüedad que había ido pasando de un conde de Stratham al siguiente desde hacía cinco generaciones. Debería ser una de sus muchas pertenencias cuando James muriera. Tal como estaban las cosas, aunque él fuera el siguiente conde, James había decidido que el valioso escritorio lo heredara Ian, junto con todo lo demás.

Los Noble deberían estar retorciéndose en sus tumbas.

A la mierda con James, pensó mientras abría el cajón de la derecha y levantaba la tapa de una caja roja de cuero. Al ver lo que había dentro, sonrió.

Se sacó el móvil del bolsillo y llamó a Brodsik.

—Ahora es el momento. Van al pueblo. Francesca lo acompaña —se limitó a decir cuando le contestaron. Frunció el ceño y escuchó lo que su interlocutor decía—. Idiota. Te dije que te quedaras cerca para aprovechar la primera oportunidad. Bueno, pues yo no tengo la culpa de que te hayas asociado con un imbécil. ¿Cómo quieres que sepa dónde está Stern? Es tu amigo. No, ¡no! —Lo interrumpió Gerard con brusquedad—. No pienso discutir tu chantaje en este momento. —La idea de que ese delincuente, un cerdo con tan pocas luces, intentara manipularlo lo enfurecía. Sin embargo, Brodsik se las pagaría. De hecho, Stern ya no le servía de nada, de la misma manera que tampoco le serviría Brodsik en cierto momento. Guardó silencio para escuchar lo que el otro hombre aducía en su defensa por pedirle más dinero del acordado—. Bueno, teniendo en cuenta que me estás amenazando con delatarme si no accedo a tus exigencias, creo que podría llamarse chantaje —replicó Gerard con sequedad—. Te he dicho que mañana tendré tu dinero. En dos horas no se puede disponer de semejante cantidad. De momento sigues trabajando para mí, ¿sí o no? —Hizo una pausa y puso cara de asco—. Bien. Ya sabes lo que tienes que hacer. Podrás volver a Stratham mientras ellos están en el pueblo con el sastre. No creo que le lleve más de una hora. Si no tardas mucho, llegarás antes de que el sol se ponga. Recuerda que quiero que Francesca te vea. ¿Cómo? Sí, la reunión de esta noche en el sitio de siempre sigue en pie. Te daré una de las llaves maestras de la mansión. ¿Has podido comprarla? —Escuchó un instante—. Bien, porque mañana necesitarás esa arma, ¿verdad?

Colgó y miró el reloj. Contaba al menos con una hora, o más bien casi con dos. Ian estaba tan paranoico que cerraba con el pestillo la puerta de su dormitorio aun estando en su casa. Fuera lo que fuese lo que guardaba en su ordenador, debía de ser muy valioso. De momento y gracias a su vigilancia ilícita, Gerard no había visto nada de valor en el dormitorio de Ian que mereciera semejantes medidas de precaución por su parte. Abrir la cerradura iba a llevarle casi todo el tiempo del que disponía, pero las cerraduras de Belford Hall no contaban con mecanismos complicados, ya que estaban pensadas para la servidumbre y no por motivos de seguridad. Se las arreglaría, pensó con determinación mientras se apresuraba a subir la escalinata.

Francesca disfrutó de la breve visita al sastre, en contra del pronóstico de Ian cuando le aseguró que se aburriría. ¿Cómo iba a ser aburrido ver cómo tomaban medidas a un hombre sexy y guapo para confeccionarle un traje?

El señor Rappaport, el dueño de la sastrería, parecía encantado de ofrecer sus servicios al ilustre nieto del conde de Stratham. Francesca descubrió que ya le había confeccionado algunos trajes a Ian cuando era pequeño. El señor Rappaport la invitó a tomar asiento en la lujosa antesala situada frente a los probadores. Después le ofreció una revista y una taza de té que la mantuvieron ocupada hasta que Ian salió de los probadores y se colocó delante de los espejos. El artículo de la revista quedó olvidado mientras la joven observaba cómo el canoso sastre, un hombre tan menudo que Ian parecía un gigante a su lado, iba de un lado a otro, tomando medidas y marcando el traje. Ian se levantó la prístina camisa blanca para que el hombre le midiera la cintura y Francesca observó el proceso con más atención si cabía. Los pantalones le quedaban sueltos, resaltando su musculoso abdomen y la delgada línea de vello oscuro que descendía desde la parte inferior de su ombligo para perderse por la pretina de los pantalones.

Ian había estado presente en las ocasiones en que a ella le habían tomado medidas para su ropa y Francesca había encontrado muy erótico su silencioso escrutinio. Sin embargo, ella jamás había tenido el privilegio de presenciar dicho ritual.

Sintió la mirada de Ian sobre ella a través del espejo, mientras el señor Rappaport le medía el largo de la entrepierna.

—Y carga a la izquierda si mal no recuerdo, ¿verdad? —se apresuró a preguntarle el sastre.

—Exacto —contestó Ian sin apartar la mirada de ella.

Francesca frunció el ceño, confundida por la pregunta del hombre. Tardó un instante en comprender que le estaba preguntando hacia qué lado se inclinaba su pene cuando estaba vestido, a fin de tenerlo en cuenta para la confección del pantalón.

Ian debió de notar que abría mucho los ojos al comprender el motivo de la pregunta porque lo vio esbozar una sonrisa socarrona.

Una vez que acabó, el señor Rappaport los dejó un instante tras oír que lo llamaba un ayudante. Francesca parpadeó sorprendida al ver que Ian se acercaba a ella llevando tan solo los pantalones y la camisa, parcialmente abrochada.

Se quedó sin aliento al reconocer el brillo que iluminaba sus ojos azules.

Ian se inclinó hacia delante, atrapándola en el sillón de terciopelo al poner las manos en los reposabrazos, y la besó en los labios con tal pasión que en cuestión de segundos a ella se le olvidó dónde estaban y todo lo demás, salvo su afán posesivo y su adictivo sabor.

—Luego me las pagarás por haber hecho que me empalme en una situación tan vulnerable —murmuró él contra sus labios al cabo de un momento.

—Me he limitado a mirar —se defendió ella con un hilo de voz.

Ian se enderezó y que se apartara la dejó desorientada.

—Más que suficiente. Mucho más —añadió con una mirada hosca antes de volver al probador para cambiarse.

El señor Rappaport regresó unos segundos después, sin prestar atención a sus mejillas sonrojadas ni a su respiración errática.

Cuando Ian acabó en la sastrería, se tomaron un café en una pintoresca tetería y volvieron al coche. Le encantaba ver a Ian tan relajado. Aunque no sonreía con frecuencia, era motivo de alegría verlo esbozar su sonrisita cada vez más. ¿Estaría recuperándose de esa depresión que parecía haberse apoderado de él desde la muerte de su madre? De repente, reparó sorprendida en el hecho de que aunque habían tratado por encima el controvertido asunto de Trevor Gaines, habían evitado el triste tema de la inesperada muerte de Helen, acaecida el verano anterior.

Lo observó conducir mientras dejaban atrás el pueblo de Stratham y regresaban a Belford Hall por la estrecha carretera comarcal. El sol del atardecer bañaba el perfil de Ian con su brillo rojizo.

—Ian, ¿dónde depositaste las cenizas de tu madre? —le preguntó, ya que sabía que en uno de sus períodos de lucidez, Helen había pedido que la incineraran.

Ian la miró al instante y sus ojos azules le parecieron fríos en contraste con la cálida luz del sol.

—Las tiene mi abuela. Me ha hecho el favor de guardármelas. No quería llevármelas al lugar adonde iba.

Francesca reflexionó sobre sus palabras con la vista clavada en la carretera sin ver nada.

—Tú no tuviste la culpa; lo sabes, ¿verdad?

El silencio se hizo más tenso. Francesca lo miró con renuencia. Ian tenía la vista clavada al frente. Ella sintió un nudo en la garganta. Se imaginaba perfectamente el sentimiento de culpa con el que cargaba Ian por haber autorizado que Helen recibiera una medicación que posiblemente le hubiera ocasionado el fallo hepático y, al final, la muerte.

—A lo largo de los años has autorizado numerosos cambios en la medicación y en los tratamientos que recibía tu madre. Estaba muy enferma. No comía. Supuestamente, la medicación la ayudaría con la depresión y la psicosis, y estimularía su apetito. Ian, lo hiciste por recomendación médica —le recordó al ver que su nuez subía y bajaba mientras tragaba saliva—. Habría muerto si no hubiera empezado a comer más.

—Podrían haberla mantenido viva alimentándola por sonda —replicó él.

—Sí, supongo que podrían haberlo hecho. Pero la doctora primero recomendó el cambio en la medicación, y yo estuve de acuerdo con ella. Sé que tú también lo estabas. No querías que la mantuvieran viva mediante una sonda. Querías tomar una decisión que respetara su dignidad como ser humano en la medida de lo posible. Era imposible saber cómo iba a reaccionar a la medicación. Sabes que estaba muy enferma. Muy débil.

—La culpa la tuvo el nuevo medicamento —repuso Ian, cuya mirada seguía clavada en la carretera.

—La cuidaste durante toda tu vida. Hiciste muchísimo más de lo que habría hecho la mayoría de los hijos. Fuera quien fuese la persona responsable de su cuidado, se habría visto obligada a tomar dicha decisión y habría tomado la misma que tomaste tú, Ian. Le había llegado la hora —añadió en voz baja—. Ya había sufrido demasiado.

Lo vio soltar el aire por la nariz, pero no supo si estaba enfadado por el tema de conversación que ella había elegido o si estaba emocionado por sus palabras. Aferraba el volante con fuerza. Francesca tardó un rato en darse cuenta de que ya no estaba pendiente de la conversación. Ian miraba el retrovisor de vez en cuando, con el ceño fruncido. Miró por encima del hombro y vio que los seguía un coche a demasiada velocidad. Ian aumentó la suya, pero el conductor del otro vehículo lo imitó, pegándose de nuevo a él. De repente, el coche aceleró y chocó contra ellos. El impacto los zarandeó y los cinturones de seguridad se tensaron.

—¿Qué está haciendo? —preguntó Francesca, furiosa al ver que el conductor del otro vehículo daba un volantazo. Gritó, asustada y segura de que su intención era golpearlos de nuevo, pero había fallado por milímetros.

—Francesca, agáchate —le ordenó Ian.

El otro coche, un sedán verde oscuro, aceleró hasta colocarse en paralelo a ellos. El miedo la invadió al mirar hacia el vehículo y reconocer los marcados rasgos y la mirada furiosa del conductor.

—Ian, ese es...

Ian le colocó la mano en la nuca y, tras empujarle la cabeza hacia abajo, cogió de nuevo el volante. Francesca se agachó bajo la ventanilla, obedeciéndolo por fin, y pegó la cara a los muslos, tensando el cinturón de seguridad. Una repentina sacudida le arrancó un grito y se aferró a la puerta. El conductor del sedán los había golpeado de forma intencionada. Se salieron de la carretera, levantando una nube de gravilla. El miedo le heló la sangre en las venas. Ian perdería el control y acabarían volcando.

Sin embargo y de forma milagrosa, él mantuvo el control del coche mientras frenaba. Francesca se incorporó y miró por encima del salpicadero, asustada. El sedán verde se alejaba por la carretera. Con el corazón desbocado, se preguntó si daría media vuelta. Pero no lo hizo, el vehículo desapareció tras subir una cuestecilla.

Sintió una miríada de escalofríos. Se volvió para mirar los crispados rasgos de Ian.

—¿Estás bien? —le preguntó él con sequedad.

Ella se limitó a asentir con la cabeza.

—Ese era el hombre.

Ian entrecerró los ojos, lo cual le confirió un aire peligroso.

—¿Qué hombre?

—Lo he visto —dijo Francesca, cuya lengua parecía entumecida—. El hombre que me atacó en Chicago.

—¿Estás segura? —exigió saber él.

Francesca asintió de nuevo con la cabeza.

—Al cien por cien. Jamás se me olvidaría esa cara.

Los dos detectives de la policía interrogaron a Ian y a Francesca en el salón, con Anne, James, Gerard, Lucien y Elise presentes.

—Me gustaría que vinieran mañana a comisaría para trabajar con un dibujante y poder hacer un retrato robot del hombre que la ha atacado dos veces, señorita Arno —le dijo el detective Markov a Francesca mientras se levantaban para marcharse y guardaban sus cuadernos de notas.

—No —replicó Ian con brusquedad, al tiempo que se ponía de pie—. Que venga el dibujante aquí. No quiero que Francesca salga hasta que la situación esté bajo control. Además, Francesca también es pintora. Puedes dibujar la cara de ese hombre, ¿verdad?

—Por supuesto —contestó ella.

El detective Markov miró a su compañero, pasmado por la negativa de Ian. Sin embargo, acabó encogiéndose de hombros y cediendo.

—Supongo que tiene razón. Pero no usamos los servicios de un dibujante tradicional. Tenemos la tecnología necesaria para hacerlo todo por ordenador. De esa manera es más fácil enviar el retrato robot al resto de las comisarías y de las fuerzas de seguridad. Mañana vendrán unos cuantos agentes a Belford Hall para garantizar la seguridad durante la rueda de prensa tal como ha requerido, ilustrísima —añadió el detective Markov dirigiéndose a James, tras lo cual asintió de forma respetuosa—. Además, enviaremos también a la especialista en retratos robot. ¿Le parece correcto? —le preguntó a Ian, quien a su vez asintió con la cabeza.

—Sí, Francesca no asistirá a la rueda de prensa. Quiero mantenerla apartada de las cámaras. Así que podrá trabajar con la especialista durante la misma. ¿Se asegurarán de ponerse en contacto con las autoridades de Chicago para buscar a ese hombre?

—Le informaré de inmediato si tienen alguna pista que nos lleve a averiguar su identidad.

—De momento no tienen nada —replicó Ian con un gesto irritado.

¿Cómo podía afirmarlo con esa rotundidad?, se preguntó Francesca. De repente, comprendió que había estado en contacto con las autoridades de Chicago en todo momento.

—Sin embargo, no se molestaron en pedirle a Francesca que trabajara con un dibujante ni que mirara fotos de carteristas. Afrontaron el caso como un intento de robo y asalto. Así que sería conveniente que enviaran el retrato robot a Chicago tan pronto como esté listo para ver si logran identificarlo. Conozco a un hombre en el departamento de policía de Chicago que puede ayudarnos. Le pasaré la información pertinente para que se pongan en contacto con él. Le habría pedido que trabajara con Francesca después de la agresión en Chicago, pero cuando me enteré de lo que había sucedido y hablé con él, Francesca ya venía de camino a Belford Hall. Pensé que aquí estaría segura —añadió, con el ceño fruncido—. Lo que no termino de entender es por qué ese tipo se ha largado sin acabar el trabajo. Lo mismo que hizo en Chicago. No tiene sentido.

El detective se encogió de hombros.

—La experiencia me ha enseñado que a estos criminales no hay que darles mucho crédito en cuanto a inteligencia o perseverancia. Si las cosas se ponen difíciles, lo habitual es que salgan corriendo.

Ian no parecía convencido en absoluto. Francesca se sentía culpable al verlo tan nervioso y preocupado. No le había visto esa expresión desde los meses previos a la muerte de Helen, unos meses muy difíciles que pasó consumido por la inquietud. Ian no quería sacarla de la propiedad, pero ella lo había convencido. Estaba preocupado por ella desde que llegó y por fin tenía la prueba que demostraba que no era un paranoico.

Anne se levantó para acompañar a los detectives hasta la puerta. Elise dio unas palmaditas en la mano a Francesca.

—¿Te encuentras bien? —le preguntó en voz baja.

—Sí. Estaba asustada, más que otra cosa —aseguró a todos, incluido Ian, que la observaba.

—¿Crees que es buena idea celebrar mañana la rueda de prensa con ese delincuente en los alrededores? —preguntó Gerard.

—He reforzado la seguridad en la propiedad hasta que descubramos dónde se esconde ese tipo. Con suerte, lo pillarán pronto —contestó James.

—Lin ha comprobado la lista de asistentes. Nadie entrará en la propiedad sin la correspondiente acreditación —añadió Ian, que se sentó de nuevo—. Si cancelamos a estas alturas, aumentarán los rumores que ya corren sobre las dificultades de Empresas Noble.

—Estoy de acuerdo —terció Lucien—. El mundo empresarial necesita ver de nuevo a Ian al timón.

James asintió con la cabeza y alzó la vista cuando Anne regresó al salón.

—He pedido que sirvan la cena. Pasaremos al comedor tal cual estamos —anunció, refiriéndose al hecho de que no se había arreglado para cenar. Todos se habían reunido para escuchar las alarmantes noticias de Ian y Francesca, y no habían abandonado el salón desde que llegó la policía para tomarles declaración.

Aunque a Francesca le resultó raro, también le pareció muy cómodo sentarse en el elegante comedor de Belford Hall vestida con su camiseta de los Cubs y rodeada por tantos rostros preocupados. Más tarde, mientras saboreaba la deliciosa tarta de frambuesa de la señora Hanson y escuchaba la conversación que mantenían los demás, llegó a la conclusión de que estaba en compañía de su verdadera familia. Observó a Ian que hablaba con gran seriedad con James y Lucien, y sintió el ya conocido dolor en el pecho al pensar que tal vez jamás se convirtiera en parte oficial de dicha familia.

No a menos que Ian exorcizara sus demonios.

Esa misma noche y tras despedirse de Anne con un beso en la mejilla, se fue a la cama. Ian la llamó mientras atravesaba el vestíbulo principal de camino a la escalinata. Ella se volvió.

—¿Pensabas marcharte sin darme las buenas noches? —le preguntó cuando estuvo junto a ella.

—Por supuesto que no. Iba a darte las buenas noches en tu habitación dentro de un rato.

El brillo casi imperceptible que captó en sus ojos le dijo que la respuesta le había gustado.

—Si quieres coger algo de tu dormitorio, te acompaño y después te vienes conmigo. Ahora mismo no estoy de humor para perderte de vista ni un segundo —repuso Ian al tiempo que la cogía de la mano y caminaba hacia la escalinata.

—Tendrás que hacerlo en algún momento —replicó Francesca, un tanto exasperada pero también conmovida por su actitud—. Mañana no quieres que asista a la rueda de prensa y tendré que hablar con la experta en retratos robot, por ejemplo.

—Ya lo he dispuesto todo.

—Por supuesto —comentó Francesca, mientras lo miraba de reojo con gesto hosco.

El sarcasmo no pareció afectar a Ian mientras subían la escalinata.

—Lucien ha accedido a acompañarte mientras yo esté ocupado. Después, ya he hablado con Lin. Va a buscarte a alguien.

—¿Va a buscarme a alguien? —preguntó Francesca con recelo, deteniéndose al llegar al pasillo abovedado donde se encontraba su dormitorio—. ¿Qué significa eso exactamente?

—Personal de seguridad a tiempo completo —contestó Ian con rapidez, instándola a enfilar el pasillo.

Ella se detuvo. Ian le soltó la mano y la miró, muy serio.

—¡Ian, me niego a tener a una persona siguiéndome las veinticuatro horas del día! —exclamó con vehemencia.

Sus ojos azules la miraron, furiosos.

—Solo hasta que hayamos controlado la situación. Después, si accedes a vivir en el apartamento, ya no me preocuparé. Bueno, no tanto al menos.

Francesca soltó una carcajada, incrédula.

—Me niego a que me encierres como si fuera una mascota, Ian. Sobre todo... dadas las circunstancias entre nosotros —añadió, sin concretar nada. Estaba harta de su obsesión con el pasado y de lo que significaba para el presente y el futuro. Ese día precisamente no lo aguantaba más.

Ian se detuvo de repente y ella lo miró a los ojos.

—Lo dices como si te estuviera insultando, como si te estuviera humillando —masculló él.

—Me humillas al tomar esas decisiones sin mostrarme siquiera el respeto de hablarlo conmigo antes. Es mi vida. Deja de intentar controlarla. Tengo derecho a mi intimidad, entre otras cosas.

—Soy muy consciente de que se trata de tu vida —replicó él con voz amenazadora—. Solo intento asegurarme de que sigues viviendo sana y salva.

—Una sugerencia para la próxima vez —le soltó ella enfadada, aunque esforzándose por mantener la voz serena, para que no reverberara en el pasillo, si bien no lo consiguió—. En vez de organizarme la vida, pregúntame primero. ¡No es tan difícil, Ian!

Oyó unos pasos y se puso colorada cuando descubrió a James, a Gerard y a Elise subiendo la escalinata. Los tres parecían un tanto incómodos por haber escuchado sin pretenderlo la discusión que mantenían. Ni siquiera los miraron antes de desaparecer por el pasillo que torcía a la derecha.

Francesca giró el pomo de la puerta de su dormitorio. Entró en la habitación y dejó a Ian en el pasillo sin molestarse en cerrar la puerta. De todas formas, él iba a entrar. Por muy áspera que hubiera sonado o por arrogante que él fuera, no trataba de alejarlo de su lado. Quería pasar esa noche con él. La aterradora experiencia en la carretera la había afectado tanto como a él. Sin embargo, su determinación a organizarle la vida sin contar con ella la enfurecía. Claro que ya estaba acostumbrada.

De la misma manera que Ian estaba acostumbrado a discutir con ella por aquellos temas.

Cuando por fin salió del cuarto de baño después de lavarse, vestida con un camisón de seda de color marfil, una bata y unas zapatillas, el enfado había desaparecido casi del todo. Ian la esperaba sentado en el sofá, ojeando su cuaderno de dibujo.

—Me gusta lo que has hecho hoy —lo oyó decir.

Sabía que había elegido un tema de conversación neutral y se sintió agradecida.

—Gracias —le dijo al tiempo que se acercaba a él para mirar el boceto—. Los árboles que hay en la linde del bosque son frutales, ¿verdad?

Ian asintió con la cabeza.

—Manzanos y cerezos.

—En primavera la vista debe de ser increíble cuando están en flor —dijo ella.

—Lo es —replicó Ian, enfurruñado, sin apartar la vista de la página.

—Los primeros bocetos no me satisfacían. Preferiría pintar Belford Hall como si la viera a través del bosque, desde el punto de vista de alguien que regresara después de un viaje y viera de repente no solo una mansión o un tesoro arquitectónico, sino su hogar y todo lo que eso conlleva —explicó con tono reflexivo—. Antes tengo que consultarlo con James y con Anne. Porque para hacerlo tendría que acercar la linde del bosque más a la mansión si quiero captar los detalles de la construcción. Y eso sería tergiversar la realidad.

—No del todo. Lo sería en términos recientes —comentó Ian, algo que la dejó perpleja. Tras cerrar el cuaderno de dibujo y soltarlo, se puso en pie—. Los jardines y el prado se extendieron a lo largo de las dos últimas décadas. La primera vez que vine cuando era pequeño, el bosque se encontraba mucho más cerca de la mansión. Creo que mi abuela estaba preocupada por tener un niño pequeño y curioso tan cerca de la espesura. Además, sé de buena tinta que a mis abuelos no les gustaba desbrozar el terreno. Lo que estás describiendo es lo que varias generaciones de Noble veían cuando llegaban a la mansión a través de los caminos del bosque.

La miró con gran seriedad y Francesca supo que no estaba pensando en el boceto.

—Mañana hablaremos más de la cuestión de la seguridad, después de la rueda de prensa. Ahora mismo no quiero discutir contigo —añadió en voz baja.

—Yo tampoco quiero discutir contigo. Esta noche no —replicó Francesca con sinceridad.

Ian le tendió una mano y ella la aceptó, tras lo cual lo siguió para salir del dormitorio. Cerró la puerta una vez fuera y caminaron hacia su habitación por el pasillo en penumbras. El silencio reinante aumentó la expectación.

Una vez en la habitación de Ian, él cerró la puerta con el pestillo. Se quitó la chaqueta y la dejó en un galán de noche. Acto seguido, la rodeó con los brazos y la pegó a él. Su boca la besó con ardor en el cuello y en la oreja. Semejante fervor la hizo abrir mucho los ojos. Su cuerpo desprendía un calor abrasador y estaba... duro, se percató emocionada. Sí, siempre había sentido una especie de descarga eléctrica entre ellos, pero lo que percibía en ese momento...

Era como si Ian fuera un resorte a punto de ser liberado. Aunque había notado la tensión que lo embargaba desde el incidente en la carretera, no esperaba que dicha ansiedad se transformara en deseo nada más tocarla.

Gimió excitada cuando le aferró el pelo de la nuca y tiró hacia atrás a fin de dejarle la garganta expuesta. Sus labios dejaron un ardiente reguero de besos antes de capturar los labios de ella. Ese beso, abrasador y desesperado, la puso a mil y le llenó los ojos de lágrimas.

—Ian, estoy bien —murmuró con la voz quebrada al cabo de un momento.

—No, y es culpa mía. No debería haberte llevado hoy conmigo —añadió con voz sombría, apartándose un poco de ella, pero manteniendo sus cuerpos pegados de cintura para abajo.

La presión de su erección era un silencioso recordatorio de lo que estaba por suceder. Ella también lo deseaba. Lo necesitaba. Ese mismo día habían estado muy cerca de morir en un accidente.

—Fui yo quien te convenció de que me dejaras acompañarte. No podíamos saber que ese hombre me había seguido desde Chicago.

—Yo lo suponía —le aseguró Ian con brusquedad.

Le desató el cinturón de la bata sin muchos miramientos y se la abrió a fin de deslizársela por los hombros. Bajo la bata llevaba un sencillo camisón de seda de color marfil que le llegaba a medio muslo. Ian le rodeó un pecho con una mano, arrancándole un jadeo, y lo moldeó en su palma. Tras mascullar algo que ella no oyó bien, le rodeó la espalda con un brazo. A continuación, se inclinó sobre ella, que arqueó la espalda apoyada en dicho brazo. Ian se llevó un pezón a la boca a través de la seda. Su cálida lengua frotó la tela húmeda de forma muy erótica sobre el pezón, exigiéndole que se endureciera al instante. En respuesta, Francesca sintió un espasmo en el clítoris. Era consciente del intenso deseo que inundaba a Ian. Al cabo de un momento él levantó la cabeza, tras oír sus gemidos de placer. Tenía una mirada un tanto salvaje.

—Te quiero mucho.

—Lo sé —le dijo ella con sinceridad.

¿Cómo iba a negarlo cuando veía esas apasionadas palabras reflejadas en sus ojos?

—Voy a azotarte y después voy a hacerte mía una y otra vez, hasta que no podamos movernos. —Extendió los dedos de una mano sobre su mentón—. Voy a poseerte. Voy a hacerte mía como me apetezca, Francesca. Aunque no servirá de nada. Nunca sirve. Siempre me quedo con ganas de más —añadió con un deje sombrío en la voz antes de inclinarse sobre ella para besarla de nuevo en la boca.

11

El deseo se apoderó de ella al escuchar sus ardientes y eróticas palabras. La voz de Ian seguía resonando en su cabeza cuando por fin la besó.

—¿Me vas a azotar porque te convencí para acompañarte al pueblo? —preguntó ella con voz temblorosa.

—Puede que en parte. Pero sobre todo lo voy a hacer porque me encanta. Y a ti también te gustará.

Francesca sintió su erección contra el abdomen. La notaba deliciosa, grande y pesada.

—Vale —accedió, mientras la excitación aumentaba en su interior.

Tal vez fuera la idea de que el peligro acechaba, tal vez fuera la certeza, aunque lejana, de que podrían separarse en cualquier momento. Ian podría marcharse, cierto, pero además solo eran seres humanos. La vida era cruel a veces, e impredecible… al igual que la muerte. Sin embargo, en ese momento estaban juntos, y los dos rebosaban de vida, de lujuria y de amor. Disfrutaría de ese tiempo con él a manos llenas, le sacaría todo el jugo posible.

—Ven —le dijo Ian al tiempo que la cogía de la mano.

Lo miró, desconcertada, cuando la condujo hasta una zona de pared vacía entre una cómoda antigua y un magnífico cuadro en el que se veía a un hombre a lomos de un caballo blanco con ropa del siglo XVI.

—Vuelvo enseguida —dijo Ian.

Lo vio entrar en su vestidor, como hizo la noche anterior para coger el cinturón. La piel de su trasero comenzó a arder por la expectación. Al igual que su clítoris. Sin embargo, cuando Ian salió del vestidor, no llevaba un cinturón en las manos, sino una pala de madera. Puso los ojos como platos cuando se acercó a ella.

—Creía que no tenías nada del estilo aquí —comentó con los ojos clavados en la pala.

A primera vista parecía como las palas que había usado con ella antes, pero no lo era. Era plana por una cara y ligeramente convexa por la otra, y un eje con cierto relieve la cruzaba por el centro. La pala en sí tendría unos treinta centímetros de largo y unos diez centímetros de ancho, sin contar con el mango, que lucía un asa de cuero en el extremo.

—Se me ha ocurrido improvisar —adujo Ian con una sonrisita.

Francesca se quedó sin aliento cuando lo vio quitarse uno de los gemelos de plata, guardárselo en el bolsillo y comenzar a enrollar la manga de la camisa del brazo que sostenía la pala. Ian levantó la pala para que pudiera inspeccionarla.

—Es una pala de críquet infantil. De hecho, es lo primero que mi abuelo me regaló al poco de llegar a Belford Hall. Lo he descubierto en un armario de la sala de billar hoy mismo. En fin, la verdad es que lo estaba buscando.

—Sin intención alguna de jugar al críquet —comentó ella, con una mezcla de sorna y de excitación.

—Jugaba a menudo cuando estaba en el colegio —le dijo Ian con una mirada ardiente al tiempo que se cambiaba la pala de mano y se quitaba el otro gemelo.

Francesca se humedeció los labios sin ser consciente de lo que hacía al verlo subirse la manga de la camisa blanca y dejar al descubierto otro fuerte brazo salpicado de vello. Adivinaba a la perfección el contorno de su polla bajo los pantalones. Estaba atrapada bajo los bóxer con la punta hacia arriba, algo inclinada hacia el bolsillo izquierdo del pantalón, con el abultado glande bien delineado pese a la tela. Se le hizo la boca agua por el repentino deseo de hacerle una mamada.

—Se me da muy bien lo de manejar la pala, que lo sepas —continuó él mientras se acercaba a ella, con la pala sujeta firmemente en su mano derecha.

—No me cabe la menor duda —replicó Francesca, mirándolo a los ojos con creciente lujuria y una pizca de inquietud. Miró la pala. Ian la sostuvo en alto.

—Es muy ligera. Las hacen con sauce —explicó él con voz ronca—. Tócala.

Tragó saliva con fuerza y recorrió con los dedos el instrumento que Ian pensaba usar para castigarla. Era muy ligera.

—Escocerá —dijo en voz alta, con voz temblorosa.

—Creo que sí, escocerá. Nunca la he usado con este propósito. Que no se te olvide decirme qué se siente —le ordenó con una sonrisa maliciosa antes de colocarse detrás de ella.

Francesca jadeó por la excitación cuando él le pegó la pala al culo y comenzó a trazar círculos contra sus glúteos a través del vestido y de la ropa interior. Por un erótico instante, se quedó quieta mientras Ian le acariciaba la palpitante piel con suavidad.

—Quítate el vestido —dijo él con voz grave pasado un momento, mientras le deslizaba la pala por la curva del trasero y le frotaba el culo con actitud lasciva.

Se bajó por los brazos los finos tirantes del vestido y dejó que descendiera por sus pechos. La prenda se detuvo en su cintura. Ian siguió frotándole el culo con la pala, pero la ayudó al meter los dedos por el escote del vestido y empujar para que le pasara las caderas. Acto seguido, apartó la pala y la seda se deslizó por sus piernas hasta caer al suelo, en torno a sus tobillos. Ian se colocó delante de ella, de espaldas a la pared.

—Ven aquí —le exigió en voz baja.

Francesca pasó sobre el vestido y se quitó los zapatos para

acercarse a él solo con las bragas de encaje. Ian le miró los pechos, el abdomen y la entrepierna, haciendo que se le endurecieran los pezones y que el clítoris comenzara a palpitarle.

—Coloca las manos en la nuca e inclínate hacia la pared —le dijo al tiempo que se apartaba para dejarle espacio. Tenía el codo doblado, con la punta de la pala apoyada en el hombro en lo que parecía una pose natural de sus días de jugador de críquet.

De repente, ella recordó un montón de historias acerca de los ingleses y de los azotes, y tuvo que contener una sonrisa. Le excitaba la idea de que le azotaran el culo con la pala de críquet... la idea de que la azotara el inglés más sexy que había existido jamás.

Eso la excitaba muchísimo, reconoció al tiempo que adoptaba la postura, con la cabeza vuelta y la vista clavada en Ian. Él le colocó una mano en el sensible costado y se preguntó si se daría cuenta de lo rápido que le latía el corazón.

—No, preciosa, no te inclines todavía. Solo apóyate en la pared. Deja los pies por detrás del resto del cuerpo. Así. Perfecto —le gruñó al oído.

Una vez que adoptó la postura, sus pies quedaron a poco más de medio metro del rodapié. Tenía las manos por encima de la cabeza y apoyaba el peso del cuerpo sobre los brazos, con los pechos colgando a unos quince centímetros de la pared. No había doblado la cintura, sino que estaba inclinada contra la pared.

Ian se colocó tras ella. No podía verlo a menos que girara el torso. Sabía por experiencia que a Ian no le haría gracia que cediera a su curiosidad. Siempre decía que sus ojos lo derretían. De modo que clavó la vista en la pared vacía y se obligó a inspirar hondo.

Sintió que le metía los dedos por el elástico de las bragas y que se las bajaba hasta medio muslo. Hizo ademán de moverse para ayudarlo a quitárselas, pero él se lo impidió.

—No. Separa más las piernas.

Hizo lo que le ordenaba y se detuvo cuando Ian dijo:

—Ya vale.

Con las piernas así de separadas, las bragas de encaje se estiraron al máximo entre sus muslos. Oyó el gruñido de Ian a su espalda, manifestando su satisfacción masculina, y pensó que tenía que gustarle mucho la imagen de sus bragas bajadas entre los muslos. «Pervertido», pensó al tiempo que contenía una sonrisa. La verdad era que la idea de excitarlo con un detalle tan insignificante la complació muchísimo.

Sintió cómo se colocaba tras ella, un poco inclinado, y se quedó sin aliento cuando le pegó la pala al culo desnudo. Al mismo tiempo, Ian le acarició el costado con la otra mano, rozándole la cadera, la cintura, las costillas y un pecho. Se estremeció, ya que el poder de aquella caricia aumentaba por el peligro que suponía la pala de madera contra su culo. Esperar el primer azote siempre le provocaba una excitación insoportable.

—Ya hablaremos largo y tendido sobre tu seguridad en los próximos días, pero entretanto —dijo Ian mientras seguía acariciándola—, prométeme que extremarás las precauciones.

—Tú también ibas en el coche. Prométeme que tendrás cuidado.

Ian pegó todavía más la pala contra sus glúteos.

—Sí, lo prometo —dijo ella en voz baja.

—En ese caso, yo también lo prometo —repuso él.

Ian levantó la pala. ¡Zas! Francesca gimió por el ramalazo de dolor seguido por el familiar escozor y los aguijonazos de deseo.

—¿Es demasiado? —le preguntó él mientras le frotaba el culo con la mano derecha.

—No.

—Es muy flexible —comentó Ian.

Francesca se mordió el labio para reprimir un gemido mientras él seguía frotándole el trasero. Sabía a qué se refería. La pala de sauce era muy ligera y flexible, ideal para que escociera la capa superficial de la piel sin causar daño permanente.

Ian volvió a azotarla. Y ella gimió por el escozor. Zas. Zas. Ian hizo otra pausa para relajarla.

—Sí, te estás calentando muy bien —dijo él, mientras le daba una palmadita en un glúteo antes de pasar el grueso índice por su raja.

De su vagina brotó el cálido flujo. Soltó un gemido entrecortado de deseo cuando Ian le metió de repente la pala entre los muslos y la pegó con fuerza contra su sexo. Puso los ojos como platos.

—¡Ah! —exclamó, sorprendida.

—¿Te gusta? —susurró él mientras movía un poquito la pala para estimularle el clítoris.

—Sí —gimió ella, al tiempo que cerraba los puños contra la pared. Apretó los dientes y comenzó a mover las caderas, frotándose contra la pala, montándola.

—Mmm —murmuró Ian junto a ella, que percibió su concentración... y su creciente ardor—. Creo que me la voy a llevar cuando me vaya. El perfil que tiene en el centro encaja a la perfección entre tus labios, ¿verdad? —preguntó en referencia a la forma ligeramente convexa que tenía la parte posterior de la pala y a cómo se introducía a la perfección en su vulva.

Su respuesta fue un gemido de deseo. Sin embargo, la pala se apartó de ella y volvió a azotarle el culo, golpeándole entonces la parte inferior de los glúteos. El sonido del azote resonó con fuerza en sus oídos. En esa ocasión, en vez de frotarle el trasero, le acarició la cadera y el vientre, electrizándole los nervios. Cerró los ojos con fuerza y contrajo la vagina por el ramalazo de deseo cuando Ian le cogió un pecho. Lo sintió acercarse y le encerró la cadera con los muslos, pegándole la polla al cuerpo con firmeza. Ian le puso la pala en la otra cadera e hizo presión, encerrándola entre la madera y su erección. Francesca gimió por la creciente excitación cuando Ian le pellizcó un pezón, endureciéndolo y convirtiéndolo en un punto erógeno muy sensibilizado.

Acto seguido, Ian levantó la pala y la azotó varias veces. Francesca sintió cómo su polla se movía contra su cadera con cada golpe.

—¿Recuerdas la primera vez que te azoté con una pala de madera? —preguntó él con voz ronca, presionándole los glúteos con la pala.

El culo comenzaba a dolerle bastante. Y el clítoris le palpitaba, atormentándola. Ansiaba mitigar el dolor con su propia mano.

—Sí —consiguió contestar.

¿Cómo olvidarlo? Se había quedado de piedra por lo que él dijo que quería hacerle… estupefacta por el hecho de que se lo hubiera permitido…

Excitada a más no poder por la idea de someterse sexualmente a él.

Ian le frotó el pezón con los dedos, obligándola a apretar los dientes al sentir una oleada de placer.

—Me moría por follarte hasta dejarte inconsciente. Y casi lo hice, porque estabas guapísima. Jamás había mantenido relaciones sexuales sin protección hasta ese momento, y casi caí en la tentación. Tu sumisión fue dulcísima. No comprendía que confiaras en mí. Y sigo sin comprenderlo.

Francesca cerró los ojos con más fuerza, conmovida por la brutal sinceridad de Ian.

—Una parte de mí te comprendía, incluso entonces, al principio —explicó con voz temblorosa por la emoción—. Me ponías muy nerviosa y al mismo tiempo… no lo hacías. Supe que te pertenecía. Supe que nos pertenecíamos el uno al otro. Estar contigo era como… llegar a casa —añadió con la voz quebrada por la emoción.

—Sí —dijo Ian tras una pausa—. Pero todavía no he conseguido entender cómo me lo merecía.

—No tienes que entenderlo, Ian. Solo creerlo.

Él gruñó por lo bajo y se apartó de ella, llevándose consigo la pala. Francesca gimió por la pérdida de su calor, pero mantuvo la postura mientras se debatía contra la agitación emocional y contra la curiosidad por lo que él estaba haciendo. Se mordió el labio cuando oyó que se bajaba la cremallera y contuvo un gemido expectante. Al instante, sintió que le rozaba las pantorrillas con las piernas.

—Apóyate en la pared e inclínate. No te follé aquella vez, pero ahora sí voy a hacerlo. Porque puedo... porque eres mía, pase lo que pase.

Francesca tragó saliva para aliviar el nudo que se le había formado en la garganta al escuchar el crudo deje dominante de su voz, mezclado con la resignación de aceptar su destino. Parecía ridículo negar lo que Ian había dicho. Aunque la dejara para siempre, una parte de ella la abandonaría con él a la par que una parte de Ian siempre ocuparía un trocito de su corazón. De su sangre. De su alma.

Adoptó la nueva postura, con las manos apoyadas en la pared, doblada por la cintura y con las bragas tensas entre sus piernas separadas. Sintió el duro y marcado glande de su polla rozándole los muslos hasta dar con su vagina. Ian la agarró con más fuerza de las caderas.

Gritó cuando la penetró de golpe, pegándole la pelvis al culo. Ian seguía vestido, ya que solo se había desabrochado los pantalones y se había sacado la polla. Podía sentir parte de sus testículos, junto con la tela de sus calzoncillos, contra los labios mayores. Ian se detuvo al oír su grito, hundido por completo en su ardiente vagina.

—¿Estás bien? —le preguntó.

Consiguió gemir para indicarle que sí, tras lo cual Ian movió una mano, para poder frotarle de este modo el clítoris con el dorso del índice. Francesca bajó la vista a su entrepierna y vio la pala de madera suspendida en el aire. Ian se había enganchado la cinta de cuero en la muñeca. Por algún motivo, ver la pala agitándose bajo ella mientras Ian le frotaba el clítoris le provocó un ramalazo de deseo. Gimió de placer mientras movía las caderas.

—Sigues dolorida por lo de anoche, ¿verdad? —preguntó él, que ya conocía la respuesta.

—Un poco —admitió, aunque lo que le estaba haciendo en el clítoris le gustaba tanto que se le estaba olvidando a marchas forzadas la ligera incomodidad de acogerlo en su interior, tan adentro, de golpe.

Ian permaneció completamente inmóvil un instante. Fue ella quien comenzó a moverse contra él, impulsada por el palpitante placer que le provocaba su dedo, montando su polla de modo que subía y bajaba sobre ella varios centímetros para conseguir la presión que necesitaba. Tampoco dijo nada, pero percibía la creciente tensión que lo embargaba mientras le acariciaba el culo con una mano y la estimulaba con la otra. Mientras ella se movía sobre su polla, sus gemidos y sus grititos, así como el ocasional ruido resultante de chocar su culo contra la pelvis de Ian cuando bajaba con fuerza, eran lo único que rompía el silencio. Cuando fue más que evidente que ya no se sentía incómoda, sino que estaba muy excitada, Ian la agarró de las caderas, inmovilizándola. La pala rebotó contra su muslo. Ian metió la mano entre ambos para colocarse los calzoncillos bajo los testículos.

Francesca se mordió el labio y gimió cuando él empezó a follarla como un loco, con embestidas fuertes y profundas. Levantaba ligeramente las caderas cada vez que la penetraba, lo que añadía una presión deliciosa a su clítoris. Por Dios, ese hombre sabía cómo follar, pensó de pasada mientras se apoyaba con más fuerza en la pared para evitar caerse por la brutal posesión. Le golpeaba el culo con la pala de madera cuando la montaba, arrancándole gemidos. Estaba ardiendo… todo le ardía: el culo, el clítoris, el coño, los pezones, las plantas de los pies…

Se le escapó un grito desgarrador cuando Ian le sacó la polla.

—Tranquila —la calmó mientras le frotaba la cadera y se colocaba junto a ella.

Francesca sintió cómo la punta de la polla le rozaba la cadera, dejándole un rastro de humedad, y gimió.

—No intento ser cruel. Quiero alargar el momento, solo eso. Incorpórate, preciosa. Vuelve a pegarte más a la pared.

Entre jadeos, intentó obedecerlo, pero su cerebro estaba concentrado en la ausencia de su polla. Ian la llenaba de forma tan completa, avivaba un fuego tan ardiente en lo más hondo de su cuerpo, que cuando no lo sentía, era desgarrador. Tras adoptar una postura similar a la anterior, Ian le colocó la pala de madera en el culo.

—No, más cerca. Acércate más al rodapié y apoya el peso sobre los brazos. Pon la mejilla en la pared —le indicó con voz ronca por la lujuria—. Y ahora pega tus preciosos pezones también.

Francesca gimió al escuchar su excitantes palabras incluso antes de obedecerlo. Se estremeció al sentir la fría y dura superficie contra su piel enfebrecida. Apoyó la mejilla derecha en la pared y miró a Ian, que se había desabrochado la camisa. Seguía vestido, aunque la polla le sobresalía de los pantalones y de los faldones de la camisa blanca. Cerró los ojos con fuerza cuando un aguijonazo de lujuria se le clavó en el clítoris. Estaba muy excitado, y su polla era preciosa, tan erecta y grande, mojada por su flujo.

—Ya basta —murmuró él al tiempo que le acariciaba la cadera y el culo—. Abre los ojos.

Lo obedeció y se encontró con su ardiente mirada. Ian comenzó a azotarle el culo, y los azotes le resonaban en los oídos mientras el leve y agudo dolor le despertaba las terminaciones nerviosas y le nublaba el cerebro, sumida su consciencia en la visión de Ian. No la estaba azotando con mucha fuerza, pero a su entender, los azotes secos solo conseguían aumentar su excitación. La experiencia era todavía más abrumadora porque la miraba fijamente. Ian solía obligarla a girar la cabeza cada vez que la azotaba.

En ese momento comprendió el motivo. Verle los ojos, darse cuenta de la tensión de su expresión, de su abrasadora mirada, le indicó lo frágil que era el control de Ian... Y lo mucho que se esforzaba por refrenarse.

Ian gimió de repente y ella parpadeó al tiempo que lo miraba de nuevo a la cara. Se percató de que había bajado la mirada hasta su erección y de que se había estado lamiendo los labios con anhelo. Ian le asestó un buen azote, por lo que dio un respingo.

—Lo siento —se disculpó, aunque fue incapaz de ocultar su satisfacción.

—De eso nada —masculló él con voz ronca, pero Francesca atisbó la sonrisita—. Solo por eso vas a ponerte de puntillas y a apoyar la frente en la pared. Puedes bajar las manos y descansar la cabeza sobre ellas.

—¿Cómo? —preguntó, confundida, aunque ya estaba bajando las manos para apoyar la cara.

—Ya me has oído —murmuró él—. Ponte de puntillas. Te tensará los músculos. Sentirás la pala de madera todavía más.

Francesca tensó las pantorrillas y se puso de puntillas. Ian la azotó. Sintió que se mojaba todavía más, y entendió a qué se refería Ian. La postura le tensaba los músculos de las piernas, pero sobre todo la dejaba en una posición un tanto vulnerable. Ian la azotó varias veces más antes de detenerse para frotarle la piel dolorida.

—Estás adquiriendo un bonito tono rosado —oyó que decía él.

—Ian —le suplicó con voz entrecortada cuando él le separó los glúteos y se percató de que le miraba el ano.

Contuvo el aliento cuando la tocó, sin penetrarla. Solo le acarició esa zona tan sensible. De repente, lo recordó todo: yacer en la cama del apartamento, atada de piernas y brazos, vulnerable a más no poder... y abierta ante él por completo. Se había preguntado de pasada si estaba mal entregarse tanto a otro ser humano, pero el amor había acallado sus dudas.

Ian la había abandonado aquella noche.

Gimió con una mezcla de desdicha y de excitación.

—¿Qué pasa? —preguntó él con sequedad.

Francesca se dio cuenta de que Ian había percibido su repentina inquietud.

Tragó saliva para poder hablar, pero no le salían las palabras. Se le tensaron más las pantorrillas y el dolor le dificultó la tarea de concentrarse.

—Apoya los talones en el suelo —le ordenó él mientras le acariciaba los glúteos y los muslos para calmarla—. ¿Francesca? —la instó cuando ella mantuvo la frente contra las manos, respirando con dificultad—. ¿No quieres aceptarme esta noche ahí?

Cerró los ojos al escucharlo, a sabiendas de que se refería al juego anal. Podía negarse, e Ian no insistiría. Aunque no era un problema de incomodidad física. De hecho, su caricia le había provocado un ramalazo de deseo. Pero también había hecho que recordara el trauma de entregarse...

Y de que la abandonara...

Sin embargo, ¿no había decidido esa misma tarde que era infantil no entregarse a él para castigarlo por hacerla sufrir? Negarle lo que deseaba como si fuera un crimen ser él mismo.

—No —contestó con voz amortiguada por su mano—. Sí que te quiero ahí.

Sintió que Ian le apartaba el pelo y se lo colocaba por encima del hombro a fin de descubrirle la frente y las mejillas.

—Mírame —le ordenó.

Francesca volvió la cara a regañadientes.

—Te da miedo entregarte más de la cuenta, ¿verdad? —le preguntó él sin rodeos, observándola con aquellos ojos tan azules que parecían leer su expresión como lo haría un ciego con las manos.

—No quiero quedarme sola de nuevo —repuso ella sin más.

—Yo tampoco quiero estar solo, ni que tú lo estés —le aseguró él, y Francesca captó el deje desesperado de su voz—. Lo intento, Francesca. Por favor, tienes que saber que lo intento. Lo intento con todas mis fuerzas.

Cerró los ojos al escucharlo.

—Lo sé.

—No voy a hacer nada que no quieras, ya lo sabes. Pero tampoco quiero perderme este tipo de intimidad contigo por culpa del miedo. Intento tener fe, preciosa —añadió con voz más comedida, aunque cargada de emoción.

Francesca abrió los ojos despacio.

—Yo tengo fe por los dos —susurró.

Y cuando lo dijo, se dio cuenta de que era verdad. Creía que Ian podría encontrar el camino que lo llevaría de vuelta hasta ella. Sabía que tenía lo necesario para abandonar la oscuridad en la que se había sumido.

Ian asintió con la cabeza una vez, sin apartar la mirada de sus ojos.

—Espera un momento —dijo él, y Francesca sintió que se alejaba.

Regresó al instante, ya sin la pala de madera y con un bote de lubricante en la mano. Ella tensó la vagina. Volvió a apoyar la frente en las manos. ¿Debería sentirse avergonzada por haberle dado permiso para que eso sucediera... por su necesidad?

No estaba segura. De repente, Ian comenzó a frotarle el dolorido culo y a separarle los glúteos. La penetró con un dedo y ella suspiró al tiempo que sus dudas salían por la ventana y desaparecían en la nada. Los dos guardaron silencio durante unos tensos segundos mientras él seguía penetrándola con el dedo. Era una caricia muy placentera, sagrada precisamente por ser prohibida... y por provenir de Ian. El silencio continuó mientras él seguía preparándola con los dedos para que aceptara su polla, no solo penetrándole el ano, sino usando la mano libre para acariciarle el clítoris y el coño a fin de aumentar su excitación.

—Ian, voy a correrme —anunció con voz entrecortada un

minuto después, mientras él le frotaba los labios mayores y le metía dos dedos en el ano.

—Córrete si quieres —replicó él con voz ronca—. Deja que sienta tu calor.

Tensó la cara cuando alcanzó el pico de placer y gimió mientras se corría contra su mano.

—Eso es —oyó que Ian decía mientras ella se estremecía. Le metió un largo dedo en el coño mientras seguía ejerciendo presión sobre su clítoris y masajeando su ano—. Ah, sí, siento cómo te corres de maravilla —jadeó. Le introdujo otro dedo en el ano y ella gritó al notar un ramalazo de dolor en medio del orgasmo—. Tranquila —la calmó—. Eso es. Tienes el culo ardiendo. Qué dulce eres —dijo, alargando su clímax todo lo posible.

Cuando por fin se dejó caer contra la pared, saciada, Ian le sacó los dedos del coño y del ano. Dejó que la cambiara de postura, de modo que quedó inclinada hacia delante, doblada por la cintura, con el culo bien expuesto. Parpadeó para apartarse el pelo de los ojos mientras escuchaba el frufrú de la ropa de Ian. Se estaba quitando los pantalones. Apretó el culo por la excitación y sintió un aguijonazo en el clítoris. Con la cabeza agachada, podía ver cómo se colocaba tras ella. Expulsó el aire que la tensión la había llevado a contener al sentir sus manos en la cadera en una caricia tranquilizadora.

—Voy a ir muy despacio porque no tengo nada con lo que prepararte —explicó Ian, refiriéndose al hecho de que solía prepararla para la penetración con un estimulador anal.

Francesca asintió con la cabeza, y la larga melena se movió a su alrededor como lo haría una cortina. Clavó la mirada en el rodapié, concentrada por completo en la sensación de la polla de Ian mientras la penetraba analmente.

—Ya sabes lo que tienes que hacer —dijo él, con voz jadeante—. Empuja.

Lo hizo, y sintió el conocido ramalazo de dolor cuando su glande le penetró el ano. Sin embargo, tal como sucedía siempre, la sensación desapareció al punto. Ian se quedó quieto a la espera de que ella se recuperase. Después, Francesca empujó contra él, jadeando, e Ian la penetró todavía más. Tras una pequeña pausa, cuando el dolor desapareció por completo, Ian la aferró por las caderas y comenzó a embestir con suavidad. La lubricación facilitaba las cosas, pero a juzgar por los gruñidos, mezcla de excitación e inquietud, supo que le estaba apretando bastante con los músculos anales, aferrándole la polla y oponiendo resistencia.

¿O era ella quien se resistía a Ian?

Tal vez aunque hubiera decidido entregarse a él pese a todo, una parte de ella seguía manteniendo las distancias. Quizá las dudas persistieran en su mente y en su cuerpo. El sexo anal siempre le había resultado muy erótico con Ian, ya que la vulnerabilidad exigida por el acto incrementaba el erotismo y la excitación de compartirlo con alguien en quien confiaba. Francesca no quería que las dudas y el miedo le arrebataran ese momento.

Exhaló mientras ordenaba a sus músculos que se relajaran.

Ian movió las caderas y la penetró todavía más con un gemido ronco.

—Dios, qué maravilla, Francesca —masculló. Todavía no la había penetrado por completo, pero sí había comenzado a follarla despacio.

Una oleada de excitación la recorrió. Comenzó a mover el culo contra su polla, pero Ian la sujetó con fuerza, clavándole los pulgares en los glúteos.

—Quédate quieta. Yo me encargo —musitó él.

Francesca clavó la mirada en el rodapié mientras intentaba mantenerse quieta, jadeando, y él movía la polla, adelante y atrás, adelante y atrás, avivando con cuidado el fuego de su cuerpo. Tenía que doblar un poco las rodillas debido a la diferencia de altura, y Francesca se preguntó si estaba incómodo. Cuando por fin la penetró hasta el fondo y le pegó el culo a las caderas, con los testículos contra su cuerpo, estaba a punto de estallar en llamas. Ian se limitó a sujetarla un instante.

—Te siento a la perfección. Estás ardiendo —dijo él.

Francesca cerró los ojos con fuerza al notar el poquísimo control que le quedaba.

—Yo también te siento. Estás tan... adentro —replicó con voz estrangulada, concentrada por completo en esa polla que la penetraba por un lugar tan delicado.

—Tengo que moverme.

—Sí —convino ella.

Sin soltarla de las caderas, adelantó el pie derecho, de modo que dejó la pierna junto a su cadera, mientras que la pierna izquierda seguía entre sus muslos. Eso igualó sus alturas lo suficiente. Comenzó a follarla con embestidas profundas y fuertes. A Francesca se le escapó un gemido excitado.

—¿Estás bien? —le preguntó Ian, aunque no detuvo el movimiento de las caderas y siguió penetrándola con la polla.

—¡Sí! —gimió con pasión.

Como de costumbre, era maravilloso entregarse a él de ese modo, un acto sublime y vulgar a la vez que rayaba el erotismo más salvaje. Ian comenzó a follarla con más fuerza, trasladando el peso del cuerpo a la pierna adelantada con cada envite, azotándole el culo con la pelvis. El sonido la excitaba muchísimo. Cuando Ian encontró el ritmo perfecto entre las embestidas de sus caderas y el movimiento circular que realizaba, Francesca puso los ojos en blanco. Comenzó a gemir de placer, cosa que aumentó conforme él la montaba cada vez más rápido, y sus gruñidos de placer le resonaban en los oídos, mezclándose con sus propios gritos.

—Eso es —gruñó él—. Ahora te estás entregando a mí. Puedo sentirlo.

Y era verdad. No se estaba reservando nada, se estaba abriendo a él, concentrada en darle placer al tiempo que buscaba el propio.

Que Dios la ayudara.

—Ponte de puntillas de nuevo —le ordenó con sequedad, penetrándola cada vez más rápido—. Yo te sujetaré. ¡Hazlo, Francesca! —la urgió cuando ella no lo obedeció al instante, de tan sumida que estaba en el placer.

Se puso de puntillas como le ordenaba, tensando las pantorrillas y alzando los talones. Jadeó cuando Ian embistió. ¿Cómo era posible que conociera los mecanismos del sexo tan bien? La postura le elevaba el culo y proporcionaba un nuevo ángulo de penetración a Ian. Hacía que sus músculos se tensaran en torno a él, hacía que lo sintiera todavía más adentro. El gruñido gutural de Ian le indicó que él también sentía la presión, y que le gustaba. Mucho. Ian volvió a juntar las piernas, de modo que tenía las dos por detrás de los muslos, y la penetró con renovadas fuerzas, arrancándole un grito. Le dolía un poco por la violencia con la que la penetraba, pero la excitaba todavía más.

—Unos pocos segundos más —gruñó él—. Quédate de puntillas. Es maravilloso, joder. Voy a correrme dentro de ti.

Puso los ojos como platos cuando Ian se enterró en ella y notó cómo la polla le crecía todavía más. Sintió cómo se agitaba en su interior, obligándola a reprimir otro grito. Sintió su cálido semen cuando empezó a eyacular y oyó cómo se tragaba el ronco rugido, de modo que solo emitió un gruñido salvaje al correrse. Le costaba explicar por qué le gustaba tanto que él encontrara placer aunque ella estuviera un poco incómoda. Ian la complacía a menudo, a conciencia. Se deleitaba con la oportunidad de proporcionarle un clímax igual de intenso.

Después de que Ian se estremeciera por última vez, siguió abrazándola con fuerza contra su cuerpo mientras jadeaba.

—Baja los talones al suelo —le ordenó a la postre, con una voz que sonó dura y tierna a la vez.

Francesca ni se había dado cuenta de que seguía cumpliendo sus órdenes incluso después de que se hubiera corrido.

Lo obedeció y suspiró aliviada al sentir que la tensión desaparecía. Se preguntó por qué le resultaba tan excitante sacrificarse un poco para complacerlo, pero en ese momento él le metió una mano entre los muslos y ya todo le dio igual. Le bastaba con saber que era cierto. Su cuerpo sabía qué quería, qué le gustaba. Estaba empapada, excitada a más no poder. Oía el sonido de sus dedos al moverse dentro de su lubricada vagina, así como los gruñidos satisfechos de Ian por su flagrante excitación. Su clítoris se tensó bajo aquellos dedos expertos. En cuestión de segundos, se estaba corriendo contra su mano mientras sentía su polla agitarse dentro de ella.

El encuentro no solo había sido muy erótico e íntimo para Francesca, sino que también había sido muy emocional. No se había percatado de que se le habían escapado las lágrimas, pero en algún punto debió de suceder. Unos minutos después, mientras se duchaban juntos, Ian le limpió las mejillas. La miró a los ojos mientras el agua caliente bañaba sus cuerpos.

—Lo sé —dijo en voz baja—. Sé lo duro que es para ti. Todo esto. Lo siento.

Tragó saliva con dificultad al escucharlo. Sí, se había disculpado. ¿Era una inmadura por alegrarse? No lo creía. ¿No era mejor que al menos Ian sintiera que tenía el poder necesario para disculparse por su comportamiento? Antes, tenía la impresión de que Ian no se disculpaba porque sería como disculparse por un tornado, un huracán, el destino o cualquier otra fuerza impredecible.

¿Disculparse en ese momento no implicaba, aunque fuera solo un poco, que se había dado cuenta de que podía decidir cómo respondía a toda esa situación?

Ian le acarició la mejilla con el pulgar cuando lo miró con expresión seria.

—Solo quiero asegurarme de que me merezco estar a tu lado —dijo él, con un deje desesperado en la voz.

Francesca cerró los ojos al ver el dolor que Ian solía ocultar tan bien. La temida sensación de impotencia la asaltó como una ola gigante. No podía decirle nada. Ian sabía lo que ella sentía.

Se puso de puntillas de nuevo, desentendiéndose del dolor de las pantorrillas, y lo abrazó con fuerza, fusionando sus cuerpos húmedos y usando la única arma que tenía a su disposición para protegerlo de su desdicha.

12

Ian había dicho que iba a poseerla esa noche y lo cumplió en cuanto se acostaron. Le hizo el amor con una desesperación casi frenética hasta que ambos cayeron exhaustos y se quedaron dormidos. Francesca pensó que le recordaba a un hombre dándose un festín la noche previa a que lo encarcelaran, pero no tardó en descartar la idea, ya que le resultaba imposible de contemplar durante mucho tiempo.

Cuando bajaron a desayunar a la mañana siguiente, lo tomó de la mano nada más llegar al vestíbulo principal. Ian se volvió, extrañado, y abrió los ojos por la sorpresa. Ella le regaló una sonrisa y no apartó la mano, aunque pasaron junto a varios miembros del personal de servicio de camino al comedor, donde James y Gerard ya estaban sentados, leyendo sus periódicos y desayunando.

El personal de servicio, Anne y un técnico contratado por Lin se afanaban con los preparativos para la rueda de prensa. Se iba a celebrar en el salón de recepción, ya que era lo bastante grande para acomodar a la treintena de periodistas invitados y contaba con una acústica estupenda.

Lucien y Elise aún no habían bajado, pero Gerard, James, Francesca e Ian estaban bebiendo café y desayunando aquello que habían elegido de las bandejas del aparador, cuando la señora Hanson entró en el comedor acompañada por una mujer de pelo canoso y expresión adusta. Francesca parpadeó y soltó el tenedor al ver que Clarisse las seguía y parecía muy incómoda.

—Siento interrumpirlo durante el desayuno, ilustrísima —le dijo la señora Hanson a James, a modo de disculpa.

—No seas ridícula. ¿Qué pasa, Eleanor? —le preguntó el conde, perplejo pero sin perder la compostura.

—Como ya sabe, la señorita Everherd es la supervisora de las doncellas. Esta mañana ha venido a verme por un problema y he creído conveniente... bueno... en fin, con todo lo que está pasando... —dijo la señora Hanson, que titubeó—, he creído conveniente que ella misma le informe de inmediato.

—¿Qué sucede, señorita Everherd? —preguntó James.

—El personal de servicio ha sido informado sobre el aumento de la seguridad en torno a Belford Hall, ilustrísima, y nos estamos preocupando de tomar todas las precauciones posibles. Al menos, la mayoría de nosotros lo está haciendo —añadió la señorita Everherd, mirando de reojo a Clarisse con los labios apretados.

Clarisse estaba muy pálida y parecía más joven que de costumbre.

—Ilustrísima, le pido disculpas —dijo en voz baja con los ojos brillantes por la ansiedad—. Informé a la señorita Everherd en cuanto me percaté de que faltaba. Creo que he perdido la llave maestra.

—De nuevo —añadió la señorita Everherd con severidad.

Clarisse se sonrojó y clavó los ojos en el suelo. Francesca sintió una punzada de incomodidad por el mal rato que estaba pasando la chica. Le habría gustado salir de la estancia con una excusa, convencida de que Clarisse no disfrutaba de que le echaran una bronca como a una niña con público delante.

Gerard soltó la servilleta sobre la mesa.

—¿En serio, Clarisse? Con la de veces que hemos repetido la importancia de la seguridad, sobre todo con la rueda de prensa que va a celebrarse hoy.

—¿Sabes cuándo desapareció, Clarisse? —le preguntó Ian.

—No, señor —respondió la doncella con expresión desolada—. En algún momento entre ayer y esta mañana. —Se puso colorada—. Pensé que la había usado esta mañana cuando empecé a trabajar, pero Catherine, la ayudante de la cocinera, me dijo que entré por la puerta trasera con ella.

—Es una cabeza de chorlito —soltó la señorita Everherd con severidad—. Esta no es la primera vez que Clarisse pierde la llave maestra.

—No pasa nada —le aseguró Ian con voz serena—. Cuando acabe de desayunar, le daré otra llave maestra y borraré su código anterior.

—Clarisse, deberías ser más cuidadosa —la reprendió Gerard con suavidad al tiempo que echaba un chorro de nata a su café—. Como si Ian no tuviera bastante con la rueda de prensa. Ahora resulta que la seguridad está comprometida.

—No es para tanto. Una llave perdida no supone una catástrofe. Tiene remedio —comentó Ian.

Francesca lo miró agradecida por evitarle un bochorno peor a Clarisse. La doncella parecía muy abatida.

—Todo se arreglará, y aquí no ha pasado nada. Muchas gracias a todas —dijo James, quien también miró a Clarisse— por ponernos al tanto del problema a fin de que podamos solucionarlo.

Francesca se sintió muy rara al ver que las tres mujeres abandonaban la estancia. Veía a Clarisse como a una amiga, y no le había gustado estar sentada a la mesa como si fuera uno de los acusadores.

Todos siguieron desayunando en silencio. Salvo Ian, se percató Francesca, que masticó la tostada más despacio al ver que él observaba con los ojos entrecerrados a Gerard mientras bebía un sorbo de café.

Esa misma tarde Gerard esperaba con impaciencia en el despacho privado de James. Sabía que el conde no se separaría del lado de Ian durante la rueda de prensa, siempre dispuesto a demostrar todo su apoyo al niño de sus ojos, a su desgraciado y precioso nieto. El pensamiento hizo que pusiera los ojos en blanco. Gerard había usado el despacho de James en el pasado y conocía la venerable estancia como la palma de la mano. Tras mencionar que tenía negocios importantes que atender, de modo que no podría asistir a la rueda de prensa, James insistió mucho en que usara su despacho, tal como Gerard había imaginado que haría.

Porque en realidad tenía un negocio importantísimo entre manos.

Brodsik se retrasaba. El tipo era más despistado que Clarisse y el doble de lerdo que ella. Si a esa combinación se le sumaba una gran dosis de avaricia, se conseguía la receta perfecta para obtener una volubilidad absoluta. Detestaba tener que fiarse lo más mínimo de gente como Brodsik y Stern. Stern... se había encargado de él en cuanto la pareja de delincuentes llegó a Inglaterra. A Brodsik lo necesitaba. Él fue a quien Francesca vio en Chicago, al fin y al cabo. Su cara era la que suponía una amenaza en opinión de Ian y de Francesca. Stern, por el contrario, era un cabo suelto y con patas sin utilidad alguna para Gerard. De modo que lo había liquidado a las primeras de cambio.

Gerard se había visto obligado a contratar los servicios de esos dos en contra de su voluntad, después de que Francesca frustrara sus planes de obtener el control financiero de Empresas Noble con una opa hostil. Tras ese contratiempo, supo que debía encontrar el modo de sacar a Ian de su escondite, y ¿qué mejor manera de atraer a su «noble» primo que amenazar a su antigua prometida? Ciertamente había sido un riesgo. Al fin y al cabo, Ian la había abandonado. Tal vez ni siquiera le importara que alguien amenazara a Francesca. Pero no, sus miedos habían sido infundados. En cuanto Francesca estuvo en peligro, Ian apareció en escena, dispuesto a interpretar el papel de trágico caballero de brillante armadura.

Ian era tan transparente como el cristal.

Todo saldría bien. Era el momento perfecto para atacar. No podría llegar hasta Ian si volvía a hacerse invisible. Ian era vulnerable. A nadie le sorprendería que se le fuera la pinza por completo y se llevara a Francesca con él.

Echó un vistazo a su reloj de pulsera y frunció el ceño. A lo lejos se oía la voz de Ian hablando a través del micrófono. La rueda de prensa había empezado. Su primo ya estaba comandando las tropas, demostrándole al mundo que era un líder brillante y seguro de sí mismo.

Pero él sabía la verdad. La contraseña que había descifrado gracias a la cámara de vigilancia había funcionado. El día anterior hizo una copia de los archivos de Ian. De todos ellos. La noche anterior empezó a examinarlos... después de oír a Ian y a Francesca haciendo el amor con frenesí, claro. A la mierda con su primo por follarse a Francesca en sitios que él no podía predecir. Había cambiado de posición una de las dos cámaras del dormitorio de Ian, puesto que no necesitaba la imagen del escritorio y del ordenador. De modo que la había colocado en un lugar donde creía que Ian se había follado a Francesca la otra noche. Sin embargo y como en el resto de las facetas de la vida, Ian se había negado a cooperar con sus planes. Gerard se había visto obligado a escuchar cómo golpeaba a Francesca con una pala de madera. Después, se masturbó cuando oyó que la sodomizaba. El orgasmo que alcanzó fue tan explosivo que no necesitó espiar más las actividades sexuales de la pareja. En cambio, se lanzó de lleno a examinar los archivos de Ian.

Así fue como descubrió que Ian Noble no era el genio controlado, frío y distante que fingía ser en esos momentos delante de las cámaras de los periodistas. Al contrario, era un hombre al borde de la locura, obsesionado por la muerte de su madre y por la verdad que había descubierto sobre la identidad de su padre biológico.

Ian Noble, el hijo de un violador condenado.

Después de que Gerard ojeara el contenido más incendiario, ideó un cambio de planes.

La inteligencia de una persona era evidente, al fin y al cabo, cuando tras percatarse de la debilidad del objetivo se ejercía la presión adecuada a fin de que la fisura resultante pareciera inevitable en retrospectiva.

Había puesto en práctica esa habilidad con sus padres por primera vez. De forma inadvertida, descubrió que el coche que usaban sus padres tenía un fallo en el sistema de frenado. Un amigo de Oxford que pertenecía a una familia influyente había logrado sonsacarle dicho fallo de fábrica a otro compañero, y Gerard lo había escuchado todo. Las noticias aún no se habían hecho públicas. Al poseer dicha información, solo necesitó un pequeño empujón mecánico por su parte, algo muy sencillo ya que siempre le había gustado trabajar con los coches y las motocicletas, y *voilà*. Sus padres murieron. Además de heredar su fortuna y sus propiedades, también demandó a la empresa automovilística y obtuvo una cuantiosa indemnización. Todo fue tan fácil que casi resultó ridículo, pero tuvo que armarse de paciencia para esperar a que llegara el momento oportuno.

La paciencia era su fuerte.

Solo había que ejercer la presión adecuada en el sitio correcto. Ese era su lema. Jamás debía exagerar. Francesca e Ian eran los puntos débiles de su plan, pero Francesca había demostrado ser demasiado independiente y entrometida al frustrar sus planes tanto para seducirla como para adquirir Tyake. Había bloqueado todos sus esfuerzos para hacerse con el control de Empresas Noble junto con ese arrogante insoportable de Lucien, otra de las variables inesperadas que le habían impedido llevar a cabo el plan en su totalidad.

Claro que él era sobre todo una persona flexible. Había que dejarse llevar por la marea, no luchar contra ella. Tenía la impresión de que le había tocado el premio gordo al descubrir la absoluta vulnerabilidad de Ian. Por supuesto, era consciente de que su primo se encontraba debilitado después de la muerte de su madre, de ahí que desapareciera. Gerard se apresuró a aprovecharse de la ausencia de su primo y de su herida. Cuando surgió la oportunidad de Tyake, estaba listo para atacar ese punto débil que se le había ofrecido para así poder hacerse con el control de la empresa de Ian. Sin embargo, para eso necesitaba la ayuda de Francesca, aunque pronto descubrió que con Lucien cerca para aconsejarla no era tan maleable como había esperado.

A esas alturas y armado con munición capaz de provocar una explosión, podría incluir a ese irritante Lucien en la conflagración si tenía suerte. Aurore Manor, el lugar donde Ian se había escondido y donde posiblemente se hubiera dejado llevar por la locura, sería el escenario perfecto de su muerte. Cuando saltara la noticia de lo que había estado haciendo allí, pocos dudarían de que Ian Noble era una bomba de relojería andante. No les sorprendería que se hubiera autodestruido.

Decidido por fin el plan alternativo, Gerard ya no quería que Ian siguiera en Belford Hall, de modo que era necesario eliminar la aparente amenaza de Brodsik y pulir ciertos detalles en el proceso.

Alzó la vista con tranquilidad cuando oyó que se abría la puerta de la estancia. Había dicho a Brodsik cómo podía entrar en la mansión, y le había ordenado que llegara pronto y que se escondiera en la sala de billar hasta que pudiera encontrarse con él a la hora convenida.

—Llegas tarde —le dijo, sin levantarse del sillón que ocupaba tras el enorme escritorio de James.

—He tenido que andarme con ojo. Hay personal de seguridad por todos lados —adujo Brodsik, acercándose a él.

Gerard se encogió de hombros.

—Por la rueda de prensa. Al fin y al cabo, Ian es el dios de los negocios del mundo occidental —comentó con sarcasmo—. ¿Y bien? ¿Estás preparado para ponerte manos a la obra? Te diré cómo llegar desde aquí hasta el dormitorio de Noble. Te quedarás escondido ahí hasta que él llegue y lo pillarás por sorpresa. Ya te he dicho cómo salir después sin que nadie te descubra.

—¿Dónde está el dinero? —le preguntó Brodsik con brusquedad.

Gerard miró su corpulenta forma con desdén y señaló una mochila que descansaba en el escritorio, frente a él.

—Está todo ahí. Lo que te corresponde por el trabajo y una cantidad suficiente para desaparecer y…

—Un incentivo para mantener la boca cerrada sobre el «trabajo» —lo interrumpió Brodsik, que sonrió mientras contemplaba con avaricia la mochila.

Gerard nunca lo había visto sonreír. La imagen no fue muy agradable. De repente, el tipo pareció caer en la cuenta de algo y la sonrisa se transformó en un ceño amenazador.

—Si descubro que le ha pasado algo a Shell, lo haré responsable. Eso significa más pasta —añadió, refiriéndose a Shell Stern, su compañero.

Gerard gruñó, abrumado al instante por la ira y el odio.

—¿Cómo te atreves a amenazarme con otro chantaje?

Brodsik pareció sorprenderse por el repentino arranque de furia.

—Le ha pasado algo. Shell no es capaz de quedarse callado ni dos segundos seguidos, ni de desaparecer durante días. No digo que haya sido usted, pero…

—Pues a mí me ha parecido que lo insinuabas —masculló Gerard.

Brodsik pareció arrepentido por haber sacado el tema de conversación mientras clavaba de nuevo la vista en la mochila.

—En fin, que empiece la función —murmuró al tiempo que se acercaba al escritorio con la mano extendida para coger la mochila.

Gerard lo detuvo con un gesto.

—Dentro de un momento la abriré para que veas el dinero.

Antes enséñame la pistola. Tengo derecho a asegurarme de que estás preparado.

Brodsik amagó con protestar y se negó a apartar la vista de la mochila. Al final acabó encogiendo sus enormes hombros y metió la mano en uno de los bolsillos de la parka, del que sacó un arma automática.

—Todo salió como usted dijo. El tío de Londres no hizo ninguna pregunta —comentó.

—Así que no necesitas mentir —replicó Gerard, que contemplaba la conocida pistola con satisfacción. Había usado esa misma pistola para matar a Shell Stern poco menos de una semana antes—. Jago Teague es un hombre discreto. Debe serlo, dada su profesión... o sus profesiones, debería decir. En fin, acabemos con esto, ¿de acuerdo? Cuanto antes me libre de Noble, mejor. Hace veinte años que sobra. —Abrió la mochila. No contenía dinero, jamás se dejaría chantajear por nadie, y mucho menos por un idiota como el que tenía delante, pero sí contenía carpetas con algunos informes de su trabajo. Y otra cosa más.

Sacó la pistola de James y apuntó con ella a Brodsik, que ni siquiera tuvo tiempo de sorprenderse. Le disparó a la cabeza sin parpadear.

El enorme cuerpo de Brodsik cayó desplomado al suelo. Gerard abrió despacio el cajón derecho del escritorio de James. La caja roja de cuero donde James siempre guardaba su pistola ya estaba abierta.

Tras aferrar con fuerza la pistola, compuso una expresión de aturdimiento total.

Anne les había ofrecido la biblioteca para que trabajaran en el retrato robot sin que los molestaran. Francesca estaba sentada a una mesa junto a la experta, una mujer llamada Violet. Ambas miraban la pantalla del portátil de Violet mientras el rostro del hombre iba tomando forma según la descripción de Francesca.

En un momento dado, se oyó un ruido a lo lejos, una especie de petardo. El sonido no la alarmó, pero sí que lo hizo el brinco que pegó Lucien, que hasta entonces había estado sentado en un sillón orejero, ojeando la sección de negocios de un periódico francés mientras ella trabajaba con Violet. En ese instante, el periódico yacía olvidado sobre la alfombra persa.

—¿Lucien? —lo llamó, asombrada al ver su expresión tensa.

Sintió un escalofrío en el cuello que le bajó por los brazos cuando vio que Lucien caminaba hacia la puerta y pegaba la oreja para escuchar.

—Venid conmigo —dijo—. Las dos —añadió, mirando a Violet. Al ver que Francesca lo obedecía y Violet se limitaba a mirarlo asombrada, ordenó—: ¡Vamos! —Acto seguido, señaló la puerta trasera y asintió con la cabeza en dirección a Francesca, que comprendió que quería que caminara delante de él.

—Lucien, no pensarás que eso ha sido un disparo, ¿verdad? —le preguntó ella.

—Estoy casi seguro de ello.

A Francesca se le encogió el corazón.

—Pero... ¡Ian!

—No nos va a dar las gracias a ninguno si salimos de aquí corriendo cuando es posible que haya un asesino suelto. Por favor, Francesca —insistió con voz más suave—. Haz lo que te digo. La puerta trasera de la cocina está vigilada por la policía. Ellos podrán comunicarse con los agentes presentes en la rueda de prensa y averiguarán antes que nosotros qué ha sucedido. El equipo de seguridad y la policía se encargarán de asegurar la zona. Bastante tienen encima.

Caminar en dirección contraria al lugar donde Ian se encontraba después de haber oído un disparo le costó un gran esfuerzo, pero Francesca se obligó a hacerlo. La puerta trasera de la biblioteca daba acceso a un pasillo en penumbra. A esas alturas ya sabía que casi todas las estancias principales contaban con una entrada para la familia y con otra para el personal de servicio, que también estaba comunicada con el sótano, la cocina y el comedor de la servidumbre. Lucien había estado en lo cierto, porque un policía subía a la carrera un tramo de escalera que ella nunca había visto hasta entonces. No eran los únicos que habían bajado.

—Sigan hasta la cocina. El agente Inez está con el personal —dijo el agente.

—¿Qué ha pasado? —exigió saber Lucien.

—Alguien ha recibido un disparo. Creemos que un intruso. Parece que la situación está controlada, pero no estamos seguros. Bajen con Inez, por favor. —Se alejó de ellos corriendo.

Sin embargo, la breve y tensa explicación del policía suscitó más preguntas que respuestas, y la ansiedad de Francesca fue en aumento. De todas formas, siguió a Violet escaleras abajo, y Lucien la siguió a ella. Sus movimientos serenos la ayudaban a disimular el pánico que le atenazaba la mente.

El agente Inez los reunió a todos en el comedor: a Francesca, a Violet, a Lucien y al resto del personal de servicio que se encontraba en el comedor, a fin de esperar la confirmación de que la amenaza estaba controlada. La estancia solo contaba con una entrada, de modo que era más fácil vigilarla, supuso Francesca. Al ver que el agente Inez salía al pasillo para montar guardia armado con la pistola, se sintió nerviosa y agradecida.

No se había llevado el móvil a la biblioteca y en la vida se había arrepentido tanto de una decisión. Se sentó junto a la señora Hanson a la mesa de roble, con la mano entrelazada con la de la otra mujer. Fue el peor momento de su vida, ya que no sabía qué sucedía en el piso de arriba. ¿Dónde estaba Ian? ¿Qué estaba haciendo? ¿Qué les había pasado a Elise, a Anne, a James y a Gerard? La incertidumbre era insoportable. Al mirar a Lucien se percató de lo tenso y nervioso que se lo veía. Él bajó la vista y se sacó el móvil del bolsillo. Tras mirar la pantalla, suspiró aliviado.

—¿Elise? —le preguntó ella al interpretar su expresión.

—Sí —contestó Lucien, mientras escribía un mensaje de respuesta—. Está bien.

Se compadeció de él, ya que también había estado aguardando noticias con el alma en vilo. Comprendió por primera vez que Lucien no estaría allí plantado si no le hubiera prometido a Ian que la cuidaría mientras él se hallaba en la rueda de prensa. De no ser por la promesa que le había hecho a su hermano, Francesca estaba segura de que Lucien ya habría subido a la planta alta en contra de las órdenes de la policía, para buscar a su mujer.

Su mente era un hervidero de preguntas, a cada cual más aterradora que la anterior. Al final, solo pasaron un par de minutos antes de que les llegaran las noticias, pero para Francesca fue como una eternidad. Apretó con fuerza la mano a la señora Hanson, que le devolvió el gesto, cuando el móvil del agente Inez sonó al otro lado de la puerta.

—¿Sí? —respondió el policía, cuya voz les llegó alta y clara. Francesca apenas respiró durante el silencio posterior a la pregunta—. Sí, la señorita Arno está con nosotros y el señor Lenault también. Se encuentran bien. Todo el mundo está esperando en el comedor del personal de servicio. Aquí está todo tranquilo. —Otro silencio—. Sí. Se lo comunicaré.

La cabeza calva del agente apareció por el vano de la puerta del comedor.

—Era el detective Markov. El señor Noble quería saber dónde se encontraban —dijo mirando a Francesca y después a Lucien—. Quiere que todo el mundo sepa que la familia se encuentra bien. Nadie ha resultado herido. Fue el intruso quien recibió el disparo. Al parecer, ha muerto.

—¿Quién le ha disparado? —preguntó Lucien desde el aparador en el que estaba apoyado, una pose relajada que no lograba ocultar la tensión de su poderoso cuerpo.

—Parece que se encontró con algún miembro de la familia al

entrar y lo sorprendieron. No me han dado más detalles, pero Markov dice que querrán que usted suba en breve —le dijo a Francesca—. Están intentando sacar a todos los periodistas y a los cámaras de la propiedad.

—¿Quieren que yo suba? —preguntó Francesca, aturdida.

—Sí. Quieren que identifique el cuerpo, por si es el mismo tipo que intentó sacarlos ayer de la carretera.

Un repentino escalofrío la hizo temblar. La señora Hanson le pasó un brazo por los hombros y la abrazó con fuerza.

Francesca se levantó de un brinco de la silla poco después, cuando oyó la voz ronca de Ian en el pasillo mientras se identificaba frente al agente Inez. Al cabo de un segundo, lo vio en la puerta del comedor, con el rostro crispado por la tensión y una expresión ardiente cuando ella corrió hacia él. Se le aflojaron las piernas al verlo vivo, tan guapo y tan alto, con su traje oscuro y la corbata azul hielo. Le echó los brazos al cuello. Ian la pegó a su cuerpo y le frotó la espalda con gesto frenético, como si quisiera asegurarse de que era real. Ella también necesitaba comprobar que Ian estaba bien, de modo que le aferró los hombros y aspiró su olor especiado, como si quisiera almacenarlo en su memoria para siempre.

—Gracias a Dios que estás bien —dijo él, y Francesca sintió el cálido roce de su aliento en el cuello.

—Gracias a Dios que tú lo estás —murmuró ella con voz sentida. Retrocedió lo justo para mirarlo a la cara, ya que necesitaba verlo. Tenía el ceño fruncido mientras sus ojos azules le examinaban el rostro. Parecía tan dispuesto como ella a memorizar todos sus detalles—. Cuando he oído el disparo, solo podía pensar en ti delante de esa multitud. No dejaba de pensar que…

—Chitón, no pasa nada. Todo saldrá bien —añadió Ian en voz baja al tiempo que le apartaba el pelo de la cara con una mano y después le acarició la nuca.

—Ian —lo llamó la señora Hanson con un hilo de voz desde detrás de Francesca.

—Señora Hanson —replicó él, que se apartó lo justo para abrazar a la mujer—. Estamos todos bien —le aseguró. Después, miró los rostros preocupados del resto del personal de servicio—. Nadie de la familia ni del personal ha resultado herido. La policía está evacuando a la prensa y asegurando la zona.

—¡Lucien!

Tanto Ian como Francesca y la señora Hanson se sobresaltaron y se dieron la vuelta al oír el grito nervioso de Elise. El agente Inez no la conocía, como había sido el caso de Ian, de modo que la había retenido en el pasillo, si bien le estaba costando lo suyo pese a los más de cincuenta kilos de peso que le sacaba de ventaja.

—No pasa nada —dijo Lucien con brusquedad al tiempo que salía del comedor para buscarla—. ¡Es mi mujer!

El alivio recorrió de nuevo a Francesca al ver que Lucien cogía a Elise en brazos. Atisbó el rostro de su amiga por encima del brazo de su marido, con los ojos cerrados y la preciosa cara demudada por una intensa alegría. Sabía exactamente lo que Elise estaba sintiendo.

—¿Todos están bien de verdad? —le susurró Francesca a Ian, ya que necesitaba que le confirmara el informe del agente Inez—. ¿Anne? ¿James? ¿Gerard?

—Sí, todos están bien —le aseguró él—. Tampoco ha resultado herido ningún miembro de la prensa. Solo el intruso. El detective Markov ha dispuesto que la familia espere en el salón —siguió, y después apretó los labios—. Quiere que subas. Le gustaría que identificaras el cadáver.

—De acuerdo —replicó ella, asintiendo con la cabeza—. ¿Dónde... está... dónde está el cadáver? —murmuró, aturdida. Le resultaba increíble pensar que estaba hablando de un hombre muerto, de un cadáver. En la vida había visto a un muerto.

—En el despacho del abuelo.

Francesca asintió con la cabeza. Ian la observaba con gesto penetrante.

—Francesca, aunque la policía quiere que lo hagas, no es una imagen agradable. No tienes por qué hacerlo. Yo ya lo he identificado como el hombre que nos sacó ayer de la carretera.

—Pero ¿no quieren que yo confirme que es el mismo hombre que me asaltó en Chicago?

—Sí —respondió Ian con los labios fruncidos—. Pero ayer me dijiste que el conductor del coche era el hombre de Chicago. Tal vez las fotos del forense sean suficientes para la identificación. Puedo hablar con Markov.

Francesca comprendió que estaba tratando de protegerla y le acarició el mentón.

—No me pasará nada —le dijo en voz baja—. Pero… ¿me acompañarás?

—Por supuesto —contestó él, como si esa hubiera sido su intención desde el principio.

Al cabo de un momento Ian le abría la puerta por la que se accedía al vestíbulo principal. La luz del sol le dio de lleno en los ojos, cegándola momentáneamente y aumentando la sensación de irrealidad que la abrumaba. Comprendió que el sol entraba por la puerta principal. El vestíbulo estaba plagado de policías. Algunos hablaban por teléfono. A través de la puerta vio unos cuantos coches patrulla aparcados en la avenida de entrada y oyó los crujidos de sus radios y las voces metálicas.

Empezó a andar hacia la puerta que pensaba que era la del despacho de James, pero Ian la detuvo con la mano con la que la tenía agarrada. La invitó a dirigirse hacia la zona del vestíbulo que quedaba oculta por la sombra.

—Francesca, antes de entrar ahí, debes saber algo.

—¿El qué?

—Gerard le disparó. El intruso se plantó delante de Gerard de forma inesperada mientras él trabajaba en el despacho de mi abuelo. El hombre lo apuntó con una pistola. El abuelo guarda un arma en su escritorio, donde estaba trabajando Gerard. Lo normal es que no esté cargada. Según Gerard, pensó en cargarla cuando comenzó la rueda de prensa. Al parecer, le asustó lo sucedido ayer y decidió dejarse llevar por el instinto. Y menos mal que lo hizo. Si no se le hubiera ocurrido cargar el arma, sería él quien estaría muerto ahora mismo en vez del intruso. Y quién sabe qué habría sucedido si ese hombre te hubiera encontrado.

—¡Dios mío! —murmuró Francesca, asaltada por un gélido escalofrío en los hombros y en la espalda—. ¿De verdad que Gerard está bien?

—Físicamente sí. Pero está conmocionado. La policía lo está interrogando.

Francesca reconoció la duda que aparecía en sus ojos mientras la miraba.

—¿Estás segura de que quieres entrar? —le preguntó él.

Asintió con la cabeza al tiempo que inspiraba hondo para calmarse.

—Sí —contestó—. Me gustaría acabar con todo este horror.

Ian no parecía contento con su decisión, pero la acompañó hasta el despacho de su abuelo y se mantuvo a su lado en todo momento.

13

Todos trasnocharon esa noche, ya que la adrenalina residual hizo que conciliar el sueño fuera imposible. Anne parecía especialmente preocupada por Gerard, que estaba muy callado y ensimismado para cuando la policía por fin terminó la investigación por la noche y se marchó, dejando dos hombres para que vigilaran Belford Hall. Por segunda noche consecutiva se sentaron a cenar sin cambiarse de ropa, rememorando los acontecimientos del día. Ian aguardaba una llamada de Markov que tal vez arrojara luz sobre la identidad del intruso y sus posibles motivaciones.

Cuando por fin se reunieron en el salón tras la cena, Anne pareció llegar a la conclusión de que ya habían discutido acerca de los alarmantes sucesos más de la cuenta. Francesca supuso, a juzgar por las miradas preocupadas que lanzaba a Gerard y por el sutil cambio de tema, que creía que su sobrino ya había tenido bastantes experiencias por el momento. Estaba totalmente de acuerdo. La imagen del rostro de ese hombre muerto, cubierto con una ingente cantidad de sangre, aparecía una y otra vez en su cabeza. Había un agujero real en su cabeza, y también sangre real. Su mente todavía no conseguía asimilarlo. Así que no quería ni imaginar lo que Gerard estaba experimentando.

De alguna manera los acontecimientos del día parecieron acabar con sus reticencias a que la familia se enterase de que Ian y ella habían vuelto. Durante toda la tarde y la noche, Ian no se separó de su lado, y ella lo cogía de la mano o él la abrazaba. Le parecía lo más natural del mundo, tanto que ni siquiera meditó al respecto hasta que a eso de las once sonó el móvil de Ian. En ese momento estaba sentada entre sus brazos, en uno de los sofás del salón, con la mejilla apoyada en su pecho, acunada por los reconfortantes latidos de su corazón y por la calidez del fuego. Ian metió una mano en el bolsillo y sacó el móvil.

—Voy a cogerlo —dijo él con un gruñido al tiempo que la besaba en la sien antes de levantarse.

Las miradas de todos lo siguieron cuando salió de la estancia al vestíbulo para atender la llamada. Se hizo un tenso silencio mientras esperaban su regreso, un silencio que Anne rompió al preguntar si alguien quería beber algo más.

—Era Markov —explicó Ian, confirmando lo que todos sospechaban—. Han averiguado la identidad del hombre —dijo con la vista clavada en Gerard—. Se llamaba Anton Brodsik. La policía de Chicago lo tenía fichado con unos antecedentes que se remontan a casi treinta años: asalto, trapicheo de drogas, robos... Se sospechaba que tenía lazos con la mafia. Llevaba un pasaporte falso.

—¿Hay pistas sobre sus motivos? —preguntó Gerard al tiempo que se inclinaba hacia delante en su asiento.

—No hay nada concreto. Pero en estos últimos diez años, Brodsik se había emparejado para llevar a cabo sus crímenes con un hombre llamado Shell Stern. Los dos fueron arrestados en un caso muy sonado hace tres años, el intento de secuestro de un chico de dieciséis años en Winnetka, Illinois. —Miró a Francesca—. Pero la policía no reunió pruebas suficientes para que pudieran ser juzgados. Nadie fue condenado por el delito. El chico era el hijo de Sheridan Henes.

—¿Henes? ¿El heredero de la compañía petrolífera? —preguntó James.

Ian asintió con la cabeza.

—El FBI no pudo vincularlos con el caso, pero había sospechas fundadas sobre la implicación de Stern y de Brodsik. Así que ya estaban relacionados con el secuestro en el pasado. E intentaron secuestrar a Francesca —concluyó Ian con los ojos brillantes a la luz del fuego mientras la miraba.

Francesca se estremeció en contra de su voluntad. Anne tomó una entrecortada bocanada de aire.

—¿Qué pasa con ese otro hombre, Stern? —preguntó James, preocupado.

—Lo han encontrado. También está muerto —contestó Ian.

—¿Cómo? —preguntaron Elise y Anne al unísono.

Ian asintió con la cabeza.

—De hecho, la policía sacó el cadáver de Stern de un arroyo hace varios días. Le habían disparado. Nadie había reclamado el cuerpo y no habían podido identificarlo hasta ahora. En cuanto Markov se hizo con el pasaporte de Brodsik, pudo seguir su rastro por el país. Stern y él viajaron en el mismo avión, aunque usaron un alias, claro. Después de eso, lograron establecer la verdadera identidad de Brodsik gracias a las huellas dactilares, que cotejaron con los ficheros internacionales. Pudieron identificar a Stern debido a su relación con Brodsik.

—¿Quién mató a Stern? —quiso saber Gerard.

—Markov sospecha que fue Brodsik quien lo liquidó. No sería la primera vez que ha visto que unos socios discuten por los planes... o que deciden que no quieren seguir compartiendo el premio gordo cuando lo ven tan cerca. Sin embargo, siguen intentando confirmarlo con la investigación. En cuanto a por qué Brodsik habría asesinado a su socio, no tengo la menor idea. Supongo que lo averiguarán en cuanto descubran dónde se estaban quedando los dos hombres y en cuanto puedan reconstruir sus movimientos desde que llegaron en Nochebuena.

—¿Llegaron a Inglaterra en Nochebuena? —preguntó Lucien.

—Sí —contestó Ian con gesto serio—. El mismo día que Francesca.

—¿Y nadie más los acompañaba? —inquirió Gerard.

—No. Solo eran Stern y Brodsik —respondió Ian.

—Pero aquí se acaba todo, ¿no? —quiso saber Francesca, que tragó saliva con fuerza. De repente, tenía la boca muy seca—. Los dos están muertos. Ya no hay amenaza alguna.

—Eso parece, sí —repuso James en voz baja.

Ian frunció el ceño.

—Ojalá pudiera creerlo yo también —dijo antes de sentarse y de abrazar a Francesca.

Ninguno intentó ocultar a los demás que esa noche se iban a acostar juntos, ya que dejaron el salón cogidos de la mano tras dar las buenas noches. Francesca seguía un poco alterada, algo de lo que Ian pareció darse cuenta, ya que la abrazó y la pegó a su cuerpo cuando se acostaron. No hablaron, se limitaron a inhalar el perfume del otro, deleitándose con su presencia. Francesca se despertó al amanecer por la sensación de sus sensuales labios en el cuello y en el pecho, poseído por el deseo… vulnerable. Hicieron el amor de forma salvaje y dulce a la vez, desesperados ambos por perderse en las llamas de la pasión y de la vida, abrumados por la necesidad de escapar de cualquier amenaza que pudiera existir y de las sombras que siempre parecían empañar su felicidad.

Francesca parpadeó con dificultad mientras repasaba aquella idea tan tumultuosa, aunque yacía entre los brazos de Ian después de hacer el amor. ¿A cuento de qué tenía esos pensamientos tan pesimistas y deprimentes? Tardó un momento en comprender su estado de ánimo.

«Y por eso has vuelto. Es el único motivo. Has vuelto porque creías que yo estaba en peligro.»

«He vuelto porque estaba preocupado por ti, sí.»

El miedo le atenazó el corazón y la garganta. En cuanto Ian se convenciera de que ya no corría peligro, ¿volvería a abandonarla? Quería pedirle que le prometiera que no se iría para continuar con su búsqueda, pero el orgullo la enmudeció. Al igual que la impotencia, ya que tenía muy presente que carecía del poder necesario para darle paz en lo concerniente a su pasado. Si Ian insistía en regresar a ese camino, tendría que recorrerlo solo.

Se reunieron en el vestíbulo bien entrada la mañana para despedirse de Lucien y de Elise, mientras esperaban a que Peter llevara el coche a la puerta principal. La marcha de la pareja pareció aumentar el malhumor de Ian, ya que culminaba algo que él no quería que terminase. Cuando reconoció lo que estaba pensando, le pidió a Lucien que hablaran en privado antes de irse. Lo llevó al hueco que había detrás de la escalinata.

—¿Sigues planeando encontrarte conmigo en Aurore Manor? —preguntó Ian a su hermano en voz baja.

La expresión estoica de Lucien apenas varió cuando habló.

—¿Sigues pensando ir? ¿Incluso después de todo lo sucedido con Francesca?

Ian se dio cuenta de que Lucien se mostraba diplomático. No se estaba refiriendo solo al intento de Brodsik y de Stern de secuestrar o de hacerle daño a Francesca. Se refería al hecho de que a todas luces volvían a ser amantes.

—Sí. Tengo que volver. Tengo que averiguar todo lo que pueda acerca de Trevor Gaines.

Lucien guardó silencio un momento. Al final exhaló.

—Sí. De acuerdo. No estoy seguro de que sea lo mejor para ti, pero no pienso dejar que te enfrentes a esto solo. Además, yo también tengo curiosidad. Avísame cuando estés listo e iré.

Lucien hizo ademán de marcharse.

—Espera. Tengo que hablarte de otra cosa. De tu madre —explicó Ian cuando su hermano se detuvo.

Lucien cerró los ojos unos instantes.

—¿Qué pasa? —preguntó Ian al percatarse de su reacción.

Lucien abrió los ojos con expresión resignada.

—Nada. Solo que he estado esperando la pregunta desde que llegaste a Belford Hall. Me sorprendió que no me la hicieras nada más aparecer.

Ian sintió que el pulso le latía con fuerza en la base de la garganta, aunque permaneció impasible.

—Me sentía culpable por preguntar. Sé que conociste a Fatima hace poco —dijo, en referencia a la madre de Lucien—. Soy consciente de que descubrir que estaba viva y entablar una relación con ella es crucial para ti.

Lucien lo miró a los ojos.

—Quieres hablar con ella, ¿verdad? Preguntarle por tu madre. Y por Trevor Gaines.

—Sí —contestó Ian con sinceridad—. Quiero hablar con ella. Pero no lo haré sin tu permiso. Tú no habrías hablado con mi madre sobre su pasado, sobre una etapa muy vulnerable de su vida, sin mi permiso, y yo no hablaré con la tuya sin que estés de acuerdo.

Lucien apartó la mirada.

—Quiero que comprendas —comenzó Lucien en voz baja— que la religión de mi madre es muy estricta en lo concerniente a que una mujer tenga un amante fuera del matrimonio, por no hablar de que tenga un hijo sin estar casada. Su familia es una rareza por aceptarla incluso después de contarles la verdad sobre mí. No le resultó sencillo abrirse y hablar de mis orígenes. Su vergüenza es evidente. Es doloroso ver cómo la abruma el sentimiento de culpa.

A Ian le dio un vuelco el corazón.

—¿Me estás diciendo que ya has hablado con ella? —murmuró—. ¿Sobre Trevor Gaines? ¿Sobre mi madre?

Lucien lo miró con los ojos grises que había heredado de Trevor Gaines, aunque la compasión que vio en su mirada no era algo que Gaines pudiera haberle transmitido a su hijo.

—Sí —contestó Lucien.

—¿Qué te dijo? ¿La forzó Gaines para que se acostara con él?

—No —respondió Lucien con sequedad—. Mi madre tiene la impresión de que todo lo que Gaines hizo para trasladar a Helen y a ella a Francia fue por ella, por Fatima. La engañó haciéndola creer que la quería mientras seguían en Inglaterra. Se fijó en Fatima mientras visitaba a Helen, y después se encontró con ella «casualmente» cuando estaba comprando en el mercado del pueblo. La cortejó con mucho tiento. Mi madre estaba obnubilada por aquel hombre tan guapo, tan listo y tan rico. Mantuvieron en secreto la aventura, que duró varios meses antes de que él desapareciera de su vida.

Ian asimiló todo lo que le había dicho mientras se imaginaba la seducción en el pueblecito de Essex, durante la cual Gaines cortejó a ambas mujeres a la vez, a la aristócrata loca y a su criada. Aunque no solo se trataba de un cortejo. Gaines estaría recabando información íntima, sus gustos y sus manías; estaría calibrando sus vulnerabilidades y anotando sus ciclos menstruales. A esas alturas, Ian comprendía que la fascinación de Gaines con los mecanismos, sobre todo con los relojes, tenía un extraño paralelismo con su obsesión por los ciclos reproductivos femeninos. Debió de descubrir que los ciclos menstruales de las mujeres que vivían juntas se sincronizaban en ocasiones. Ian se temía que se excitara al conocer esas intimidades femeninas, al usar dicho conocimiento para sus malévolos planes.

—¿Fatima sabía que Gaines estaba viendo a mi madre a la vez que a ella?

—No. De hecho, Fatima estaba convencida de que a Helen no le gustaba Gaines. Supuso que se debía a su enfermedad. Helen podía ensimismarse mucho en ocasiones. —Los ojos de Lucien adquirieron una expresión feroz—. Y no quiero que mi madre se entere hasta que yo se lo diga. A estas alturas, mi madre tiene la impresión de que un donjuán se aprovechó de ella. Si alguien ha de contarle que Gaines era algo más, algo mucho peor, seré yo quien lo haga.

—De acuerdo —convino Ian de forma distraída, concentrado como estaba en lo que Lucien le había contado—. Pero ¿qué te dijo tu madre sobre la mía? ¿Lucien? —lo instó con sequedad.

Lucien titubeó, pero pareció tomar una decisión tras mirarlo a los ojos.

—Mi madre me contó que cuando llegaron a Francia, tu madre empeoró mucho —dijo en voz baja—. Helen era lo bastante autosuficiente para que mi madre la dejara sola un par de horas seguidas. Tu madre era capaz de ocuparse de sus necesidades básicas y no representaba un peligro para sí misma. Una mañana mi madre volvió de comprar en el pueblo donde creciste en Francia y descubrió que Helen había desaparecido. La buscó mientras su preocupación iba en aumento. Al final la encontró en el patio trasero, sumida en lo que parecía un estado casi catatónico, acurrucada en posición fetal, incapaz de responder. Helen no podía hablar, ni andar ni reconocer caras familiares. Mi madre llamó al médico local y a la policía. Pusieron en marcha una investigación. Se determinó que Helen había mantenido relaciones sexuales hacía poco y que tenía moratones en el cuerpo. Sin embargo, no quisieron llamar «violación» a lo sucedido. Helen era incapaz de testificar sobre lo ocurrido y los habitantes del pueblo la habían visto comportarse de… de forma errática desde que llegó. Los moratones podrían deberse a alguna caída, o incluso podría haber consentido en mantener relaciones sexuales violentas.

—¿Cómo puede dar el consentimiento una mujer psicótica? —lo interrumpió Ian, furioso.

—Solo te cuento lo que dictaminó la policía —replicó Lucien, y la expresión de sus ojos grises hizo que Ian cerrara la boca—. No se presentaron cargos.

—Fue violada —masculló Ian.

—Mi madre también lo cree —dijo Lucien con voz triste—. A diferencia de los agentes de policía, ella estaba familiarizada con los brotes esquizofrénicos de Helen. Nunca vio a tu madre con un brote tan fuerte como el que padeció durante aquella época. Mi madre tuvo claro que había vivido un trauma espantoso. Helen tardó un mes en hablar tras el incidente. Cuando descubrió que Helen estaba embarazada, mi madre tenía la convicción de que no podría llevar a término el embarazo por lo debilitada que se encontraba. Todos los indicios nos llevan a pensar que Helen rechazó a Gaines y que él acabó recurriendo a la violación. Poseemos pruebas fehacientes de que ya había empleado antes esos métodos —añadió Lucien con amargura.

La abuela de Ian se rió lejos de ellos y el sonido resonó en las paredes del vestíbulo. Ian tardó varios segundos en reconocer el familiar sonido por lo que era.

—Y tu madre dio a luz nueve meses después —terminó Lucien con resignación.

—Entiendo que no quieras que tu madre me vea —señaló Ian tras una pausa.

Trevor Gaines y él eran como dos gotas de agua, al fin y al cabo. De no ser por los ojos, podrían ser gemelos. Era evidente que la madre de Lucien ignoraba que su seductor y el violador de Helen eran la misma persona. Sin embargo, si conocía al hijo de Helen, la verdad le estallaría en la cara con la sencilla y evidente prueba de su rostro.

—Pero quiero que conozcas a mi madre algún día —le aseguró Lucien con ferocidad—. Claro que sí. Solo intento que comprendas lo complicado que es todo este asunto.

—De estar en tu lugar, no dejaría que me acercara a ella —dijo Ian, que pasó junto a Lucien para regresar al vestíbulo.

De repente, quiso acabar con esa conversación. Lucien lo detuvo con una mano en el brazo. Ian miró a su hermano mientras la rabia, esa compañera tan familiar, comenzaba a traspasar su sereno exterior. No estaba enfadado con Lucien, sino con esa sombra, vaga y desconocida, que parecía regresar en ese momento para aplastarlo como una losa.

«No puedo escapar por mucho que lo haya intentado esta semana, desde que vi los ojos brillantes y sorprendidos de Francesca en mitad de la línea de recepción», pensó.

—Tú eres mi hermano y ella es mi madre —mascculló Lucien—. Por supuesto que quiero que mis parientes se conozcan algún día. No eres Trevor Gaines, Ian.

La rabia creció en su interior hasta que le provocó un nudo en la garganta. Se zafó del brazo de Lucien al tiempo que emitía un gruñido. Volvía a sentir esa tremenda opresión en el pecho que no lo dejaba respirar. Cuando salió al vestíbulo, vio a Francesca en medio del pasillo, con una expresión sorprendida. Se quedó helado. Francesca tenía la mitad de la cara iluminada por el sol, mientras que la otra mitad estaba sumida en la sombra que proyectaba la escalinata.

—¿Lucien? El coche ya está aquí. —Francesca miró a Ian con los ojos entrecerrados. Dio un paso hacia él—. ¿Ian? ¿Estás bien? ¿Qué pasa?

No le contestó. Había experimentado muchas emociones en muy poco tiempo. Los dejó atrás en su camino al vestíbulo y después comenzó a subir los escalones de dos en dos. Ya se había despedido de Elise y era incapaz de obligarse a conversar en ese momento. Hizo todo lo que pudo por desentenderse de la sensación de que Francesca lo miraba preocupada y titubeante a su espalda.

Técnicamente hacía demasiado frío para montar en moto, pero Ian se vistió para ello; además, el día invernal era soleado y bastante caluroso para la época, ya que la temperatura rozaba los diez grados. Cuando vio que había más de seis furgonetas de medios de comunicación aparcadas en la puerta junto a la garita de seguridad, soltó un taco y pensó en dar media vuelta. Su abuelo le había dicho que varias cadenas de televisión habían llamado a su secretaria esa mañana para interesarse por el tiroteo en Belford Hall del día anterior y querían obtener una entrevista y un comunicado. James había rechazado las entrevistas, pero su abuelo y él habían redactado un comunicado asegurando que todos los presentes en la rueda de prensa y los miembros de la familia se encontraban bien, y que si querían más información acerca del suceso, debían dirigirse al departamento de policía de Stratham. El allanamiento y el tiroteo tuvieron más repercusión porque estaban involucrados un conde, su heredero al título e Ian, que acababa de reaparecer en la escena empresarial. Además, el crimen se cometió durante una rueda de prensa muy anunciada y concurrida, y el sonido del disparo había sido grabado por las cámaras de televisión. Según Anne, el metraje de la rueda de prensa y el aterrador tiroteo que la había interrumpido se repetía una y otra vez tanto en cadenas locales como en nacionales.

A la mierda, pensó Ian, haciéndole un gesto a Cromwell, quien se encontraba en la garita de seguridad, y enfiló la carretera un momento después. La prensa no sabía quién se ocultaba bajo el casco negro, con la visera bajada. Aunque muchos de los habitantes de la zona sabían que al nieto del conde le encantaban las motos, se percató de que la mayoría de las furgonetas procedían de Londres. Si querían perseguirlo, que así fuera. Estaba lo bastante tenso como para disfrutar de un desafío. Además, los dejaría mordiendo el polvo con la elegante MV Agusta que montaba.

Pasó junto a las furgonetas aparcadas en el arcén a una velocidad de vértigo, casi esperando que una o varias lo siguieran. Solo vio las caras sorprendidas de dos personas que lo miraron a través de las ventanillas, pero ninguna con la emoción de una persecución.

El viento helado lo azotó mientras volaba por las carreteras comarcales y bastó para aclararle las ideas, ya que pareció llevarse consigo parte de su rabia y cristalizar sus pensamientos.

Ansiaba no sentir.

Cuando por fin regresó a Belford Hall, estaba helado hasta los huesos, pero se sentía más tranquilo, y también más decidido. Utilizó la entrada posterior a la propiedad. Aunque pocas personas conocían el camino de gravilla que recorría la arboleda, Ian se alegró al ver que uno de los guardias que su abuelo había contratado lo estaba vigilando. Le devolvió al chófer y mecánico de la casa, Peter, la moto que en otro tiempo Gerard y él habían mejorado mecánicamente. Mientras charlaba con él acerca del funcionamiento de la Agusta, recibió una llamada de teléfono. Al ver que se trataba del detective Markov, se alejó para contestar.

Veinte minutos después encontró a James solo, repasando unos libros de cuentas en el salón.

—Voy a trabajar aquí en vez de en mi despacho de momento —adujo James tras los saludos de rigor—. Anne quiere que limpien la alfombra de mi despacho… —Se interrumpió de repente, e Ian supo que se refería a que limpiaran la sangre de Anton Brodsik—. Pero he hablado con el detective Markov al respecto y me ha dicho que espere un poco antes de realizar cambios o de usar la estancia, al menos hasta que hayan terminado la investigación.

—Acabo de hablar con Markov por teléfono.

—¿De verdad? —preguntó James, de repente interesado—. ¿Alguna novedad?

—Sí. Unas cuantas —contestó Ian al tiempo que se sentaba en un sillón orejero cerca del escritorio en el que James trabajaba—. Ya están los informes de balística y parece que el arma con la que Brodsik apuntó a Gerard ayer es la misma que mató a Shell Stern.

—De modo que… —comenzó James despacio—. De modo que Brodsik no quería compartir el pastel con su socio.

—O eso, o que discutieron por cualquier otro motivo —replicó Ian.

—¿Sabe Markov si había alguna otra persona involucrada?

—No, no tiene la menor idea.

La astuta mirada de James se fijó en su nieto.

—Pero tú no lo crees.

Ian hizo una pausa mientras meditaba el asunto.

—Teniendo en cuenta su historial de delitos menores, me cuesta creer que hubieran ideado el plan ellos solos. Aunque supongo que es posible.

—No puedo decir que el intento de secuestro del heredero de Henes sea un delito menor.

—Ahí quería llegar yo —murmuró Ian—. Dudo mucho que fueran los principales instigadores de ese asunto. Aunque partiendo de la base de que fue un secuestro fallido, cualquiera sabe.

—En fin, están muertos, así que supongo que nunca averiguaremos la verdad. ¿Ian?

El aludido parpadeó. Ian se dio cuenta de que había estado frunciendo el ceño, sumido en sus pensamientos mientras sopesaba las palabras de su abuelo.

—¿Sigues preocupado por la seguridad de Francesca? —preguntó James inquieto.

—Siempre —admitió Ian antes de soltar el aire—. Pero al menos ahora he retomado el control de la empresa, y con suerte ella dejará de estar en el candelero.

James asintió con la cabeza.

—Es una mujer brillante. Si sumamos su gran atractivo a un hipotético rescate de millones de dólares, seguro que algunos perturbados intentarán hacer algo parecido. Brodsik y Stern debieron de ver su foto en los periódicos y se les ocurrió este plan.

—Eso es lo que creen Markov y la policía de Chicago —comentó Ian.

—En fin, yo me alegro de que todo haya quedado atrás. Lo que Markov te ha dicho son buenas noticias. Deberíamos compartirlas enseguida. Tal vez os invite a cenar a todos en el pueblo esta noche.

—No creo que se hayan calmado los ánimos lo suficiente —dijo Ian con sorna—. El camino de entrada está lleno de furgonetas de la prensa.

—Lo sé, Cromwell me lo ha comunicado —replicó James mientras agitaba una mano, refiriéndose al guardia de seguridad que vigilaba la puerta principal—. Se cansarán y se marcharán a casa en cuanto se aburran.

—Tengo pensado dirigirme a la prensa de nuevo. No para hablar sobre la investigación —añadió al ver la expresión dubitativa de James—. Eso es asunto de la policía. Pero necesito hacer una declaración general asegurando que todo está en orden dentro de Empresas Noble y que la amenaza está bajo control. Lo haré en Londres. Estaba esperando el resultado de la investigación de Markov, pero ahora que la tengo, no puedo retrasarlo más —continuó, abrumado por las emociones encontradas y una extraña determinación. Era como si la parte racional de su cerebro le estuviera diciendo que debía continuar con su deber hacia la empresa y con su misión en lo referente a Trevor Gaines, pero su cuerpo protestaba, ya que quería quedarse, ya que ansiaba permanecer junto a Francesca. Inspiró hondo al percatarse del ceño fruncido de James a fin de serenarse… y de afianzar su decisión—. Lin insiste en que tengo que celebrar otra rueda de prensa, algo que yo ya había creído necesario. La celebré aquí con la esperanza de dar la cara ante el público, acallar cualquier duda acerca de quién controla Empresas Noble y demostrar que el barco sigue yendo hacia buen puerto, pero se desató el caos mientras lo hacía.

—¿Cuándo te irás a Londres? —preguntó James al tiempo que se inclinaba hacia delante.

—En cuanto prepare el equipaje.

—Bueno —comenzó a decir James con sequedad—, si vas a irte lo antes posible, tal vez puedas ocuparte de esos asuntos y volver con nosotros antes de Año Nuevo.

—No —sentenció Ian.

El monosílabo resonó como un redoble de tambor en la estancia. Detestaba la expresión alarmada que vio en la cara de su abuelo.

—¿Qué quieres decir? —James soltó una carcajada incómoda—. ¿Vas a tardar varios días? ¿Una semana?

—Celebraré la rueda de prensa esta misma noche. No tardaré mucho. Pero no voy a volver a Belford Hall en un futuro inmediato. Tengo que seguir con lo que estaba haciendo, abuelo. Tengo que hacerlo. Todo esto, todo lo sucedido, no cambia ese hecho.

Esperó, tenso. No le había contado con detalle a su abuelo lo que se había llevado entre manos durante su ausencia; se había limitado a decir que necesitaba tiempo para sí mismo a fin de rehacerse y considerar su vida tras la muerte de su madre. Era muy consciente de que Anne y James sabían que se trataba de algo más, aunque no tenían muy claro qué lo motivaba. Al igual que Francesca, suponía que sus abuelos tampoco aprobarían sus actos, de modo que pensaba ahorrarles la preocupación.

—Pero… Francesca —comenzó James con voz titubeante—. ¿Va a acompañarte?

¿Exponer a Francesca a la casa oscura, sucia y vergonzosa de un pervertido?

—No. No quiero que vea el lugar al que voy. Jamás.

—Ian…

—La mantendrás aquí, ¿verdad? ¿Te asegurarás de que está a salvo?

—¡No puedo mantenerla aquí, Ian! Es una mujer capaz de decidir dónde quiere estar —replicó James, incrédulo.

—Hablaré con ella antes. Le pediré que se quede, como favor personal. De todas formas tiene que trabajar en el cuadro. ¿No van a traer el lienzo hoy? —preguntó Ian con aplomo.

James suspiró. Se conocía muy bien las tácticas de Ian para evitar temas escabrosos.

—Sí, acaban de llegar para entregarlo —admitió el conde,

aunque fruncía el ceño—. Anne les está indicando que lo dejen en el salón de recepción, dado que hay mucho espacio para que Francesca trabaje y es una estancia que apenas se usa. Francesca insistía en que llevaran el lienzo a la casita, porque no puede tener una vista de la mansión si está en el interior. Como sabía que te disgustaría que estuviera allí sola mientras todo este asunto no se solucione, me negué.

—Gracias —dijo Ian con emoción—. Dado que la abuela y tú le tenéis tanto cariño, no me importa dejarla aquí con vosotros.

—No creo que…

—Hablaré con ella. Accederá —lo interrumpió Ian—. Lo único que te pido es que la animes a quedarse y que sigáis haciendo que se sienta como en casa.

James lo miró con expresión seria.

—Eso no hace falta que me lo pidas como favor personal. En lo que a mí respecta, Belford Hall es la casa de esa muchacha.

—¿Te pondrás en contacto conmigo? ¿A la mínima cosa que vaya mal?

James lo miró con gesto hosco y altivo.

—Pienso estar disponible —le aseguró Ian. Sabía que su abuelo estaba pensando en todos esos meses en los que se había mantenido alejado del mundo—. No va a ser como antes. Estaré en contacto.

La expresión de James estaba cargada de preocupación, pero soltó el aire, aliviado, al escucharlo.

—En fin, algo es algo, supongo. ¿Qué me dices de Francesca? ¿Te mantendrás en contacto con ella?

Ian apartó la vista de la expresión preocupada de James.

—No —contestó—. A donde pienso ir, lo que pienso hacer… No puedo permitir que Francesca entre en contacto con ese mundo.

«Que entre en contacto con esa parte de mí», pensó.

—Otra cosa. He contratado a alguien, a un oficial del ejército estadounidense retirado que trabajaba como jefe de seguridad para un alto cargo en Afganistán, a fin de que vigile a Francesca y esté al tanto de lo que suceda en Belford Hall. Se llama Arthur Short. Lin lo ha contratado en mi nombre. Llega esta tarde. ¿Tengo tu permiso para que se quede en Belford Hall?

—Por supuesto —contestó James—. Pero a juzgar por lo que escuché anoche en el pasillo, Francesca no está de acuerdo en que contrates guardaespaldas para ella.

Ian adoptó una expresión impasible.

—No le hace gracia la idea, no. Por eso creo que sería mejor contar que Short está aquí en calidad de invitado tuyo. Tal vez podrías decir que forma parte de tu personal de Nueva York y que ha venido a hablar de negocios. Eso simplificaría las cosas.

James resopló, exasperado.

—Francesca pondrá el grito en el cielo si se entera.

—Lo sé —dijo Ian al tiempo que se levantaba—. Pero prefiero que ponga el grito en el cielo y esté a salvo a que ande por ahí ajena al peligro que corre. Eso sí, ¿me harás el favor de no contarle a nadie salvo a la abuela quién es Short en realidad? Eso le facilitará el trabajo. ¿Puedo decirle que lo estás esperando?

James accedió, aunque a regañadientes.

—Gracias —dijo Ian de corazón poco después, mientras se despedía con un abrazo de su abuelo, un hombre anciano pero muy activo.

Ojalá no hubiera visto la profunda preocupación en la cara de James antes de salir de la habitación.

Ian hizo el equipaje y después le pidió a una criada que le dijera a Francesca que se reuniera con él en su habitación. Se arrepintió de haber hecho el equipaje, ya que no tenía nada en que ocuparse salvo esperar que ella llamara a la puerta. Con un profundo aguijonazo de remordimientos se dio cuenta de que las veces anteriores había esperado eso mismo con gran expectación por lo que sucedería después. En ese momento, solo sentía una tremenda inquietud, que crecía a marchas forzadas.

Había usado su vibrante y luminosa alma para cerrar su herida, se había bebido su dulzura para alejar las sombras. Era lo que siempre había temido. La vaciaría, la mancillaría... y todo porque él era demasiado débil para mantener las distancias. Una y otra vez, mientras estaba en la destartalada mansión de Gaines en Francia, se había dicho que lo hacía por Francesca. Por ella se esforzaba en conocer sus orígenes, por distanciarse de una vez por todas de la retorcida personalidad de su padre biológico.

Una vez que había constatado que fue engendrado en una violación, la necesidad de comprender las motivaciones de su padre biológico y de expurgar sus orígenes se había incrementado. Sin embargo, para ello precisaba recopilar toda la información posible y encontrar sentido a la forma de ser de Gaines. Los días pasados en Belford Hall, rodeado por la calidez de la familia, disfrutando de la presencia de Francesca, habían sido un sueño. Sin embargo, era un sueño del que tenía que despertar si quería hallar su lugar en él.

La llamada a la puerta sonó como un disparo.

Abrió. Tuvo un mal presentimiento, una sensación muy desagradable, cuando vio a Francesca en el pasillo. Llevaba unos vaqueros y una blusa azul claro de algodón que se ceñía a su estrecha cintura y a sus pechos. El cabello cobrizo le caía por los hombros y los brazos, pero se lo había recogido por delante, permitiéndole ver una tierna expresión de miedo y de determinación en su preciosa cara.

Lo sabía.

Sus sospechas se confirmaron cuando Francesca entró en la habitación y él cerró la puerta. No le dijo nada al ver la maleta y el maletín a los pies de la cama. Por un instante, ninguno de los dos habló mientras ella observaba su equipaje. Por fin lo miró. Lo que vio en sus ojos castaños lo destrozó por dentro.

—Esta mañana, antes de irse, Lucien me contó lo que te había dicho acerca de su madre y de la tuya —comentó ella.

—Por eso no te sorprende que me vaya —repuso Ian.

—Supongo. Por eso y porque James vino a verme al salón de recepción hace un rato.

—¿Mi abuelo te dijo que me iba de Belford Hall? —preguntó, sorprendido. Creía que su abuelo le daría la oportunidad de hablar con Francesca y ser quien se lo comunicara.

—No, no le hizo falta —dijo ella en voz baja—. Me dijo que Markov había llamado y que todos los indicios apuntaban a que Stern y Brodsik trabajaban juntos. Ahora que ya no está ninguno de los dos, ha desaparecido la amenaza. Ya no tenías más motivos para estar aquí. —Levantó la barbilla.

Ian se alegró de ver el brillo rebelde y furioso de sus ojos. Lo prefería a ver su tristeza.

—Al fin y al cabo, me dijiste que ese fue el único motivo de que vinieras a Belford Hall. Porque te preocupaba mi seguridad.

—Vine porque te quiero —replicó él con voz ronca—. Entiendo que te cueste creerlo, teniendo en cuenta que…

—Te creo —lo interrumpió ella con sequedad.

Ian vio cómo tragaba saliva. Francesca examinó la alfombra un instante, respirando profundamente por la nariz, indicativo de que quería calmarse. El deseo de abrazarla y de reconfortarla fue como un mazazo, pero se obligó a desentenderse del instinto. Del dolor. Solo empeoraría las cosas para ella cuando se fuera. Las empeoraría para los dos.

Y tenía que irse. No le quedaba más remedio.

—Después de hablar con Lucien —continuó ella con voz estrangulada—, investigué un poco en internet.

—¿Sobre qué? —preguntó, inquieto. Confiaba en que no hubiera comenzado a investigar a Trevor Gaines.

—Sobre los niños nacidos de las violaciones.

Su respuesta lo llevó a parpadear.

—¿Qué pasa con ellos? —preguntó, incómodo.

Francesca cruzó los brazos por debajo del pecho y apartó la mirada.

—Sé que tener pruebas irrefutables de que Helen fue, de hecho, violada ha debido de ser abrumador para ti.

—Los dos sabemos que siempre lo he sospechado, sobre todo después de enterarme de lo de Gaines.

—Sí, pero sospecharlo y saberlo son cosas muy distintas, ¿no crees? —inquirió ella con voz vacía.

Ian no contestó. Estaba demasiado ocupado asimilando la verdad de aquellas palabras. La confirmación de que su madre había sido violada lo había destrozado en lo más hondo, al igual que lo hizo la descripción de cómo la había encontrado Fatima, tan vulnerable y rota.

—No sé por qué no he intentado comprenderlo mejor —continuó Francesca—. O a lo mejor sí lo entiendo, pero no quiero admitirlo.

—¿De qué estás hablando? —le preguntó Ian, desconcertado.

—Mientras leía todos esos artículos sobre personas que fueron producto de una violación, leía testimonios acerca de lo que habían soportado de niños y de adultos y acerca de cómo les había afectado ese hecho, me di cuenta de que yo era la que estaba en fase de negación. —Lo miró a la cara. Los ojos le brillaban por las lágrimas, pero mantenía una expresión desafiante, ardiente por algo que a él se le escapaba—. Quería que volvieras a ser el hombre que yo recordaba, el amante que recordaba. No quería admitir que enterarte de lo de Trevor Gaines te había cambiado. No quería admitirlo porque eso sería admitir que yo era totalmente impotente ante la situación. Hacerlo podría significar que tendría que dejarte marchar para siempre.

—No quiero que esto dure para siempre —consiguió decir Ian—. Quiero encontrar el camino de vuelta a ti.

—Lo sé. Ya te dije antes que lo sabía, cuando estábamos en la casita, pero no lo sabía en realidad —continuó ella con una carcajada amarga. Se abrazó con más fuerza, como si intentara darse ánimos—. Creo que mi problema es que tú siempre pareces muy fuerte. Impenetrable. Todas esas historias que he leído, de personas que también nacieron como fruto de una violación, dejaban claro que había afectado a su autoestima. Se sentían avergonzadas, insignificantes, aunque su mente racional les decía que no habían hecho nada. Muchas de esas personas escribían sobre lo que sintieron cuando se dieron cuenta, cuando por fin comprendieron, lo que significó para su madre tenerlos... educarlos... el hijo del hombre que la había violado.

Sus brillantes ojos eran como dos espejos oscuros.

—Cuesta explicarlo —masculló él al cabo de un momento—. A veces creía que Lucien me entendía, pero ahora sé que ni siquiera él...

Se interrumpió. Al menos, Lucien estaba convencido de que no había sido fruto de un acto depravado, violento y egoísta. Sí, lo que Gaines le había hecho a la madre de Lucien era retorcido e imperdonable, por supuesto, pero eso era... distinto. Ian sabía que muchas personas considerarían a un hijo nacido de una violación un recordatorio cruel y monstruoso para la pobre mujer de lo que había tenido que soportar.

Francesca asintió con la cabeza como si lo entendiera, aunque había dejado la frase a medias.

—Y tu madre no podía lidiar con la situación tal como haría cualquier otra mujer.

Ian cerró los ojos y se obligó a respirar mientras Francesca pronunciaba en voz alta esa espantosa verdad. Su madre había tenido menos oportunidades si cabía de recuperarse psicológicamente de la violación. En sus peores ataques psicóticos, era incapaz de diferenciar el momento presente de un espantoso recuerdo. No podía evitarlo.

A veces, en su mente, Ian y Gaines se habían convertido en la misma persona.

Cuando sintió la mano de Francesca en el brazo, reprimió el

impulso de apartarse. Su contacto le resultó casi insoportable por la dulzura del gesto.

—Pero, Ian, cuando tu madre era consciente —dijo ella en voz baja, cargada de emoción—, cuando la enfermedad no la consumía, te quería. Muchísimo. Me has dicho en incontables ocasiones lo mucho que te quería y te valoraba. «Era la madre más dulce y cariñosa del mundo», eso me dijiste. Así era en realidad. Así eres tú en realidad, la persona que merecía su amor. —Le apretó el brazo—. El hombre que se merece el mío.

Ian inspiró hondo, rompiendo las cadenas invisibles que le comprimían los pulmones. Abrió los ojos.

—Tengo que irme —dijo.

—Deja que te acompañe.

—No puedo. No soporto la idea de llevarte conmigo, de que estés allí. Por favor, entiéndelo, Francesca —le suplicó con voz tensa.

Francesca apartó la mano y retrocedió un paso. Ian tuvo que apretar los dientes cuando sintió su pérdida, cuando vio la expresión derrotada de su cara.

—No te ayudará, Ian. Estoy segurísima de que no. Pero aunque no esté de acuerdo contigo en lo que vas a hacer, te entiendo. Anne y James también lo entienden. ¿Nos harás saber que estás bien al menos?

—Sí. Ya le he dicho a mi abuelo que lo haría. Y también le he dicho que quiero que te quedes en Belford Hall —dijo, mirándola por fin a los ojos.

Francesca enarcó las cejas.

—No puedo prometerte durante cuánto tiempo lo haré.

—Lo sé —admitió—. No puedo pedirte que dejes tu vida en suspenso por mí de forma indefinida. Pero me reconfortaría saber que por ahora estás con mis abuelos. Prométeme que al menos te quedarás una semana más.

Ella titubeó, y le temblaron los labios.

—De acuerdo —dijo Francesca a la postre.

Él asintió con la cabeza, con la esperanza de que comprendiera su gratitud. Al darse cuenta de que ya no tenía nada más que decir, recogió su equipaje. Echó a andar hacia la puerta.

—Ian.

No le quedó más alternativa que mirarla y poner a prueba su debilitada determinación una vez más.

—Encuentra el camino de vuelta a mí —le susurró ella con pasión.

Tras escucharla, extendió una mano hacia el pomo de la puerta, incapaz de respirar.

14

Estaba de pie delante del lienzo, tan concentrada que tardó un rato en darse cuenta de que varias personas habían entrado en la habitación y conversaban entre sí. Parpadeó y se apartó un mechón de pelo de la frente con la misma mano que sujetaba el lápiz.

—Hola —saludó, y ella misma percibió lo atolondrada que sonaba.

No estaba molesta por la interrupción de su trabajo, pero sí se sentía decepcionada. Desde que Ian se fue el día anterior, el único momento de paz fue cuando por fin entró en el añorado estado de concentración creativa.

—El señor Sinoit me estaba diciendo que parecías estar sumida en un trance y yo le comentaba que es el aspecto que siempre tienes cuando trabajas —le dijo la señora Hanson con una sonrisa mientras dejaba una bandeja con té en una mesita auxiliar entre dos sillas. El ama de llaves se disculpó con una mirada—. Al menos cuando el trabajo va bien.

—Va bien —le aseguró Francesca.

—Siento haberte interrumpido, pero has trabajado durante el desayuno. Solo hemos sido James, Short y yo, y ellos dos han estado hablando de Brooklyn todo el rato —dijo Gerard.

Francesca sonrió. Durante la cena de la noche anterior había conocido al pulcro Arthur Short, un norteamericano de mentón cuadrado que trabajaba para James, y le pareció un hombre muy agradable.

—Os he echado de menos a Anne y a ti —continuó Gerard con una sonrisa burlona—. Creía que un refrigerio te vendría bien a estas alturas. A Anne le preocupa que no estés comiendo adecuadamente desde que...

Francesca se obligó a sonreír cuando Gerard evitó pronunciar el nombre de Ian y su marcha. De modo que... volvían a soslayar el tema de Ian. No si ella podía evitarlo.

—¿Desde que Ian se fue? Sí, supongo que no he tenido demasiada hambre. Pero seguro que una de las infusiones de la señora Hanson me abrirá el apetito —comentó al tiempo que miraba los bollitos, las pastas danesas y la nata fresca, así como la mermelada, todo servido en platos de porcelana.

—¿Quieres que sirva? —preguntó la señora Hanson.

—No, gracias ya lo hago yo —contestó Francesca, tras lo cual se sentó enfrente de Gerard. Abrió la boca para invitar a la señora Hanson a reunirse con ellos, pero la cerró al reparar en Gerard. Aunque para ella fuera algo normal tomar el té con el ama de llaves, dudaba mucho que fuera lo habitual para Gerard.

—En ese caso, os dejo a solas —dijo la señora Hanson con calidez antes de marcharse.

—Me alegra saber que vas bien con tu boceto —comentó Gerard—. ¿Puedo echar un vistazo después de que nos hayamos tomado el té?

—Por supuesto —respondió Francesca mientras servía el té.

—Tengo la sensación de que no te he visto mucho últimamente —comenzó a decir Gerard.

Francesca observó su cara en silencio mientras se echaba nata en el té.

—En fin, supongo que han pasado muchas cosas. Y me temo que me ensimismo bastante cuando trabajo en un proyecto. ¿Cómo estás? —le preguntó, evidenciando la preocupación por su bienestar después del tiroteo—. No he podido hablar contigo en privado después de lo sucedido con Brodsik —continuó—. Ha debido de ser espantoso para ti... seguro que todavía lo es.

—Ha sido traumático, desde luego —repuso Gerard con expresión seria mientras bebía un sorbo de té.

—Tampoco he podido darte las gracias. —Soltó el bollito que había cogido, ya que de repente no tenía hambre—. De no haber sido por ti... —titubeó, ya que no quería decir algo tan melodramático como «Ahora estaría muerta»—. A saber qué habría conseguido hacer Brodsik —repuso al cabo.

—Aunque me gustaría cambiar lo sucedido, me alegro de haber podido detenerlo —replicó Gerard en voz baja.

—No le desearía la experiencia a nadie, pero reaccionaste con mucha valentía.

Gerard la miró con una leve sonrisa antes de soltar la taza.

—¿Y tú? ¿Vuelves a sufrir con la marcha de Ian?

Parpadeó al escuchar la pregunta, sobre todo porque Gerard había evitado pronunciar el nombre de Ian hacía un momento.

—Voy tirando —respondió con voz tranquila—. Al menos ha accedido a seguir en contacto esta vez. Con Anne y con James, eso sí. Ahora ya no tememos por su vida ni por su bienestar.

—En fin, algo es algo, por supuesto. —Hizo una pausa.

Francesca se percató de que intentaba sacar a colación un tema delicado.

—¿Qué pasa, Gerard?

—Soy muy consciente de que Anne, James y tú estáis al tanto de algún secreto acerca del motivo por el que Ian se trastornó tanto emocionalmente el verano pasado y desapareció. Y lo entiendo —añadió al tiempo que levantaba una mano en un gesto conciliador cuando ella intentó explicarse—. Valoro tu discreción. No intento sonsacarte nada. Eso solo que... me encontré a Lucien y a Ian conversando en el salón hace unos días, antes de que se fuera de Belford Hall. Estaban hablando de un hombre llamado Trevor Gaines. Al parecer, Ian ha comprado su casa y ha estado realizando algún tipo de investigación en ella. Solo te lo comento porque me preocupó mucho el tono de voz de Ian. Parecía muy... intenso. No voy a decir que se lo oyera «desquiciado», pero sí obsesionado con el tema.

Francesca tragó saliva con fuerza, alucinada, mientras asimilaba la sorprendente noticia y Gerard la observaba. «¿Ian ha comprado la casa de Trevor Gaines?», se preguntó.

—Lo siento si te he alterado. Es que... supuse que el secreto de Ian que todos habéis guardado está relacionado de algún modo con ese tal Gaines. Quería asegurarme de que Anne, James y tú estéis al tanto del asunto que Ian se lleva entre manos, y de que tú seas consciente de lo... desequilibrado que parecía por la cuestión.

—¿Desequilibrado? —preguntó Francesca, suspicaz—. No sé a qué te refieres.

—Incluso Lucien se mostraba incómodo con la conversación. Me di cuenta. Y quién no a tenor de los aspavientos que estaba haciendo Ian. Parecía furioso, pero te juro que no pude entender a quién iba dirigida su ira. —Soltó una carcajada incómoda—. Por un instante pensé que se parecía un poco a...

—¿Qué? —preguntó Francesca, alarmada.

La idea de que Ian hubiera comprado la casa de Trevor Gaines, de que la hubiera estado registrando... ¿Había estado viviendo en esa monstruosa casa todo ese tiempo? Sintió que la sangre se le helaba en las venas al pensarlo. Se estremeció, y se llevó una mano al pecho cuando sintió una opresión espantosa.

—Gerard, ¿a quién creías que se parecía Ian? —insistió, con la voz cada vez más chillona.

Gerard hizo una mueca.

—En fin, se parecía un poco a mi prima Helen —admitió él, incómodo.

Francesca lo miró fijamente mientras la estupefacción le provocaba escalofríos.

—Qué cosa más espantosa, Gerard. Ian está tan cuerdo como cualquier otra persona que conozca. Ha pasado un infierno en poquísimo tiempo. Ha tenido que lidiar con mucho más de lo que otros serían capaces de soportar. Más de lo que te imaginas.

—Francesca, no te vayas, por favor —dijo Gerard cuando ella soltó la servilleta de golpe y se puso en pie—. Me doy cuenta de que Ian no suele aparentar lo que yo veo. Por eso quería asegurarme de hablar con alguien que sabe por lo que ha estado pasando durante estos últimos seis meses. Soy consciente de que Lucien y él estaban hablando de un secreto a juzgar por sus ademanes, pero nunca había visto a Ian comportarse de forma tan… irracional. Aunque —añadió entre dientes— seguro que tú te has dado cuenta de que a ratos parecía muy… alterado durante esta visita. Anne y James desde luego que lo han advertido. De hecho, lo he visto comportarse de forma rara durante otro período de su vida —comentó tras meditarlo un momento—. Cuando vino a vivir a Belford Hall de niño, podía ponerse de muy malhumor y ser impredecible. A veces me recordaba a uno de esos niños salvajes, la verdad. No hasta ese punto, por supuesto, pero… Era muy doloroso de ver, de imaginarse lo que habría tenido que soportar con la única compañía de una loca durante los primeros diez años de su vida. Por un instante cuando lo vi en el salón, me recordó a aquel niño. Creía que iba a atacar a Lucien como lo haría un animal acorralado.

—Nunca haría algo así —masculló Francesca mientras sus caóticos pensamientos recordaban lo salvaje que le había parecido Ian unos días atrás en el hueco de la escalinata, el gesto tan brusco con el que apartó la mano de Lucien.

No creía que Ian se hubiera vuelto loco por un instante, pero ¿y si había soportado más golpes emocionales de la cuenta? Le preocupaba la posibilidad de que lo que estaba haciendo durante esa búsqueda espiritual fuera peligroso para él, pero no había creído posible que hiciera algo tan extremo como comprar la casa de Trevor Gaines y llevar a cabo algún tipo de investigación obsesiva. ¿Y para qué? ¿Qué esperaba encontrar en ella?

Sintió unas náuseas casi incontrolables al pensarlo.

¿Y si Gerard tenía razón? Le inquietaba la idea de que Ian hubiera quedado destrozado por las noticias de Trevor Gaines y por la muerte de su madre, pero ¿y si de verdad estaba al borde del precipicio? ¿Y si había caído por ese borde? Ian no dejaba de repetir que no tenía alternativa en su misión, y ella se había opuesto a la idea con uñas y dientes.

Pero ¿no era verdad que cuanto más cerca se encontraba alguien de la locura, menos alternativa tenía? Dicha persona se sentía obligada, guiada por algo que trascendía su voluntad.

«Yo no he decidido nada de esto. Ha sido el destino.»

Gimió mientras la bilis subía por su garganta al recordar las palabras de Ian.

—Francesca, siéntate, por favor —le pidió Gerard, quien se levantó con expresión alarmada—. Estás muy blanca.

—No. No. Me gustaría estar sola —consiguió replicar, apenas consciente de lo que decía cuando Gerard extendió una mano hacia ella para evitar que se cayera. Le apartó la mano y se las apañó para salir de la estancia.

Francesca corrió hacia su habitación, presa de una extraña sensación de pánico mezclada con una increíble lucidez. Tenía que ir en busca de Ian. Tenía que asegurarse de que estaba a salvo y de que no había bajado a un pozo donde no podría encontrarlo. Ni en un millón de años le habría permitido continuar con su misión de saber que implicaba pasar tiempo a solas en la casa de Trevor Gaines, revolviendo en los restos de su depravada vida.

Pero ¿estaba solo?, se preguntó al tiempo que comenzaba a abrir cajones. ¿No le había comentado Elise que Lucien quizá se reuniera con él? Cuando Elise se lo dijo, tuvo la impresión de que tal vez los dos fueran a Marruecos para que Ian pudiera hablar con Fatima acerca de su madre. No le había hecho gracia la idea, pero le parecía muchísimo más saludable al lado de lo que

Ian había estado haciendo y de lo que planeaba continuar haciendo. Por Dios, si Ian estaba de verdad en casa de Trevor Gaines, que Lucien lo acompañara. Lucien, al menos, podría guiarlo en esa rara misión. Cogió el bolso y sacó el móvil.

—¿Elise? —dijo al cabo de un momento, aliviada al oír la voz de su amiga—. Me alegro de que me hayas cogido el teléfono.

—¿Francesca? ¿Qué pasa? ¿Ha ocurrido algo? —preguntó Elise, de tal forma que Francesca se dio cuenta de lo alarmada que parecía.

—Nada, o eso espero. Es que… ¿Lucien está con Ian?

Se produjo una breve pausa.

—Sí. Están en Francia —contestó Elise al final.

—Elise, ¿están en casa de Trevor Gaines?

—Sí —respondió Elise en voz baja—. No me hace gracia, pero Lucien insistió en que quería hacerlo, sobre todo por… Francesca, ¿quién te ha dicho dónde estaban? ¿Ha sido Ian?

—No, me dijo que no quería que me enterase —explicó Francesca, mientras fruncía el ceño al recordarlo. Ian sabía que intentaría convencerlo para que no lo hiciera y que tal vez lo conseguiría, de modo que prefirió no contarle exactamente sus planes. «Maldito sea», pensó—. Me lo ha contado Gerard. Escuchó a Lucien y a Ian mientras hablaban del tema. ¿Por qué no me dijiste lo que estaban haciendo? —la acusó.

—Me enteré ayer mismo, antes de que Lucien se fuera. Me dijo que Ian no quería que lo supieses. Yo le dije que no iba a mentirte al respecto. De hecho, casi había decidido llamarte de todas maneras. Pero te me has adelantado.

—Es una locura —masculló Francesca. Se quedó de piedra, e hizo una mueca al darse cuenta de lo que acababa de decir—. Ian ya está al borde del precipicio. ¿De qué forma va a ayudarlo deambular por la casa de ese espantoso hombre?

—Soy de la misma opinión —le aseguró Elise, con voz triste.

Francesca se pegó el teléfono a la oreja, escuchando mientras sacaba la maleta del armario. Se llevaría lo esencial y dejaría en

Belford Hall la ropa elegante y las joyas. Dudaba mucho que fuera a necesitar ropa de gala para esa misión.

—Pero querían saber si podían averiguar más acerca del resto de los hijos de Gaines —continuó diciendo Elise—, o al menos eso es lo que Lucien quiere. Al parecer, un hombre vive en la propiedad en este preciso momento, y es... bueno, ya sabes... uno de los descendientes de Gaines —concluyó Elise, incómoda.

Francesca sintió el regusto amargo de la bilis en la garganta. Era una imagen dantesca. Detestaba la idea de que Ian se sumiera en ella. Soltó la maleta en la cama y la abrió.

—No puedo permitir que lo haga —dijo al tiempo que abría un cajón y cogía un montón de bragas y sujetadores, y los metía en la maleta—. Es lo más insano para él.

—Al menos Lucien lo acompaña esta vez —comentó Elise con voz esperanzada—. Tampoco me parece una buena idea, Francesca, pero entiendo la necesidad de sanar las heridas. De cerrar el círculo. E Ian...

—¿Qué? —preguntó ella, que se detuvo con varias sudaderas entre las manos.

—Creo que quiere recopilar toda la información posible. Intentar comprender la motivación de Gaines, saber por qué se convirtió en el hombre que era. Lucien comentó de pasada que Ian no estaba satisfecho con el perfil psicológico que hizo un psiquiatra del sistema penitenciario sobre Gaines.

—¿Ian cree que puede hacerlo mejor? —preguntó ella, incrédula.

Cerró los ojos con fuerza al sentir de nuevo las náuseas. Recordó lo que Anne le había dicho sobre la búsqueda de su nieto para conocerse. «Sabes muy bien lo importante que es para él la lucidez. Valora muchísimo la lucidez mental por encima de todo lo demás.»

—No creo que quiera redactar un perfil psicológico, por supuesto —respondió Elise con torpeza—. Es que me ha dado la impresión, a juzgar por lo que me ha dicho Lucien, de que intenta comprender quién fue su padre biológico, y de que toda la información disponible en los artículos de prensa y demás no le bastaba. Quiere analizarlo todo con cierto orden a fin de encontrarle sentido.

—Sí —repuso Francesca con sequedad—. Y al hacerlo, se demostrará a sí mismo que no es Trevor Gaines. —Metió las sudaderas en la maleta y fue en busca de unos vaqueros.

—No pensarás de verdad que Ian cree que se parece aunque sea un poquito a ese hombre, ¿eh? —preguntó Elise, asombrada.

—Creo que se siente herido y que está confuso. Y creo que quiere encontrar pruebas de su personalidad en un lugar que solo le mostrará mentiras. Esta búsqueda lo lleva por un mal camino, uno que podría destruirlo —contestó Francesca con seriedad.

Se produjo un silencio al otro lado de la línea.

—Francesca, ¿de verdad crees que la situación es tan mala?

—No lo sé —respondió con sinceridad—. Tal vez.

Charlaron varios minutos más mientras Francesca terminaba de hacer el equipaje. Elise se fue preocupando cada vez más a medida que escuchaba las inquietudes de Francesca, pero esta le aseguró que era un enorme alivio saber que Lucien acompañaba a Ian.

—Pero ¿vas a ir de todas maneras a la casa de Gaines?

—Sí —contestó—. Tan pronto como termine de hacer el equipaje y lo que tarde un taxi en llevarme al aeropuerto.

—A lo mejor debería encontrarme contigo allí —dijo Elise, intranquila.

—No, no pasará nada, Elise. Te llamaré si creo que necesito tu ayuda con Lucien.

—Llámame de todas formas cuando llegues allí —le pidió Elise.

—Lo haré —le aseguró Francesca con voz seria.

Gerard la estaba esperando esa noche cuando entró en su pequeño apartamento. Clarisse dio un respingo y soltó un gritito al encender la lámpara de la mesilla de noche y verlo sentado en un sillón de su salón.

—¡Por Dios, me ha dado un susto de muerte! —chilló la muchacha.

—¿Por qué estás tan nerviosa? No tendrá algo que ver con esto, ¿verdad? —preguntó Gerard, quien giró una mano e hizo que Clarisse fijara la vista en los diamantes que relucieron a la luz de la lámpara.

—¿Por qué tiene la gargantilla de Francesca? —preguntó Clarisse, desconcertada, mientras miraba fijamente la gargantilla de diamantes. Soltó el bolso y dejó el abrigo en el respaldo del sofá antes de acercarse a él.

—¿No debería hacerte yo esa pregunta? —repuso Gerard.

Se detuvo al escucharlo.

—¿A qué se refiere?

—Francesca vino a verme esta tarde, aterrada porque esta gargantilla había desaparecido —mintió Gerard sin inmutarse. Francesca no le había dicho tal cosa. De hecho, había ido a buscarlo, distraída y preocupada, para devolverle la gargantilla y disculparse por no poder aceptar el regalo. La había seguido para observar a hurtadillas cómo abandonaba Belford Hall con una maleta y con ademanes furtivos mientras se subía a un taxi—. Estaba alteradísima —continuó con su relato—. Le dije que no se preocupara, porque, después de todo, la gargantilla está asegurada, y le prometí que la encontraría. Y lo he hecho.

Clarisse se quedó boquiabierta. Abrió los ojos desmesuradamente por la sorpresa.

—Un momento... ¿no estará insinuando que la he cogido yo?

—He encontrado la gargantilla en tu mesilla de noche. Has sido una doncella muy mala, Clarisse —respondió con voz seductora.

La aludida lo miró varios segundos sin reaccionar. Acto seguido, se estremeció y se tambaleó hacia el sofá. Consiguió agarrarse al brazo del sofá, sobre el que cayó.

—¡Yo no he tocado esa gargantilla!

—La he encontrado aquí —se limitó a decir Gerard al tiempo que se ponía en pie y se acercaba a ella. La miró con una sonrisa.

—Si la ha encontrado aquí es porque usted la ha puesto —masculló ella con creciente incredulidad.

—No seas ridícula. ¿Por qué iba a poner una gargantilla de mi propiedad en tu apartamento?

Sus labios rosados se abrieron y se cerraron varias veces mientras lo miraba con absoluto desconcierto. Gerard disfrutaba muchísimo de su impotencia. La trampa se había cerrado, atrapándola en su interior sin escapatoria. Clarisse haría todo lo que le ordenase en ese momento.

—¿No te comentó Francesca que se la había regalado por Navidad? —continuó él—. Aunque me dijo que pensaba devolvérmela. Los dos sabemos lo obsesionada que está con Ian. Debió de sentirse culpable por recibir semejante regalo en forma de joya de otro hombre. La lealtad mal entendida... Ahora mismo vuela para enfrentarse al amor de su vida por haberla abandonado de nuevo. —Meneó la cabeza con expresión triste—. Esos dos son un cartucho de dinamita a punto de explotar, si quieres que te diga la verdad.

Clarisse abrió todavía más los ojos.

—Por favor, no lo haga. No le diga a Francesca que cogí la gargantilla. Necesito el trabajo.

—Lo sé —repuso Gerard con sinceridad. Señaló con la cabeza las fotos de su familia emplazadas en la repisa de la chimenea—. Tienes un hermano menor bastante enfermo, ¿no? Fibrosis quística. Una pena.

—¿Cómo sabe lo de Scott? —preguntó, incrédula.

—Lo sé todo sobre ti —le aseguró Gerard con voz compasiva—. Incluido el hecho de que ya fuiste arrestada por robo.

Clarisse se quedó blanquísima.

—Solo tenía dieciséis años cuando eso pasó. Mis amigos me retaron a que robara unas prendas de una tienda y yo fui lo bastante tonta para hacerlo.

Gerard asintió con la cabeza.

—Y una tienda carísima, además. Parece que tienes predilección por los lujos que no puedes permitirte —comentó mientras hacía girar la gargantilla entre los dedos con aire pensativo—. Y se te olvidó mencionar ese delito cuando solicitaste el puesto de doncella en Belford Hall, ¿verdad? Aunque te preguntaron, mentiste.

—¡Tenía dieciséis años! —exclamó con voz temblorosa. Se le llenaron los ojos de lágrimas—. Por favor, no le diga a Francesca que le he robado. Nunca le quitaría nada. Jamás.

—Tranquila —dijo Gerard al tiempo que le cogía las manos y la instaba a ponerse en pie. Le dio unas palmaditas en la barbilla y le acarició la mejilla con el pulgar, enjugándole las lágrimas—. No se lo diré. No tienes que preocuparte de nada. No ha pasado nada malo.

—¿Quiere decir que... que no va a decírselo a lady Anne ni a la policía?

—No, claro que no —le aseguró él en voz baja. Se estaba excitando al sentir su cuerpo joven y flexible contra él... al ver lo vulnerable que era—. Mientras hagas todo lo que yo te diga.

Clarisse parpadeó y una expresión inquieta apareció en su rostro. Hizo ademán de retroceder, pero Gerard la abrazó con más fuerza, pegándola a él.

—¿Qué quiere decir? —preguntó ella—. ¿Qué tengo que hacer?

—Si no quieres que te detengan por robar una valiosa joya de una invitada de Belford Hall, harás cualquier cosa que yo te pida.

—¿Como qué? —quiso saber, y el terror asomó a sus delicadas facciones.

—No pongas esa cara tan alarmada —dijo él con una carcajada—. Es una tontería. —Gimió con falsa impaciencia cuando ella siguió mirándolo con creciente pánico—. De acuerdo, si quieres ejemplos... Esta noche me voy de Belford Hall y me gustaría mucho, si surge la situación —explicó con dulzura al tiempo que aflojaba el abrazo cuando ella no hizo ademán de huir—, que dijeras que he pasado la noche aquí contigo, dejando que te follara como has estado haciendo toda esta última semana. No será muy difícil, ¿verdad? Y merecerá la pena para ocultar lo que has hecho.

—¡Yo no he hecho nada! —exclamó la joven, y la rabia y la impotencia resonaron con fuerza en su voz.

—Ah, pero sí que lo has hecho. Porque lo digo yo. ¿A quién piensas que creerá la gente: a una doncella con historial delictivo o al futuro conde de Stratham?

Le colocó el pulgar en el tembloroso labio inferior y se lo frotó. Clarisse resopló, pero en esa ocasión no intentó apartarse. Sabía que estaba atrapada, se dijo Gerard. Le restregó la creciente erección contra el abdomen.

—Y en cuanto a otras cosas que tendrías que hacer por mí para asegurar mi silencio, no será nada que no hayas hecho ya. Antes no parecía suponerte un terrible esfuerzo saciar mis deseos. ¿Por qué te iba a importar continuar haciéndolo cada vez que te lo diga? Como ahora mismo, por ejemplo. Tengo un poco de tiempo libre antes de irme, un cuarto de hora o así, y me gustaría pasarlo de manera placentera. ¿Y a ti? —le preguntó, dándole palmaditas a ambos lados de la cara.

Clarisse pareció estremecerse con más violencia. De hecho, se negó a participar en el beso cuando él comenzó a acariciarla de forma seductora, pero Gerard continuó sin inmutarse.

Sonrió contra sus labios cuando sintió el leve escalofrío que la recorría antes de empezar a participar.

De alguna manera, sus besos eran incluso más dulces que cuando los recibía de una boca dispuesta.

Francesca había pensado cómo decirles a James y a Anne que se marchaba, y al final les dejó una carta en la que se disculpaba por su partida y les explicaba que estaba relacionada con Ian. En la nota también les aseguraba que no había motivos de preocupación. Les dijo que volvería para terminar el boceto en cuanto pudiera. Se sintió culpable por llamar a un taxi para escabullirse, pero le inquietaba que Anne y James intentaran convencerla de que no se fuera. Ian les había dicho a sus abuelos que quería que se quedara con ellos, y sabía que sería incapaz de ocultar su preocupación por Ian si hablaba con ellos cara a cara. En resumidas cuentas, les prometió que se pondría en contacto en breve y les suplicó de nuevo que estuvieran tranquilos.

De camino al aeropuerto, buscó la ubicación de la casa de Trevor Gaines. Encontró un artículo sobre el arresto de Gaines varios años atrás en el que se mencionaba la dirección. Con dicha dirección, compró un billete en un vuelo con destino a un pequeño aeropuerto del norte de Francia, tras lo cual alquiló un coche.

Aurore Manor estaba a una hora y media de distancia del aeropuerto. No llegó a la alejada mansión hasta la puesta del sol. Aunque Aurore Manor y Belford Hall eran mansiones elegantes y aristocráticas, el paisaje no podría ser más distinto, se percató Francesca mientras recorría el camino medio abandonado que atravesaba un bosque descuidado. Sus ojos captaron una imagen muy rara entre las sombras de los árboles, allá adonde la luz del sol conseguía llegar. Lo que parecía ser la mitad de un hombre corpulento, solo la parte superior, con la cintura a ras de suelo, se movió. Acto seguido, la sombra se agachó y desapareció por completo. Francesca parpadeó, asombrada, y dio un volantazo, de tal forma que casi perdió el control del coche. Se estremeció, inquieta por la imagen imposible, al tiempo que una mezcla de historias de fantasmas, de hadas y de seres mitológicos le pasaba por la cabeza.

«¿Medio hombre que se hunde en la tierra?», se preguntó. ¿Qué narices había visto?

Esa visión imposible aumentó la sensación claustrofóbica de su entorno, que se sumó a la inquietud de saber quién había sido su anterior propietario, y consiguió ponerla todavía más nerviosa.

La mansión en sí le recordó a una especie de ave de presa oscura y enorme que levitaba recortada contra el brillante sol, como un buitre paciente. Sintió un alivio inmenso al ver los dos sedanes de lujo, tan normales, aparcados en el camino circular lleno de malas hierbas que había delante de la casa. Empezaba a pensar que era el único ser vivo en un paisaje lleno de fantasmas y de muertos. Puso los ojos como platos al ver que un hombre alto, ataviado con un abrigo oscuro, estaba en el porche de piedra que llevaba hasta la puerta principal, con una inmovilidad antinatural. El hombre salió a la luz del atardecer cuando ella aparcó el coche de alquiler detrás del sedán plateado.

Ian.

Lo observó con creciente sorpresa mientras ponía el coche en punto muerto. Ian echó a andar hacia ella con el abrigo oscuro desabrochado agitándose tras su cuerpo alto y musculoso. Llevaba unos vaqueros que se ajustaban a sus largas piernas y a sus estrechas caderas a la perfección, con botas de trabajo marrones, una camiseta blanca y una camisa desabrochada. Tenía el mentón ensombrecido por la barba. Le recordó al solitario y noble salvaje que había pintado en una desolada calle de Chicago años atrás. Sus ojos azules echaban chispas mientras la miraba a través de la luna delantera. No parecía alegrarse de verla.

También parecía estar esperándola. ¿Cómo sabía que iba a llegar?

Ian abrió la puerta del vehículo.

—¿Qué haces aquí? —le preguntó sin rodeos.

Francesca se estremeció un poco al escuchar la ruda pregunta, pero alzó la barbilla.

—He venido a buscarte, por supuesto. ¿Cómo sabías que iba a venir?

—Por Short —masculló él con expresión tensa.

Una brisa helada entró por la puerta del coche. Ella se estremeció, pero Ian no pareció darse cuenta.

—¿Arthur Short? ¿El empleado de James? Pero ¿cómo...?

Ian la cogió del codo.

—Entra en la casa.

—Deja que coja el bolso —dijo cuando él la sacó del vehículo y cerró la puerta con fuerza.

—Déjalo. No te va a hacer falta —repuso él.

—Ian, no pienso marcharme —le aseguró mientras la arrastraba hacia la puerta principal.

Ian no replicó, pero su expresión airada le bastó para saber lo que pensaba de sus planes.

Ian abrió la puerta y la instó a entrar. Francesca cruzó el umbral trastabillando, y se detuvo en seco al ver que Lucien aparecía en el enorme vestíbulo donde estaban. A diferencia de Ian, se lo veía tan compuesto y tranquilo como de costumbre. La puerta principal se cerró con un golpe tras ella, haciendo que diera un respingo. Miró a Ian y después a Lucien.

—¿Cómo es que el empleado de James te ha dicho que pensaba venir a Francia? —preguntó ella.

Lucien se limitó a enarcar las cejas con expresión burlona y a mirar a Ian.

—Porque no es empleado de mi abuelo. Es el experto en seguridad que contraté para protegerte —replicó Ian con una rabia apenas contenida.

—¿Experto en seguridad? Pero te dije que...

—Quedamos en que lo hablaríamos —la interrumpió Ian—. Pero no tuvimos la oportunidad antes de que las circunstancias me obligaran a marcharme...

—Así que hiciste lo que querías sin molestarte en consultarme.

Ian frunció el ceño, molesto.

—Da igual. Te fuiste con tantas prisas que Short casi no tuvo tiempo de seguirte. Lo sorprendiste. Te siguió hasta el aeropuerto de Londres...

—¿Me siguió? —preguntó Francesca, volviéndose para mirar a Ian, estupefacta por la idea de que la hubieran espiado sin saberlo.

—Todo el tiempo que pudo —continuó Ian con amargura.

—Te siguió al aeropuerto y se enteró de tu destino cuando compraste el billete —dijo Lucien tras ella—. No llevaba el pasaporte encima, así que no pudo seguirte. No esperaba que abandonaras el país tan deprisa, teniendo en cuenta lo que le había dicho Ian —explicó Lucien cuando Francesca lo miró, perpleja, por encima del hombro.

—Idiota —sentenció Ian, que parecía muy molesto. La escrutó con los ojos entrecerrados y el ceño muy fruncido—. ¿Quién te dijo que estaba aquí?

—Gerard —contestó Francesca.

Ian apretó los dientes.

—¿Gerard? ¿Cómo...?

—Me dijo que os oyó hablar un día.

Ian torció el gesto con una expresión de... En fin, no supo interpretarla.

—¿Ian? ¿Qué pasa?

—Nada —replicó él, tenso—. Francesca, no quiero que estés aquí.

Bajó los brazos y cuadró los hombros al escucharlo.

—No pienso irme. No a menos que me acompañes.

Ian parecía lo bastante rabioso para abrirse paso a mordiscos. Ella se mantuvo en sus trece, aunque la expresión de sus ojos azules la dificultó.

—Estás aquí. Entra, el vestíbulo es una nevera —dijo Lucien tras ella, y supo que intentaba darle tiempo a Ian para que se calmase y entrara en razón.

Ian soltó un gruñido salvaje y echó a andar delante de ellos sin pronunciar una sola palabra, hecho una furia.

—Tenía que venir —le susurró a Lucien con desesperación—. Es una locura que esté aquí precisamente. ¿Es verdad que ha comprado la casa?

—Es suya, sí —dijo Lucien sin explayarse, y la tensión de sus labios le indicó que a él también le inquietaba la idea—. ¿Vas a entrar? Acabábamos de sentarnos a comer en el gabinete. Es una de las pocas estancias habitables de la mansión… y una de las pocas cálidas —añadió con sorna.

—¿Cuándo llegaste? —le preguntó ella mientras echaban a andar.

—Anoche, más o menos a la misma hora que Ian.

Lo siguió hasta una estancia en penumbra, alumbrada solo por el fuego de la chimenea, llena de muebles recargados tapizados con lo que en otro tiempo habían sido telas muy lujosas. Un desagradable olor a humedad y a moho flotaba en la habitación. Ian estaba sentado en un sofá delante del fuego, comiendo de un plato con ademanes mecánicos y sin darse por aludido de su presencia.

—¿Tienes hambre, Francesca? —preguntó Lucien con educación—. Solo es pollo, patatas y fruta, pero hay de sobra.

—Sí, por favor —contestó Francesca al darse cuenta por primera vez de que tenía el estómago vacío.

No había comido en todo el día. Cuando Ian siguió negándose a hablar con ella o a mirarla después de que Lucien abandonara la estancia, suspiró y se dejó caer en el sofá junto a él. El calor del fuego era maravilloso. El agotamiento la asaltó.

—¿Vas a pasar de mí? —preguntó con cansancio un momento después.

Ian apretó los dientes. Lo vio tragar saliva y dejar el plato en la mesita auxiliar que tenía delante.

—¿Cómo voy a pasar de ti si te has plantado aquí sin ser invitada? —replicó, con un deje rabioso en la voz—. No quiero que te quedes aquí, Francesca. Este lugar está… mancillado. Es ponzoñoso. No creo en fantasmas, pero en el caso de tener que plantearme si existe un lugar maldito, diría que es Aurore Manor. No es un lugar en el que quiero que estés.

—En fin, yo tampoco quiero que tú estés en este sitio. Ven conmigo y los dos seremos felices. —La irritación desapareció con la misma rapidez que había aparecido. Echó un vistazo por la habitación en penumbra, observando los retratos oscuros y deprimentes de unas personas de piel blanquísima, así como los enormes muebles de madera que alguien había cubierto con sábanas manchadas. Casi podía sentir que el polvo y el moho se acumulaban en sus pulmones cada vez que respiraba—. Es un lugar espantoso.

El gruñido irritado de Ian fue un «Ya te lo dije». Ian se reclinó en el sofá, con expresión pétrea. Francesca quería exigirle que le contara qué estaba buscando exactamente en la propiedad de Trevor Gaines, pero le preocupaba que se levantara y se negara a hablar con ella. Conociéndolo como lo conocía, sabía que gran parte de su rabia por el hecho de que ella estuviera allí se debía a la impotencia. Y tal vez a la vergüenza porque ella viera esa parte tan negra de su pasado.

Tal como iba descubriendo a marchas forzadas, su vergüenza no era lógica. Pero eso no quería decir que Ian pudiera desterrar dicha emoción solo porque ella así lo deseara.

Ansiosa por cambiar de tema y hacerle olvidar su incomodidad y su rabia, se concentró en contarle la desconcertante visión que había tenido mientras se acercaba a la mansión.

—Entiendo perfectamente que puedas pensar que este lugar está encantado. No vas a creer lo que acabo de ver en el bosque —comentó mientras Lucien entraba en la estancia con un plato lleno de comida y un vaso—. Gracias —le dijo cuando Lucien le dejó el plato con la cena en la mesita auxiliar, delante de ella.

—¿Qué? —preguntó Ian, que se volvió un poco hacia ella, con el ceño fruncido.

—Medio hombre se hundía en la tierra —contestó Francesca con voz seria al tiempo que cogía el plato y se lo colocaba en el regazo. Probó un bocado. El pollo estaba muy jugoso—. Está muy bueno. ¿Lo habéis comprado en el pueblo?

—Olvídate de la comida —le ordenó Ian con impaciencia, sin dejar de mirarla—. ¿Qué quieres decir con eso de «medio hombre»?

Lucien también la miraba expectante, sentado en el sillón que había junto al sofá.

Ella dejó de comer para explicar lo que había visto. Cuando terminó, Ian y Lucien intercambiaron una mirada elocuente.

—Es él. Kam Reardon —dijo Ian a Lucien—. Seguro que tiene algún escondite bajo tierra. Ya lo sospechaba. Estoy convencido de que hay un túnel de entrada a la mansión. Entra en la casa, pero no sé cómo. Si está bajo tierra, explicaría por qué no he podido encontrarlo cuando registré la propiedad.

—¿Quién es Kam Reardon? —preguntó Francesca. Enarcó las cejas con gesto impaciente al ver que ninguno le contestaba—. ¿Y bien?

—Es un salvaje que vive en la propiedad —respondió Ian con sequedad.

—Es nuestro hermanastro —añadió Lucien.

Francesca se quedó helada mientras masticaba un trozo de patata. Ian se puso en pie de un salto, sobresaltándola. Era un hombre muy corpulento, pero a veces se movía con una rapidez asombrosa.

—Voy a buscar la entrada de su escondite subterráneo. Estoy empeñado en hablar con Reardon. Seguro que sabe muchas cosas sobre Gaines si ha vivido aquí toda la vida. Todavía queda un poco de luz para investigar —dijo a Lucien.

Su hermano también se puso en pie.

—Te acompaño. No creo que a Reardon le guste la idea de que entren en su guarida.

Francesca soltó el plato y se levantó.

—Yo también voy. —Se desentendió de la mirada furiosa de Ian—. Soy yo quien ha visto dónde está la entrada —continuó—. Habrá amanecido para cuando la encuentres si te pones a examinar cada centímetro de tierra situado al lado del camino de entrada.

Echó a andar hacia la puerta principal mientras rezaba para que Ian cooperase por una vez en la vida y la siguiera.

15

Tardaron un rato en encontrar el lugar. La oscuridad se extendía poco a poco, sobre todo bajo los árboles, pese a lo desnudas que estaban las ramas por el invierno. Por suerte, Ian había cogido una linterna potente mientras salían. Francesca los llevó hasta la zona donde pensaba que había visto al «medio hombre», ya que recordaba el tocón de un árbol de forma extraña con el que había estado a punto de chocar por culpa del susto que se había llevado tras la extraña visión.

Cuando Ian se detuvo, apenas había luz natural. Lo oyó golpear el suelo con un pie varias veces. Sonaba hueco.

—Aquí es —masculló Ian, cuya voz resonó en el silencio del frío atardecer, provocándole a Francesca un escalofrío en la espalda.

Lucien y ella se acercaron al haz de luz de la linterna y a Ian, que permanecía oculto por la sombra. Lo vieron arrodillarse para pasar la mano sobre la hojarasca. Sus dedos protegidos por el guante parecieron topar con algo.

—Retroceded un poco —les ordenó.

Lucien y ella lo obedecieron, y él se levantó. El suelo del bosque se abrió. Era una trampilla de medio metro por un metro. Ian alumbró el interior con la linterna, revelando un agujero negro y una escalera de madera. Francesca apenas distinguía su rostro entre las sombras mientras él examinaba el interior, pero sabía que estaba frunciendo el ceño. La miró de reojo y comprendió que su mente barruntaba cuál era la mejor forma de proceder... sin duda deseaba que ella no estuviera presente para no tener que preocuparse por su bienestar.

—Yo iré primero y os avisaré si no hay peligro —explicó a Lucien.

—Ian, vamos a bajar contigo. No vamos a quedarnos aquí para morirnos de frío en la oscuridad —replicó Francesca.

Ian le dirigió una mirada de reproche. Sin mediar palabra, arrojó la linterna a Lucien y descendió por el agujero.

—¡Por el amor de Dios! —exclamó Lucien en voz baja unos minutos después.

Los tres se encontraban en la entrada de una espaciosa gruta subterránea iluminada por lámparas eléctricas. La cavernosa estancia se hallaba situada al fondo de un largo túnel. El suelo era de tierra apisonada y las paredes estaban reforzadas con vigas de madera. Nada más bajar por la escalera, distinguieron la luz en la distancia, y la siguieron con facilidad.

—¿Qué es todo esto? —preguntó Francesca asombrada al tiempo que contemplaba las numerosas mesas a rebosar con extraños instrumentos mecánicos, ordenadores y herramientas. Muchos de los instrumentos se movían. Tenían multitud de engranajes y péndulos. En el silencio se oía el tictac de sus mecanismos. Algunos eran muy grandes, pero en una mesa situada cerca de ellos había diminutos objetos metálicos y delicadas herramientas, junto con una lupa que a Francesca le recordó al instante al instrumental de la consulta de un médico.

—Son todos mecanismos de reloj, ¿verdad? —preguntó Lucien, que se acercó a una de las mesas para examinar, fascinado, su contenido.

—Diferentes tipos de escape —contestó Ian. Francesca lo miró, alucinada—. Es el mecanismo básico de un reloj o de un cronómetro. Hay distintos tipos —explicó él al tiempo que recorría la estancia con la mirada—. Gaines era un genio de la mecánica. Patentó varios dispositivos mecánicos y electrónicos, muchos de ellos relacionados con los relojes. Creo que Reardon ha robado muchos objetos de este taller. Pero algunas de estas cosas me resultan incomprensibles. Me recuerdan a algo…

—¡Yo no he robado nada! —gritó una voz masculina, sobresaltando a Francesca—. Él me lo dejó. Me dejó esa casa que tú aseguras que también te pertenece, pero en mi caso yo no tenía el dinero necesario para pagar los impuestos y me la quitaron —añadió la voz, ronca y desagradable, procedente de las sombras reinantes en el extremo opuesto de la estancia.

Francesca se asustó al ver a un hombre alto y corpulento que se acercaba a ellos a la carrera, armado con una escopeta. Ian se colocó delante de ella, de modo que para ver al hombre tenía que ladear la cabeza. En ese momento oyó el alegre sonido de las patas de un animal al moverse, acompañado por un tintineo. Cuando miró hacia abajo, se sorprendió al ver un precioso y bien cuidado golden retriever que se acercó a sus piernas y a las de Ian para olfatearlos con curiosidad. En la pata derecha llevaba un objeto electrónico de aspecto muy sofisticado. Por extraño que pareciera, a Francesca le recordó a un carísimo reloj.

—¡Aléjate de ellos, Angus! —gritó el hombre, sobresaltando a Francesca.

La furia demudaba el rostro de Kam Reardon. Al ver que estaba observándolo desde detrás de Ian, el ceño del hombre desapareció. Sus claros ojos grises la contemplaron. Ian se percató de que la estaba mirando, porque le colocó una mano en la cadera y la empujó para que se escondiera detrás de él.

Kam Reardon tenía los mismos ojos que Lucien. Francesca se asomó de nuevo, ya que la curiosidad se imponía al miedo.

El ceño amenazador del hombre apareció de nuevo.

—Fuera de aquí —masculló.

—Siento haber entrado sin permiso —replicó Ian con voz tranquila—. No queremos hacerte daño. He venido a hablar contigo. Y Lucien también —añadió, señalando a Lucien, que observaba la escopeta de Kam con recelo—. Lucien también es... nuestro hermano —señaló, aunque dudó un poco con la última palabra.

—¿Y ella? —preguntó Reardon, refiriéndose a Francesca—. ¿También es de la familia?

—No —contestó Ian con brusquedad.

La mirada de Kam se posó sobre la mano de Ian, aún colocada en la cadera de Francesca.

—¡He dicho que fuera de aquí! —gritó el hombre de repente, enseñando los dientes a través de la barba negra. Amartilló la escopeta.

—Vamos —dijo Ian con la voz tensa al tiempo que se volvía y empujaba a Francesca para que caminara delante de él.

Lucien los siguió. Ian entregó la linterna a Francesca.

—Tú primera. Rápido —le ordenó.

Francesca echó a correr por el oscuro túnel, con el corazón desbocado en el pecho, ya que era muy consciente de que no solo la seguían Ian y Lucien. Kam Reardon iba a la retaguardia. Oía sus pasos en el suelo, e imaginaba que percibía la ira que su cuerpo irradiaba en oleadas mientras los seguía para asegurarse de que abandonaban sus dominios subterráneos. Angus, el perro, correteaba a su lado, un escolta inesperado dada la tensa expulsión.

Tras regresar a la casa, Ian insistió en localizar la entrada subterránea por la que supuestamente Reardon accedía a Aurore Manor. Francesca los acompañó hasta el mohoso y oscuro sótano que parecía extenderse en todas direcciones. Ian y Lucien descubrieron, tras una larga y exhaustiva búsqueda, una puerta oculta por la que se llegaba a un túnel.

—Parece que se abrió hace poco tiempo, al menos en comparación con la casa —señaló Lucien, que pasó la mano por las vigas de madera que reforzaban aquella rama del sistema de túneles, distinta de la que habían recorrido antes.

—Creo que se construyó durante la Segunda Guerra Mundial, durante la ocupación alemana. Hubo varias batallas por aquí cerca. Los dueños querrían una vía de escape o un escondite, por si las tropas trataban de ocupar la zona. Mira esto —dijo Ian, que iluminó con la linterna un tubo de plástico que protegía unos cables eléctricos—. Le estoy pagando la luz a ese cabrón —comentó, con un deje en la voz que era una mezcla de irritación, sorna y respeto.

Después, subieron al salón. El fuego había quedado reducido a unas ascuas, pero aún calentaba lo suficiente en opinión de Francesca.

—¿Cuántos años crees que tiene? —preguntó Lucien después de hablar un rato sobre el excéntrico Reardon.

—Es difícil de calcular, con esa barba y la suciedad que lleva encima. Nuestra edad, o quizá más joven —aventuró Ian—. Estoy seguro de que ha llevado una vida interesante.

—Es evidente que no se trata de un simple vagabundo —repuso Lucien, quien se puso en pie y se desperezó—. Es sistemático y metódico. Y brillante, si no me equivoco.

—De tal palo, tal astilla —murmuró Ian.

—¿La gente del pueblo no te ha comentado nada sobre sus orígenes? —quiso saber Lucien.

—Solo he podido congraciarme con algunos de los habitantes del pueblo, los que menos tiempo llevan en la zona —contestó Ian, con los ojos clavados en las ascuas de la chimenea—. Todos parecen creer que Reardon es un vagabundo sin hogar.

—¿Por qué no quiere hablar contigo la gente del pueblo? —inquirió Francesca, que dio un respingo cuando sus ojos azules la miraron. Apenas había sido capaz de mirarla a los ojos desde que llegó.

—Porque los asusto —respondió Ian mientras esbozaba una sonrisa amarga—. Piensan que soy el fantasma de Gaines.

A Francesca le dio un vuelco el corazón. Parpadeó cuando lo vio levantarse de repente del sofá.

—Me voy a la cama —anunció Ian.

Lucien la miró con gesto de disculpa y también un poco avergonzado cuando Ian se marchó sin decir una sola palabra más.

Lucien le indicó la habitación en la que dormía Ian y después le dio las buenas noches, tras lo cual se marchó hacia el otro extremo del largo pasillo, donde abrió una puerta.

Francesca llamó con un golpecito a la puerta que Lucien le había indicado antes de entrar, pero Ian no le contestó. Estaba de pie junto a una antigua cama con dosel y desvaídas cortinas de terciopelo carmesí llenas de polvo. Al ver que Ian miraba la cama sin hacerle a ella el menor caso, frunció el ceño, preocupada.

—No sé en qué sitio puedes dormir —le dijo él de repente, sorprendiéndola.

—No te entiendo —replicó ella despacio y confusa. ¿Iba a insistir en que durmiesen separados? ¿Todavía estaba enfadado por su aparición?

—Me refiero a que no sé dónde puedes dormir. No hay ningún lugar adecuado. —Señaló el colchón hundido de la antigua cama—. Las camas están todas así.

Francesca soltó una carcajada al comprender el motivo de su inquietud.

—No seas ridículo. Estaré bien. He ido muchas veces de acampada. No será peor que... —Dejó la frase en el aire cuando él se volvió y vio su expresión desolada—. Ian —susurró con un nudo en la garganta mientras corría hacia él para estrecharlo entre sus brazos y pegar la mejilla a su torso—, me da igual donde vaya a dormir. Solo quiero estar donde tú estés. Solo quiero estar contigo y saber que te encuentras bien.

Durante un espantoso instante, Ian no le devolvió el fervoroso abrazo. Sin embargo, al cabo de unos segundos le rodeó la cintura con los brazos. Poco después, la estrechaba con fuerza y hundía la cara en su coronilla.

—Hueles tan bien... —murmuró con los labios pegados a su cabello—. Si no separo la nariz de tu pelo, si no me separo de tu cuerpo, podré olvidar esta asquerosa casa... podré olvidarlo todo. No sabes lo que me gusta la idea.

Francesca gimió al tiempo que se pegaba aún más a su cálida solidez.

—Tenía que venir. Por favor, no te enfades conmigo. Sé que dije que entendía que quisieras descubrir las cosas de primera mano, pero no sabía...

—¿Que me refería a esto? —acabó por ella, sosteniéndole la nuca con una mano e instándola a mirarlo a los ojos.

—Me dejé llevar por el pánico cuando pensé que te encontrarías aquí solo —admitió ella sin pensar—. Me pareció... horrible.

—Es horrible —convino él con sequedad—. Te lo dije. Te dije que no te quería aquí. Me duele verlo, Francesca.

Ella lo miró con los ojos velados por las lágrimas.

—A mí también me duele. Pero si crees que de alguna forma puede ayudarte, cuéntamelo, Ian. Dime cómo puede ayudarte —le suplicó mientras una lágrima se deslizaba por su mejilla—. Ayúdame a comprenderlo, porque estoy desesperada por ponerme de tu parte.

—Es que no hay más —dijo él con el rostro demudado por la frustración. Le colocó la otra mano en un lado de la cabeza y comenzó a acariciarle la mejilla con el pulgar—. No puedes comprender este sitio. Para ti solo es una casa en ruinas, mohosa y polvorienta. Para mí guarda muchas respuestas. Mira lo que ha pasado esta noche —añadió con vehemencia cuando vio que ella lo miraba, asombrada—. Kam Reardon. Él podrá responder mis preguntas.

—Tal vez… si antes consigues evitar que te dispare —comentó Francesca, insegura.

—No va a dispararme. O al menos no creo que lo haga. Al parecer, ya ha tenido numerosas oportunidades de hacerlo y de momento no ha pasado nada —repuso él, que seguía acariciándole la mejilla con expresión pensativa.

—Eso no me tranquiliza en absoluto —le dijo ella con desesperación.

—Lo siento. Si no soy capaz de explicártelo, no sé qué más puedo hacer —replicó Ian con voz tensa—. Te digo que aquí podré obtener respuestas. Sobre Trevor Gaines. Sobre quién era. Sobre cómo llegué a este mundo.

—¿Y qué diferencia va a suponer que sepas todo eso? —le preguntó ella con voz impaciente.

Ian cerró los ojos y compuso una expresión tan frustrada que Francesca sintió ganas de echarse a llorar.

—Te aseguro que supone una gran diferencia. Te lo aseguro, ¿qué más puedo decir para convencerte? Si consigo desentrañar las cosas, entenderlo todo…

—¡Pero es una locura! —lo interrumpió Francesca, que a esas alturas estaba frenética.

Ian abrió los ojos despacio y la atravesó con la mirada. Tenía el ceño levemente fruncido. Francesca se quedó helada al ver que él había llegado a una conclusión.

—¿Eso es lo que crees? ¿Que me estoy volviendo loco?

—Yo… —Negó con la cabeza. Se sentía hecha un lío. ¿De verdad pensaba que Ian estaba perdiendo la razón?—. No. No —repitió, al comprender que era cierto. Si bien se hallaba sometido a una gran presión emocional, Ian no estaba loco. Se enfrentó a su mirada, suplicándole que la entendiera—. Es que estoy… asustada. Me aterra pensar que estás en la propiedad de ese hombre, escarbando e intentando comprenderlo.

Su temblorosa confesión pareció quedar suspendida en el aire, entre ellos.

—Yo también estoy un poco asustado —admitió Ian al cabo de un momento—. Pero no por el mismo motivo que tú. No me asusta volverme loco. Ya no.

—Entonces ¿qué? —susurró Francesca, acercándose a su calor.

—Me asusta no poder comprender. Si no soy capaz de entender quién era mi padre biológico, no podré... —Apretó los dientes e hizo una mueca—. No podré sacarme su veneno. No sé de qué otra manera explicarlo. Gracias a la presencia de Lucien y a la investigación que he llevado a cabo, incluso el hecho de haber atisbado esta noche una parte de la vida de Kam Reardon, me ayuda a empezar a dilucidar quién era Trevor Gaines. —Sus ojos azules la miraron con desesperación mientras le tomaba la cabeza entre las manos—. Si no puedo hacer esto, no soportaré la idea de estar contigo para siempre. No quiero mancillarte...

—¡Jamás lo harías!

—¡Maldita sea, Francesca! —gritó con brusquedad—. Eso es lo que me preocupa. Esa es mi carga, y estoy tratando de librarme de ella. No lo hago por testarudez ni porque me esté volviendo loco. ¡No lo hago porque quiera alejarme de ti! Lo hago porque tengo que hacerlo si quiero estar contigo. Y eso es... eso es lo único que deseo en esta vida —añadió, hablando con los blancos dientes apretados.

Francesca se limitó a mirarlo con el corazón desbocado, incapaz de respirar.

—Ian —dijo, y soltó el aire, estremecida por la emoción—. Ian, lo siento mucho.

—No lo sientas. No tienes por qué disculparte —susurró él con voz ronca, absorbiendo sus estremecimientos—. Me duele verte en este sitio, pero... —Meneó la cabeza y tragó saliva al tiempo que se apartaba un poco de ella y le acariciaba una sien—. Por extraño que parezca, también me ayuda... creo. No lo sé. Es raro. Esta noche tengo la impresión de que voy a poder comprender toda esta pesadilla. Y no creo que se deba solo a la presencia de Lucien, o al hecho de haber descubierto que Kam Reardon es una persona... realmente interesante.

—No quiero que te sientas solo —dijo Francesca—. Si te has sentido así por mi culpa, porque sabías que yo no aceptaría esto, lo siento mucho. He sido egoísta. Pensaba que el egoísta eras tú con todo este asunto, pero estaba equivocada.

Ian se inclinó al tiempo que le levantaba la cabeza, y la besó con pasión. Con dulzura. Francesca no sabría describirlo con exactitud. Nunca era capaz de describir lo que le hacía Ian. Notó que Ian se excitaba y se pegó más a él, deseosa de sentir su calor y su dureza.

—Eres la mujer más generosa que conozco —le aseguró él contra los labios al cabo de un instante—. En ningún momento has sido egoísta.

—Siempre crees que ese veneno del que hablas va a mancillarme, Ian —murmuró con un hilo de voz—. Pero el amor es el mayor antídoto para tus temores. Y sí, también funciona con ese supuesto veneno. —Le pasó los dedos por el pelo, corto y abundante, masajeándole el cuero cabelludo con las uñas. Él cerró los ojos y gimió—. Deja que te haga el amor aquí. Justo aquí. En mitad de la oscuridad que te rodea —añadió con énfasis mientras lo besaba en el mentón, dejando que su barba le arañara los labios.

Cuando lo besó en el cuello, Ian se sobresaltó.

—No —dijo con aspereza, pasándole las manos por los brazos hasta rodearle las muñecas. Después, se alejó de ella. Sus ojos brillaban con una emoción apenas contenida—. Pero has venido y no puedo cambiarlo. Y ahora que estás aquí, debo poseerte. He sufrido mucho en esta habitación, tu ausencia era como un agujero en mi interior. Ahora no puedo rechazarte. Así que seré yo quien te haga el amor a ti. Y después, los dos sabremos si lo que dices es cierto, o si solo te estoy usando para alejar la oscuridad.

Tras sus palabras, la instó a colocar los brazos a la espalda y le sostuvo las muñecas con una sola mano. Después, se inclinó hacia delante, obligándola a arquear la espalda, y sin más empezó a devorarla.

Esa noche el sabor de Francesca lo embriagó con más rapidez que de costumbre, tan ansioso como estaba por degustarlo. Ansiaba creer que lo que ella decía era cierto, que su dulzura no solo era un escape temporal de la oscuridad que lo rodeaba, sino un hogar verdadero.

El lugar al que pertenecía.

Usó la mano libre para tocarla, disfrutando por el hecho de tener aquel cuerpo esbelto a merced de sus caricias y saber que era suya para hacer con ella lo que le apeteciera, porque de esa forma ella también disfrutaba. Era un placer exquisito que no creía merecer, pero debía hacerlo porque Francesca estaba dispuesta y su entrega era ineludible. Se empalmó mientras recorría el firme contorno de su espalda y de sus costillas, las deliciosas curvas de sus pechos bajo la camisa ajustada. Dejó que su mano vagara a placer, absorbiendo sus gemidos con sus labios, y sintiendo cómo su sexo comenzaba a irradiar calor. La tenía tan dura que casi le dolía.

Puso fin al beso mientras siseaba y le liberó las muñecas. Después, retrocedió con un objetivo en mente y se detuvo al ver su impactante imagen. Tenía los labios de color rosa oscuro, húmedos y separados; las mejillas, sonrojadas. Su cabello rubio cobrizo caía ondulado por su espalda y por sus brazos. Los ojos oscuros relucían por el deseo y el amor, y su mirada era como una ardiente bendición.

Caminó hasta un extremo de la estancia, en busca de un banco de madera. En el pasado tal vez sirviera para colocar zapatillas y zapatos. Su baja altura hacía que fuera ideal para su propósito. Lo levantó y lo colocó frente a Francesca, que lo observaba en silencio. Tras dejarlo en el suelo, clavó de nuevo la mirada en su radiante rostro y en aquellos labios rosa y carnosos.

Francesca estaba con él de verdad.

—Siéntate —le ordenó con voz ronca.

El banco era más bajo que una silla normal, de modo que cuando se sentó, fue como si estuviera de rodillas.

—No me gusta la idea de que te arrodilles en esa alfombra tan asquerosa —murmuró, sosteniendo su mirada mientras se bajaba la cremallera de los pantalones.

Francesca soltó el aire por la nariz al tiempo que contemplaba su abdomen y su entrepierna. Una vez que liberó su erección de los confines de los pantalones y de los calzoncillos, Ian hizo una mueca.

—No —dijo al ver que Francesca hacía ademán de acercarse. Esa pequeña mano era una tentación, de modo que la voz le salió más ronca de lo que pretendía—. Voy a inmovilizarte.

Ian ni siquiera había deshecho el equipaje, ya que por algún motivo prefería sacar su ropa de la maleta mientras residía en Aurore Manor en vez de guardarla en el armario y en los cajones, como haría cualquier residente. Encontró la corbata que había llevado durante la rueda de prensa y se colocó tras Francesca. La polla le dio un respingo cuando la vio llevarse las manos a la espalda de inmediato. Tras arrodillarse detrás de ella, dejó la corbata en su rodilla y le apartó la melena rubia cobriza del cuello para besárselo y aspirar su olor.

—Eres tan dulce… —murmuró mientras le desabrochaba la camisa, refiriéndose a su disposición para que la atara, a su insistencia en estar ahí con él… a todo—. Antes pensaba que me estaba aprovechando de ti porque siempre te entregas con generosidad, pero en el fondo lo haces porque te gusta, ¿verdad? —le preguntó mientras le acariciaba la sedosa piel con los labios. Tras abrirle la camisa, comenzó a acariciar su piel cálida y aterciopelada. La sensación le arrancó un gemido.

—Sí —susurró ella con voz ronca.

Ian deslizó los dedos por la parte delantera de su sujetador, y gruñó satisfecho al encontrar el cierre delantero. Tras desabrochar la prenda, liberó sus pechos de las copas.

—Sí —repitió ella cuando Ian tomó sus generosos pechos en las manos.

Los moldeó a las palmas de sus manos, los masajeó, le pellizcó los pezones, encantado con ellos. Entretanto, la observaba por encima del hombro, hipnotizado con la imagen de sus enormes manos sobre aquellos generosos pechos.

—Arquea la espalda otra vez —le ordenó de nuevo al oído.

Cuando lo obedeció, se le hizo la boca agua. La posición produjo que sus pechos se irguieran. Le bajó la camisa y el sujetador por los brazos, pero no le quitó las prendas. Estaba inmovilizada por la ropa, pero también quería atarle las muñecas, de modo que se apresuró a hacerlo con la corbata de seda.

La rodeó a fin de colocarse frente a ella. El cabello le caía por los hombros y sus pechos subían y bajaban. Aún tenía la espalda arqueada, ofreciéndose a él sin atisbo de la vergüenza que podría haber demostrado haciendo lo mismo un año atrás. Sus ojos brillaban por la emoción cuando los clavó en su polla, que sobresalía por la cremallera bajada.

Ansioso por acariciar semejante despliegue de erótica belleza, se inclinó hacia delante y le pasó las manos por los costados, sintiendo cómo se estremecía. Después le apretó los pechos, porque sabía cómo le gustaba a Francesca: un poco brusco, un poco tierno, ansioso e incluso morboso. Le dio una leve palmada a la curva de un pecho y la vio morderse el labio inferior para contener un gemido.

—Eres mía —le dijo.

—Sí.

Se inclinó hacia delante y capturó sus labios mientras seguía acariciándole los pechos, apretándolos el uno contra el otro y pellizcándole los pezones hasta que ella gimió sin control contra su lengua.

—Tienes la boca muy caliente —murmuró él mientras se enderezaba—. Me va a encantar. —Sin una palabra más, le acercó la gruesa punta de la polla a los labios.

Ella se la rodeó al instante y empezó a chupársela. El placer le arrancó un gemido al tiempo que embestía hacia delante, disfrutando al ver cómo se separaban aquellos labios rosa para acoger su polla y cómo lo miraban sus ojos oscuros... tan radiantes... tan generosos... tan desvalidos.

Francesca siempre había aceptado su indefensión en esa faceta de su relación. ¿Por qué él no lo hacía?

Gruñó de placer al sentir que ella se la chupaba con fuerza, tentándola a metérsela hasta la garganta. Lo primero que le enseñó fue a hacer una felación cuando estaba atada, y a esas alturas seguía siendo una de sus actividades preferidas. Francesca sabía que la única forma de controlar el acto en sí era moviendo la cabeza y dominando la presión que ejercía cuando succionaba. En ese instante la privó de lo primero, aferrándole el pelo de la parte posterior de la cabeza para que no pudiera volverlo loco con sus movimientos. De modo que solo podía chupársela, un solitario recurso que ella usó a la perfección hasta el punto de dejarlo con los ojos en blanco.

—Ya está. ¿Esto es lo que quieres? —le preguntó con voz ronca al tiempo que se la metía hasta la garganta.

Francesca asintió con la cabeza de forma casi imperceptible, pero sin que sus ojos dejaran de mirarlo en ningún momento. Aún le inmovilizaba la cabeza a fin de usarla a su placer. Francesca tenía los labios rígidos mientras se la chupaba, y respiraba por la nariz. Ian jadeó por la maravillosa sensación que le provocaba la suave cara interior de sus carrillos cada vez que le rozaban la polla.

Mantuvieron el contacto visual en todo momento, mientras se la metía con cuidado hasta la garganta. Francesca se estremeció, pero se recobró de inmediato. ¡Dios, era genial!

Ian gimió y se la sacó. Francesca no dijo nada mientras lo

veía darse la vuelta y correr hacia el cuarto de baño, del que regresó con una toalla y con un bote de lubricante. Puesto que había lavado las toallas nada más llegar a Aurore Manor, sabía que estaban limpias. También había lavado las sábanas, pero el colchón seguía lleno de polvo y apolillado, de modo que las sábanas estarían sucias en muy poco tiempo. Francesca no debía rozar siquiera el colchón.

Apartó la pesada colcha de terciopelo, que al caer levantó una nube de polvo. En cuanto extendió las toallas limpias sobre la cama, regresó a por Francesca y la ayudó a levantarse. Ella lo miró sin decir nada mientras le desataba las manos y comenzaba a desnudarla.

—¿Te acuerdas de la noche… anterior a cuando me marché? —le preguntó Ian con voz ronca al tiempo que le quitaba la camisa y el sujetador, tras lo cual le desabrochó los vaqueros. Ella no intentó ayudarlo, se limitó a dejarlo hacer en actitud sumisa.

—Jamás la olvidaré —respondió Francesca.

La miró a la cara, olvidados por un momento los vaqueros y las bragas que quedaron a medio muslo, ya que su voz seductora lo cautivó.

—Debo de haber visto la grabación de tu cara miles de veces —le dijo sin más. Parpadeó para librarse del hechizo de sus ojos y se inclinó para quitarle las botas y los calcetines—. Solía verla aquí. En esta asquerosa habitación. Aunque creas que estaba obsesionado con Trevor Gaines, en realidad estaba obsesionado con tu imagen mientras te entregabas a mí. —Se puso en pie una vez que le quitó toda la ropa y le tomó el mentón con una mano—. Voy a hacerte el amor ahora como te lo hice aquella noche, como he imaginado cientos de veces que te lo haría en esta misma habitación. Era tu imagen la que me animaba a seguir cuando me sentía solo en este lugar maldito. Y ahora estás aquí.

—Sí. Estoy aquí contigo —repuso ella con un hilo de voz.

La acercó a la cama y a las toallas extendidas. Tras instarla a sentarse en el borde del colchón, le ató de nuevo las manos, en esa ocasión al frente.

—Ahora, túmbate de espaldas y coloca las manos sobre la cabeza. Así —murmuró con un nudo en la garganta al tiempo que ajustaba su postura de modo que se le quedara el culo justo en el borde de la cama—. Y ahora dobla las rodillas y pégalas al pecho.

Mientras se desnudaba, contempló su cuerpo en la posición perfecta.

Francesca se estremecía por la emoción y por el amor mientras observaba a Ian quitarse la ropa. A fin de hacerlo, tuvo que torcer la cabeza para poder ver entre sus rodillas dobladas parte de sus musculosos muslos, su enorme polla erecta, sus estrechas caderas, su firme abdomen y su poderoso torso. Se lamió el labio inferior, saboreando casi la emoción del momento mientras Ian se echaba un poco de lubricante en los dedos antes de dejar el bote a su lado, en la cama. Se colocó entre sus muslos. Su imagen era grande y poderosa. Se estremeció por la emoción de la sumisión, tal vez en ese instante se sintiera más sumisa que nunca, total y absolutamente entregada a él. Ian le aferró las rodillas y se las echó hacia atrás, exponiendo su vulva y su culo. Le introdujo el dedo corazón en el ano y ella gimió.

Mirándose en todo momento, Ian comenzó a follarle el culo con un dedo, moviéndose cada vez más rápido y con más vigor a medida que pasaba el tiempo. Ambos jadeaban. Una vez que estuvo suficientemente preparada, se lubricó y presionó la gruesa punta de su polla contra la abertura, que se resistía.

—Presiona, preciosa —jadeó.

Ella movió las caderas, gimiendo por el dolor cuando se la metió por el ano. Ian le colocó las manos en las caderas, manteniéndola en su sitio, y empezó a salir y a entrar de ella.

—El mejor culo del mundo —dijo, clavando los ojos azules

en su cara—. Eres lo mejor que hay. —Parecía estar extasiado a medida que se la metía más adentro, venciendo la resistencia de su cuerpo sin brutalidad, pero con firmeza. Con determinación.

Su pelvis chocaba contra sus glúteos.

—Mírate —dijo Ian, que se detuvo mientras su pecho subía y bajaba, con el torso brillante por el sudor—. Dios, es imposible, pero esta noche te estás entregando por completo. —El descubrimiento lo enardeció.

Francesca atisbó el brillo del deseo en sus ojos azules. Se la metió hasta el fondo y oyó cómo sus cuerpos chocaban.

—¿Verdad que sí? —lo oyó decir con voz más ronca mientras empezaba a follársela otra vez.

—Sí —gimió Francesca, abrumada por la sensación que le provocaba tenerlo tan adentro, abrumada por esa presión deliciosa y prohibida. Empezó a sacudir la cabeza sobre el colchón—. Úsame —le suplicó—. Estoy aquí, Ian. Haz lo que quieras conmigo.

Ian soltó un gemido desesperado y aceptó su invitación. Francesca lo observó dar rienda suelta a la lujuria, vio su lado más atávico cuando le presionó las rodillas hasta pegárselas a los pechos para poder follársela con todas sus fuerzas. La imagen hizo que le palpitara el clítoris, pero por extraño que pareciera no quería que Ian la complaciera. Ver cómo él perdía el control era satisfactorio de por sí. Siempre le había dicho que le sorprendía que pudiera entregarse a él con tanta confianza, pero en ese instante era Ian quien se abandonaba por completo a ella.

—Sí. Así —le dijo con los labios hinchados—. Fóllame con fuerza.

La antigua cama comenzó a crujir sobre el suelo de madera por sus frenéticos movimientos. Francesca clavó la vista en el trémulo dosel, consumida por la lujuria.

—Mírame —le ordenó Ian con brusquedad.

Lo miró, jadeando en busca de aire, y lo vio mover las caderas con frenesí. Gimió cuando sintió que se la metía una vez más.

En ese instante, Ian dio un respingo, le soltó una pierna y empezó a acariciarle el clítoris.

—¡Oooh! —gimió ella, que abrió mucho los ojos al sentir sus caricias. Contrajo los músculos del ano, arrancándole un gruñido a Ian.

—Dímelo —le ordenó él.

—Te quiero —jadeó en las garras de un orgasmo arrollador.

Ian gimió y empezó a estremecerse de placer.

—Siempre —añadió él entre dientes, follándosela mientras se corría.

16

Francesca soltó una carcajada después de que se ducharan juntos, sin dar crédito y conmovida por el hecho de que a Ian le preocupara que durmiera en la cama.

—Ian, no pasa nada —insistió al tiempo que le cogía la mano con la que estaba extendiendo más toallas e incluso una de sus camisas limpias sobre el colchón.

Ian frunció el ceño.

—Este sitio es asqueroso. No quiero ni pensar en lo que vive en ese colchón.

—Pero tú has vivido aquí todo el tiempo, ¿verdad? —le preguntó ella mientras se subía a la enorme cama.

Una vez tumbada, con la mejilla apoyada en una de las camisas de Ian que cubrían la almohada, aspiró el aroma del algodón limpio. Era agradable, muchísimo más cuando Ian se acostó junto a ella y los tapó con la sábana.

—Sí —contestó él, poniéndose de costado y mirándola.

—Y no te ha mordido ningún bicho, ¿no? —preguntó Francesca con una sonrisa mientras le recorría la cara con la mirada. El corazón le dio un vuelco. Era preciosísimo para ella.

—A lo mejor sí. La verdad es que estaba tan entumecido que ni me habría enterado.

—¿Te vas a dejar barba? —quiso saber ella al tiempo que le pasaba un dedo por el mentón.

—No lo sé. —Ian se percató de su gesto interrogante—. Nunca pienso en cosas como la higiene o las chinches cuando estoy aquí.

—Solo pensabas en comprender mejor a Trevor Gaines.

Francesca tragó saliva con dificultad cuando Ian la miró a los ojos. Se percató de su expresión cautelosa.

—¿Qué vas a hacer con la información que recabes sobre él? —preguntó.

—No lo sé —mascullló, tras lo cual le cogió la mano con la que lo acariciaba y le besó la palma.

Francesca no se amilanó. Volvió a colocarle la mano en el mentón. Ian la escrutó y captó la expresión interrogante de su mirada.

—Pensaba en anotarlo todo de forma ordenada. Para intentar encontrarle sentido.

—¿Como si fuera un libro?

—No, no tanto. Solo como una recopilación de hechos —respondió Ian al tiempo que se tumbaba de espaldas y clavaba la vista en el dosel de la cama.

Francesca sospechaba que la conversación lo incomodaba, pero también presentía que Ian no se estaba cerrando en banda. Esperó con paciencia.

—Nada para ser publicado. Solo para mí. Y para... —Se encogió de hombros.

—¿Qué?

—Para quien quisiera leerlo —murmuró él al cabo de un momento.

Con el vello de la nuca erizado, Francesca se apoyó en un codo y lo miró a la cara.

—¿Te refieres a los otros hijos de Trevor Gaines? —preguntó en voz baja.

Ian la miró un instante.

—Sí, como Kam y Lucien, o como cualquier otro que pueda aparecer. Podría ayudarnos a todos. A comprender... aunque la verdad sea espantosa. Sería completa. O todo lo completa que pueda ser.

Se quedaron en silencio un momento. Francesca sintió que algo brotaba en su pecho.

—Creo que es buena idea —dijo unos segundos después.

—¿De verdad? —Ian parecía sorprendido.

Ella asintió con la cabeza sin dejar de mirarlo.

—¿Me prometes algo?

—Lo intentaré.

—Quiero que hagas más cosas además de esto. Que trabajes y que pases tiempo con tu familia, que vivas.

Ian resopló.

—Sí. De acuerdo.

Francesca suspiró, aliviada, y le apoyó la mejilla en el torso. Ian le pasó un brazo por encima y comenzó a juguetear con su pelo.

—Y yo voy a ayudarte —añadió ella con voz somnolienta.

—¿Eso quién lo dice?

—Yo misma —susurró al tiempo que volvía la cara para besarle el pecho—. No se trata solo de que veas a Trevor Gaines con claridad para que puedas olvidarte de él. Se trata de arrojar luz sobre las sombras, de arrebatarles poder a las cosas espantosas que se esconden en ellas. Averiguar lo que puedas y escribirlo te ayudará a hacerlo. Ahora lo entiendo. Y pienso ayudarte.

Ian gruñó, pero no discutió. Siguió acariciándole el pelo hasta que ella se sumió en un sueño profundo y relajado.

Francesca se despertó un buen rato después al oír que se abría la puerta del dormitorio con un ruido furtivo. Extraño. La habitación estaba a oscuras. Ian había apagado la lamparita auxiliar después de que ella se quedara dormida. Tenía la sensación de que había dormido durante horas.

—Ian —susurró al tiempo que le rozaba el torso mientras la inquietud le erizaba el vello de la nuca.

Ian se movió a su lado, y el pánico reemplazó el somnoliento desasosiego. Ian estaba a su lado, en la cama. De modo que ¿quién había entrado en la habitación?

De repente, el dormitorio se iluminó gracias a la lámpara del techo. Francesca parpadeó, aturdida por lo que veía. Gerard estaba junto a la puerta con un abrigo oscuro y unos guantes. Llevaba un maletín colgado del hombro.

Y un arma en la mano.

—Siento haberos despertado —dijo Gerard con una sonrisa. Se acercó a la cama, apuntando a Ian con la pistola.

17

Ian se incorporó despacio en la cama, apoyando el peso del cuerpo en los brazos.

—De eso nada —dijo Gerard, que agitó el arma hacia él—. Quédate quietecito, por favor. Me temo que el señor Lenault ha recibido una terrible herida en la cabeza y está inconsciente. Nadie te ayudará si intentas algo. No me da miedo dispararte, Ian. De hecho —añadió con una sonrisa de oreja a oreja—, sería todo un placer.

—Gerard, ¿qué haces? —preguntó Francesca, aún sorprendida por verlo en el dormitorio de Aurore Manor, e incapaz de asimilar que empuñara una pistola y que estuviera apuntando a la cabeza de Ian.

El aludido la miró con expresión compasiva. Sin embargo, cuando sintió que su mirada descendía por sus hombros desnudos y por el nacimiento de los pechos, Francesca se encogió y se cubrió con la sábana hasta la garganta, tras lo cual volvió el cuerpo hacia Ian.

—La verdad es que he venido por ti, Francesca. Hace poco descubrí algo por casualidad. Me alarmó, sobre todo después de lo que te conté esta mañana acerca de lo mucho que me preocupaba la cordura de Ian —comentó él, soltando el maletín en una mesita auxiliar. Mantuvo el arma fija en Ian incluso mientras sacaba un fino portátil del maletín y levantaba la tapa.

—¿De qué hablas? —masculló Ian.

Francesca se percató en ese momento de que Ian estaba tan tenso como la piel de un tambor junto a ella. Miró de reojo su cara mientras Ian observaba a Gerard, atento a todos sus movimientos. Se estremeció como nunca antes en la vida y comenzó a temblar. Ian miraba a Gerard con el odio encarnado que solo se reservaba a los enemigos acérrimos.

—A esto —contestó Gerard, que tecleó en el portátil, dividiendo la atención entre la tarea que tenía entre manos y su vigilancia de Ian—. Francesca debería ver algo. Algo que mereces ver —le dijo a ella de forma elocuente.

—Gerard, ¿te has vuelto loco? —preguntó ella—. ¿Por qué tienes una pistola?

—Quiere matarnos —explicó Ian con voz calmada.

Otra oleada de estremecimientos la sacudió.

—No sabes lo que quiero, Ian —aseguró Gerard con el gesto crispado y voz desabrida—. Supongo que creías que era fácil, que piensas lo mismo que James sobre mí, que me tienes por una réplica de mi padre, por el alegre bufón.

—No llegué a conocer a tu padre —le recordó Ian—. Pero puedo decirte sin lugar a dudas que James nunca lo tomó a él por un bufón, ni a ti tampoco.

Gerard soltó una carcajada sarcástica.

—Desde luego que no pensó en mí en cuanto tú apareciste, claro. Pero James nunca ha llegado a conocerme. Tú nunca has llegado a saber lo que quiero. Nadie lo sabe. Así es como opero.

—Ya me olía algo —replicó Ian, concentrado por entero en Gerard mientras este se acercaba a la cama—. Tal vez no siempre fue así, pero sí de un tiempo a esta parte.

—Mientes —dijo Gerard, restando importancia a sus palabras—. Nadie hace mejores planes que yo.

—Puede que albergara la esperanza de equivocarme contigo y admito que no había previsto esto, pero sabía que algo andaba mal. A lo mejor me preocupaba que los celos me impidieran pensar con claridad, pero reconozco cuándo algo huele a podrido a mi alrededor.

Por un instante Gerard palideció al percibir la seguridad de Ian, pero después adoptó una expresión furiosa. Su rabia pareció darle fuerzas.

—Siempre tan ufano. Siempre tan seguro de ti mismo, incluso cuando eras un niño rarito. Si eres tan listo, ¿por qué no te diste cuenta hace años de cómo soy en realidad? Has estado tan ciego como Anne y como James —masculló Gerard—. James ni siquiera sospechó la verdad acerca de la muerte de su queridísima hermana.

—¿Me estás diciendo que participaste en la muerte de tus padres? —preguntó Ian.

Gerard se limitó a mirarlo con expresión aburrida.

—Si hemos estado ciegos, se debe a que te queremos. Lo lamento —dijo Ian.

A Francesca le dio un vuelco el corazón por la angustia al escuchar la sincera afirmación de Ian.

—Por favor. No me vengas con bobadas sentimentales ahora —replicó Gerard con desdén—. Te he engañado, te he engañado desde siempre. Ya puedes admitirlo. Pero no soy el único que te ha estado engañando, Ian. Sabía que no descansaría tranquilo al pensar que estabas engañando a Francesca. Puede que ella se preocupe por tu cordura, pero yo no me sorprendí mucho cuando los atolondrados sentimientos que alberga por ti le nublaron la razón al salir en tu busca corriendo. En cuanto descubrí lo que le habías hecho, supe que tenía que venir y demostrarle qué eres en realidad.

—¿Lo que yo le he hecho? —preguntó Ian, con el ceño fruncido.

—La vigilancia a la que la has sometido. He oído cómo Francesca decía lo mucho que valora su intimidad. Sabía que no te gustaría —dijo Gerard, y se volvió un instante hacia Francesca al tiempo que pulsaba una tecla y movía el portátil para que ella pudiera ver la pantalla— cuando me enteré de que te había estado grabando en vídeo.

Francesca tenía los pechos pegados al brazo de Ian, de modo que pudo sentir cómo se contraían sus músculos al ver la imagen que aparecía en la pantalla. ¡Era ella! Observó, aturdida, sin dar crédito a lo que estaba viendo. Estaba desnuda en la cama de Ian, en el apartamento, sola, con la mano entre los muslos y todos los músculos tensos en busca del orgasmo. Parecía desolada incluso cuando alcanzó el placer. Un segundo después se estremeció por el clímax.

—No —murmuró Francesca cuando las imágenes la golpearon con fuerza. Su espanto se intensificó cuando el vídeo mostró que se tumbaba de costado, se hacía un ovillo y se estremecía presa del llanto. De repente, recordó el momento… recordó lo vulnerable que se sintió, lo desdichada, vacía e impotente por un presente en el que no estaba Ian… por un futuro yermo sin él. La idea de que alguien la hubiera estado observando durante ese momento era insoportable.

—¡Basta! —le exigió a Gerard, desesperada. Se sentó en la cama y miró el perfil de Ian.

Ian no miraba la bochornosa escena del vídeo. Tenía los ojos clavados en Gerard, y echaba humo.

—Te mataré por esto —dijo.

Gerard rugió y pulsó otra tecla. Otra imagen apareció en la pantalla, en esa ocasión una de Francesca mientras se masturbaba con lágrimas en las mejillas, con una mano en un pecho y la otra entre los muslos, con una expresión angustiada. Y otra imagen, una que no era del apartamento de Ian, sino de la habitación que ocupaba Francesca en Belford Hall.

Otra… No, imposible.

Francesca vio la imagen de su cara transformada por la rendición y la dicha mientras le decía a Ian que lo quería. Siempre. Era el vídeo que Ian había grabado la noche antes de que descubriera que era hijo de Trevor Gaines… la noche antes de que la abandonara.

—¡No! —gritó al tiempo que se abalanzaba sobre el portátil para eliminar la imagen de un momento tan vulnerable.

Ian se movió tras ella, deteniéndola con una mano en el hombro cuando Gerard dio un respingo por el repentino movimiento. Apartó el portátil y bajó la tapa, aunque aún se oían los sonidos ilícitos de la grabación en la que hacían el amor. Gerard se acercó al lugar donde estaban sentados en la cama, empuñando el arma de forma amenazadora.

—No quería enseñártelo, Francesca. Pero tenías que verlo. No dudaba de que querrías saber que es igual que su padre… ese criminal de Trevor Gaines.

—¿Cómo te has enterado del pasado de Gaines? —preguntó Francesca, incrédula.

—Creo que lo sabe todo —dijo Ian en voz baja—. Pero se equivoca.

—No me equivoco —replicó Gerard, y la rabia relució en sus ojos.

—Yo no grabé esos vídeos, Francesca. Al menos, no la mayoría —dijo Ian, aunque no la miraba a ella, sino a Gerard—. Grabé uno, pero ya lo sabías. Jamás te haría algo así —añadió con voz firme a pesar de que tenía los dientes apretados.

—Lo sé.

La pistola osciló ligeramente con las palabras de Francesca.

—¿Qué? —preguntó Gerard, estupefacto—. Vamos, no me digas que lo vas a creer así, sin más.

—Pues claro que lo creo —susurró Francesca mientras miraba a Gerard con creciente espanto—. Ian jamás me haría algo así. Jamás me grabaría sin mi permiso. Y tampoco querría verme desdichada.

Ian la miró de reojo. Francesca se percató de la gratitud y del alivio que brillaron en sus ojos azules. La tristeza y la compasión la asaltaron: le preocupaba que pudiera creer a Gerard.

—¡Idiota, veía cómo te masturbabas. Se estaba haciendo una paja mientras te espiaba! —gritó Gerard.

—No, lo hiciste tú —le soltó Francesca. Fue incapaz de controlar el estremecimiento de asco y de espanto que le provocó semejante idea.

Gerard se puso colorado. Su rotunda negativa a creer que Ian era el pervertido que la había estado espiando sin su consentimiento y que había usado la grabación para su excitación sexual lo enfureció todavía más.

—Por Dios, qué tonta eres. Te lo mereces —dijo con gesto feroz. De repente, se encogió de hombros—. De todas maneras tenía que matarte, así que tampoco importa mucho.

—Si eso es verdad, ¿por qué me lo has enseñado? —preguntó Francesca con amargura.

—Porque se habría regocijado todavía más al ver que te sentías traicionada por mí antes de matarnos a ambos —contestó Ian—. No podía dejarte viva. Sabe que te lo lego todo en caso de mi muerte.

—¿De verdad? —preguntó ella, aturdida; todo aquello parecía irreal.

«¿Esto es lo que se siente cuando se está a punto de morir?», se preguntó, aunque creía que tendría más miedo.

Ian asintió con la cabeza.

—Seguida por mis abuelos. Pero eso le vale a Gerard, porque es el heredero de mi abuelo después de mi abuela, en caso de que yo muera. Solo tiene que esperar, y ya ha demostrado que es paciente. ¿Qué le has hecho a Lucien? —preguntó Ian, cambiando de tema como si nada—. ¿Está muerto?

—No, pero lo estará. Lo he golpeado en la cabeza con la fuerza suficiente para tumbar a un caballo. Cuando comience el fuego dentro de un rato, no tendrá tiempo de salir.

Francesca emitió un sonido estrangulado. ¿Por qué se mostraba Ian tan tranquilo? Daba miedo verlo teniendo en cuenta las circunstancias.

—Vas a hacer que... ¿qué? ¿Piensas orquestarlo todo para que parezca que por fin he perdido la cabeza y que he disparado a Francesca antes de pegarme un tiro e incendiar este sitio? —Miró el viejo dosel, lleno de polvo. Sus ademanes serenos la desconcertaban por completo y le conferían un tinte más surrealista si cabía a la situación—. No es mala idea. Yo mismo he pensado en pegarle fuego a este sitio varias veces. Ardería como la yesca seca.

—Eso mismo pienso yo —dijo Gerard con voz serena—. He traído algo de combustible. Es justo lo que un loco planearía.

—Cierto —convino Ian—. Y supongo que ya tienes alguna coartada por si acaso alguien sospecha de ti, ¿no?

—Por supuesto —aseguró Gerard—. Pero nadie lo hará. Todos en Belford Hall han expresado su preocupación por tu salud mental. Incluso ella —dijo al tiempo que señalaba a Francesca con la pistola— ha tenido sus dudas.

—Solo hay un inconveniente —dijo Ian.

Gerard adoptó una expresión burlona e indignada a la vez.

—No hay inconveniente alguno —sentenció.

—Por desgracia, sí lo hay. Se llama Edward Shallon. Es el hombre que contraté para que te vigilara en todo momento. Hace un rato me llamó, cuando volaste a París, adonde te siguió.

Gerard se descompuso.

—Mientes —replicó con un hilo de voz.

—No miento. Por desgracia, te perdió con tanto tráfico. No me había dado cuenta de que estabas al tanto de Aurore Manor o de Trevor Gaines, de lo contrario habría esperado tu visita. Tal como estaban las cosas, supuse que te habías desplazado a París por motivos de negocios. —Miró el portátil que había al pie de la cama—. Evidentemente, también tenías equipo de vigilancia en mi habitación de Belford Hall. Averiguaste la contraseña de mi ordenador. Así es como conseguiste la información sobre Gaines. Tenía un montón de archivos con la información que he recabado hasta el momento. Y el vídeo de Francesca, que añadiste a tus propias grabaciones para convencerla de que soy tan retorcido como Gaines. O como tú, ya que estamos.

Francesca miró de reojo a Ian con nerviosismo cuando oyó la última frase, ya que la había pronunciado con una furia gélida.

—Pero Shallon te siguió hasta París. Podrá testificarlo ante cualquiera. ¿Tienes coartada en París? —insistió Ian—. Tengo entendido que dejaste a Clarisse en Stratham.

—¿Clarisse? —preguntó Francesca, desconcertada al oír el nombre.

Gerard se quedó blanco como un papel. Tragó saliva con fuerza al tiempo que la seguridad abandonaba su expresión. Francesca experimentó una llamarada de esperanza, pero la cara de Gerard adoptó una expresión furiosa al instante. Siempre había creído que Gerard era guapo, pero en ese momento tenía un aspecto asqueroso. De repente, pensó que el odio que sentía hacia Ian había ido creciendo a lo largo de muchos años. ¿Cómo había podido ocultarlo tan bien?

—Da igual —aseguró Gerard—. Se me ocurrirá algo. Es demasiado tarde para dar marcha atrás. Seguiré con mis planes solo por el gusto de librarme de ti de una vez por todas. Eres una absoluta molestia. —Levantó la pistola.

Francesca dio un respingo al ver algo detrás de Gerard, pero Ian le apretó el hombro con más fuerza, ordenándole en silencio, a la desesperada, que no dijera nada. Francesca tenía la sensación de que el corazón iba a ahogarla, ya que parecía ocupar toda su cavidad torácica.

—Por cierto —comentó Ian mientras Gerard le apuntaba a la cabeza, momento en el que Francesca se quedó sin aliento por el pánico.

—¿Qué pasa? —preguntó Gerard con desdén, ya que a todas luces estaba harto de hablar.

—Puede que te hayas encargado de Lucien, pero tengo más de un hermano.

Gerard pasó del desconcierto a la sorpresa más absoluta cuando Kam Reardon lo agarró del cuello, asfixiándolo con un brazo, a la vez que le apartaba el brazo que sostenía la pistola para que dejara de apuntar a Ian y a Francesca. Ian saltó de la cama al instante, como impulsado por un resorte. Francesca lo imitó guiada por el instinto, ya que no pensaba quedarse sentada en la cama, aturdida. Ian se abalanzó sobre los dos hombres que luchaban, pero Gerard todavía no se daba por vencido. Dio un codazo a Kam en el plexo solar al mismo tiempo que le asestaba un cabezazo brutal. Gerard y Kam eran más o menos de la misma estatura, aunque Kam era un poco más alto. La parte posterior de la cabeza de Gerard lo golpeó en la cara, aturdiéndolo. Kam gruñó y trastabilló hacia atrás, aflojando el brazo mientras la sangre brotaba de su nariz. Ian se abalanzó sobre Gerard, intentando sujetarle el brazo que sostenía el arma. Sin embargo, Gerard ya tenía el brazo ligeramente levantado. Lucharon por hacerse con el control de la pistola.

La pistola se disparó. Ian y Gerard se quedaron paralizados en mitad de una macabra danza. Francesca estaba junto a ellos, espantada. Emitió un gemido ahogado cuando el arma cayó de los dedos de Gerard y este se postró de rodillas. Cuando Ian retrocedió, ella pudo ver la mancha de sangre que se extendía por la camisa blanca de Gerard, a la altura del abdomen. Gerard lucía una expresión sorprendida, con los ojos muy abiertos. Ian se agachó para coger la pistola, pero Gerard estaba más cerca.

Francesca vio la escena como si estuviera rodada a cámara lenta. Con las fuerzas que le daban los años de odio y de ansias de venganza, Gerard aprovechó una última descarga de adrenalina: cogió el arma antes de que Ian pudiera hacerse con ella, con un gruñido de dolor. Apuntó como pudo a Ian, pero hizo una minúscula pausa, apenas una fracción de segundo. Un brillo malévolo apareció en los ojos de Gerard mientras miraba a Ian a la cara.

Gerard la apuntó a ella.

Fue como si el disparo sacudiera toda la estancia. Francesca cayó al suelo con un golpe tan fuerte que se quedó sin aliento. No sabía qué había pasado. Estaba tumbada en el suelo mientras el disparo seguía resonando en sus oídos. Era incapaz de tomar aire. Su cerebro se negaba a funcionar a causa de la conmoción. ¿Le habían dado? ¿Por eso se sentía tan pesada que no podía moverse?

Levantó la cabeza, completamente desorientada. Ian estaba sobre ella. Tomó una entrecortada bocanada de aire, angustiada por respirar. Ian se había colocado delante de ella. Era él lo que la había obligado a caer al suelo. Estaba cubierta por su cuerpo. Ian se encontraba boca abajo, con la cabeza junto a ella y la cara hundida en su cuello.

—¿Ian? —gritó. Lo recorrió con las manos, presa del pánico.

Ian levantó la cabeza. Cuando Francesca oyó un forcejeo allí donde había estado Gerard, también levantó la cabeza y se tensó, asustada. Al ver que Kam estaba sobre el cuerpo inerte de Gerard, el alivio la inundó.

—¿Ian? ¿Estás bien? —preguntó con voz temblorosa.

Ian la miró a los ojos con tranquilidad y asintió con la cabeza, sin mover ninguna otra parte del cuerpo.

—¿Está muerto? —preguntó Ian a Kam.

—No. Al menos, todavía no —añadió Kam con indiferencia.

Kam pasó por encima de Gerard. Con ayuda del bajo de su abrigo largo, puso el seguro a la pistola y se la quitó a Gerard de las manos inertes. Por encima del hombro de Ian, Francesca vio cómo dejaba el arma encima de la cómoda, lejos del alcance de Gerard. Jadeó en busca de aire, ya que a sus pulmones les costaba expandirse.

—Ian… no puedo respirar. ¿Puedes… puedes…?

Ian rodó para apartarse de ella. Sin su peso, consiguió inhalar con trabajo. El alivio que sintió al llenarse los pulmones de aire duró hasta que se percató de la sangre que tenía en la mano derecha.

Se levantó y miró con creciente espanto a Ian, que yacía tumbado de espaldas, parpadeando, con la vista clavada en el techo.

—¡Está herido! —dijo Francesca con voz chillona al tiempo que se acercaba a gatas a él—. Llama a alguien —pidió a Kam al tiempo que señalaba el móvil de Ian, que estaba en la cómoda cerca del arma—. Llama a emergencias.

Kam corrió hacia la cómoda y cogió el móvil. Se acercó a ella y se lo dio.

—Llama tú. Marca 112 —ordenó con voz ronca. Se arrodilló al otro lado de Ian—. Tengo que ponerte de costado para echar un vistazo —le dijo a Ian.

—¿Eres médico? —preguntó Ian con sorna, aunque dio un respingo cuando Kam lo hizo rodar hasta que quedó sobre el costado izquierdo.

Francesca hizo una mueca compasiva mientras marcaba.

—No —contestó Kam—. Acabé la carrera de Medicina. Por desgracia para ti, no hice los años de residencia.

Ian soltó una carcajada seca. Francesca tenía la rara impresión de que Kam lo había dicho en serio, pero estaba demasiado conmocionada para sorprenderse. Kam se inclinó para examinar la herida. Por fin daba tono de llamada.

—¿Qué haces? —le preguntó, nerviosa, cuando Kam se puso en pie y entró en el cuarto de baño. Regresó un segundo después con varias toallas dobladas.

—Tengo que aplicar presión sobre la herida.

Kam volvió a arrodillarse junto a Ian, que seguía consciente. Francesca puso los ojos como platos, aterrada, cuando una mujer le habló en francés. Nunca había conseguido hablarlo con soltura. La penetrante mirada de Kam se posó en su rostro antes de que cogiera el teléfono. Comenzó a hablar en un rápido francés sin dejar de presionar la toalla contra el hombro de Ian.

Un segundo después Francesca apartó la mirada de la cara de

Ian cuando Kam le rozó el brazo con una toalla. Levantó la vista. Se dio cuenta de que ya no hablaba por teléfono.

—Vienen de camino —dijo Kam.

Francesca miró la toalla que le ofrecía sin comprender, y por primera vez se dio cuenta de que estaba desnuda. Se ruborizó, avergonzada, al tiempo que se envolvía con la toalla que le había dado Kam. Atisbó las cejas enarcadas y la expresión burlona de Ian cuando lo miró de nuevo. A todas luces, Kam Reardon era mucho más que el loco del pueblo.

—¿Kam? —masculló Ian—. Deberías ir a ver cómo está Lucien. Su habitación está tres puertas a la derecha, por el pasillo.

Kam asintió con la cabeza y después miró a Francesca.

—Tendrás que hacer tú la presión —le dijo, tras lo cual miró la toalla que tenía pegada al hombro de Ian.

Ella se apresuró a asentir con la cabeza y a reemplazar la mano de Kam con la suya. Este se puso en pie y se fue.

—Francesca —dijo Ian con decisión—, escúchame. Borra el vídeo y mete el portátil de Gerard en su maletín. Ahora.

—¿Cómo? —preguntó, confundida.

—Utiliza algo para borrar tus huellas dactilares y elimina los vídeos de vigilancia de Gerard del portátil.

—Pero... ¿no protestará la policía por haber alterado las pruebas en la escena del crimen? ¿Y si Gerard sobrevive? ¿Y si va a juicio por intento de asesinato?

Ian resopló y sus ojos relampaguearon.

—Me importa una mierda lo que piense la policía. ¿Quieres que alguien más vea ese vídeo? ¿Quieres que lo vea un tribunal entero? Te destrozaría, y me destrozaría a mí en el proceso. Si alguna vez se descubre la existencia de los vídeos borrados, yo cargaré con la culpa.

Se estremeció cuando comprendió la enormidad de sus palabras. Asintió con la cabeza, aturdida.

—Pero se supone que tengo que ejercer presión sobre la herida.

—Yo lo haré mientras te encargas de todo —masculló al tiempo que ponía la mano izquierda sobre la de ella, aunque hizo una mueca por el movimiento—. Vamos.

Francesca volvió un minuto después, tras haber cumplido con sus órdenes lo mejor que pudo. Solo tendrían que preocuparse por si Gerard tenía copias en alguna parte y estas salían a la luz durante la investigación.

—Ahora vístete —dijo él con los dientes apretados, lo que le indicó a Francesca que le dolía más.

Se arrodilló a su lado tras vestirse a toda prisa y volvió a ejercer presión sobre la herida y usó la toalla que acababa de quitarse para cubrirlo. Se alegró al comprobar que la mancha de sangre de la toalla no había aumentado mucho de tamaño.

—Todo saldrá bien. Te vas a poner bien.

—Lo sé —convino él.

Contuvo una carcajada histérica al escucharlo. Tan arrogante como de costumbre.

—¿Cómo lo sabes?

—Porque no he pasado por todo esto para morirme ahora —contestó él con sorna—. Solo es el hombro —continuó, e hizo una mueca al moverse un poco—. Duele horrores.

—No te muevas —lo reprendió Francesca. Se inclinó y lo besó en los labios con extrema dulzura. Con fervor. Levantó la cabeza de modo que sus rostros quedaron a escasos centímetros de distancia—. ¿Quieres saber quién eres, Ian? —le preguntó con la voz cargada de emoción—. Eres esta persona. Esta.

Los ojos de Ian relucieron mientras se miraban fijamente. Aunque no habló, Francesca supo que lo había entendido. Hasta donde él sabía, protegerla con su cuerpo podría haber sido su último acto en la tierra. Un acto de entrega.

De amor.

Francesca flotaba en un mundo onírico, consciente de que había varias personas hablando. Era tal su agotamiento que le costó la misma vida recuperar la consciencia.

«Es importante. Despierta», se ordenó.

Parpadeó y abrió los ojos al escuchar esa vocecilla de su cabeza. Tardó un segundo en recordar dónde se encontraba: en el hospital de Cabourg donde las ambulancias habían llevado a Ian, a Lucien y a Gerard después de que los servicios de emergencia aparecieran en la mansión. Recordó las imágenes tan espantosas de lo sucedido: la sangre que brotaba de la herida de Ian, la llegada del personal de emergencias, el interrogatorio de la policía en el hospital mientras estaba muy distraída, preocupadísima por Ian y por Lucien. Ian había perdido el conocimiento en la ambulancia, de camino al hospital, lo que aumentó su nerviosismo y su miedo. Le inquietaba que la herida fuera más grave de lo que él le había hecho creer en su momento. Sin embargo, su estado se estabilizó nada más llegar al hospital y pasó enseguida a quirófano para que le extrajeran la bala del hombro.

Ya habían pasado dos días desde aquella pesadilla. Ian se estaba recuperando bien de la intervención. Lucien se encontraba bien, por lo que fue dado de alta la noche anterior, poco después de que Elise llegara al hospital. Gerard, en cambio, todavía no había recuperado el conocimiento. Los médicos luchaban por estabilizar su estado antes de intentar operarlo, pero se encontraba muy grave. La bala le había ocasionado graves daños internos, ya que entró con una trayectoria ascendente y se le había alojado en el pulmón.

La enfermera se apiadó de Francesca la noche anterior al verla recostada en un sillón junto a la cama de Ian. Se había negado a abandonarlo, pese a la aparición de Anne y de James, y a la insistencia de que debería alojarse en un hotel para dormir un poco. La enfermera le había dicho que se acostara en la cama libre de la habitación de Ian a eso de las tres de la madrugada. En cuanto Ian se despertó de la anestesia tras la operación y habló brevemente con ella, pudo descansar un poco. Se tambaleó hasta la cama y se sumió en un sueño agotado y profundo.

—No, claro que lo entiendo —oyó que decía Ian mientras se levantaba de la cama. Se alegró al comprobar que su voz sonaba fuerte y descansada, aunque también pareciera preocupado—. No teníais que pedirme permiso. Por supuesto que debéis ir.

—¿Estás seguro? —preguntó Anne en voz baja.

—Porque no lo haremos si no quieres. Después de lo que Gerard ha hecho, lo entendería —aseguró James.

La tristeza se apoderó de Francesca al percibir el peso de los remordimientos en la voz de James. Él más que nadie había padecido la traición de Gerard.

—No soy quién para decidir si Gerard debe morir solo o acompañado —replicó—. Id con él. Forma parte de la familia.

—El hijo de mi hermana... —dijo James con voz rota.

Alguien emitió un sonido entrecortado. Francesca rodeó la cortina de separación y vio que James había hundido la cara entre las manos, a todas luces deshecho. Se le encogió el corazón por la imagen. Anne la miró con expresión impotente. Francesca no sabía qué decir. Anne cogió a su marido de la mano y lo sacó de la habitación.

Francesca se acercó a la cama de Ian, que la miró con expresión perdida desde la posición recostada que mantenía para evitar cargar la zona herida. Ella le tocó el pelo y le besó la sien al tiempo que aspiraba su aroma con ansia en busca de consuelo. Fue un alivio comprobar que tenía mejor color que la noche anterior, cuando seguía medio adormilado por la anestesia.

—No creen que Gerard aguante mucho más —explicó él—. Mis abuelos me han pedido permiso para acompañarlo hasta el final.

Francesca cerró los ojos. Era lo que había estado esperando, pero detestaba pensar en el sufrimiento de James y de Anne. Ya habían tenido que soportar muchas cosas a lo largo de sus vidas. La traición de Gerard, a quien habían considerado casi como a un hijo, parecía demasiado cruel.

—¿Te encuentras bien? —le preguntó Ian mientras la observaba de cerca.

Se apartó el pelo de la cara antes de asentir con la cabeza.

—Sí. He estado fuera de combate unas cuantas horas. ¿Y tú? ¿Qué tal ese hombro?

—Va bien. Me están dando algo para el dolor —contestó él al tiempo que le cogía la mano—. Siéntate —le ordenó.

Ella se sentó en el filo de la cama, rozándole la cadera. Observó sus facciones con anhelo... y con preocupación. Ian esbozó una sonrisa burlona.

—No tienes que mirarme como si fuera un niño en el anuncio de una catástrofe, Francesca. Me pondré bien —le dijo con voz firme.

—Lo sé. Sé que te recuperarás físicamente —repuso a fin de tranquilizarlos a ambos—. Es que me preocupa el efecto que tendrán los actos de Gerard.

—¿En mi frágil psique? ¿A eso te refieres? —preguntó Ian, y la sonrisita se ensanchó.

Francesca lo miró con cara de pocos amigos.

—Debes reconocer que has pasado muchas cosas en muy poco tiempo. ¿Te sorprende que me preocupe que hayas descubierto que un ser querido, un miembro de tu familia, te haya traicionado?

Le acarició los labios con los dedos cuando Ian tensó la boca, y después le acarició la mejilla áspera por la barba.

—Supongo que no —murmuró él—. Pero no deberías inquietarte. Es distinto a lo de mi madre y a enterarme de lo de Trevor Gaines.

—¿En qué sentido?

Ian meneó la cabeza.

—Me cuesta explicarlo. No me parece tan... personal. Fue

una sorpresa, y no termino de creerme que me odiara tanto y que nunca me diera cuenta. El deseo de venganza de Gerard se me antoja más deprimente que otra cosa —masculló—. Me sentiría mal por él de no estar cabreado por lo que te hizo, por haberte grabado de esa manera.

—Pero sin duda su mayor crimen fue intentar matarnos —señaló ella.

—Tengo la sensación de que eso solo es la punta del iceberg —dijo Ian con el ceño fruncido—. Siempre fui consciente de que me guardaba cierto rencor por aparecer y desplazarlo del centro de atención de mis abuelos... tanto en el plano emocional como en el económico. Aunque también era consciente de que contenía su envidia. Imaginé que lo hacía porque sabía que no tenía una base lógica. Pasó tiempo conmigo, me dio cariño, me ayudó a salir del cascarón. Creía que era su forma de lidiar con los cambios que mi llegada había supuesto para él. Lo quise más por eso precisamente. Nunca tuve celos de él, así que nunca adiviné hasta qué punto me odiaba... ni por qué intentaba controlar su rabia.

Francesca asintió con la cabeza y le acarició el brazo.

—Siempre te importó muy poco que Gerard heredase el título. Salta a la vista que él no se tomó tan bien que tú fueras a recibir la herencia de James.

—Desde luego —comentó Ian con sorna—. Yo era un huerfanito mugriento. ¿Por qué iba a molestarme no heredar un título nobiliario? Ni siquiera sabía qué era eso de un título. —Su expresión se tornó seria—. Morirá con el abuelo.

Francesca se sobresaltó.

—¿A qué te refieres?

—Al título de conde de Stratham.

—Pobre James —murmuró ella.

Ian le dio un apretón en la mano. La joven lo miró a la cara y se quedó hechizada por esos brillantes ojos azules.

—¿Quieres casarte conmigo, Francesca?

Durante unos segundos, se limitó a mirarlo mientras su voz ronca y grave resonaba en su cabeza, pronunciando la inesperada pregunta.

—Antes de que contestes, debo advertirte de que me refiero a hacerlo ahora mismo. Aquí, en el hospital —continuó—. Podremos hacernos los análisis de sangre, y ya he hablado con el capellán mientras dormías.

—¿Por qué ahora? —preguntó con voz sorprendida, y se dio cuenta de que Ian comprendía que no le preguntaba solo por qué le pedía matrimonio mientras estaba en el hospital, herido, sino qué lo había llevado a cambiar de idea acerca de estar con ella... acerca de sentirse merecedor de casarse.

Ian se encogió de hombros, pero recordó la herida al sentir el dolor.

—Supongo que no puedo ofrecerte mejor respuesta que esta: desde aquella noche en Aurore Manor, me siento distinto. Podría haberte perdido.

Francesca notó un nudo en la garganta.

—Y yo a ti.

—La vida es frágil. Pero es algo más que eso —continuó él con ojos brillantes mientras la miraba a la cara—. Por primera vez tengo la convicción de que puedo superar todo esto. Sigo queriendo comprender mejor mis orígenes. Sigo queriendo comprender todo lo que pueda, punto. Pero hay luz en la oscuridad que derramó Trevor Gaines. Ahí están Lucien y Kam, y vete tú a saber cuántos más, y todos luchamos por forjarnos una vida, pero una vida plena.

Asintió con la cabeza al escucharlo, con un nudo en el pecho por la emoción.

—Y estás tú.

Ian le besó la mano despacio. Con total deliberación.

—Lo último que quería es que fueras a Aurore Manor. Pero en cuanto llegaste, me di cuenta de que eso era justo lo que necesitaba. Creía que la oscuridad te tragaría a ti como me tragó a mí

—dijo con voz ronca por la emoción—. Tendría que haber advertido que no podría apagar tu resplandor.

—Ian —susurró, aunque tenía la boca más seca que la suela de un zapato. El corazón le dio un vuelco al percatarse del brillo ansioso de sus ojos, y en ese momento se dio cuenta de que estaba esperando—. La respuesta es la misma de antes, la misma de siempre: sí.

Epílogo

Seis meses después

Ian, Francesca, Anne y James contemplaban en un semicírculo cómo dos miembros de personal de servicio de Belford Hall colgaban el cuadro en la repisa de la chimenea.

—¿Está derecho? —preguntó uno de los muchachos.

—Está perfecto —contestó Anne con una sonrisa deslumbrante.

Los muchachos bajaron de la escalera y reunieron todo el material empleado.

—Gracias —dijo James mientras salían del salón.

Por un instante, los cuatro observaron en silencio el cuadro de Belford Hall. Francesca escrutó de reojo las sonrientes caras de Anne y James, y sintió una oleada de felicidad. Estaba particularmente orgullosa del cuadro, pero agradecía mucho que a Anne y a James les gustara. Ian se percató de que estaba mirando a sus abuelos y la tomó de la mano. Ella se llevó dicha mano al frente y le pasó la mano libre por los nudillos. Cuando sus dedos rozaron la alianza de platino, vio que Ian esbozaba una ligera sonrisa por su gesto mudo.

Se le llenaron los ojos de lágrimas. De un tiempo a esa parte, estaba muy sensible.

—Es perfecto —dijo Ian con una mirada afectuosa, como si

comprendiera el amor y la alegría que la embargaban en ese momento.

—Desde luego —convino James.

—Mucho mejor de lo que esperaba —añadió Anne con emoción—. Tenías razón al pintar Belford Hall como si salieras del bosque con los árboles en flor. Parece...

—El hogar acogedor y hermoso que es —murmuró Francesca.

—Tu hogar —señaló Anne, cuya mirada se posó sobre Ian y sobre ella.

Francesca e Ian se miraron de nuevo. Una vez casados, habían acordado pasar los futuros veranos en Belford Hall. Ese año, sin embargo, Francesca había pasado toda la primavera en la propiedad, pintando la antigua mansión día tras día. Se había enamorado por completo del lugar, puesto que lo había visto en toda su gloria primaveral. Detestaba estar separada de Ian, aunque se veían los fines de semana y hablaban por teléfono o por videoconferencia varias veces al día. Habían decidido, no obstante, que eso era lo mejor. Francesca deseaba acabar el cuadro y regresar de una vez por todas a Chicago con él. Ian no quería separarse de ella ni un momento, pero dado que el motivo de su separación temporal eran sus abuelos y solo duraría seis semanas, había accedido a regañadientes. Iba a Belford Hall todos los jueves y se marchaba los domingos por la noche. Francesca se alegraba de haber tomado la decisión. James parecía el más afectado de todos por la traición de Gerard y por su muerte, acaecida seis meses atrás. Su aspecto era más frágil de un tiempo a esa parte. Francesca sabía que las semanas que había compartido en Belford Hall con él y con Anne esa primavera eran muy importantes, un momento para atesorar.

Ian había llegado esa misma noche, para colgar el cuadro terminado por fin. En esa ocasión había estado lejos un día más de la cuenta, ya que había pasado un tiempo con Lucien en Aurore Manor, visitando a Kam. Lo había echado muchísimo de menos.

La separación de la semana anterior había sido especialmente dolorosa, dadas las circunstancias especiales. No se cansaba de mirarlo, y él no había dejado de tocarla desde que llegó.

—¡Vamos a brindar por el cuadro que ese trozo de pared llevaba esperando toda la vida! —exclamó James, cuya jovialidad alegró aún más a Francesca. Esa noche parecía recuperado por completo.

Las cristaleras del salón estaban abiertas para dejar paso a la fresca brisa primaveral. Era muy agradable sentarse con Anne y James y charlar con ellos teniendo a Ian a su lado, rodeada por su brazo mientras bebía limonada y disfrutaba del olor dulzón de la madreselva que la brisa arrastraba desde el jardín.

—Ese joven es un genio —comentó James refiriéndose a Kam, después de que Ian les hablara de parte de su visita a Aurore Manor.

—Desde luego —convino Anne—. Tan brillante como Lucien y como tú. ¿Todavía vive en… el subterráneo? —preguntó con sutileza, ya que obviamente no sabía cómo denominar a la residencia o taller subterráneo de Kam.

Anne y James habían conocido a Kam mientras Ian estaba en el hospital en Francia, recuperándose del disparo de Gerard. Kam se sintió muy incómodo cuando la pareja le agradeció de corazón que hubiera salvado a Ian y a Francesca. Después, cuando se casaron acompañados por Anne, James, Lucien y Elise, Kam murmuró que no había suficiente sitio para él en la estancia y decidió observar la ceremonia desde el vano de la puerta. Francesca le había cogido cariño a aquel hombre tan brillante y hosco, y sabía que Ian sentía lo mismo.

—No. Se ha mudado a Aurore Manor. Francesca y yo le hemos cedido la propiedad.

James parpadeó.

—Muy generoso por vuestra parte.

—Qué va —replicó Ian—. Trevor Gaines se la dejó a él inicialmente.

—Es raro que Gaines demostrara favoritismo por uno de los hijos que engendró, ¿verdad? Sobre todo porque no se interesó por los demás —comentó Anne con el ceño fruncido en clara desaprobación de Gaines.

—El interés que demostró por Kam era puramente práctico, aunque tal vez acabó cogiéndole cariño. Kam lo niega, pero la actitud que tuvo con él es uno de los pocos vestigios de que Gaines era un ser humano y no un monstruo. Kam vivió en la propiedad desde el día que nació, su madre trabajaba como criada y lavandera. Cuando Gaines se percató de lo inteligente que era Kam, lo contrató como una especie de ayudante para su taller. Al final creó una clase de vínculo con él, aunque Kam es muy pragmático y desdeña la idea de que se tratara de algo remotamente parecido al cariño paternal. Sin embargo, Kam era un niño brillante en más de un sentido. Sabía cómo sacarle a Gaines lo que quería. Consiguió que le pagara los estudios a cambio de trabajar para él. Gaines le pagó hasta la universidad, y se licenció en Medicina. Aunque no llegó a acabar la especialidad de cardiología, porque volvió a Aurore Manor cuando su madre enfermó.

—La historia de Kam es fascinante —comentó Anne, meneando la cabeza por el asombro—. Nunca he conocido a nadie como él, y eso que me he topado con hombres singulares —añadió con sorna mientras miraba a Ian y a James.

—Dados sus estudios de medicina y la experiencia que consiguió trabajando con Gaines, no es de extrañar que haya inventado esa tecnología tan impactante —añadió Francesca—. ¿Os ha dicho Ian que ha vendido sus patentes a una empresa farmacéutica por millones de dólares? Con su invento van a fabricar unos relojes medicinales que van a revolucionar el mundo. Hacen de todo, desde avisar antes de que se sufra un infarto hasta indicarle a una mujer cuál es el mejor momento para quedarse embarazada, y muchísimas cosas igual de importantes. Es tecnología de biorretroalimentación, así que quien lo lleve puesto aprenderá de forma constante cómo responde su cuerpo a los estímulos externos.

—Kam ha cogido lo que Trevor Gaines empezó con sus perversas obsesiones y su retorcida avaricia, y lo ha convertido en algo que puede suponer una diferencia brutal —terció Ian, refiriéndose no solo a la genialidad de Gaines con la tecnología, sino al hecho de que se había obsesionado con los ciclos similares al mecanismo de un reloj que regían la naturaleza femenina para poder dejar embarazadas a sus víctimas.

Kam les había contado a Ian y a Francesca que Gaines estaba interesado en encontrar una forma de medir y predecir la biología humana, y había comenzado a hacer experimentos. Sin embargo, fue Kam quien atisbó el enorme potencial del proyecto y quien ahondó en el trabajo de una forma significativa e innovadora.

Ian miró de reojo a Francesca cuando ella le colocó una mano en el muslo. Percibir la serenidad de su voz cuando hablaba de su padre biológico le produjo una enorme gratitud. Todavía se sentía asqueado de la persona que había sido Gaines, pero por fin comprendía sus motivaciones. A esas alturas, admitía que Ian había estado en lo cierto. Reunir información sobre Gaines, comprender su pasado, su entorno, su trabajo, sus hábitos y sus obsesiones lo había ayudado a distanciarse de su padre biológico. Después de hablar con Kam largo y tendido sobre el pasado que compartía con Gaines, además de descubrir ciertos diarios escritos tanto por la madre de Gaines como por él mismo, Ian había comenzado a sospechar que Gaines sufrió abusos sexuales por parte de su padrastro, Alfred Aurore. Gaines detestaba a Aurore, pero el verdadero objetivo de su odio era su madre, que lo había puesto en peligro sin mover un dedo para ayudarlo. Eso, pese al hecho de sospechar lo que su marido le estaba haciendo a su hijo, según insinuaba Gaines en sus diarios. Tal vez esa fuera la fuente del odio que Gaines sentía por las mujeres y de su deseo de violar tanto sus cuerpos como sus vidas, imponiéndoles un hijo. Las vidas de las mujeres siempre se veían alteradas por la llegada de un hijo, aunque su madre se hubiera empeñado en demostrar lo contrario.

Ian admitía abiertamente que tal vez jamás pudiera comprender la personalidad completa de Gaines, pero el boceto que había logrado pintar sobre las motivaciones y la vida de ese hombre parecía haberlo calmado.

Francesca pensaba que la mayor parte del legado ponzoñoso que había dejado Gaines había sido extraído de forma milagrosa la noche que ella llegó a Aurore Manor e Ian arriesgó su vida por ella. Algunas cosas eran más importantes que el hecho de tener a un sociópata como padre, y aquella noche le enseñó a Ian lo que de verdad llevaba en su interior. Después, accedió a prolongar el proceso de curación al asistir a una terapia de grupo para niños que habían sufrido abusos sexuales, a fin de entender la vergüenza que sentía y de superarla.

En ese momento, mientras la miraba en silencio, lo vio esbozar una sonrisa como si se hubiera percatado de su agradecimiento.

—Jamás habría pensado que del legado de un hombre como Trevor Gaines podía surgir algo bueno, pero parece que todos los días se aprende algo nuevo. Gracias a ti —añadió en voz baja, hablándole solo a ella—, he sido capaz de entenderlo y apreciarlo.

—De no ser por tu investigación, jamás habrías descubierto los tesoros que tienes —replicó ella.

Estaba tan absorta en sus ojos que tardó un instante en percatarse de que Anne estaba hablando.

—Bueno, me voy a la cama —dijo esta con alegría al tiempo que miraba a James de forma elocuente. Su marido soltó la copa de brandi al instante.

—Ah, no. Yo… no queríamos echaros —protestó Francesca contrita, al comprender que había estado mirando a Ian hipnotizada, haciendo sin duda que sus abuelos se sintieran incómodos.

En momentos como ese sentía una conexión casi mágica con su marido, un vínculo forjado por las dificultades que habían tenido que sortear para estar juntos y por la maravillosa promesa del futuro. Estaba deseando quedarse a solas con él, pero todavía había varias cosas importantes que debían tratar con Anne y James.

—Ian quiere hablar con vosotros dos sobre lo que le ha contado la policía de Londres y el detective Markov sobre Gerard —les recordó Francesca.

Cuando vio las expresiones graves de la pareja, se arrepintió de haber sacado un tema de conversación tan serio, pero eran noticias importantes. Ian ya se lo había contado todo por teléfono antes de llegar, y lo habían asimilado juntos. Le alegraba que fuera él y no la policía quien diera las noticias a sus abuelos. La pareja había quedado destrozada por el descubrimiento de la verdadera personalidad de Gerard y su posterior muerte en el hospital el día después de que le dispararan.

Mientras estaban en el hospital, Ian y ella habían acordado no decirles nada sobre la insinuación de Gerard de haber sido el culpable de la muerte de sus padres. No tenían pruebas fehacientes y las simples sospechas serían más dolorosas para James que la verdad de su naturaleza criminal. James adoraba a su hermana y el padre de Gerard había sido para él su mejor amigo.

—¿Qué habéis descubierto? —preguntó James a Ian.

—La policía metropolitana ha hecho limpieza entre sus miembros. Se ha descubierto que un gran número de detectives y de agentes traficaban con drogas y armas.

—Lo he leído en el periódico —replicó James.

—Uno de los detectives arrestados se llama Jago Teague —siguió Ian, que frunció el ceño—. El tal Teague es un regalito. Lleva años traficando con drogas y con armas en los bajos fondos. Pero en su otra vida era un detective condecorado, un agente al servicio de la ley.

—¿Qué tiene que ver Teague con Gerard? —quiso saber Anne.

—A cambio de una rebaja en su condena, Teague accedió a dar los nombres de varias personas a las que les ha prestado servicios de naturaleza ilegal a lo largo de los años. Uno de los nombres que proporcionó asegurando que se trataba de uno de sus principales clientes fue el de Gerard. Después de su confesión, llamaron al detective Markov y lo pusieron al corriente.

Francesca observó el perfil de Anne y de James, ambos con expresiones ansiosas y sumidos en el silencio.

—Teague confesó haberle vendido un arma ilegal a Gerard hace seis meses y haberla comprado de vuelta dos noches después. Siguiendo las instrucciones de Gerard, se la vendió de nuevo a un hombre cuya descripción coincide con la de Anton Brodsik. Gerard fue quien envió a Brodsik a Teague —dijo Ian con expresión seria—. Todo estaba preparado. Dejó en manos de Brodsik el arma que acabó con la vida de Stern. Hizo que Brodsik pareciera culpable del asesinato de Stern, y después mató a Brodsik con el arma del abuelo.

—No lo entiendo —dijo Anne, meneando la cabeza—. ¿Por qué orquestó Gerard todo eso con Brodsik y Stern si después planeaba mataros a Francesca y a ti de tal forma que pareciera un suicidio?

—Supongo que no le quedó más remedio que contratar los servicios de esos dos en Chicago. Después, necesitaba deshacerse de ellos. Sabían demasiado y podrían chantajearlo o implicarlo de alguna forma si alguna vez la policía sospechaba de él.

—En ese caso, ¿para qué los contrató? —quiso saber James.

—Para que Ian saliera de su escondite —respondió Francesca en voz baja—. Ian cree que Gerard habría intentado hacerse con la empresa mediante una opa hostil si hubiera llevado a cabo el plan inicial para la adquisición de Tyake. Ian ha descubierto que Gerard es el socio mayoritario del fondo de inversión que propuso que usáramos. De ese modo, si Noble incumplía aunque fuera mínimamente el acuerdo de los pagos, algo que Gerard podría haber manipulado con facilidad de haber obtenido cierto poder en la junta directiva, se habría convertido en el socio principal de Empresas Noble.

James se quedó pasmado.

—Pero... Anne y yo hemos recurrido a ese fondo de inversiones en otras ocasiones.

—Lo sé —replicó Ian—. Por suerte, Gerard nunca utilizó su influencia para afectaros negativamente. Tengo la impresión de que planeó esta partida de ajedrez de forma muy metódica y paciente, esperando a que se dieran las circunstancias adecuadas y las piezas estuvieran en su sitio. Además, no quería vengarse de ti, abuelo. Quería vengarse de mí.

—¿Por las propiedades y el dinero de James? —preguntó Anne, que parecía alucinada e indignada al mismo tiempo—. Es increíble. Y pensar que cuando eras pequeño jamás pensamos que tu llegada lo afectara tanto...

—Que yo apareciera de repente cambió el curso de su vida. Lo que Gerard hizo es decepcionante e indignante —añadió Ian en voz baja—. Pero no es algo increíble.

James suspiró y Francesca se compadeció de nuevo de él.

—Nunca nos lo habíamos planteado, pero Gerard cuestionó muchas veces en nuestra presencia tu salud mental. Supongo que todo formaba parte de su plan para hacernos pensar que eras capaz de matar a Francesca y de suicidarte después. Aunque estábamos preocupados por ti, nunca dudamos de tu cordura, Ian. Sabíamos que tu tormento tenía un origen emocional.

Ian acarició el dorso de la mano de Francesca. Ella giró la mano para darle un apretón a modo de consuelo.

—Ha sido una época dura para mí. Y supongo que mucha gente se ha visto perdida en un abismo por mucho menos. A veces, durante los meses que pasé en Aurore Manor antes de volver a Belford Hall, creí estar a punto de perder la razón tal como Gerard insinuaba que había sucedido. No me sorprende que estuvieseis preocupados —confesó a su abuelo antes de suspirar—. En cualquier caso, cuando Gerard descubrió lo que yo estaba haciendo durante mi ausencia, y comprendió quién era Trevor Gaines, debió de sentirse eufórico porque acababa de conseguir el lugar perfecto para escenificar mi muerte. La casa solariega y aislada de un criminal convicto, de un loco obsesionado. El lugar perfecto para que el hijo de Trevor Gaines pasara de la violación a la locura.

—No me puedo creer que su mente urdiera todas estas cosas —comentó Anne, aturdida—. Y mucho menos que lo llevara a cabo. ¿Disparó a ese hombre, a Brodsik, a sangre fría aquí, en nuestra casa?

Ian asintió con la cabeza.

—Sospecho que lo invitó a venir, aunque posiblemente jamás averigüemos cuáles fueron las circunstancias exactas.

—Es diabólico —repuso James. Tenía la cara macilenta.

Francesca miró a Ian, nerviosa.

—Todo ha acabado —dijo Ian con firmeza—. Todo ha acabado y estamos a salvo. Solo quería que lo supierais porque Markov deseaba poneros al tanto de las noticias. Al fin y al cabo, el asesinato ocurrió en vuestra casa y os debe una explicación sobre la resolución del caso. Le dije que yo os lo contaría en persona.

James tomó una honda bocanada de aire.

—Y te lo agradezco, hijo.

—¿Te encuentras bien? —le preguntó Francesca a James al cabo de un momento.

James trató de sacar fuerzas de flaqueza y sus esfuerzos fueron evidentes para ella. Lo vio aferrar la mano de Anne.

—Me pondré mejor, pero para serte sincero, necesito una noche de descanso —añadió con fingida alegría—. Nada mejor que dejar todo esto atrás.

—Estoy de acuerdo —terció Anne—. Sobre todo tratándose de una noche tan bonita como esta, después de haber colgado el cuadro de Francesca y de tener tantas cosas por las que sentirnos agradecidos.

—Sí, debemos sentirnos agradecidos por muchas cosas.

Anne parpadeó y clavó una mirada penetrante en Francesca cuando la oyó decir eso con vehemencia. Francesca sonrió, consciente de que podía leerse en sus ojos el secreto que guardaba y que Anne, que no era tonta, lo estaba leyendo. Anne pareció maravillada. Francesca miró a Ian con gesto elocuente. Compartir semejante regalo con él había sido milagroso, pero compartirlo con sus abuelos también era genial.

—Tenemos más noticias —dijo Ian—. Mucho más agradables.

—No... —susurró Anne—. ¿Sí? —preguntó esperanzada cuando Francesca se limitó a mirarla con una sonrisa deslumbrante.

—¿Qué? ¿Qué pasa? —quiso saber James.

—¿Francesca e Ian van a tener un niño? —preguntó Anne con voz trémula, con un deje incrédulo e ilusionado en la voz.

Ian abrazó a Francesca, que a su vez apoyó la cara en su torso mientras miraba a Anne y a James.

—Sí, vamos a tener un bebé —confirmó Ian con voz ronca—. Francesca siempre me dice que debo pensar en el futuro en vez de en el pasado. Ahora solo puedo pensar en el futuro.

James soltó una carcajada, olvidada su preocupación por lo que habían estado hablando de Gerard, y su rostro pareció rejuvenecer veinte años de golpe. Anne soltó un grito de alegría y bebió un buen trago de brandi con los ojos resplandecientes por la felicidad. Después, abrazó a su marido.

Francesca colocó una mano en el torso de Ian, absorbiendo en silencio su calor y los fuertes latidos de su corazón, disfrutando del momento.

Anne y James celebraron las noticias con ellos un rato y les hicieron las típicas preguntas: ¿de cuánto tiempo estaba? De ocho semanas. ¿Cuánto tiempo hacía que sabía que estaba embazada? Desde el fin de semana anterior, porque Ian y ella fueron juntos al médico. ¿Dónde nacería el bebé? En Belford, si Anne y James estaban de acuerdo con ellos. Por supuesto que lo estaban, más bien se sentían eufóricos por la idea. Tanto a Ian como a ella les había gustado mucho el médico que la había atendido en el hospital de Belford, y también suponían que a sus abuelos les agradaría la idea. Habían convenido en que sería un regalo estupendo para ellos.

Tras la alegre e improvisada celebración, Anne y James les dieron las buenas noches y los abrazaron de nuevo para felicitarlos, tras lo cual los dejaron solos en el salón.

—¿Feliz? —le preguntó Ian en voz baja mientras su mirada le recorría la cara.

—¿Tú qué crees? —preguntó ella a su vez con una sonrisa.

—Creo que irradias más luz que mil soles. Jamás te he visto tan deslumbrante.

La sonrisa de Francesca flaqueó. Por más veces que presenciara esa faceta solemne e intensa de Ian, siempre la dejaba sin aliento.

—Mientras contemplaba tu cuadro —dijo él con voz pensativa—, he comprendido lo bonito que habría sido casarnos aquí, en primavera. ¿Crees que fui un egoísta al insistir en que nos casáramos mientras aún estaba en el hospital? No fue un sitio muy romántico que digamos. Es que de repente no podía esperar más.

—Lo sé —replicó ella tocándole el torso y sosteniendo su mirada grave—. Por eso fue tan especial… porque te guiaba la fe para dar un paso hacia el futuro. No me habría casado de ninguna otra forma. Pero si te hace feliz, podemos renovar nuestros votos aquí en cualquier momento. Todas las primaveras, si te apetece —añadió, sonriendo.

Ian se puso en pie sin soltarle la mano.

—Ven conmigo —le dijo.

Pasaron juntos a través de las cristaleras y salieron a la pequeña terraza empedrada. Era una luminosa noche de junio. El bosque parecía lleno de vida. Se oían las ranas arborícolas y las cigarras, y la brisa soplaba entre las copas de los árboles, como un susurro. Francesca respiró hondo, aspirando el olor a humedad de la hierba recién cortada y de la madreselva mientras seguía a Ian desde la terraza hasta el jardín. Caminaron sin hablar. Ian se detuvo un instante. A la luz de la luna, Francesca vio unas hamacas de madera ocultas tras una espesa rosaleda que ella no había descubierto antes. Ian se sentó en una de las hamacas y ella hizo ademán de sentarse en otra, pero él tiró de ella para impedírselo.

—Ven aquí —le dijo—. No pensarás en sentarte ahí al lado cuando hace días que no te veo.

—Por supuesto que no —replicó ella con una carcajada. Estaba a punto de sentarse en su regazo, pegando la espalda a su torso, pero él la detuvo.

—No, mírame —murmuró—. Y levántate el vestido.

La risa murió en sus labios y sintió un espasmo en el clítoris al oír su breve orden. El deseo que había distinguido en su voz incitó el suyo. Se levantó el bajo del vestido hasta la cintura, y no dijo nada mientras él le colocaba una mano en una cadera y la otra en el abdomen. Ambos observaron sus manos mientras la acariciaba a la luz de la luna. Esas manos tan masculinas se veían muy oscuras en contraste con su piel blanca. El movimiento pareció envolverla en un hechizo sensual. Sintió que se mojaba y ese anhelo tan familiar se apoderaba de ella.

—Todavía no me lo creo —murmuró Ian, acariciándole la barriga.

—Supongo que nos costará un poco de trabajo hacernos a la idea de que ahí dentro está creciendo un bebé.

—No me refiero al bebé. Me refiero… bueno, sí. Pero no solo a eso. Me refiero a que no me creo que seas mía. En ciertos momentos como este me parece… increíble.

Francesca vio el brillo de sus ojos cuando la miró y le acarició el mentón con ternura. Sus miradas siguieron entrelazadas mientras él le bajaba las bragas. Comenzó a tocar la parte exterior de su sexo y lo oyó gemir cuando descubrió que estaba mojada.

—Gracias por no darme por imposible. No al principio, cuando no comprendía lo que pasaba entre nosotros porque carecía de la experiencia necesaria para poder comparar. No cuando te dejé. Ni siquiera cuando regresé y todavía sentía que no podía ofrecerte lo que merecías.

Francesca suspiró mientras él le estimulaba el clítoris y la penetraba con un dedo. Era maravilloso.

—Tú tampoco me diste por imposible. Pensé que lo habías hecho, pero no. Sabías mejor que yo lo que necesitabas para sentirte entero.

—Te necesito a ti —replicó él con un deje urgente en la voz.

Apartó la mano de su sexo y ella vio que la hebilla de su cinturón brillaba a la luz de la luna mientras se lo quitaba. Unos segundos después la tenía metida hasta el fondo. Por unos instantes se quedaron inmóviles, a la luz de la luna, tocándose la cara, los brazos y el cuello, fundidos.

—Me parece imposible haber vivido todos esos meses sin ti —dijo Ian con voz tensa—. Cuando me alejo de ti aunque sean unos días, tengo la impresión de que me falta el aire. La verdad, no sé cómo lo conseguí.

—Parte de ti sabía que necesitabas hacerlo para poder sanar —repuso ella—. Lo hiciste porque era preciso, y no podías pensar en otra cosa.

Las manos de Ian se movieron sobre su trasero, aferrándole los glúteos. Ella comenzó a moverse, atrapándolo con sus músculos vaginales.

—Fue un infierno.

Francesca parpadeó al escuchar la sincera confesión. Nunca lo había descrito con tanta vehemencia. Lo oyó gemir de placer y después empezó a moverla sobre su polla. Estaba tan tenso que en su mentón apareció un tic nervioso.

—Dime que jamás tendré que regresar ahí y te creeré —dijo entre dientes.

—Jamás —susurró ella con ferocidad—. Has descendido a los infiernos por los dos, pero ya ha acabado. Estamos juntos. Para siempre. —Se levantó y volvió a bajar para sentirlo bien adentro al tiempo que se cerraba con fuerza en torno a él—. Créetelo, Ian. Estamos exactamente en el lugar que nos pertenece.

El papel utilizado para la impresión de este libro
ha sido fabricado a partir de madera
procedente de bosques y plantaciones
gestionados con los más altos estándares ambientales,
garantizando una explotación de los recursos
sostenible con el medio ambiente
y beneficiosa para las personas.
Por este motivo, Greenpeace acredita que
este libro cumple los requisitos ambientales y sociales
necesarios para ser considerado
un libro «amigo de los bosques».
El proyecto «Libros amigos de los bosques» promueve
la conservación y el uso sostenible de los bosques,
en especial de los Bosques Primarios,
los últimos bosques vírgenes del planeta.

Papel certificado por el Forest Stewardship Council®

FSC
www.fsc.org
MIXTO
Papel procedente de
fuentes responsables
FSC® C117695